プルーデンス女史、印度《インド》茶会事件を解決する

登場人物

レディ・プルーデンス・
　マコン・アケルダマ(ルー)……超異界族。〈斑点カスタード〉号の船長

プリムローズ・
　タンステル（プリム）……ルーの親友

パーシヴァル（パーシー）………プリムの双子の弟。〈斑点カスタード〉号の航空士

ケネル・ルフォー………………〈斑点カスタード〉号の機関長

ヴァージル…………………………パーシーの従者

アギー・フィンカーリントン……機関主任

スプー………………………………煤っ子

アケルダマ卿（ダマ）……………ルーの養父。はぐれ吸血鬼で、ヴィクトリア女王の〈陰の議会〉の〈宰相〉

コナル・マコン……………………ルーの父。ロンドン人狼団のボス《アルファ》

アレクシア…………………………ルーの母。〈魂なき者《ソウルレス》〉で、〈陰の議会〉の〈議長《マージャ》〉

アイヴィおば………………………プリムとパーシーの母。ウィンブルドン吸血群の女王、タンステル女男爵

ミス・セクメト……………………謎の美女

レディ・キングエア………………キングエア人狼団のボス《アルファ》。コナルの子孫

ライオール教授……………………キングエア人狼団の副官《ベータ》

ファンショー夫人…………………ボンベイの帝国部隊指揮官の夫人

1 聖なる嗅ぎタバコ入れ

レディ・プルーデンス・アレッサンドラ・マコン・アケルダマはその夜を大いに楽しんでいたが、残念ながら夜のほうはレディ・プルーデンスをさほど楽しんではいなかった。このレディは、どんなに申しぶんのない舞踏会にあっても何かをしでかしそうな恐怖をかき立てる。レディ・プルーデンスがつねに招待客名簿の筆頭に上がる理由のひとつだ。それほどに上流階級はよからぬことが起こるのをひそかに期待していた。

「舞踏会は公式より内輪のほうがうんと楽しいわ」ルーことレディ・プルーデンスはそんな周囲の恐怖をよそに、親友のジ・オノラブル・プリムローズ・タンステルに明るく話しかけた。

もっかルーはいそいそとつきしたがうプリムローズと二人、高級なバラの香りをただよわせながら会場をせわしなく動きまわっていた。

「簡単に楽しみすぎよ、ルー。少しは気取ってつまらないふりをしなきゃ」プリムは生まれてこのかたずっとルーのあとをついてまわり、その役どころに安住している。二人がおむつをしていたころから始まった関係で、二十数年たったいままで変えようと思ったことは一度もない。もちろん最近の二人はあのころよりはるかにいいにおいがするけれど。

プリムはパンチのそばに立つ若い士官にさりげなく流し目を送った。若い士官は予想どおり、玉虫色に光る象牙色の上品なタフタドレスに赤さび色のビロードの花を散らした胴着《ボディス》のプリムに目を奪われた。

ルーはプリムローズにたしなめられてにっと笑った。上品にはほど遠い笑みだ。

食べてしまいたいほどかわいい二人連れに、見とれた男がほろ酔い気分で——そうでなければルー本人の前で言うはずがない——声をかけた。「二人とも小ちゃくて、丸っこくて、色つやのいい高級ディナーロールみたいだね」

「お言葉はうれしいけど」ルーは酔っぱらいに皮肉っぽく返した。「同じパンなら、せめて砂糖がけの十字パンにしてちょうだい」

こんなふうに、まさしくルーは気安く自分なりの楽しみを見いだす性格だ。客の顔ぶれが変化にとぼしいときはとくに。ルーが内輪の舞踏会に引っ張りだこのもうひとつの理由がこれだ。ちまたではこんな説がささやかれていた——〝もしパーティが精彩を欠き、生き死人《アンデッド》が押しかけ、はたまた標準以下のときはレディ・アケルダマがパーティになる〟。

もっとも今夜の舞踏会にルーの助けは不要だった。主催者は光る小型飛行船を何百個も空に浮かべたような美しいシャンデリアをぶらさげ、招待客はなによりこれにかかったであろう経費に魅了された。パンチは複数の注ぎ口がついた移動式液体貯蔵装置からとめどなく供され、部屋の隅では弦楽四重奏団がみごとな音色を響かせ、会話は機知に富んでいる。そんななかをルーは秘密の目的を胸に軽やかに歩きまわっていた。

ルーのことだから目的がなくても参加したかもしれない。フェンチャーチ家は、どんなときも顔を出す価値がある。なにしろとびきり裕福で、家柄がよく、そのどちらにもこだわりの強い、要するにいけすかない一族だ。ルーは同時にいくつかを楽しめるときは決してひとつだけを楽しむタイプではない。舞踏会を楽しむと同時に嗅ぎタバコ入れを探せるとなれば、なおけっこうだ。

「どこにあるって言ってた？」プリムが顔を寄せた。いまや関心は秘密任務に移り、さっきの若い士官は別のレディと踊るべく離れていった。

「もうプリムったら、どうしていつも最初のワルツの半分も終わらないうちに大事なことを忘れるの？」ルーは軽い口調で親友をなじった。悪気のない、いつものやりとりだ。

「そんなことが言えるのはミスター・ラビファーノとワルツを踊ったことのないレディだけよ」プリムはダンスフロアの奥を振り返り、さっきまで踊っていたパートナーに瞳をきらめかせた。視線の先では一分《いちぶ》の隙もない身なりの紳士がシャンパングラスをかかげていた。

「ただでさえミスター・ラビファーノはとても誇り高くて物憂げで。あのきれいな顔で婦人の帽子にものすごく詳しいってところが魅力なの。せつなげなほほえみがもう……たまらないわ」

「いいこと、プリム、ミスター・ラビファーノは二十歳そこそこに見えるけど、人狼で、あなたの二倍ほどの歳よ」

「すてきな男性はみなそうよ――上等のブランデーしかり」とプリム。さも知ったような口ぶりだ。

「しかもあたしのおじさんの一人」

「ロンドンでとびきりいかした紳士は一人残らずなんらかの形であなたと関係がありそうね」

「だったらロンドンを離れるべきだと思わない？　さ、始めましょ。おそらく嗅ぎタバコ入れはカードルームよ」

プリムは〝よりどりみどりの殿方がいるロンドン以上に重要な場所がどこにあるの？〟と言いたげな表情で話を戻した。「わたしたち上流階級の若いレディがどうやって紳士専用のカードルームに入るの？」

ルーはにやりと笑った。「あなたは見てて、あたしの退却にそなえて」

嗅ぎタバコ入れ探しに向かうルーを優しい声が制した。「何をたくらんでいるのかな、姪っ子ちゃん？」噂のミスター・ラビファーノが異界族特有のすばやさでフロアの人混みをすり抜け、背後に立っていた。

人狼父さん――ポウ――の団員をえり好みする気はないが、誰がいちばん好きかときかれたら副官《ベータ》のラビファーノおじさんと答えただろう。おじというより兄のようで、いまも人間らしさが強く、そのユーモアセンスでしばしばルーをからかった。

「いまにわかるわ」

ルーのそっけない答えにプリムが口をはさんだ。「ルーを見張るためだけにいらしたの、ミスター・ラビファーノ？　わたしのためではなくて？」

ロンドン人狼団のベータにして英国一センスのいい婦人帽子店主でもあるサンダリオ・デ・ラビファーノは、プリムのあからさまなたわむれに穏やかにほほえんだ。「そう言ってくださるのは光栄ですが、ミス・タンステル、たしかあの紳士は……」そう言って部屋の隅でそわそわとあたりをうかがう一人のエジプト人を頭で示した。

「かわいそうなガイージ。二十年も英国社会で暮らしながら、まだ慣れないんだから」プリムは気の毒なほど不安げな吸血鬼を見て舌打ちした。「どうして女王ママは彼を送りこむの？　かわいそうなガイージ――社交界が大嫌いなのに」

ルーはじれったそうにコツコツと足で床を鳴らした。プリムは気づかなくても人狼ラビファーノの耳が聞きつけないはずがない。

ラビファーノは話を中断されてほっとしたようにルーを振り返った。「いいでしょう、どうしても面倒を起こしたいのなら好きなだけ起こしてらっしゃい」

「団の許可が必要とでも言いたげね」

「わかっているくせに」ラビファーノはなめらかに首をかしげた。

人狼ボス《アルファ》の娘であることは、ときに多くの制約をともなう。

父さんの名代であるラビファーノの気が変わる前にさっさと始めたほうがよさそうだ。ルーは薄ピンクのタフタと黒のレースを決然とひらめかせ、すべるように歩きだした。プリムほどの優雅さはないが、その気になれば上品なレディを演じるくらいお手の物だ。高く結い上げた髪には舞踏会が始まる前にラビファーノがピンクのバラの冠をつけてくれた。おじさんはいつもあたしを美しく……背を高く見せてくれる。実際の身長よりも。ルーは飲み物が並ぶテーブルの前で足を止め、シャンパンの入ったグラスを四個手に取って計画を練った。

カードルームの前に来ると、まず母親の性格を拝借し、サテンの肩かけケープのようにふわりと身にまとった。ルーは異界族の姿を盗むのと同じように、他人の性格を簡単に身につける。ダマからしこまれた技《わざ》だ。「おまえがほかの誰かの娘であれば」——前にダマは言った——「舞台に立つのを薦めるところだ。**いとしいハリモグラよ**。だが現状では、できるだけひそかに人格を変えなければならん」

そういうわけで、カードルームの扉を開けるよう従僕にあごで命じたときのルーは実際より三倍は年かさの、尊大な既婚女性ふうのいかめしい表情を浮かべていた。

「しかし、ミス、それはできません！」膝丈ズボンの従僕は震え上がった。

「開けてちょうだい」命じるルーの声はいつもより低く、威圧的だ。

従僕はそこまでかたくなに命令に抵抗するタイプではなかった。たとえその命令が付き添いもいない若いレディからのものであっても。従僕は扉を開けた。

なかは、もうもうとしたタバコの煙と男だけの騒がしい笑い声が満ちていた。扉が閉まると同時にルーは室内をぐるりとながめまわし、部屋のあちこちに散乱する嗅ぎタバコ入れに目を向けた。茶色い革とくすんだ緑と金色の落ち着いた内装の部屋は嗅ぎタバコ入れだらけだ。

「レディ・プルーデンス、こんなところになんのご用です？」

ルーは同年代の良家の令嬢とは違い、男の群れにも少しも動じない。男の群れのなかで育ったからだ。そのなかには個人の舞踏会会場でカードルームにこもりきるタイプもいれば、ダンスのさなか、レディに負けじとせっせとまつげを動かしてゴシップに興じるタイプもいる。そんな経験からすると、ここにいる紳士などかわいいものだ。ルーは母親の仮面を下ろし――この場では役に立たない――別の人格でいくことにした。アイヴィおばにイヴリンおばを混ぜたような人格。すなわち〝ちょっとおつむは軽いが、そこまでバカではなく、軽薄で威圧感がない〟。姿勢も変えた。下半身の緊張をゆるめて腰を落とし、少し揺れるような足取りで肩を引いて胸を突き出し、まぶたをわずかに伏せる。そうして居並ぶ紳士たちに愛想よくにっこりほほえんだ。

「あらまあ、失礼。ここはレディの刺繍サークルではなくて？」

「ごらんのように、まったく違います」

「まあ、あたしとしたことが」ルーは視界に入るタバコ入れをひとつずつ、事前に見せられたスケッチと頭のなかで照合しはじめた。あれでもない、これでもないと順に排除しながら腰をくねらせ、殿方に引き寄せられるようにまつげをぱちぱちさせて部屋の奥へ進んでゆく。

そのとき、紳士の聖地にいきなり現れた若いレディにうろたえたのか、フェンチャーチ卿がベストのポケットから嗅ぎタバコ入れを取り出し、タバコをつまんだ。

見ぃつけた。ルーはシャンパンを揺らしながらふらふらと近づいた。途中でちょっとつまずいた自分にくすっと笑い、一滴もこぼさないように四個のグラスを持ってフェンチャーチ卿の前にたどりついた。

「寛大なる主催者様——ゲームのお邪魔をして申しわけありません」

フェンチャーチ卿はタバコ入れをテーブルに置いて笑みを浮かべ、シャンパングラスをひとつ取った。「気がききますね、レディ・プルーデンス」

ルーは共犯者めいた表情で顔を近づけた。「あたしがここにいたこと、父には内緒にしてくださる？　気分を害したら大変。誰のせいにするかわかったものじゃありませんわ」

フェンチャーチ卿は顔をひきつらせた。

ルーはシャンパンを飲みすぎたふうによろけながらテーブルに近づき、こっそりフェンチャーチ卿の嗅ぎタバコ入れを取ると、ひらひらしたピンクの舞踏会ドレスの隠しポケットにすべりこませた。ルーの舞踏会ドレスは、どんなにひらひらでも——それを言うならどんなにピンクでも——すべてに隠しポケットがついている。

部屋から出るとき、フェンチャーチ卿が不安そうにカード仲間に言うのが聞こえた。「さっきのはどっちの父親のことだろう？」

ロンドンの勢力図に詳しそうな年配紳士が答えた。「どちらにしても厄介だよ、きみ」

ルーは背後で扉を閉め、にぎやかな舞踏室とさんざめく客のなかに戻った。タバコ入れはうまく手に入った。ルーは姿を変えるように愚かなレディの仮面を脱ぎ捨てた。こっちの変身はぜんぜん痛くないし、ドレスへのダメージもない。舞踏室の奥にいるプリムと目を合わせると、えらそうに指を曲げて呼びつけた。

プリムローズはラビファーノにお辞儀をし、ルーに近づいた。「ルーったら、冠がとんでもない角度にずれてるわ。また面倒を起こしてきたのね」

ルーはプリムが冠の位置を正すあいだじっと耐えた。「あたしは面倒が好きなの。ラビファーノおじと何を楽しそうにしていたの？」さりげなくたずねたが、本当はプリムに本気になってほしくなかった。ラビファーノが嫌いなわけじゃない。人狼おじさんはみんな好きだ。それぞれに魅力がある。でもラビファーノが女性と出かけるところは一度も見たことがない。そんな理由で拒まれるには、まだプリムはうぶすぎる。

「驚くなかれ、わが敬愛なる女王ママの話よ」

ルーは耳を疑った。「あら、ラビファーノおじさんがアイヴィおばさまに時間をさくなんてめったにないのに。もっとも、招《よ》ばれたら決して断わらず、最新流行の高級帽子をたずさえて訪ねてゆくけれど。ラビファーノおじはアイヴィおばさまを軽薄だと思ってるみたい。夜ごと姿見の前でえんえんと髪をなでつける男が、よくも人さまを軽薄だなんて言えるものね」

「あら、何を言うの、ルー。ミスター・ラビファーノはとてもすてきな髪の持ち主で、うちのママは誰が見ても軽薄よ。例のものは手に入った？」

「もちろん」

二人は温室の入口近くに並ぶヤシの鉢植えの背後にさりげなく移動し、ルーはポケットから菱形の嗅ぎタバコ入れを取り出した。ちょうどメガネが一本収まりそうな大きさだ。黒い漆塗りで、蓋に真珠の象眼の花がちりばめられている。

「ダマの趣味にしてはちょっと古くさくない？」プリムはなんでも流行で考える。

ルーは象眼細工を親指でなでた。「目的はタバコ入れじゃないと思う」

「違うの？」

「目的は中身よ」

「ダマが嗅ぎタバコを楽しむとは思えないけど」

「これを届けたら、きっと理由を教えてくれるわ」

プリムは疑わしげだ。「あの吸血鬼がそんなにあっさり教えるかしら？」

「それなら教えるまでこっちも渡さない」

「愛されててよかったわね」

「おかげさまで」ルーがにっこりほほえんだとき、フェンチャーチ卿がカードルームから出てくるのが見えた。これほど盛況な舞踏会の主催者とは思えない険しい表情だ。

フェンチャーチ卿は大柄ではないが、獰猛なトイプードルのようなすごみがある。これまでの経験からして、小型犬を怒らせたら手がつけられない。残念ながら和平交渉はルーの得意とするところではない。これまで規格外の親たちから多くを学んできたが、そのなかに荒れ狂う海を外交術でなだめる技はなかった。

「どうする、わが賢き友よ？」とプリム。

考えたすえにルーは答えた。「走る」

プリムローズはルーを上から下まで疑わしげに眺めまわした。ピンクのドレスはボディスがきゅっと細く、縁《ふち》には黒玉の凝ったビーズ刺繍がたっぷりほどこされている。こんな格好で走れるはずがない。

ルーは細身のドレスを一顧だにせず、自分のドレスよりもさらに細いウエストと、さらに豪華なボディスと、さらに身体にぴったりのスカートを指さすプリムの身ぶりも無視して言った。

「違うわ、その走るじゃなくて。ラビファーノおじさんを連れてきて。あたしは植木鉢の後ろの安全地帯にいるから」

プリムが信じられないとばかりに目を細めた。「なんて恐ろしい。ドレスが台なしになるわ。おろしたてよ。しかもウォルト（シャルル・フレデリック・ウォルト。オートクチュールの祖と言われる英国出身のデザイナー）のデザインよ」

「ミスター・ラビファーノが好きじゃなかったの？　それにあたしのドレスはすべてウォルトなの。それ以外はダマが許さない」ルーはわざとプリムの反論をはぐらかし、タバコ入れと手袋と小物バッグを渡した。「ああ、それからショールを取ってきて。あそこの長椅子の上よ」

プリムは不満そうに舌を鳴らしながらもさっとその場を離れ、まずルーが放り投げたショールを取り、次に少年のようなハンサム人狼に近づいた。そして数分後、ショールを手にラビファーノを連れて戻ってきた。

ルーは許可も得ず——ほとんどの場合、頼んでもむげに断わられるから、やったあとで謝ったほうがいい——ラビファーノの頰に素手で触れた。

ルーと人狼の肌が触れたとたん、おもしろい現象が起こった。楽しいとは言えないが、もう慣れっこだ。

それは痛みをともなった。なにしろ骨が折れ、新しい姿に組み変わるのだから。ルーのウェーブがかった茶色い髪は流れるようにみるみる全身を覆って毛皮になり、視覚より圧倒的に嗅覚が強まった。だが、一般的な人狼と違ってルーは狼になっているあいだじゅう理性を保ち、満月に正気を失うこともなければ人肉を欲することもない。

簡単に言えば、人狼の能力は盗んでも弱点はともなわず、犠牲者が人間になるのは夜明け、距離、もしくは反異界族が二人を分かつまでのあいだだけ。今回の気の毒な犠牲者はラビファーノだ。

みなこれを〝盗み《スティール》〟と呼ぶが、ルーの狼姿はルー特有のものだ。小柄で、黒と栗色と金色のまだらの毛皮。誰から姿を盗もうと目は父親ゆずりの黄褐色。残念ながら衣服へのダメージだけはいつも同じだ。人狼になったとたんドレスは裂け、ビーズは飛び散った。バラの冠はもとの位置――すなわち片耳――にしっかり載ったままで、それはブルーマーも同じだが、しっぽが後ろの縫い目を突き破っていた。

ラビファーノは人間に戻ったのに気づき、穏やかに顔をしかめた。「やれやれ、お嬢ちゃん、いきなり変身はもう卒業したと思っていたが。まったく困った子だ」そう言うと、人間になったせいでしわが寄ったとでもいうようにクラバットの結び目を直し、鮮やかな青緑色のベストの前をなで下ろした。

ルーはラビファーノのぼやきを苦々しく聞きながら首を傾けた。おじさんは湿ったフェルトとボンドストリートの最高級ポマードのにおいがした。ダマの整髪料と同じだ。謝りたいのはやまやまだが、いまは懇願するように頭を下げ、小さく鳴き声を上げるしかできない。ラビファーノのブーツからは靴墨のにおいがした。

「ブルーマーだけでみっともないわ」プリムもなじるように言った。

ラビファーノが批判的な目でルーを見た。「ぼくは断じて認めないし、きみがどの親に話そうと知らんぷりするけど、姪っ子ちゃん、これからも行き当たりばったりで変身する気なら、コルセットだけでなく、下着全般をあきらめたほうがいい。あのたぐいは変身の邪魔になるだけだ」

プリムローズが息をのんだ。「よして、ミスター・ラビファーノ！　内輪とはいえ、ここは舞踏会会場よ。なんてはしたないことを」

ラビファーノはかすかに頬を赤らめて頭を下げた。「お許しを、ミス・タンステル、いきなり人間に戻ったショックのせいです。最近は団員たちと過ごす時間が長くて。なにぶんがさつな男たちです。ついわきまえを忘れてしまった。わかってください」

プリムは小さくうなずいて許したものの、ラビファーノに対する恋心は少なからず傷ついたようだ。ルーはほっとした。これでプリムも、ラビファーノおじさんもしょせんは獰猛な獣だとわかったはずだ。ラビファーノがどんなに女性の下着に詳しいか、プリムにはもっと早く話しておくべきだった。女性服に対するおじさんの関心は——上着であろうと下着であろうと——純粋に学問的なものだが、プリムがそこまで知る必要はない。

おじさんの言うとおり下着はあきらめたほうがいいかも。でも、それじゃあまるで街娼だ。身なりと言えば。ルーは後ろ足からダンスシューズを振り落とし、鼻面《はなづら》でプリムのほうに押しやった。マトン脂と樹脂とヒマシ油とラノリンでなめした革——鋭くなった嗅覚がにおいを嗅ぎ分けた。

プリムはシューズを拾い上げ、丸めたショールでくるんだ。「宝石は?」

ルーはプリムに鼻を鳴らした。宝石をつけるのはもう何年も前にやめた。事態がややこしくなるからだ。世間は狼がロンドンの通りを走るのは認めても、狼がダイヤモンドをぶちまける場面に遭遇するとなぜか動揺する。ダマはルーに代わってこの事実を深く嘆いた。「しかし、いとしいハリモグラよ、おまえは裕福なのだから**何かしら**光るものを身につけなければならんよ!」これについては、たまにティアラやシルクの花でできた冠をつけることで妥協した。ルーはバラの冠も振り落とそうと思ったが、ラビファーノが気を悪くするかもしれないと思いなおした。今夜はすでにおじさんを侮辱した。一晩に二度はあんまりだ。

ルーはプリムに向かって吠えた。

プリムが正式なお辞儀をした。「ごきげんよう、ミスター・ラビファーノ。すばらしいダンスでしたわ。でもわたしたち、どうしても行かなければなりませんの」

「ご両親たちにはこのことを伝えておくよ」ラビファーノがさりげなく脅した。

うなり返すルーにラビファーノは指を振り立てた。「おっと、おちびちゃん、ぼくを脅そうったって無駄だ。無断で、公《おおやけ》の場で、しかもマントもなしに変身するなんて。きっとただではすまない」

ルーはくしゃみをした。

ラビファーノは怒ったふりをして鼻を上向け、軽やかな足取りで立ち去った。大好きなおじさんがなんの屈託もなく、いかにも楽しそうにキンポウゲのような黄色いドレスを着た笑い上戸の若いレディをくるりと回転させるのを見て、ルーはまたしても首をひねった。どうしてラビファーノおじさんは人狼になるのを嫌がったのだろう？　今さら考えてもしかたないけど。上流社会の規則の大半は、吸血鬼や人狼がしかるべき紹介や親交、訓練や準備の期間なしに人間を変異させないために存在している。そしてポウは決して本人の意志を無視して変異させるタイプではない。それなのに……。

プリムがルーの背にまたがると、全身からローズオイルのにおいがし、髪のあたりからかすかに石けんとケシの実が香った。

姿は狼でも体重は人間のときと変わらないことを考えると、プリムローズを乗せるのは楽ではなかった。またがる側は舞踏会ドレスの長い裾を引きずらないようしっぽの上にたくしあげ、足もぶらぶらしないよう上げなければならない。いやおうなくプリムは前に身を乗り出し、シルクのバラの冠の上に頭を載せるような格好でルーの背に大の字になった。

プリムローズはこの芸当をどんなときも完璧に下着を身につけるレディとは思えないほど優雅にやってのけた。なにしろ物心ついてからずっとつちかってきた技だ。ルーは姿を盗める異界族がそばにいれば吸血鬼にも人狼にもなれるが、どちらを選ぶかと言われれば人狼のほうがずっと楽しい。二人はほんの幼いころから狼乗りを始め、それがいまも続いていた。

プリムがルーの首に両手をまわし、ささやいた。「準備完了」

ルーはヤシの植木鉢の後ろから飛び出した。まわりはさぞ度肝を抜かれたに違いない。なにしろ後ろ脚に赤紫色のシルクのブルーマーをはき、とがった耳の片方に花の冠を小粋に載せた狼の背に若いレディがだらりとまたがり、しっぽの上にたくしあげた象牙色のドレスを吹き流しのようにはためかせていたのだから。

ルーは異界族の力を堪能しながら人混みのあいだを駆け抜けた。目の前で人が飛びのくたびにさまざまなにおいが押し寄せた。香水、小型シュークリーム《プロフィットロール》、手洗いに行ったあとのにおい。さあ、ものども、どけどけ！――ルーは心のなかで芝居がかったセリフを吐いた。

「いまいましい人狼め」年配紳士のぼやきが聞こえた。「ロンドンはいつからこうも嘆かわしくなった？」

「いまや気のきいたパーティには必ず人狼が一人は参加しているものだ」別の声が答えた。

「マコン夫妻には大いに釈明していただかなくては」と年配婦人の不満げな声。

プリムが誘拐されたとでも思ったのか、果敢にも一人の従僕が飛びかかった。フェンチャーチ夫人は気骨ある従僕が好みだ。男はしっぽをつかんだが、ルーが脚を止めて振り向き、うなり、大きくて鋭い牙を剥き出すと、あっさりあきらめてあとずさった。ルーは猛スピードで玄関から飛び出し、にぎやかな通りに出た。

ロンドンの街が両脇でびゅんびゅん飛び去ってゆく。ルーは嗅覚を頼りに居酒屋やゴミ箱、露店やパン屋の前を矢のように駆け抜けた。ここはあたしが育った街だ。街を流れるテムズ川下層の生臭さが寄せては引き、においの地図を形成している。ルーはスピードを楽しみながら二人乗り二輪馬車《ハンサム》や貸し馬車、蒸気三輪車や四輪車をよけ、連結四輪馬車をかわした。

とはいえ、お楽しみはそう長くは続かない。パーティ会場から四、五本通りを離れたところでラビファーノとルーのあいだをつなぐつなぎひもが限界に達し、ぱちっと切れた。


ルーはひとりでにふつうの若いレディに戻った——超異界族の性質でいうところのふ、つ、うに。脱走劇はルーとプリムが通りの脇に座りこんで終了した。プリムがすばやく立ち上がって荷物をほどき、裸のルーにバラ色のショールを投げた。

「最高！　ああ、楽しかった。さあ、貸し馬車をつかまえて、プリム」ルーはショールを可能なかぎりきちんと巻きつけ、頭の花冠の位置を直した。何をしても無駄だが——髪はざんばらで、足もとは裸足――ここは意図的にこんな格好をしているように見せかけるしかない。

プリムがダンスシューズを手渡した。

ルーはシューズをはき、下半身がすかすかするのを気にしないようにした。いったいどうして股割れブルーマーなんかが大流行した時期があったのかしら？　これじゃまるで尻軽《ライト・》女《スカート》だ。そう思いながらルーは髪を耳にかけた。もっともいまのあたしはスカートもはいてないけど。

さいわい貸し馬車の御者はロンドン界隈でもっと奇妙なものを見てきた強者《つわもの》だった。「お呼びで、レディーズ？」帽子をひょいと持ち上げた。ドレスを着ていないルーではなく、申しぶんない舞踏会ドレスに身を包んだプリムを見て判断したようだ。プリムの魅力的な笑みと長いまつげにすっかり魅了されている。

「まあ、ご親切に止まってくださってどうも」プリムが猫なで声で言った。

止まるのが仕事じゃない――ルーは思ったが、ここはプリム・マジックにまかせよう。さっきの猫なで声は〝具合が悪いふりをする〟の合図だ。

プリムがダマの住所を告げた。「急いでくださる？　ちょっと困ったことになって」

御者が心配そうにたずねた。「そちらのお嬢さんは大丈夫ですか？」

ルーは力なくよろけ、失神をよそおいながら馬車に乗りこんだ。ルーのまわりに仮病のお手本になるような人はいない。頑健な者ばかりだ。いきおいルーの演技は大げさになりがちだが、御者はすっかり本気にした。

「ええ、そうなんですの！」プリムは目を大きく見開いて御者の注意を引きつけ、わなわなと下唇を震わせた。「それは悲惨なできごとで」

「一刻も早くお送りしましょう、ミス」たちまち御者は白馬の騎士になって馬にムチを入れた。

ルーの養父はきわめてファッションにうるさく、きわめて裕福なはぐれ吸血鬼だ。吸血群の拘束力と服に関する諸制約とは無縁の世界で暮らし、そもそも群を離れたのはふたつ目の理由が大きかったとつねづね主張していた。その影響力は、あまたのおしゃれなダンディたちのゴシップ網や貿易、さらにはヴィクトリア女王の助言役である〈宰相〉として政界にもおよんでいたが、なにより重要なのは半世紀前にみまかった伊達男ブランメル（英国のしゃれ男でファッションの権威と呼ばれた）のあと、ロンドンの紳士夜会服に圧倒的影響をあたえてきたことだ。

養父は片腕にお気に入りの新しいオモチャ――多目的身なり修復キット――を巻きつけて両手を広げ、応接間で二人のうら若きレディを出迎えた。「いとしいいとしい娘たちよ。わが**ハリモグラ**よ！　ちっちゃなバラの実よ。すばらしい。こうして会えるとは、なんと**すばらしい**」ダマの歓迎ぶりはいつも何年かぶりの再会のように仰々しい。「吸血鬼にとって、会えなかった時間の長さは**関係ない**」――ダマはよくこう言った――「われわれは高齢ゆえにすぐ忘れ去られる。人はわれわれがいつでもそこにいると思っている。だからわれわれ吸血鬼は**なんとしても**覚えておいてもらいたいのだよ」ダマは肉体を切り裂くかのように言葉の剣を振るった。たしかにダマの強調語は、ときに多大なる苦痛を引き起こす。

プリムローズはダマの腕に飛びこみ、貴族の令嬢らしからぬ激しさで抱き合った。プリムはこのはぐれ吸血鬼が大好きだが、吸血群の女王である母親はそれをよく思っておらず、訪ねる機会はあまりない。

会えてうれしいのはルーも同じだが、手袋をしたダマの手をつかみ、フランスふうに投げキスを交わすにとどめた。うっかり肌と肌が触れないために二人が編み出した方法だ。破れたブルーマーと、家に入ったときにあわててつかんだチャイナシルクのガウンしか着ていない今夜はとくに注意しなければならない。

ルーのはしたない格好を見るたびにダマは言った。「いとしいハリモグラよ、なにゆえそこまで**ギリシアふう**の格好をしなければならんのかね?」ダマはかつて毎日のように着ていた古代ギリシア衣――キトン――を思い出すかのように顔をしかめた。ダマのことだから本当にそうだったのかもしれない。噂によればダマは恐ろしく高齢だ。直接たずねたことはない。吸血鬼に年齢をきくのは、文字どおり相手を青ざめさせる、許されざる行為だ。だが、ルーはダマが発音する母音のいくつかに揺るぎない特徴があるのに気づいていた。誰かにたずねられたら――たずねられたことは一度もないが――ギリシアなまりだと断言しただろう。

「とても上品なガウンよ」ダマの取り巻き《ドローン》たちは、ルーお嬢様がいわゆるとんでもない格好で戻ってきたときのために正面応接間によりどりみどりのガウンをそろえていた。ドローンが選ぶのはつねに美しく、すばらしく手のこんだ、全身をすっぽり覆うガウンだ。彼らはレディ・プルーデンスの威厳と評判をなにより案じている。残念ながら当人よりもずっと。

「たしかにそうだが、ここはわたしの居間であってトルコの浴場ではない」

「あなたの居間では、ダマ、もっとはしたないことがあったはずよ」

「たしかに、たしかに。考えてみれば、そのアイデアも悪くない。そろそろ浴場が再流行してもいいころだ。すでに今世紀はすべてが蒸気で動いておる。投資してみるかな。しかし、せめてこれだけでも髪に飾って」ダマは身なり修復キットをぽんと開け、リボンと細長いエメラルドのヘアピンを二本、取り出した。

ルーはいぶかしげに片眉を上げて受け取った。「先端が銀？　隣でトラブルが起こるとでも？」

「近くの人狼に注意してしすぎることはない」ダマは二人に座るよう身ぶりし、手袋と帽子を脱いだ。そのときようやくルーはダマがどこかに出かけるところだったのに気づいた。

プリムは金とクリーム色の金襴《ブロケード》の長椅子の端――老三毛猫の隣――に遠慮がちに座った。猫は眠そうに片目を開け、かすれた声で礼儀正しくニャオと挨拶した。プリムはお返しに頭を掻いてやった。

ダマが満足そうに見つめた。「今夜のきみは実に**すばらしい**、プリムローズの花びらちゃんよ！　見たところそのドレス選びに母上の手は**加わっていない**ようだ」

ほめ言葉にプリムは顔を赤らめた。「もちろんですわ！　さいわい母は群のあれこれで忙しくて、衣装だんすの管理はほとんどわたしが自分でやっています。帽子に関してはいまも信用してくれませんけど」

ルーははねるような足取りでダマの隣に座り、嗅ぎタバコ入れを取り出した。

ダマは身をそらし、知的好奇心にかられたかのようにかける必要もない片眼鏡《モノクル》ごしにのぞきこんだ。「**手こずった**かね、シュガープラム？」

「ちっとも。思ったほどこっそりとはいかなかったから、ラビファーノおじさんの狼姿を借りて逃げなきゃならなかったけど」

「おや、なんと気の毒な」ダマはほんの一瞬、口ごもり、指を宙でひらひらさせた。「おまえの実の両親を考えれば、プディングちゃんよ、〝**こっそり**〟は永遠におまえには習得できんだろう。取り組んでみるかね？」

ルーは少しも気にしなかった。異界族の力を使えばどんな場面でもうまく切り抜けられるのに、どうしてこっそりやる必要がある？　「あたしには無理そうだわ」

「でも、ルー、そばに人狼も吸血鬼もいない状況になったらどうするの？」つねに理性的なプリムがたずねた。

ルーはしばし考え、「あなたみたいにふりをするわ、ダマ」

アケルダマ卿はそんな言葉で安心するほどのんきな養父ではない。「それもうまくゆかなかったら？」

「重たい物を投げる」

プリムが猫につぶやいた。「親ゆずりはこっそりが苦手なところだけじゃないわね」

「いまなんて言った？」ルーはプリムをにらんだ。

「なんでもない」プリムは目を見開いて猫をなでつづけた。

ルーは話題を変えた。「ねえダマ、もっとやりがいのあることをやらせて」

「そのうちにな、かわい子ちゃん」アケルダマ卿が嗅ぎタバコ入れに手を伸ばすと、ルーは素手で握りこんでひょいと遠ざけた。こうなるとダマもおいそれとは手を出せない。

「なんの真似だね、ハリモグラよ？」ダマは金髪を払って唇をとがらせた。かつてある信奉者が〝地上に降りた美少年ガニュメデス〟と形容したとおり、つんととがらせた口はダマの顔によく似合う。もちろん本人も承知の上だ。

「だめよ」ルーに突き出した唇は通じない。「まず、これがどうしてそんなに大事かを教えて」

ダマは下唇を震わせた。

プリムローズはダマのわざとらしい芝居に笑みをこらえた。さっきの自分の芝居にそっくりだ。

ルーはタバコの入った小箱をダマの手が届かない位置でじらすように前後に揺らした。

異界族のスピードをもってしてもアケルダマ卿がルーから小箱を奪えないことはみな知っていた。二人の皮膚が触れ合ったとたん、ルーはダマの吸血鬼の能力を手に入れ、しかもなおタバコ入れを持っているだろう。吸血鬼はルーを〈魂盗人《ソウル・スティーラー》〉と呼び、人狼は〈皮はぎ屋〉、科学者は〈超異界族〉と呼んだ。ルーのような存在がこの世に現れたのは何千年かぶりで、幼いころは甘やかされては研究されるというパターンを繰り返しながら三人の高圧的な親たちとやり合ってきた。それは数々の興味深い結果をもたらした。たとえば、大英帝国でもっとも力のあるはぐれ吸血鬼でさえ、ルーが渡す気にならないかぎり嗅ぎタバコ入れひとつ奪えないというような。

「**困ったお子ちゃまだ**」ダマはぼやき、唇をとがらせるのをやめた。

「それで？」

「大事なのはタバコ入れでもなければ嗅ぎタバコでもない、かわいい**カサガイ**よ」

「あら？」

ダマは腕組みした。「よくよく見てみたかね？」

「もちろん」

アケルダマ卿は完璧な金色の眉毛を片方吊り上げた。髪の色よりほんのかすかに濃い金色だ。もちろん人工的にわずかに濃くしてあるのだが、それを言うなら髪の色は夜ごと人工的にわずかに薄くしている。ダマに偶然はない。こと身なりに関するかぎり。

ルーはそばの棚から高性能ギョロメガネを取ってかけた。片方の拡大レンズごしに左目が不気味に拡大されたが、それでも人にきかれたらチャームポイントは目だと答えただろう。

ルーはタバコ入れをしげしげと見つめ、側面に指を這わせるうちに箱のなか――嗅ぎタバコに埋もれるように――もうひとつ留め金があるのに気づいた。蓋についた銀の蝶番《ちょうつがい》の下に隠れるほど小さい留め金だ。

「気をつけて!」ダマが警告したときはすでに遅かった。

ルーが留め金を押したとたん内蓋がぽんと開き、隠し小部屋が現れた。当然ながら嗅ぎタバコはあたり一面に飛び散り、ルーの頭と胸もとはトウガラシのにおいのする茶色い粉末に覆われた。ギョロメガネのおかげで目だけは無事だったが、ルーは髪や胸から粉末を払い落とすのも忘れてこの新たな発見に見入った。

プリムは立ち上がり——猫は不満の声を上げた——つかつかと歩み寄ると、小箱をのぞきこみながら粉だらけの友人に手を貸した。

「なんなの？　別の嗅ぎタバコ？」プリムがハンカチでせっせと粉を払った。

箱の底の部分には葉っぱのようなものが入っていた。

ルーは頭を振って嗅ぎタバコを振り落とした。「いいえ。嗅ぎタバコにしては葉が大きいわ。新種のパイプ用タバコ？」鼻を近づけてにおいを嗅いだが、なんのにおいかはわからなかった。もう狼ではないから微妙なにおいまでは嗅ぎ分けられない。

アケルダマ卿はちっちっと舌を鳴らし、シルクのスカーフでルーの顔をはたいた。「いいや、ダーリン、それはタバコではない」

となれば残る答えはひとつしかない。ルーは得意げに答えた。「紅茶ね!」

ダマはうなずいた。「そのとおり。新種の紅茶だ、**ハリモグラ**よ。聞けば、中国茶葉より丈夫で生育も早く、より広範な気候で育つらしい。もしこれが賞味に耐えうるならばインドにどれほどの可能性があると思う？」

　ルーは眉をひそめた。「ブラッディ・ジョンの縄張りに踏みこむつもり？　どうりで秘密にしたがったわけね」東インド会社は事業の大半を吸血群の援助に頼っているため、血まみれ《ブラッディ》ジョンの名で呼ばれている。ダマがインド紅茶産業に参入すれば地元の吸血鬼が黙ってはいない。〈宰相〉として、本来なら吸血鬼の利権を守るべき立場なのに。なんとも微妙な問題だ。

　ダマはルーを見て瞳をきらめかせた。「この茶葉が英国人の味覚に合うかどうかを確かめたい。合うようならば八千本ほどの苗木を植えようと思う。そこで**いとしいハリモグラ娘**のおまえにインドに行って苗木を見て、場所を確かめ、土地を取得し、管理者を雇い、配給を始めてもらいたいのだよ」

　プリムローズは目を輝かせ、「インド？　まあ、すてき！　ついさっきロンドンから逃げ出したいって言ってなかった、ルー？」同意を求めてルーの顔をのぞきこんだ。

　プリムローズがルーに同行することには誰も――ダマでさえ――疑問を呈さなかった。プリムとルーはどこへ行くのも一緒だ。それにルーだって未婚の令嬢、一人で旅するわけにはいかない。

「ダマ。すばらしい計画ね。でも、水を差したくはないけど、あたしに紅茶栽培の何がわかるの？　栽培地域と気候に詳しい現地の仲介者が必要よ」そう言いながらもルーは考えをめぐらしはじめていた。ダマはうなずいただけだ。「そもそも誰に紅茶の試飲を頼むの？」

「もちろん、おまえの**母上**だ、ハリモグラよ。ほかに誰がいる？」

「残念ながらいないわね」ルーは顔をゆがめて隠し小部屋の蓋を閉め、タバコ入れの蓋を閉めた。それからダマに近づき、箱を渡そうとして手を止めた。

「インドと言ったた、ダマ?」

「**インド**だ、ダーリン。あそこには知り合いの紅茶専門仲介者がいる。おまえを出迎え、この事業を手伝ってくれる」

「そうだと思った」ルーはほほえんだ。

「誰もが紅茶専門官を持っているとはかぎらんよ」ダマも笑みを返した。

「母さんとポウは計画に賛成なの?」

「いや、その、おまえの実の両親にはまだ話していない」

「あらまあ」プリムはダマとドローンが好きで、吸血群で育った生い立ちから吸血鬼とはうまくやれるが、ルーの実の両親には恐怖を抱いていた。恐るべきマコン夫妻は二人そろって大声でどなり、自分たちと意見の合わない相手の頭をなぐりつけるタイプだ。ともに育った幼なじみとはいえ、プリムローズがマコン夫妻と顔を合わせることはめったにない。それを言うならルーもだ。

プリムローズは顔にしわを寄せた。「インドまではどうやって行くの?」

ダマが待ってましたとばかりにぱっと顔を輝かせた。「アハ!　答えを聞けば、花束ちゃんよ、ハリモグラは**たいそう**気に入るに違いない」

ルーは好奇心に負け、お目当ての嗅ぎタバコ入れをダマに差し出した。

ダマは箱の中身を揺らさぬよう、ルーの手にも触れぬよう慎重に受け取ると、ベストのポケットにすべりこませた。今日のベストは青緑色の高級シルクで、金色のレース飾りに黒玉のボタン。見るからにぴっちりで、ポケットにはスグリの実ひとつ入らなさそうだが、タバコ入れは魔法のようにポケットのなかに消えた。

話を続けようとして、ふとダマが顔を上げた。長い牙をすべて剝き出し、何かを嗅ぎ取ったかのように鼻孔をふくらませている。

ルーは身をこわばらせた。「どうしたの？」

ダマは不自然に青白い手でルーを制し、完璧な、美しすぎる顔をハンターのように緊張させた。「侵入者だ」

扉のノッカーが激しく音を立てて揺れた。

三人はいっせいにぴょんと立ち上がった。

外の廊下で衣擦《きぬず》れと何かがぶつかる音がし、ドローンの一人が愛想よく扉の向こう側にいる誰かに「ご用件は？」とたずねる声が聞こえた。小声で挨拶が交わされたあと、ドローンは応接間にいる主人に聞こえるよう訓練された大きさの声で言った。「いいえ、入室はできません。招待された人だけです。でも、どうしてもとおっしゃるのなら連れてまいります」

やがて応接間の扉をおずおずと叩く音がした。「ご主人様？」

「なんだね、ウィンクル？」

ウィンクルが小走りで入ってきた。もっかダマのいちばんのお気に入りで、ぞくっとするほどエキゾチックな若者だ。顔だちは極東もしくは環太平洋地域の生まれを思わせ、つやのある髪は喪服の黒玉のように黒く、吊り上がった黒い目が魅力的で、顔にはまったくひげがない。つねに笑みをたたえ、ほんのかすかにえくぼができる。しかも数カ国語を話し、クラリネットを美しくかなでる。これは男の美点だとダマはルーに言った——なぜなら舌が強い証拠だから。ルーはこの言葉を記憶にとどめ、深くは考えないことにした。

「ウィンブルドン群の吸血鬼がお見えです、ご主人様、ミス・タンステルのお迎えに」

プリムはいらだたしげに小さな足を踏み鳴らした。「女王ママね。なんて迷惑な」

ウィンクルがにっこり笑った。「お母上はあなたがここを訪ねるのを認めておられません。ここに来るくらいなら、いっそ隣の人狼とつきあっているふりをしてくれたほうがいいと思っておられるようです」

「吸血鬼流の駆け引きの問題だけならいいけど」プリムはぼやいた。「これで失礼します、アケルダマ卿、でも母はあなたをよく思っていないの。あなたのファッションセンスのせいだと思うわ」

ダマは平然と応じた。「人を嫌いになるのにそれ以上の理由があるかね、マイ・ディア！わたしに言わせれば、母上の帽子の趣味にはまったくもって賛成できん。近ごろはどこもかしこも巨大な帽子に巨大な髪。嘆かわしいほど**ふくらみすぎ**だ」

プリムはどちらの言いぶんにもうんざりした。「これだから吸血鬼は！」

ウィンクルはダマの屋敷では比較的新入りで、マコン伯爵夫妻とその娘、アケルダマ卿、タンステル女男爵とその娘の複雑な関係がいまひとつよくわからない。これまで集めた情報によれば、レディ・プルーデンスは〝超異界族を恐れる吸血群の魔の手から守る〟という政治的判断からはぐれ吸血鬼の養女となり、アケルダマ卿が実の両親に代わって養育した。レディ・マコンと女男爵タンステルは子どものころからの友人で、見たところあの二人が親友どうしとは理解しがたいが、結果としてミス・プリムローズとレディ・プルーデンスも仲がいい。しかし、なぜそのなかにそりの合わないどうしがいて、あらゆる接触を避ける者がいるのかは謎のままだ。ウィンクルは遠慮がちにたずねた。「お母上は、プリムお嬢様がはぐれ吸血鬼を訪ねるより人狼団を訪ねたほうがいいと思っておられるのですか」

プリムは肩をすくめた。「なにしろママは子持ちの、変わった吸血鬼だから」

ウィンクルは、アイヴィ・タンステルが吸血鬼女王に変異したのが想定外で、前代未聞で、きわめてありえない事態だったという事実を知らなかった。ロンドンは数十年前の衝撃からまだ完全に立ちなおってはいなかった。装飾過剰な帽子は、異界族上流社会に――吸血鬼の感覚からすれば――いきなり登場した女男爵タンステルのごく最近のトレードマークにすぎない。新しく吸血鬼女王になったアイヴィ・タンステルが四人の男性吸血鬼――全員が恐ろしく高齢で、恐ろしく裕福で、恐ろしく力が強い――と六人のドローンからなるれっきとした吸血群を引き連れて現れたときは、さしもの英国も動揺した。全員がエジプト人という事実さえどうでもいいほどに。このとんでもない行動を受けて、ヴィクトリア女王は予想どおりタンステル夫人に男爵位を授けた。そうやって完全に取りこむ以外、英国貴族社会がこの茶番にどう対処できただろう？　女男爵タンステルは特例を宣言され、上流社会に溶けこんだ。生家が商売にたずさわっていたことや、夫が舞台役者であることはあっさりと忘れられ、吸血群メンバーの肌の色は露骨に無視され、タンステル女男爵はあらゆる上流家庭の晩餐に招待された。つなぎとめられている吸血鬼女王は群の屋敷を離れられないが、それでも招待状は届いた。彼女のど派手な帽子は名だたるレディたちに受け入れられ、同じ熱心さでこきおろされた。パリの帽子デザイナーでさえ、ときに牧羊犬が羊を集める図を鉤針編みで全面に描いた円盤型のおぞましきしろものを世に送り出した。ウィンブルドンのエジプト人――ウィンブルドン吸血群はときにそう呼ばれた――との接触から一年もたたないうちに、ロンドンの大胆なしゃれ男たちはカラーシャツや腰帯《サッシュ》、奇妙な金のブレスレットをひとつふたつ身につけるようになり、ダマは新しもの好きのドローンに厳しく目を光らせなければならなかった。こうした事態を、この世で唯一おしゃれな人狼であるミスター・ラビファーノはおもしろがり、高みの見物を決めこんだ。

　タンステル女男爵は吸血鬼女王であるにもかかわらず、よその吸血鬼には根強い不信感を抱き、魂なき者《ソウルレス》であるルーの母親とその夫である人狼と親しいせいで、人狼びいきだった。吸血鬼の長い歴史のなかでもこんな吸血鬼は例がない。かくしてタンステル女男爵は人狼から〝きわめて現代的〟と見なされた。噂によれば、近くにあるウールジー吸血群のナダスディ伯爵夫人は一度ならず、タンステル女男爵を放埒かつ出しゃばりと呼んだらしい。これは吸血鬼界では敬意の表明だ。

だが、プリムローズは生まれたときから母親の過保護に反抗してきた。その息苦しさをともに味わってきたルーにとってもアイヴィおばは頭痛の種だ。やむなく移住した落ち着きのない異国人だらけの群をまとめる吸血鬼女王になって、命令することにも母親であることにも不向きな性格はますます混乱をきたした。こうしてなんの危険もないのに群の吸血鬼を娘の呼び戻しに行かせるのがいい例だ。しかも、これが社交上いかに無礼かさえわかっていない。

「ああ、アケルダマ卿、心からおわびしますわ！　なんて失礼な真似を！　どうか許して」

プリムローズは消え入らんばかりに身をよじった。

ブロンドの吸血鬼は緊張を解いたが、完全に解いたわけではなかった。群の吸血鬼が事前にカードを送りもせず、はぐれ吸血鬼の家を訪ねるなど、マナー違反もはなはだしい！　こうした礼儀が存在するのにはしかるべき理由があるのに。

ルーはダマの身になって顔をしかめ、プリムが恥じ入るさまを楽しんだ。プリムが動揺することはめったにない。「ねえ、プリム、あなたのお母様は学ぶってことがないの？」

プリムは急いでショールと小物バッグをかき集めた。「悲しいかな、ないのよ。本当にごめんなさい、アケルダマ卿。これで失礼します。ルー、明日うかがうわ。日没後でいい？」

プリムは正式なお辞儀をして二人にすばやく投げキスをすると、ウィンブルドン群の吸血鬼が招待もなくダマの部屋に入ろうとしてもめごとを起こす前に、小走りで扉に向かった。

ルーはプリムが部屋を出てゆくのを見つめた。「どうしてあたしたちはこうも厄介な親たちに苦労する運命なのかしら」

「かわいいハリモグラよ」いとしいダマは傷ついたふりをした。「それはどういう意味だね？」

ルーはダマの隣ににじり寄り、パッドがたっぷり入った肩にそっと頭を載せた。「あら、もちろんあなたのことじゃないわ、ダマ。間違っても」

「さすがはわが娘」

2　女王とカスタードのために

ルーは母の顔に不満の徴候を探した。

尊大な顔だちからは何も読み取れず、鼻孔がかすかにふくらんだだけだ。ルーは自分の鼻に手をやり、大きくなっていないか確かめた。母さんの前に出ると決まってやる癖だ。子どものころ、自分の鼻が嫉妬のあまり突然、似たようなワシ鼻になるのではないかと心配でやるようになった。いまのところ大きくなってはいないが、いつならないともかぎらない。

ルーの母は立派な突起物にしわを寄せ、いまにもワインを吐き出そうとするフランスのワイン鑑定士よろしく紅茶を含み、ゆっくり口を動かした。でも母さんは決して吐き出さない。上流婦人が口のなかのものを吐き出すことはみっともないのはもちろん、紅茶を無駄にしたくないからだ。

ルーは〝思慮深さ《プルーデンス》〟と名づけた母をいまも許していなかった。糖蜜タルトに対する偏愛は同じでも、母娘の関係はよくて口論、悪ければけんか腰になる。

ルーの母はまさに気性の激しい女性で、見た目はドイツ悲劇オペラのソプラノ歌手ふうだが、橋の上から身投げしそうなタイプではない。むしろ何ごとにも冷淡だ――とりわけ橋に対しては。だからといってルーが冷淡な母に困ったことは一度もない。母さんにはヴィクトリア女王の〈議長《マージャ》〉として帝国を取りしきる任務があり、ファッション、家事、子育てといった取るに足らない雑事にかかずらっている暇はなかった。そこでこの三つが得意なダマの手にルーをゆだねた。これにはちゃんとした理由がある。もし誰かにきかれたら、母さんはいくぶん不機嫌そうにこう言っただろう。〝アケルダマ卿はそのような俗事に長けているだけでなく、どう見ても楽しんでいるようだ〟と。

母さんはもうひとくち紅茶を口に含み、やおら判定を下した。「強烈なモルト風味、強い燻香。暖炉の内側をちょっとなめたような」

「これ以上ないほど正確だと思うわ、ダマ」とルー。

止まり木に止まる極彩色の小鳥のように椅子の端にちょこんと座るダマがうなずいた。

「ラプサンのような?」

「そうね、ラプサン……でももっと鮮烈で、もっと酸味がある。ブレンドに向くんじゃないかしら。ラプサンは近ごろずいぶん人気らしいわ」母さんはティーカップをしっかりと――待て《ステイ》を命じた犬を下ろすように――ソーサーに下ろした。

「そうね、ラプサンが出されるのは一流の応接間だけよ」とルー。

ダマは興奮に目を輝かせた。「おお、わがいとしきアレクシア**キャンディ**よ、きみがすべての答えをくれると**思っていた**」いまにも小躍りしそうだ。

アレクシアことレディ・マコンはこれで議題解決と見て娘に向きなおった。「それで今夜は何をしていたの、おちびさん？」

母親の口調にルーはつんとあごを上げた。母さんの前では別の人格になりたい。たとえばラビファーノおじさんのような。でも、やるだけ無駄だ。母さんはいつもあたしの最悪の部分を引き出す。つまり、あたしは本来の性格を抑えきれず、どんなふりも通用しない。母さんがあの口調になると、あたしはいやでも十三歳に戻ってしまう。「話したとおり、プリムローズと一緒にフェンチャーチ家の舞踏会にいたわ。チーズ皿にスティルトンチーズがなかったなんて信じられる？　会場にはクウィンブル社製の最新飛行船型シャンデリアがあった。まったく、あんなものに経費をかける気がしれないわ。それからフェンチャーチ夫人はどう見ても悪趣味ね。胸当てかと思うほど大きなダイヤモンドをつけてたわ」

ダマが気をきかせ、紅茶からゴシップに関心を移した。「人造か？　いや、人造に違いない。ミスター・フェンチャーチの商売は近ごろ悲劇的下降線をたどっておるのを聞いたかね？　いやまったくの下降線だ」

ダマと違ってレディ・マコンは簡単にはごまかされない。「あら、じゃあブルーマーでロンドンじゅうを走りまわったのはあなたじゃなかったの？　ああ、よかった。ブルーマーをはいた人狼のとんでもない噂を聞いたの。考えてみれば、夫の団にそこまで実験的な人狼がいるはずがないわね」

ダマは興味をそそられた。「本当かね？」

ルーは毛むくじゃらの人狼がブルーマーをはいた図を想像してくすっと笑った。ダマのドローンならふざけてレースのパンタロンで飛びはねなくもないが、人狼はありえない。そこまでお調子者ではない。

「聞きまちがいよ、母さん」ルーは口もとを引き締め、膝の上でしおらしく両手を重ねてつんと取り澄ました。

レディ・マコンはカツカツとパラソルを鳴らした。昼だろうと夜だろうと、晩餐会だろうと舞踏会だろうと、どこへ行くにも引きずってまわる恐ろしく不格好なしろものだ。「そのようね。このめずらしい紅茶の入手にあなたがかかわっているはずがないわよね？」

ルーは怒った顔をしてみせた。「なんのことかさっぱり」

娘の強情さに慣れっこの母はアケルダマ卿に向きなおり、かの有名なイタリアふうのにらみでじろりとねめつけた。「二人して何を隠してるの？」

ダマもとぼけた。「二人して？　なんにも、スグリの真珠よ。**なあんにも**」

レディ・マコンが身を乗り出してダマの手をつかんだ。とたんに吸血鬼は人間になった。レディ・マコンの能力は娘のルーとは違う。吸血鬼の力を盗みはできず、手を放したら効果は消えるが、肌が触れているあいだは異界族を人間に変える。この能力こそレディ・マコンを無情《ソウルレス》にし、反異界族《ソウルレス》であると知った吸血鬼の大半がこの女性を忌み嫌う理由だ。もっともレディ・マコンの性格が明らかになると、吸血鬼はそのきつい性格そのものを嫌うようになった。

「アケルダマ卿、娘をどこかのいかがわしい《シーディ》紅茶奪取任務にかかわらせるつもりはありません！」

ダマは心外だという顔で座りなおした。「なんてことを、いとしいお嬢ちゃん」

すかさずルーが肩を持った。「かりそめにもダマがみすぼらしい《シーディ》真似をしたことがある？」

「そうね、おちびさん、言いかたを間違えたわ。娘をしゃれた紅茶奪取任務にかかわらせるつもりもありません」

「いっそ〝しゃれた紅茶煎じ任務〟と言ってはどうかね」ダマがおずおずと口をはさんだ。

これ以上、愛するダマがやりこめられるのを見てはいられない。ルーは次の手に出た。

「バカ言わないで、母さん。言っておくけど、あたしはもう大人よ。紅茶に関することくらい自分で決められるわ」

「ブルーマーでロンドンを駆けまわるような？」

「人間の姿じゃなかったから、誰にも気づかれなかったわ。少なくともラビファーノおじさんとのつなぎひもが切れるまでは」

「やっぱりあなただったのね。まあ、なんたるスキャンダル！　せめて噂が収まるまで田舎に引っこんでちょうだい。ああ、どうやってゴシップ紙の目を避ければいいの？」

ルーは片足を床に叩きつけたくなって、ぐっとこらえた。「あたしに決まってるでしょ。それから田舎に引っこむ気なんかこれっぽっちもないわ」

「今回の一件であなたが何かを学んだことを祈るわ」レディ・マコンはあきらめ顔だ。

「はっきり言ってあたしが学んだのはブルーマーをあきらめるべきだってことよ。いっそ短いシルクのアンダースカートのほうがいいんじゃない？　問題はしっぽよ。あれで縫い目が裂けるの」

「だったらコルセットはどうなったの、お嬢さん？」

「もう母さんったら。コルセットはもう何年も前にやめたわ。不便このうえないし、古くさいんだもの」

「まあ、ちっとも知らなかった。あたくしはなんて子を育てたの？」

「ちゃんとお許しはもらってる！」

ルーが泣きつくように言うと、レディ・マコンはくるりとダマに向きなおった。「あなたが甘やかすから！　だから股割れブルーマーではねまわるような娘に！」

ダマは牙を出さぬよう上品にほほえんだ。「かわいい**シュガープラム**よ、冷静に考えてごらん。わたしが娘にしかるべき下着を着せずに外出させると思うかね。お許しを出したのはわたしではない」

レディ・マコンは頭をのけぞらせ、声をかぎりに叫んだ。「コナル！　いますぐその毛むくじゃらのお尻を出しなさい！」

ルーがくすっと笑った。「人狼父さん《ポウ》の聴覚はすごいけど、今夜は異界管理局。いくらなんでもロンドンの端からは聞こえないわ」

レディ・マコンの顔が雷雲のように険しくなった。「コルセットをしないなんて！　その体型で？　つまりあなたは支えもなくはねまわったの？　ああ、ああ、なんてこと。どんなに身体の線が崩れることか！　そのうえ今度はブルーマーまで？」娘の大問題について、いまや敵から味方となったダマを振り返った。「ああ、アケルダマ卿、娘の破滅的状況につける薬はないのかしら？」

ルーは平然と答えた。「母さん、今さら遅いわ。そもそもどうしてドレスの面倒な約束ごとにしたがわなきゃならないの？」

「それは、おちびさん、あなたがれっきとした淑女だからよ。あなたは二人の卿と一人のレディの娘。あなたには守るべき規範があるの」レディ・マコンは熱のこもった身ぶりで強調した。イタリアの血のなせる業だ。

ルーはあきれて天を仰いだ。

レディ・マコンはふたたびダマに向きなおった。「この子をどうすればいいの？」

「おお、アレクシア、**わがちびキュウリよ**、その言葉を待っていた。思うに、われらがハリモグラに必要なのは仕事だ」

レディ・マコンは言葉に詰まった。

ダマはこのときを待っていた。「まあまあ、二十五年ほど前を振り返るがいい。きみもあのころはどうしようもないおてんばだった。すべては仕事がなかったせいだ。いまやきみは果たすべき任務があり、わたしは〈宰相〉の責務があり、夫君には異界管理局があり、あのラビファーノにさえ帽子店がある。ハリモグラにも必要だと思わんかね、**ダーリン**？」

ルーはそんなふうに考えたこともなかったが、なんとしても旅には出たい。うんうんとうなずき、母親の反論に身構えた。

ダマの言葉の何が功を奏したかはわからないが、爆発寸前だった母の怒りは治まった。手にしたパラソルをあちこちひねりまわし、ダマの言葉を真剣に考えている。

レディ・マコンはルーの目を見つめた。「あなたがふつうの子どもだったら、いまごろはもう結婚しているはずよ。吸血鬼に育てられたおかげで、いまのところあなたを殺そうとする者はいないけれど。心配なの、それだけよ。これからあなたがどうなるか」

ルーは胸を打たれた。「まあ、本当にあたしを愛してるのね」

アレクシア・マコンは長椅子の上で娘を抱き寄せ、こめかみにキスした。「当然でしょう、おちびさん」

ルーは笑みを隠した。このくらいはお手の物だ。「それで今夜の舞踏会のことだけど……」母さんが明日のゴシップ紙を読む前に話しておいたほうがいい。

「いいわ、すべて話して。どこで紅茶を手に入れたの？　ラビファーノおじさんに何をしたの？　そしてどうしてブルーマーでロンドンじゅうを走りまわったの？」

予想どおり、心配性の母親は大事な娘をインドに行かせる計画にひどく動揺した。とはいえ――ルーの指摘どおり――インドが田舎であるのは間違いない。ダマは母さんに無謀だった若き日々を思い出させた。意外にも当時の母さんはスコットランドの疫病や狂気じみたヨーロッパ大陸横断、はては無鉄砲なエジプト旅行まで経験したらしい。「少なくともハリモグラには充分な準備をさせ、しかるべき装備とふさわしいドレスを用意できる」

「驚いたわ、母さんがそんなに向こう見ずだったなんて。すごく落ち着いて見えるのに」

「言っておくけど、おちびさん、あたくしはとんでもなく無鉄砲な冒険家だったの。だからと言ってあなたがそうしていいというわけではないわ」

「じゃあインドに行ってもいい？」

「たったいまあたくしはなんと言った？」

ルーは腕組みしてうなった。誰もが震え上がる父親のしぐさにそっくりだ。「自分の面倒くらい見られるわ。あたしは異界族の能力を盗めるんだから」ルーにとって過保護にされるほどいらだつものはない。例外は気の抜けたシャンパンくらいだ。

「いいこと、おちびさん、まわりに吸血鬼も人狼もいないときもあるの。昼間は力が使えないのは言うまでもない。それに、あなたの力を阻止できる反異界族はこの世にあたくしだけではない」

「あたしの能力はそれだけじゃないわ」ルーがぼやいた。

レディ・マコンは適性を見定める陸軍大尉のように娘を上から下までじろりと見まわし、それからダマを振り返った。実母と養父のあいだで無言の合図が交わされた。ダマはルーを独特のやりかたでしこみ、レディ・マコンも娘の演技力は知っている——たとえその目でじかに見たことはほとんどなく、その結果を考えないようにしていたとしても。

「わかりました」母はしぶしぶ降参し、「でも、行くのならこれを。きっと必要になるわ。インドはとても暑いというから」そう言って手にしたパラソルを邪険な、でも少し心配そうなしぐさで渡した。

母さんの賛同を得たのは心強かった。いかにダマでも、ロンドン人狼団のアルファに〝娘に帝国植民地をほっつきまわらせるべき〟と納得させるだけの力はない。マコン卿はルーには徹底的に甘いが、ひとたび娘の身の安全が脅かされるとたちまち殺気立つ。味方に引きいれるには妻による丸めこみが不可欠だ。この領域における母さんの手管を詳しくたずねたことはないが、夫婦の意見が激しく対立したときは決まってひとつのパターンがあった。意見不一致のままそろって寝室に消え、ふたたび現れたときは同じ意見――たいていは母さんの考え――になっているというものだ。レディ・マコンはよくこう言った――〝あたくしはつねに正しいの。夫はそれに気づくのにしばらく寝そべる時間が必要なだけよ〟。

「あなたがインドに行けば、おちびさん、あたくしたちも昼間ゆっくりと休めるようになるわ」夜明け前に三人がそれぞれの寝室に向かう前にレディ・マコンが言った。

「もう、母さんったら！」両親がこの歳になってなお身体的愛情表現を楽しんでいるのはけっこうだが、あまり知りたくないのも事実だ。

こうしてルーがかかわる部分の問題は片づいた。ルーは父親が戻る前に部屋に引っこみ、計画の続きは翌日に持ちこされた。

日没後、ルーが黒いビロードと白いビーズ刺繍で縁取った灰色のよそゆきドレスで下りてくると、ダマとドローンたちが外出の準備をしていた。ダマは群の吸血鬼と違い、ちょくちょく街に出かけては最新の舞台やオペラを楽しみ、ときに人間の知り合いを訪ねたりもする。そうしたお出かけはそのたび一大事だ。なにしろ外出する人と物が美的に調和していなければならない。灰色のドレスで現れたルーを、両脇に二人ずつドローンが並んで出迎えた。今夜は総勢六名が幌つき四輪馬車《ランドー》で出かける予定だ。

さっそくウィンクルが二階へ行って着替えてくるよう命じられた。黄色のベストはルーの地味なドレスに合わない。ウィンクルはルーの帽子を手に、セージグリーンのベストで戻ってきた。今夜のルーの帽子は吸血鬼女王アイヴィの影響とおぼしき、ごてごてと飾りのついた巨大な——三羽の海カモメのつぶれた死骸が載ったような——しろものだ。ルーはせっかくのドレスの魅力が損なわれるのではないかと思ったが、ラビファーノはこれが最新流行だと言い張った。ラビファーノおじさんが帽子選びで間違うはずがない。

「母さんはうまくやったかしら」ルーはダマの手を借りて馬車に乗りこみながらたずねた。二頭の馬はくつわに灰色の房飾りをつけ、御者は灰色のシルクハットをかぶっている。

「疑っているのか？　疑りぶかいハリモグラだ」

ルーはほほえんだ。「そうね。うまくいかないはずがないわ。母さんはいつだって自分の意見を通すに決まってる」

「ふむ。そうでないのはおまえが我《が》を通したときくらいのものだ」ダマは四人のドローンに席を空けた。

一行はまさに注目の的だった。馬車がハイド・パークを進むあいだルーはわくわくしながらレディたちのねたましげな視線を楽しんだ。なにしろお供はロンドンでもとびきり見目のいい五人の紳士だ。実際にはうらやましがられるにふさわしい理由などひとつもないが、若い盛りのルーは周囲の羨望がここちよかった。恋の始まりを期待する若いレディにとって、ここにいる男たちが提供できるのはせいぜいが見た目のよさとおしゃべりで、ロマンチックな慰めや恋愛関係は望むべくもない。まっとうなレディからすれば、彼らはタンステル女男爵お気に入りの帽子を飾る作り物の果実のようなものだ。愉快で、きれいで、いかにもおいしそうだが、いざお腹がすいたときや発作的におやつがほしくなったときには役に立たない。それを知っているルーはなんの期待も抱かず、心置きなくこの状況を満喫した。これでみんなが楽しめるというわけだ。

ダマは御者にハイド・パークを抜け、エッジウェア・ロードを進んでリージェンツ・パークに向かうよう命じた。このあたりは人口が少なく、異界族の数はさらに少ないので夜は静かだ。馬車はリージェンツ・パークを進み、途中で曲がってボート池近くの深い木立に向かった。小さな森の中央は使われなくなったクリケット場で、いまそこには小さくも元気のよいリスの一家とダマが手に入れたばかりのものが陣取っていた。

「まあ、ダマ！　なんてすてきなの」ルーは恥ずかしながらロマンス小説の主人公のように胸の前で手を組み合わせた。クリケット場のまんなかにこれまで見たこともない、すばらしい飛行船が係留されていたからだ。

ルーは空に浮かぶのが大好きだ。夏になると、よくダマの専用飛行船〈スプーンに載ったタンポポの綿毛〉号に乗せてもらった。もちろんダマ本人は一度も乗ったことはないが、いつも屋根の上に置いてある。なぜなら財力のある男が自宅の屋根に置いておくたぐいのものだからだ。ダマはつねに身分にふさわしく、かつ最新のものを取り入れた。決して古くさいと思われたくない。それはよその吸血鬼のためにある言葉だ。十六歳になると、ルーはドローンたちから〈綿毛〉号の操縦法を教わった。それ以来、機会あるごとにプリムにヘア・マフとゴーグルをつけさせ、ピクニック道具を詰めこんで一緒に空を飛んだ。プリムも思った以上に魅力にとりつかれ、空の旅にふさわしい衣類に投資したほどだ。

「活発な女性と思われたくないわ」当初、プリムは乗り気ではなかった。

「何言ってるの、プリム。いまは誰もが空を飛ぶ時代よ。田舎住まいの人にかぎらず。馬の背のような時代遅れの乗り物に乗るのとはわけが違うんだから」

「でも、ルー、わたしはしょっちゅう狼の背に乗ってるところを見られてるわ。そのうえ空を飛んだりしたら――その、なんて言うか――運動好きだと噂されるんじゃないかしら」

「そんなことないって。あなたのヒールの高さひとつとっても筋肉派と思う人はいないわ」

ルーの言葉は効果がなく、〝筋肉〟と聞いただけでプリムはヒステリーを起こしかけたが、ハンサムなドローンたちにおだてられ、手取り足取り教えてもらううちに乗る気になった。

でも、目の前の飛行船はちっぽけな〈綿毛〉号とはまったく違った。

「ダマ、すばらしいわ」

「だろう？　数年前、いくつかの技術が実用化される前に制作を依頼した。いまやすべてに最新技術が使われている。操縦、居住性、構造、武器にいたるまで。これは**どんな飛行船よりも軽く**、高性能で、速く、致死力がある――大英帝国の空軍機よりも。そして誰よりもかわいいハリモグラのなかのハリモグラよ、これは**おまえ**のものだ」

ルーは思わずダマの口調につられた。「**あたしの？**」

「いかにも。おまえたちはすいすいとうまくやれるだろう。それともふわふわと言うべきか？」

　馬車が美しい飛行船の隣に止まり、ドローンたちが飛び降りた。

　ルーはウィンクルの手を借りて馬車から降り、飛行船におずおずと近づいた。

　帝国郵便飛行船ほどではないが、かなり大きい。ゴンドラだけでもダマのタウンハウスくらいの大きさはありそうだ。ただ、このハウスは片方にかしぎ、流線型のボートのような形をしている。

「カゴはサハラ砂漠の気球遊牧民のものを採用し、船体にはきわめて軽く柔軟な中国木材を使った」船体の木は美しい金色だ。ルーはつま先立って、そっと梁をなでた。

　係留ロープにつながれた飛行船は飛翔を待ちきれないとでもいうように上下に揺れている。

「なかに入っても？」ルーは異国の木材に合わせたような黄褐色の目を大きく見開き、輝かせた。

「もちろんだとも、花びらちゃん。だが、案内するのはわたしではなくドローンだ」

「あら、でもダマ、飛行船はすごく低く係留されてるから、あなたでも……」

「無理は禁物だ、マイ・ラブ。いつロープが切れて、わがつなぎひもが限界を超えぬともかぎらぬ。わたしは高齢の吸血鬼だ、ハリモグラよ、そして無鉄砲ゆえにここまで齢《よわい》を重ねたわけではない」

ルーはうなずき、ダマの代わりにウィンクルの腕を取ってきしむタラップをのぼり、メインデッキに足を踏み入れた。巨大気球下のキーキーデッキは上部のヘリウムで声が変にならないよう充分に離れているが、まんいちヘリウムが漏れた場合、もっとも高い場所にある船尾デッキは危険域になりそうだ。変な声で命令を出す羽目になるかもしれない。

船尾デッキの操縦部は古めかしい船舶の操舵機のようだが、技術が古めかしいのではなく、あくまで美観を重視したデザインだ。気球はその場の状況によってヘリウム、もしくは熱気、あるいはその両方でふくらませたりしぼませたりできる。船尾下方のプロペラが舵取りと推進の大半をにない、船尾の主帆《メインスル》は上層のエーテル流に浮かぶときに使われるらしく、いまは詮索好きの猫のしっぽのようにだらりと垂れていた。

ひとつだけルーの気に入らないものがあった。

「鳩！」そう叫ぶや、驚くウィンクルの手を放してデッキを突っ切り、並んで止まる鳩に向かって狂ったようにパラソルを振りまわした。ルーの鳩嫌いは、幼いころソーセージロールを盗まれたことに端を発する。鳩の群れは鳴きながらばたばたと飛び立ち、ルーはそばにいた甲板員たちに向かって手を振りまわした。「お願いだから鳩を見たら追い払って。ああ、ぞっとする」

「わかりました、ミス」一人の甲板員がルーのとっぴな振る舞いに目を丸くして答えた。

「鳩が嫌いなの」ルーは弁明した。「それから、あたしのことは船長と呼んで」

「鳩を好きな人がいますか、船長」甲板員が悟ったように答えた。

船首楼の下部デッキが乗組員室で、船尾が上級船員室だ。ルーは靴がたっぷり収まる衣装だんすつきの豪華な船長室に心から満足した。食堂と調理室は見るからに使い勝手がよさそうで、調理室には最新の保冷箱とさまざまな鍋やフライパン、丸型マフィン型《クランペット》までそろっている。クランペットに目がないルーは、このいたれりつくせりの配慮に大きくうなずいた。美しく飾られた個室の向かいには喫煙室、その先には医務室と実験室を兼ねた部屋と客室がいくつか並んでいる。

最下層デッキは補給品やその他の必需品を収めた船首側の広い船倉と船尾側の大きな部屋からなっていた。この大部屋が機関室で、石炭庫、ずんぐりしたヤカン型ボイラーが仲よく並んだようなかわいいデザインの最新型蒸気エンジンが収まっている。

ルーは器用なタイプではない。機械が動くしくみに心底、興味を持ったことは一度もない。重要なのはそれらが実際に動くことで、ちゃんと動きさえすれば満足だ。どこかが壊れたら身近な専門家を見つけ、愛想よく、もちろん報酬つきで修理を頼む。つまり、飛行船の構造や備品、装置やしくみはまったくわからない。それでもヤカン型ボイラーは気に入った。

「まずは機関長と航空士を雇う必要がありそうね」ルーは周囲の装置を見まわした。

ウィンクルがかすかに口を開けてうなずいた。「そのようです」

すでに基幹員はそろっていた。上デッキでは甲板手と甲板員が駆けまわり、下では火夫と機関員、石炭係の煤っ子たちがヤカン型ボイラーを動かしている。そこへレディが現れたものだから、寄せ集め集団はあわてて気をつけの姿勢を取った。何人かが縁なし帽をひょいと上げ、ぶつぶつとつぶやきが漏れた。威圧感をあたえてしまったようだ。

機関主任がなにやらもごもご紹介したあと、ルーは呼びかけた。「みなさん、はじめまして。あたしはレディ・プルーデンス・アケルダマ。この飛行船の船長よ」

船長が上流階級の女性とわかっても、若い船員たちはいっこうに気にする様子はなかった。すでに聞かされていたか、そうでなければ前向きな思考の持ち主ゆえに選ばれたかのどちらかだ。ルーはこれから仲間になるクルーをしげしげと見た。そして、機関主任と、火夫と煤っ子の少なくとも半数が女であることに気づいた。いったいダマはどこからこんな乗組員を見つけてきたの？　でもルーはうれしかった。あたしはどう考えても女性を愛するタイプではないが、女友だちはたくさんいるし、一緒にいると楽しい。きっとふたつの種族の男たち――片方は毛むくじゃらの人狼で、もう片方はこぎれいでおしゃれな吸血鬼――に育てられたせいだ。大勢の女性たちと旅してまわるのは、さぞ楽しいに違いない。ぼやきのない、正しいお茶の時間が持てそうだ。

ルーは全員に笑いかけ、ポウのリーダーらしい態度に、ドローンに話をするときのダマのテクニックを少し混ぜた。「紳士淑女のみなさん、この船の船長として、みなさん全員と親しくなれることを心より光栄に思います。これから大いなる冒険に出かけます――あたしとみなさんとで。見てのとおりあまり威厳はないけど、きっとすばらしい旅になるわ」

一団が顔を上げた。見るからに若くて経験のなさそうな船長に抱いていた心配が、分けへだてない性格と前向きな態度でなだめられたようだ――そう願いたい。煤っ子の何人かが笑みを返し、煤で汚れた顔を期待に輝かせた。

しばらくしてルーは言った。「大変けっこう。仕事を続けて」

たちまち小集団は解散し、それぞれの持ち場に戻った。若い女船長に会ったことで足取りも軽くなったようだ。

ルーは機関主任に向きなおった。この女性の信頼だけは勝ち得ておかなければならない。三十代前半で大柄。背が高く、引き締まった身体つき。赤茶色の髪を短く刈りこみ、男かと思うほど声が低い。ダマが選んだのだから間違いないはずだが、身なりはだらしなく、ぶっきらぼうで陰気だ。ダマのいつもの趣味とはまったく違う。

「はじめまして」ルーはアメリカふうに片手を差し出した。

「どうも、ミス」機関主任は手を握ろうとはしなかった。

ここはどう考えても船長と言うべきじゃない？　それでも愛想はよくしたほうがいい――たとえ反抗的な相手であっても。ルーは出した手を引っこめた。「お名前をうかがっても、機関主任？」

「フィンカーリントンです、ミス。アギー・フィンカーリントン」その名に重要な意味があるとでも言いたげな、吐き捨てるような口調だ。

「どうぞよろしく、フィンカーリントン機関主任」ルーは相手の印象を〝陰気〟から〝露骨に不機嫌な気むずかし屋〟に変えた。

「何か、ミス？」

「上級船員を配置するまでに船を整備しておいてくれるかしら」

「やってないように見えますか」

「もちろんやってもらってるわ。手際がいいわね」つっけんどんな答えにルーはいささか驚いた。というより無礼じゃない？

フィンカーリントン機関主任はぐいと頭を動かした。いまのはう、な、ず、き？

ルーは心のなかでため息をついた。「行っていいわ」

アギー・フィンカーリントンは困惑するルーを残し、ぶらぶらと立ち去った。出会ったとたんに嫌われる経験は初めてではない。超異界族というだけで一度ならず偏見に満ちた嫌悪の対象になってきた。とはいえ、これといった理由もないのに嫌われるなんて。なんとしてもミス・フィンカーリントンを味方につけてみせるわ。次はプリムローズふうの戦法でいこうかしら？

「厄介な人のようですね」とウ、ィ、ン、クル。隣にいるのをすっかり忘れていた。

「いまにわかるわ。どうやら厄介ごとはあたしの仕事になりつつあるみたい。さあ、次はどこに――」

ルーが言いかけたとたん、そばのヤカン型ボイラーのひとつがけたたましい悲鳴を上げ、すさまじい熱と蒸気を吐いて爆発した。

ルーは本能的に煤だらけの床に身を伏せた。ウィンクルも真横で身を伏せている。しゃれ男にしてはなかなかの反射神経だ。

「いったい何ごと？」ルーは振り向き、煙の向こうに目をこらした。見えるのは恐怖に大きく見開いたウィンクルの黒い目だけだ。シルクハットが頭から落ち、焚きつけ材の山に向かって転がっていた。

あちこちで声が上がり、フィンカーリントン機関主任のどなり声が聞こえた。煙と蒸気がゆっくりと消え、煤っ子たちがそこらじゅうを走りまわっているのが見えた。

船体が片側にかしぎ、船室の床が傾きはじめた。

「船体保持！」フィンカーリントンがどなった。「パフ、スプー、キップ――予備ボイラーについて、ただちに船体安定。ウート、リビン、ジャイクス――主ボイラーの問題箇所を確認。火夫？　火夫はどこだ？」

フィンカーリントンの命令で、大混乱はきびきびした動きに変わった。

ルーは立ち上がり、ドレスの煤を払いながら思った――灰色のドレスでよかった。それからウィンクルに手を差し出した。爆発騒ぎにちょっと動転しているようだ。ウィンクルは立ち上がってシルクハットを拾い、おびえた表情で帽子と膝の具合を確かめた。

「彼女、仕事は優秀みたい」汚れたシルクハットからウィンクルの気をそらそうとルーが言った。

「でも、性格は優秀じゃありません」とウィンクル。

「ダマは何を優先すべきかを知ってるわ。性格はよくなることもあるけど、手際のよさは生まれつき」

ウィンクルはくすっと笑った。「たしかに賢明な判断です」

見ているまに作業は連繋よく行なわれ、床は安定し、やがてすべては通常に戻った。

アギー・フィンカーリントンは、若い船長に失態を見られたのがいかにもくやしそうにルーを見た。

ルーが〝気にしないで〟というようにほほえむと、機関主任は口の端から唾を吐き、持ち場に戻っていった。

「気に入ったわ」

「アギーのことはご心配なく、船長」小声に振り向くと、せいぜい十二歳くらいの幼い煤っ子が帽子を持って立っていた。「気むずかしいけど、公正だから」

ルーは優しく笑いかけた。「ありがとう、えっと……？」

「スプーです、船長。アギーはみんなの名前を短くするんだ——どなりやすいように」

「ありがとう、ミス・スプー」

「スプーでいいよ」

「スプー！」フィンカーリントン機関主任がどなった。「何をぐずぐずしてる！」

スプーはぽんと帽子をかぶり、急いで走り去った。


ルーは名残惜しそうに飛行船をあとにしながら、インド旅行に必要な道具、紅茶、武器、陶器、靴をあれこれ思案しはじめた。ラビファーノおじさんが空酔いを我慢して、装飾と内装について助言をくれるといいんだけど。馬車に戻ると、ダマが足乗せ板に座り、ドローンたちと楽しげにしゃべっていた。ひょこひょこ歩くウィンクルをしたがえて駆け戻ると、ダマは顔を上げた。

「ダマ、すばらしい飛行船ね」

「気に入ってくれて**うれしい**よ、ハリモグラちゃん。しかし、その顔と**すこぶる**くすんだドレスはどうしたんだね？」

「ボイラーの故障」

「そういえば悲鳴と爆発音が聞こえたような気がしたな」

「聞こえたのにあたしがなんとかすると思ってドローンの一人も送りこまなかったわけ？優しいのね、ダマ」

「かわいいハリモグラよ、おまえと暮らした日々はこれまで爆発の連続だった。どうして今回が特別だと思う？」

「ほめ言葉として受け取っておく」ルーはうれしそうに、「でも今回は——名誉のために言っておけば——あたしのせいじゃないわ。いずれにせよ直せないような故障じゃないって、いけすかないフィンカーリントンとかいう人が言ってた」

「ああ、アギーに会ったか、ハリモグラよ。心配するな、あれも悪いばかりではない」

「カビみたいに？」

「そう、カビのようにとても役に立つ」

「チーズをおいしくするように？」ルーはお茶の時間に思いをはせた。

「**それは**どうかわからんが、ちっちゃなペチュニアの花よ」ダマはひょいと飛び降りてルーのそばに立ち、飛行船を振り返った。「あともう少しお化粧をしなければならん」

所有者たるルーは飛行船の代わりに反論した。「船は完璧よ」

「いや、いや、かわいい**ハリモグラ・マフィン**よ、気を悪くするな。気球に油を塗り、色をつけるだけだ。色を選んでおくれ。少しは自慢させてくれてもよかろう、いとしの露玉ちゃんよ？　それから名前もだ」

ルーは決断の速さだけがとりえだ。「赤地に黒い斑点でもいい？　巨大テントウムシみたいな」

ダマはこらえきれず、らしからぬ高笑いを上げた。「なるほどそうきたか。それで名前は？」

ルーはしばし考え、美しい中国木材の淡い金色と飛行船の温かみのある雰囲気を考慮に入れて決めた。「〈斑点カスタード〉号」

ダマは思わず鼻を鳴らしそうになった。「本気か、わが聡明なる娘よ？」

ルーはつんとあごを上げた。「気球は斑点つきだし、カスタードはあたしの大好物よ」

ダマはそれ以上、追及せず、「ではドローンに登録させておこう」そう言ってエメラルドグリーンのベストのポケットから一覧表を取り出した。「さて、ほかにも乗組員が必要だ。甲板手と三人の乗務員は選んだが、さらに船内係と、当然ながら上級船員がいなければならん。これがわたしの推薦リストだ」ダマはどこか不安げな様子で紙を差し出した。

ダマが不安げなそぶりを見せるなんて？　ルーはリストに目を落とした。さほど長くはない。すぐにひとつの名前が目に飛びこんできた。「何これ！　パーシー？　どうしても？」

「いいか、ハリモグラよ、彼こそロンドンじゅうで航空士に最適の人物だ。まだ女王陛下にも国家にもどんな契約にも縛られていない。**冷静に**考えてごらん。彼は聡明で、有能で、しかも女性にどやされるのに慣れている」

「でも小心者だし。泣き虫だし。すぐ気が散るし」

「彼は大英帝国のあらゆる地方の歴史を熟知し、あらゆる事象を解明できる」

ルーは認めつつも不満げにつぶやいた。「プリムが嫌がるわ」

「しかも六カ国語を話す」ダマはかまわず続けた。

「それに、何を言ってもきかないし！」

ダマは唇を引き結び、ルーの怒りを正面から受けとめた。「リストにはまだ先がある」

ルーはリストに目を走らせ、ダマが知られることをもっとも恐れる名前に気づいた。「嘘でしょ」

「まあまあ、ハリモグラよ、**ダーリン**――」

「ダマ！　これだけは絶対にだめ」

「考えてごらん、マイ・ディア。機関長は彼しかいない」

「彼女《シー》が手放すもんですか」

「どっちの彼女《シー》だね？」

「どっちも」

「やつも近ごろは自分の意思を持ちはじめている」

「あらそう？　だったらなおさら問題ね。彼女たちの顔色をうかがってあたしの命令をきかないような男はいらないわ」

「〈斑点カスタード〉号のボイラーと蒸気機関制御装置の大半は彼の設計だ」

ルーは激しく紙切れを振りまわした。「やっぱり。ヤカンを見たときに気づくべきだった」

「しかも最近ウィンクルが聞いたところでは、しばらくロンドンを離れたがっているそうだ」

「どこかのかわいそうな貿易商の娘を妊娠させたとか？」

あまりの下品な言葉にダマは心底、青ざめた。「プルーデンス・アレッサンドラ・マコン

・アケルダマ、それ以上は言ってはいけない」

たしかにちょっと言いすぎた。「この世で最高の飛行船をくれたことに免じて考えてみるわ」

「会ってみるかね？」

ルーはため息をついた。「あなたのことは心から愛してるけど、ダマ、ときにあなたはあたしの親のなかでもっとも悩ましいかもしれない」

説得に成功したダマは、いとおしげにドローンの一団を見やった。「さあ、きみたち、ハリモグラを列車の駅まで送り届けよう。ウールジー吸血群をご訪問だ」

ドローンたちは飛行船の中段キーキーデッキの手すりでロミオとジュリエットのバルコニーの場面を演じて遊んでいた。いつのまにかデッキに戻ったウィンクルが髪の毛がわりにテーブルクロスを巻きつけ、下にいる運命の恋人に仰々しく身ぶりしている。

ルーは最後にうらめしげにつぶやいた。「彼はかなり手強いわ」

「すぐれた男はみなそうだ、マイ・ダーリン」そう言うダマの瞳は追憶に潤んでいた。

ウールジー城はロンドンから列車で二時間ほどの、とびきり緑豊かな郊外にある。一面に広がる緑に、たいていの吸血鬼はぞっとして悲鳴を上げるだろう。吸血鬼は本来、都会生活を好む種族だ。ウールジー吸血群はやむにやまれず巣移動《スウォーム》したが、緑になじまないさまは、さながらヤギの一家が貴族院の席に座っているかのようだった。彼らがこの地に移住したあと、一路パーキングへ向かっていた〈口笛急行列車《エクスプレス・ホイッスラー》〉は吸血群たっての願いで、なんの目印もない名もない駅に停まるようになった。車掌以外、その正確な場所を知る者はおらず、恐ろしくてたずねる者もいない。その名もない駅――〝伯爵夫人のお座り場〟と呼ぶ者もいた――からは小型自動軌道列車が煙を上げ、えんえんと続く低い丘をのぼってウールジー城の敷地まで走っている。軌道列車はウールジー群が認める客が来たときにだけ動き、途中、頭の幅より大きなクラバットをつけた大柄で筋肉質のドローンが陣取る検問所をいくつも通過しなければならない。

ウールジー吸血群でなにより許せないのは――都会育ちの若いルーには片田舎に思えるが――その立地でもなければ、飛び梁《フライングバトレス》だらけで左右非対称の、つぎはぎだらけの領主館ふうの外観でもない。問題はウールジー吸血群の女王、ナダスディ伯爵夫人だ。

ナダスディ伯爵夫人はいつ訪ねてもルーをこれでもかと歓待した。吸血鬼は大半がそうだ。表向きは。なかでもウールジー群は並々ならぬ努力を見せる。不快なほどに。レディ・プルーデンス・アケルダマはどこの吸血群の催しにも必ず招待された。十七歳で社交界にデビューして以来、金色で型押しした招待状が届かなかったことは一度もない。ルーを招待すると、伯爵夫人は奥まった応接間を出て広間で出迎えるのをしきたりにしていた。〈議長〉にも〈将軍〉にも見せない待遇だ。そして必ずルーの身なりのどこかをほめた。最近の若者ファッションには純粋に興味があるらしい。ルーの洗練されたファッションセンスを認める審美眼が自分にあることをわからせたいのだろう。ダマを養父に、ラビファーノをおじに持つあたしが隙のある格好で訪問するとでも思っているのかしら？

　そうした気づかいも〝できるならこの超異界族をアップルフリッターよろしくフライにしてブランデーソースに浸してやりたい〟という屋敷全体にみなぎる殺気を打ち消すにはいたらなかった。はっきり言って、相手から〝死ねばいい〟と思われている貴族の屋敷を訪問して楽しいはずがない。とりわけその貴族が財力と社交術にたけた超高齢の吸血鬼の場合は。生きたここちもしないとはこのことだ。

「いとしいわがいとこ《カズン》・プルーデンス」ナダスディ伯爵夫人は前に進み出、手袋をした両手を広げた。吸血鬼が家族を迎えるときのしぐさだ。彼らは養子縁組の概念を尊重する。群の意識において、ルーはアケルダマ卿のれっきとした一人娘だ。マコン夫妻はルーに対する法的権利を放棄し、親権を手放した。夫妻がいまだ隣家に住んでいるのは気に入らないが、騒ぎたてるほどではない。ルーが法的に吸血鬼の子である以上、ルーは家族の一員であり、それにふさわしく歓待するのは当然だ。

　伯爵夫人はおそるおそるルーの上腕をつかんだ。夫人の手のひらとルーの皮膚のあいだには数枚ぶんの布地が存在している。伯爵夫人はルーの頬からゆうに十五センチは離れた位置で投げキスをした。「ようこそ。わざわざこうしてお出ましになるなんて、いったいなんのご用？」

　大仰な挨拶だが、ルーはアケルダマの娘だ。どんなおべっかもおもしろがり、対応する能力をそなえている。

「親愛なるカズン・ナダスディ、今宵はまたなんとお美しいこと。それは新しいドレス？まあ、なんて今ふうなんでしょう」

お世辞ぬきに美しいドレスだ。ビロード地の血の色《ブラッドレッド》の接待ドレスで、袖はバラ模様を散らしたクリーム色のシルク。スリットの入ったオーバースカートの貝殻型の裾にはさりげないボビンレース。高く結い上げたハチミツ色の豊かな巻き毛には赤いバラの髪飾り。これほど優美なドレスを着こなすには少しぽっちゃりしすぎだが、堂々とした物腰と〝わたくしはほかの何よりも――ファッションよりも――首をかじることに興味がある〟と言いたげなすごみが文句を言わさなかった。

「さあ、こちらへ、カズン・プルーデンス。いつだって大歓迎よ。それにしても驚いたわ。しかも付き添いもなしに。あなたからのカードは受け取ってないようだけど。行方不明になったのかしら？」

「いいえ、今回の無礼をお許しください。家族同然の気安さに甘え、いきなり訪問してしまいました。急なことでカードを送る時間がなくて。あたしたちは家族も同然ですから、今回だけは付き添いなしでもいいかと」

「まあ、そういうことなら、親愛なるカズン、堅苦しいことは抜きにしましょう。さあ、どうぞこちらへ」伯爵夫人は嫌味なほど慇懃で寛容な手ぶりでルーを広間に招いた。ウールジー城の入口はワイン色とクリーム色で飾られ――偶然なのかどうか――夫人のドレスに美しく調和していた。金箔張りの天井からは目を見張るような飛行船型のクリスタル・シャンデリアがぶらさがり、扉の脇には最新型の裾クリーナーが置いてある。壁には貴重な絵画がずらりと並び、本物のギリシア彫刻とおぼしき塑像が花を添えていた。ウールジー吸血群のモットーは重厚なるエレガンスだ。城の外観は手のほどこしようがないが、豪華な内装には惜しみなく手をかけた。そんな壮麗な屋敷のそこここをドローンと吸血鬼がうろつき、鋭く冷ややかに光る目でこちらをにらんでいる。

「どうか気を悪くなさらないで、親愛なるカズン」ルーは一刻も早くこの鼻につく雰囲気から逃れたかった。「こうしてうかがったのはあなたの被後見人に会うためなの」

ナダスディ伯爵夫人は意表を突かれたようだ。「ケネルに？　あなたがた二人はいがみ合っているのではなくて？」

「あら、カズン、い、が、み、合うだなんて。たまに意見が対立するだけです」

伯爵夫人は完璧な弧を描く眉を片方、吊り上げた。「そう？　たしかあなたはケネルをアヒル池に突き落とすためだけにアンブローズ卿から吸血鬼の能力を盗んだのではなかった？」

ルーは顔を赤らめた。たしかにあのときのケネルの振る舞いはひどかったが、あたしは必要以上に事態を悪化させた。「ずいぶん昔の話ですわ」

夫人は遠い目をした。「あらそう？　そうね、あなたがた死すべき者の時の流れはとても変わっているから」

「彼女は八歳だった」甘いテナーボイスが答えた。かすかにフランスなまりがある。「ぼくが大学から戻っていたときだ。よく覚えてる」

振り向くとケネルが立っていた。

ケネル・ルフォーはこれまで出会った男性のなかでルーが苦手とする数少ない一人だ。ポウの団にいる、女の武器に弱くて巨体でがさつな人狼とも、アケルダマ卿の屋敷にいる、噂話やあてこすりに影響されやすい優雅で女々しい取り巻きとも違う。ケネル・ルフォーはまったく別の人種で、大いに手こずる相手だ。この若者はどんなタイプにも当てはまらない。中肉中背で、身のこなしはダンサーのようだが、学究肌で、ユーモアのセンスにはかなりの自信を持っている。愛想がよく、現代のもっとも優れた技術者の一人でありながら知識よりもとんちを好む。すぐに女性を口説きたがる癖は、誰もが言うようにフランス人のせいだ。癪《しゃく》なことにこの男には演技も通用しない。その結果ルーはケネルにからかわれて頭がくらくらするか、ケネルの頭に紅茶をぶっかけたい衝動にかられるか、ときにはその両方にさいなまれた。

「レディ・プルーデンス、きみの訪問を受けるとはなんという光栄だろう」ケネルはルーの片手を取り、キスするように手首に顔を近づけた。実際、ささやく唇が肌に触れた。ケネルは正真正銘の人間だからルーとの接触を恐れる理由はない——無礼な行為にルーがケネルの耳を思いきりはたきたくなる以外には。

ルーは失礼にならない程度の間合いで手を引っこめ、ケネルの唇が触れた場所をぬぐいたい衝動をこらえた。「あなたを探していたの、ミスター・ルフォー。できれば二人きりで話せないかしら」

ケネルは吸血鬼女王と鋭く視線を交わした。

ナダスディ伯爵夫人は小さく肩をすくめた——ドレスのひだ飾りを乱さないよう、ほんのかすかに。青い瞳にはぞっとするほどの強欲さが浮かんだが、ルーの申し出に反対はしなかった。

ケネルは小さく首を傾けた。「では、かわいい人《モン・ペティ・シュ》、ぼくのねぐらへどうぞ。それとも庭を散歩する？」

何ごとも公《おおやけ》にするに越したことはない。「お庭がいいわ。空気もいいし」

ケネルが片腕を出すと、ルーはぬくもりにおびえるようにそっと腕を取った。

ケネルは廊下を抜け、美しく手入れされた庭に案内した。城を出る前、ケネルはふと立ち止まり、身につけていた器具をあれこれはずしてかたわらに放り投げた。いままで気づかなかったところを見れば、あたしはよほど緊張していたようだ。

「いまのは？」

ケネルは複雑そうな装置をそっけなく見やった。「道具さ。作業中は身につけていたほうが便利だけど、それ以外は邪魔になる。とりわけ美しい訪問客のお相手をするときはね」

かつてウールジー城は父の人狼団のねぐらだった。ルーもここで生まれたが、住んだことはない。ここにはいまも狼が暮らした痕跡があった。そこかしこに残るひっかき傷。広間の食器棚に収まる銀の鎖。広々とした地下牢。この二十年、ナダスディ伯爵夫人はウールジー城の改善に手を尽くしたが、たいした効果は上がらなかった。城の構造そのものが、さまざまな趣味を持つさまざまな所有者によって継ぎ足しされたために——そのなかには数人の人狼アルファもいた——つぎはぎ館《やかた》の印象は否めない。千年におよぶ知識をもってしても、世のなかには美しくならない屋敷があることが証明されたわけだ。

だが庭は違った。ウールジー吸血群は実に魅力的な庭師一団を雇った。城から出られない伯爵夫人が庭と庭師を愛でるのは夜中、部屋の窓からだけだが、それでも庭と庭師は彼女の楽しみだ。そのため、散歩にはもちろん、城の上方から眺めても美しい工夫がいたるところにほどこしてあった。四阿《あずまや》に噴水。池に小渓谷。鳥の水浴び場。塑像。装飾刈りこみ《トピアリ》によく映えるクリーム色の小石を敷きつめた複雑な迷路と、中央のシダレカンバの木立は言うまでもない。

四分の三ほどの大きさの月に照らされながら、ケネルとルーは曲がりくねった黒石の歩道を歩いた。手入れのいい低木林、美しい多年草の花壇、ずらりと並ぶ果樹林、そしてときおりギリシア神殿の前を過ぎながら共通の知り合いの話をし、たがいの家族の様子をたずね合い、やがてスイレンが浮かぶ、シダレヤナギに囲まれた絵のように美しい池にやってきた。

ルーは感慨深げに見つめた。「これがあの池？」

「そう。あのころは若くてやんちゃだった」ケネルは池に落ちたときを思い出すかのように腰をさすった。

「誰が？　あたし？　それともあなた？」

「どちらもだ、たぶん」

ルーは、過去は過去として忘れたかった。「たあいない子どものおふざけよ」

「きみにとってはそうでも、ぼくはもう立派な大人だった。甘やかされた超異界族をからかうべきじゃないことくらい知っておくべきだった。それ以外のことも」ケネルはルーを大理石のベンチに案内し、腰を下ろした。

「それ以外？　あたしが八歳でもあなたを池に突き落とすほど強かったこと？」

「きみがやがて記憶力のいい美しいレディになるってこと」

ケネルは根っからの口説き屋だ。「でもいまだに甘やかされてるって言いたいの？　それは謝罪？　まあ許してあげてもいいわ」

ケネルは金色のまつげを上げてルーを見た。「それで？」

「あら、あたしはあなたを突き落としたことを謝る気はないわ。またいつそんな必要に迫られるかわからないから」

ケネルは声を立てて笑った。「やられた。それで、ぼくに用事って、モン・ペティ・シュ？」

「飛行船が手に入ったの」

「知ってる。組み立てたのはぼくだ。全部じゃないけど。すごい船だろ？　われながら上出来だ。とくにヤカン」

自信満々の口調にルーは皮肉をのみこんだ。「ダマが言うには、あなたは最高の機関長候補だって。少なくともこの急な状況では。これからインドに行くの。どう？」

ケネルは無言でいぶかしげに見返した。

ルーはあわてて、「今回だけよ。それ以降はあなたの代わりなんかいくらでも見つかるはずだから……」そこで失言に気づき、言葉をのみこんだ。

しばらくしてケネルが言った。「こんな奇妙な申し出を受けるのは初めてだ。魅力的だけど変わってる」

ルーはさっと立ち上がった。「断わってもぜんぜんかまわないの。きいてみただけだから。あなたはとても忙しいし、伯爵夫人もお母様もあなたを手もとに置きたがってるし」

「まあまあ、お嬢さん、そうカッとならないで」ケネルは立ち去りかけたルーの手をつかみ、また隣に座らせた。「ぼくがいつ断わった？」

「断わってくれたほうが楽なんだけど」

「ねえ、いとしの君《シェリ》、ぼくらがこれまでに楽な道を選んだことがある？」

「たしかに。じゃあ引き受ける？」

ケネルは目尻にしわを寄せてほほえんだ。これまでずっとケネルの目は心を惑わすようなスミレ色だと思っていたが、月明かりの下では銀色に見えた。「もちろん、喜んで」

「あらやだ」思わずルーはつぶやいた。

「ほら、やっぱりぼくがいいんだ」

ルーはケネルをにらんだ。「ほかに仕事はないの？」

「狭い空間で何週間もきみをからかえる絶好の機会を差し置いてでもやるような仕事？」ルーは息を吐いた。「たしかにそれは魅力かも」

次の瞬間、ケネルはすっと近づいて片手をルーの腰にまわし、シェイクスピア劇の恋人ふうにわざとらしくルーをのけぞらせた。「数週間も一緒にいればきみはぼくを拒めなくなる」

ルーはケネルを押し返した。「やめて、バカな真似を」

ケネルはいきなり顔を近づけ、ルーの頬に大きな音を立ててキスした。

「ミスター・ルフォー！」

ケネルはわざとらしい芝居ににやにやしながらルーを放した。「ほかに誰が乗船するの？」

ルーはハンカチを取り出し、これみよがしに頬をぬぐった。「すでに基幹員はいるの。あとはプリムローズとほか数人に頼むつもり。今夜はこれから航空士候補を訪ねるわ」

「プリムローズ・タンステル？　すばらしい」二人が正式に会う機会はあまりないが、ケネルは会うたびにプリムとのおしゃべりを楽しんでいる。ルーは首をかしげた。本気でプリムに興味があるの？　それともいつものたわむれ？　ケネルは女好きで、飛行船はさほど大きくない。いずれにせよまずい状況だ。プリムローズもかなりのたわむれ好きだが、本気で好きになる傾向があり、かたやケネルが本気になることはない。でも、まんいちケネルがふしだらな衝動にかられたら、まずはあたしに言い寄るはずだ。あたしはどんなに言い寄られてもプリムより免疫がある。

「どうしてまたインド？」

「紅茶よ、表向きは」

「表向き？」

「ダマのお使い」

「それで彼には秘密の動機があると？」

「そうでないときがある？　ダマのことは好きだけど、それでも吸血鬼よ。しかも〈宰相〉。要はあたしを何かで忙しくさせておきたいだけよ。そうすれば、ここで本物のトラブルに巻きこまれることはない。ロンドンであたしの親が総がかりでも引きずり出せないような醜聞を起こす心配もないってわけ」

癪なことにケネルは〝きみがそんな真似をするはずがない〟とかなんとか、この場にふさわしい慰めの言葉ひとつ言わなかった。「なるほどね。ほかにぼくが知っておくべきことは？」

「ものすごく気むずかしい赤毛の機関主任がいるわ」

「アギー・フィンカーリントン？」

「知り合い？」

「もちろん。昔から仲がいい。母さんの秘蔵っ子だ」

「あなたたちは仲よし。そして彼女はお母様の知り合い。言うことなしね」

「ああ、シェリ、ぼくに文句はないよ。きみならきっとみんなをうまくまとめられる」

ケネルは十二歳ほど年上だが、口出しさせるつもりはない。「それから忘れないで。今回の旅ではあたしが船長で……」そこでルーはふさわしいおどし文句を探した。「インドにもアヒル池はあるわ」

「そうだ、アヒル池と言えば」ケネルはにやりと笑うと、人間にしては恐ろしくすばやい動きで立ち上がり、両腕でルーを抱え上げた。一介の発明家にしては力が強い。きっと例のヤカン型ボイラーをあちこち動かしまわっているせいだ。

ルーはじたばたもがいた。

ケネルは動きを止め、ルーの目をじっとのぞきこんだ。スミレ色の目をいたずらっぽく光らせて。

ルーはどきっとした。キスする気？　恐怖と好奇心が押し寄せた。これまでもキスされたことはある。あたしはそこまで古風ではない。でもケネルにされたことはなかった。

ケネルが顔を近づけた。これまでに見たこともないほど真剣な表情で、いつもの少年ぽいうぬぼれ屋というよりハンサムな若者だ。

ルーは口を開いたが、言葉が出てこない。

ケネルがさらに顔を寄せた。

次の瞬間、ルーは宙を飛び、ものすごい水しぶきとともに背中からびしゃっとアヒル池に落ちた。

ルーは口から水を飛ばしながら浮き上がったが、気分はさっきナダスディ伯爵夫人の部屋に入ったときよりも落ち着いていた。「ミスター・ルフォー、これはウォルトのドレスよ」この夜、愛らしい灰色のドレスはさんざんな目に遭った。最初はボイラーの爆発で、今度はこれだ。

「こうするしかなかったんだ、モン・ペティ・シュ。きみが船長になったら、ぼくは何週間も飛行船のなかできみを空から突き落としたいという激しい誘惑に耐えつづけなきゃならない。それよりいまその思いを晴らしておいたほうがいいと思わない？」

「一理あるわ」なぜかルーは納得し、スイレンの葉をずるずる引きずりながらありったけの威厳をかき集めて池から這い上がった。ラビファーノの手によるかわいい結い髪はだらりと垂れ下がり、カモメ帽子は無残にもおぼれかけた不気味な生き物のようにぷかぷかと遠ざかっていった。

ケネルが近づき、手を伸ばしてルーを引き上げた。ルーはおそるおそるその手をつかんだ。ケネルの振る舞いは紳士そのものだ。自分が突き落としたことを忘れたかのように。

「街に戻るまでにドレスが乾かなければ、パーシーを訪ねるのは明日に延期だわ」

「パーシー？」ケネルは思わず手を放した。

ルーはまたしても池に落ちかけ、かろうじてバランスを取り戻してケネルをにらんだ。ケネルは手を放したことに気づき、ばつの悪そうな表情を浮かべた。ブーツから水を捨てるルーを手伝おうとしたが、鋭く「シッシッ！」と追い払われた。

ケネルは手を出すのはやめたものの、パーシーの話はやめなかった。「パーシヴァル・タンステル教授？　本気？　頼むから嘘だと言ってくれ」

「あら、あたしが相手にしなければならないどうしようもない男は自分だけだと思った？　認めたくないけど、パーシーに対するダマの評価はあなたに対する評価と同じくらい正しいわ。頼めるのはパーシーしかいない。あなたたち二人、うまくやってね。池に突き落とし合ったりしないで。彼はあたしほどものわかりがよくないわよ」

「でも、あんなに迷惑なやつはいない」

ルーは首をかしげた。「あら、おもしろい。それってまさにあたしがあなたについて言ったセリフよ」

ケネルはパーシヴァル・タンステルと数週間ものあいだひとつの飛行船のなかで暮らすという事実に頭がいっぱいで、ルーの皮肉にもまばたきひとつしなかった。「いったいみんな、あの男のどこがいいんだ？」

「そういえばこの前の社交シーズンちゅうにパーシーがうっかりあなたから何かを盗んだって聞いたわ。そのときはただの噂だと思ったけど、もしかして本当だったの？　詳しく聞かせてくれない？」

ケネルは唇を噛んだ。「いったいどうしてきみがそんなことを」

「父の団を知らないの？　人狼はとんでもないゴシップ好きよ。ダマのドローンたちより」

「本当に？」

ルーは重々しくうなずいた。「そう。しかもかなりうかつで、声も大きい。ドローンは他人の関係よりも駆け引きやファッションに興味がある。誰かがベストとか帽子とか社会的地位を盗んだのでないかぎりなんとも思わない。でも人狼はこんがらがった関係が好きなの。しかも詳細がわからなければでっちあげる」

「なるほど」そうは言ったものの、上品な吸血群のなかで育ったケネルにはまったく理解できないようだ。「でも〝うぬぼれパーシー〟が来るのなら、ぼくは……」

「あら、今さら断わろうったってだめよ。いちど引き受けたんだから。しかもあたしを池に突き落とした。それに見合うだけのことはやってもらわなきゃ、ケネル」

「いまケネルと呼んだね。いい感じだ。いっそスイートハートはどう？　もっといいと思わない？」

これだからこの男は。ケネル・ルフォーの目を突いてやりたいといういつもの衝動が戻ってきた。このへんで退散したほうがよさそうだ。ルーは失礼なほどそっけないお辞儀をし、びしょ濡れのスカートをたくしあげた。「ごきげんよう、ルフォー機関長。三日以内にエーテル流に乗って出発よ。お母様と伯爵夫人によろしく伝えてちょうだい。そろそろ行かなきゃ」

ケネルも今回ばかりは素直に頭を下げた。「レディ・プルーデンス。次に会うのを楽しみにしてるよ」

ルーは憤然と鼻を鳴らした。「あたしもよ、こんなびしょ濡れにならないかぎり」

3 ルーと厄介な赤毛たち

パーシヴァル・タンステル教授は成年になると同時にウィンブルドンにある母親の吸血群を出て、オックスフォード大学の特別研究員のポストについた。〝エーテル層の超越的芽キャベツ型性質〟という過激な論文によってたちまち大学を追い出されたあとは、ラッセルスクエアに近い大英博物館の裏のおんぼろアパートに住んでいる。「ぼくの研究にはこのほうが都合がいい」パーシーは悲嘆にくれる母親にそう説明した。

パーシーは吸血鬼の護衛にも耐えられなかった。彼の最愛にして許しがたい双子のプリムローズはひそかに異界族のしつこい護衛を楽しんでいる節《ふし》もあるが、一日の大半を図書館にこもり、ハマトビムシの繁殖習性の研究についやすパーシーに吸血鬼のお守《も》りは必要ない。それを言うならハマトビムシさえも。群の吸血鬼が木製ペーパーナイフで切りつけられてウィンブルドンに戻ってくる回数が三度を数えたあと、タンステル女男爵は手下を送りこむのをやめた。パーシヴァル・タンステルはなにより学ぶのが好きだ。研究対象を鋭くとがった棒にさだめたら最後、ほかの研究と同じ勤勉さで臨み、周囲が大いに迷惑する結果となる。ついに吸血鬼女王アイヴィは息子にかまうのをあきらめ、パーシーはペーパーナイフで吸血鬼をつくのをやめた。

ルーはアパートの扉をドンドンと叩いた。

返事はない。

もういちどノックした。

やはり答えはない。

ルーは三たびノックした。

しばらくしてパーシヴァル本人が現れた。スモーキングジャケットにツイードのズボン。手には分厚いラテン語の本。見上げた顔は吸血鬼なみに青白く、鼻先にはメガネ。学問好きの赤毛にしてはまあまあのハンサムだが、ひどくやせこけている。

「ああ。きみか」

「従僕は？」

「クビにした。読書の邪魔ばかりするから」

「どうせ〝食事のようなまっとうなもので〟でしょ？　入ってもいい？」

「少なくともおぞましい姉さんと一緒じゃなさそうだ」

ルーはこれを承諾のしるしと受け取った。

パーシーは読書に戻り、ゆっくり廊下を歩きはじめた。

ルーはあとに続いた。「彼女は元気よ」

「誰？」

「お姉さん」

「そう。そりゃ残念。たまに病気になればいい薬になるのに」

「パーシー、よくもそんなにつまらなさそうにしてられるわね」

「ルー、ぼくはいますごく忙しいんだ。なんの用？」

「あら、何に忙しいの？」

「農業調査。英国のジャム産業はペクチン製造手段をマルメロからクラブアップルに移行したほうがいいかもしれない」

「あらそう？　そんなにジャム産業がさかんなの？」

パーシーは聞こえなかったかのように続けた。「でも果実ゼラチン保有の相対比率を算出するのは難しい。それに、もしクラブアップルに大量の水分が必要なら、状況はマルメロに有利かもしれない。きみ、知ってる？」

「何を？」

「クラブアップルに大量の水分が必要かどうか」

「知らない。農夫にきけば？」

「バカ言うなよ。これに関する本があるはずだ」

放っておけば何時間でもこの話が続きそうだ。「パーシー、国家があなたを必要としているの」

「まさか」

「わかった、じゃあ――あたしがあなたを必要としてる」

「よせよ、嘘は。ルー、きみらしくない」

ルーはパーシーの手から本を取り上げた。「これから飛行船でインドに行くの。研究員兼司書兼航空士として乗りこんでくれない？」

「ばかばかしい。お酒でも飲んでるの？　ああ、そうなんだね」パーシーはちょっと心配そうに、「座る？　紅茶を運ばせようか？　たしかまだ従者はいたと思うけど」そう言って肘かけ椅子からうずたかく積まれた科学冊子をどけた。

「パーシー、あたしはまったくのしらふで本気よ。いまの話はすべて本当。たまには気晴らしにロンドンを離れたいと思わない？」

「思わない」

「好きなだけ本を持ちこんでいいから」下手《したて》に出ながらもルーは不安になった。〈斑点カスタード〉号は本の重量に耐えられるかしら？

「ぼくの本はいまの場所で満足だ、おかげさまで」

「お母様から完全に離れられるわよ」

パーシーの目がかすかに光った。「でもプリムとは離れられない。きみたち二人はちっちゃいころからずっと一緒だ」

「プリムに邪魔はさせない。約束する。飛行船は若いハンサムだらけだからプリムはそれどころじゃないわ」

パーシーはあきれて鼻を鳴らした。

ルーは戦法を変えた。「これまで研究した異国の地をその目で見たくない？」

「別に。どの文献を読んでも汚くて、暑くて、疫病とトウガラシだらけのごみごみした場所だと書いてある。ぼくはトウガラシが嫌いだ」

「でも、まだ一度も書かれていないことがあるはずよ。まだ手つかずの、発見されるのを待ってる事象が。ねえパーシー、もしかしたら世界的権威になれるかもしれないわ、たとえば……」そこでルーは言葉を探し、得意げに言った。「パンジャブ地方の野生キャベツの聖なる昼寝の習慣とか」

「キャベツに昼寝の習慣があるの？」

「あるかもしれない。実際に行ってみなきゃわからないでしょ」

パーシーは考えこんだ。「一理ある。手もとにあるインド研究書は時代遅れで、現地の料理の習慣に関する記述は弁明しがたいほど表層的だ。なんだかんだ言っても、トウガラシの生態と移動パターンを正確に追わずしてどうやってトウガラシを回避できる？」

「トウガラシに移動パターンがあるの？」

「口をはさまないでくれよ。どこまで話した？　そうだ。もちろんぼくはヒンディー語とパンジャブ語が読める。第一級の資料が手に入ればうれしい。でも、それならきみとプリムローズが資料を持ち帰ればすむ話だ」

「無理よ」今度はルーが頑として拒んだ。「あたしたちには絶対に無理」

パーシーが見返した。「たしかに、きみたちにトウガラシの学術研究に必要な文献がわかるとは思えない」

「そのとおり」

「わかった、行くよ」一瞬の間《ま》のあと、パーシーはいきなり態度を変え、きっぱりと言った。

「紅茶はまだか」

「頼んでないもの」

「そうだっけ？　まあいい。で、出発はいつ？　まあ一カ月もあれば荷造りには充分だ」

「あさっての夜」

「なんだって？」

「ダマの馬車を迎えに行かせるわ。〈斑点カスタード〉はリージェンツ・パークに係留されてるの。道は御者が知ってる。先に本を積みこみたいでしょうから、とりあえず明日の午後ね。エーテル流操縦とインド上空の航空図の下調べも必要でしょ」

「へえ？　でもなんだか楽しそうだね。斑点カスタードって？　新種のプディングか何か？　おいしそうだな。その前にマルメロを終わらせてもいい？」

「だめよ、マルメロはあとまわし」

「それが強みのひとつだ」

「え？」

パーシーは興奮ぎみに説明した。「マルメロはクラブアップルよりはるかに保存性が高い。

地下食料庫でも戸棚でも衣装だんすでも、それこそ帽子箱でもどこでも保存できる」

「そうなの？　おもしろいわね。だったらパーシー、飛行船にもいくつか積みこむよう料理長に言っておくわ。でも、しばらくは研究対象を変えてもらわなきゃ。悪いけどインドが最優先よ」

「人使いが荒いな」パーシーがぼやいた。

「いまに慣れるって。マルメロの本は持ちこんでもいいわ。飛行中に読む時間があるかもしれないし」

答えはない。見るとパーシーは早くも本棚の前に立って巻物や丸めた地図、気流図をあれこれ探していた。

ルーは呼び鈴を鳴らして従者を呼んだ。

困惑顔の若者が現れ、ルーは首をかしげた。パーシーは召使をクビにして、靴磨き少年を昇格させたの？

「これから飛行船でインドへ旅に出るの。ご主人様の旅行かばんに荷物を詰めてくれる？　期間は一カ月くらい。毎日の必需品を忘れないで。ご主人が研究に没頭したらどうなるか知ってるでしょ。それから本を積みこみすぎないように。明日、お茶の時間ごろに馬車を迎えに行かせるから、とりあえずの荷物と本人を忘れずに積みこんで。船室を見てもらいたいの。それからあなたも同行してね。パーシーの世話をする人が必要なの。いいでしょ？　もちろんお給料は払うわ。気流の状態しだいだけど、出発はあさっての夜」

少年は少しも動じず、むしろ目を輝かせた。パーシーとの毎日はものすごく退屈に違いない。「フットノートはどうしますか、ミス」

「脚注《フットノート》？」

「ご主人様の猫です」

自分の名が呼ばれたのを聞きつけたのか、山積みの本の背後から雄猫が立ち上がり、なあにと言いたげに喉を鳴らして近づいた。

「パーシーが猫を飼うなんてどういう風の吹きまわし？　自分の世話もできない人が」

少年は笑いをこらえた。「猫がぼくらを飼ってるんです、ミス」

「最高の猫はいつだってそうね」ルーがあごの下を掻くと、フットノートはうれしそうにごろごろと喉を鳴らした。ルーはすっかり心を奪われた。「ぜひ連れてきて。どんな船にも猫は必要よ。鳩問題を解決してくれるかもしれないし」

「いい考えです、ミス」

フットノートは仰向けに寝そべり、もっと掻いてと喉をさらした。全身を覆う黒毛にところどころ白が混じっている。これから劇場へ向かう正装した紳士のようだ。パーシーより身ぎれいなのは間違いない。ルーは名残惜しげに猫から手を放した。

従者が別れのお辞儀をした。

「あ、それから」扉が閉まる前にルーは付け足した。「パーシーにお茶を運んで」

「おやつも」パーシーが巻物と飛行図から顔も上げずにつぶやいた。

「おやつも」ルーが取り次ぐと、フットノートが従者のあとからついてきた。おやつという言葉を聞きつけたらしい。

「かしこまりました、レディ・プルーデンス」

「あら、前に会ったかしら」

「いいえ、マイ・レディ、でもお噂はかねがね。それに、どう見てもあなたがジ・オノラブル・プリムローズ・タンステルとは思えません」

「そう？　あたしたち、よく似てるんだけど」

「はい、マイ・レディ、でもご主人様はあなたをどなりませんでした」

「鋭いわね、えっと……」ルーは問いかけるように少年を見た。

「ヴァージルです、マイ・レディ」

「あなたが雇われたわけがわかったわ。パーシーは昔から古代の作家が大好きだから」

「は？」

「お茶をお願いね、ヴァージル（古代ローマの詩人ウェルギリウスの英語読み）」

ヴァージルはもういちど頭を下げ、小走りで立ち去った。フットノートがしっぽの先を毛深い小旗のように曲げてあとをついてゆく。

ルーは注意をパーシーに戻した。「いい子じゃない、パーシー。あなたと二人で何をしてるのか見当もつかないけど」

「名前が気に入った」

パーシーのつぶやきにルーはため息をつき、本の山をすり抜けて帰ろうとした。「じゃあまたね」

パーシーは書斎の扉まで来ると、地図を持った手をそっけなく振った。「しかたないな」

パーシーが返す言葉はよくてこの程度だ。ありったけの威厳を集めて玄関に向かう途中、ルーは自動帽子クリーナーの隣に積んである本の小山につまずいた。『ビートン夫人著・英国婦人の家庭画報とおしゃれのヒント』。おしゃれとは無縁のパーシーがなぜこんな本を？　でも、パーシーに関するかぎり何があっても不思議はない。


それからのルーは、起きている時間の大半を〈斑点カスタード〉号の準備についやした。甲板員と乗務員の最終採用状況の確認。クルーたちとの顔合わせ。船長室の改装。備蓄品の確認。科学者たちは最近、上層気流に含まれる有害物質に対する天然殺菌剤としてヒマワリがきわめて有効だと発表した。念のためにルーはデッキにヒマワリの植木鉢を十二個持ちこみ、全室に切ったばかりのヒマワリを飾り、それ以外の場所に乾燥ヒマワリの束を置いた。新たに栽培するか食用にするか、どちらにでも対応できるよう種までストックした。健康面から はさほど知られてはいないが、パイ生地を切らさないことも重要だ。レディ・プルーデンス・アケルダマは甘い物に目がなく、充分なカスタードとパイ生地のない一週間の旅など想像もつかなかった。

動揺したのは料理長だ。ましてや一ヵ月なんて。「最初に不足するのはミルクです、船長。傷みやすいですから」

ルーは真剣に考えた。「ミルク補充のための補給所立ち寄りを旅程に組みこむわ。いずれにしても紅茶には必要よ。日々の紅茶にミルクは欠かせない。それが日に数回だから」

料理長は両手をもみしぼった。「はい、船長」

「それからチーズね――ミス・タンステルはチーズが大好きなの」

「もちろんです、船長」

「このすばらしい保冷設備でも補えない、腐敗しやすい必需品の一覧表を用意してくれる？　補給が週に一度必要なものと二週間に一度のものがあるはずよ。もっとも不足しそうな材料は何か……二週間に一度しか立ち寄れない場合、何を我慢しなければならないのかを教えて」

「はい、船長。燃料はどうします？」

「それはあなたが心配することじゃないわ。でも、たしか英国居留地のエーテル出張所では石炭とミルクの両方が補給できるはずよ」

「了解しました、船長」料理長は小さく頭を下げ、一覧表を作成するために走り去った。

　そのとき頭上から激しい衝撃音がして、ルーは食糧調達業務の手を止めた。「まあ、いったい何ごと？」ルーの声に厨房スタッフたちは肩をすくめた。

　あわててデッキに上がると、積みこみ用タラップが下ろされ、メインデッキは困惑顔の乗務員が右往左往していた。大量の帽子が後部デッキ近くを占領している。大型の旅行かばんがひっくり返り、帽子箱があちこちに転がるさまは、軍事侵略《ミリタリー・インベーション》ならぬ婦人帽子屋の襲《ミリナリー・インベーシ》撃直《ヨン》後を思わせた。

プリムローズのご到着だ。

少なくとも彼女の装飾品の数々が。

手すりごしに見ると、プリムが屋根の開いた馬車に立ち、荷物を山積みしたもう一台の馬車から荷を下ろす従僕の列に向かって狂ったように二本のパラソルを振りまわしていた。

ルーが手を振った。「おーい」

プリムが見上げた。「ああ、ルー、ちょっとこれを見て」

「どうしてそんなにたくさんの帽子？」

プリムは腹立たしげに顔をゆがめた。これほど離れていても、シルクのチョウがぐるりとついたつば広帽子の陰になっていてもはっきりわかる。「お許しを得るにはこうするしかなかったの」

「誰の？」

「勘弁してよ、ルー。そんなことをきく必要がある？　ママに決まってるでしょ」

「決まってるわね。そんなに説得は大変だった？」

「大変も何も。想定されるあらゆる状況にひとつずつ帽子を持ってゆくと約束して、ようやく許してもらったわ。それこそ地上でも空中でも、雨降りでも晴れの日でも、英国でもインドでも、甘くてもしょっぱくても対応できるように。悪夢だったわ。昨夜は〈シャポー・ドゥ・プープ〉で四時間、い、い、四時間以上。四時間よ！」

「ラビファーノおじさんはどうだった？　あたしが狼の姿を盗んだこと、まだ怒ってた？」

「ちっとも。それどころかいまごろはご機嫌よ、女王ママが彼の店でたっぷり散財したんだから。買わされた帽子の数を見ればわかるでしょ。ママはあの巨額の請求書を開けないほうがいいわ。あなたのラビファーノおじさんはほくほくよ」

「どなり合うのはやめにしない？　乗って。紅茶を出すわ。買い物の愚痴をたっぷり聞かせて。機関室の予備設備の上にすばらしきヤカンチューブなるものがついていて、直接調理室につながってるの。ボイラーが動いているかぎり、いつでもお湯が出るわ」

「すてきな装置ね。でも少し待って。荷ほどきの監督が終わったら、どうしても訪問しなければならないお宅があるの。どうしてあなたはしなくてすむの？」

「そういうことならこっちから行くわ」タラップをおりる途中でルーはまたひとつ大型の旅行かばんを運ぶ二人の従僕とすれ違い、あやうくすべり落ちそうになった。「また帽子？」

ルーはあきれてたずねた。

「パラソルです、ミス」一人がぼそりと答えた。

「あらまあ」

ルーは地上に下りると、プリムが馬車から降りるのに手を貸した。まわりにその役目を果たす紳士はおらず、従僕はみな荷物で手がふさがっている。プリムは飛行小艦隊を陸地に誘導するかのようにパラソルを激しく振りまわし、いまにも転げ落ちそうだ。

「ちょっと、プリム、ケガするわよ。ほら、そこから降りて」

プリムは片手でパタパタと顔をあおぎ、反対の手に持ったパラソルでのろまな従僕をつつきながら降りてきた。「気をつけて運んで、フィッツウィリアム！」

「旅行は長くてもせいぜい二カ月よ。〝服なき砦〟を乗っ取るわけじゃないんだから」

プリムはため息をついた。「ママとのファッション議論を避けるにはこうするほうがずっと楽なの。それに、荷物を詰めれば詰めるほど取りに戻らなくてすむわ。あ、そうそう、今夜は飛行船に泊まってもいい？　ママに気が変わるチャンスをあたえたくないの」

「それにしてもよくお許しが出たわね」

プリムはうなずいた。「それはあなたもでしょ。ママが許したのはパーシーが同行するのを知らないせいよ。ママの大事な卵がふたつとも同じ空飛ぶバスケットのなかだなんて。わたしたちがいないあいだじゅうヒステリーを起こすに決まってる。この事実がママの耳に入ったらロンドンはのっぴきならない状況になるわ」

「アイヴィおばさまはあなたたち二人が同行するのを知らないの？」ルーは不安になった。

プリムからすれば迷惑なおせっかい母さんでも、アイヴィおばはその名にふさわしい力と権力を持った吸血群女王だ。彼女が不機嫌になると世のなかはかなり面倒なことになる。だからロンドンはつねにアイヴィおばのご機嫌をうかがっていた。

「あの子はママに話してないの。パーシーの性格は知ってるでしょ。意図的か、それともあのいかれた頭から心底、抜け落ちているのか」

「そうね。あ、いかれた弟くんの噂をすれば、ちょうどダマの馬車がやってきたわ。パーシーを迎えに行かせたの」

「そうなの?」

「正確にはパ、パ、パーシーの本を。そうすれば本人はあとからついてくる」

「賢いわね」

噂の馬車が二人のすぐそばで止まった。まるで童謡の歌詞から出てきたような金ぴかの四輪馬車で、青いリボンがたなびき、エナメルの羽目板にはガチョウ番の娘とギリシア神話の英雄たちのロマンチックな絵画が描かれている。そこから、もっともありふれた馬車でさえ似合わないパーシーがしわくちゃの服と悩ましい表情で降りてきた。上半身は相変わらずお気に入りのスモーキングジャケットだが、ズボンだけがツイードからクリーム色の麻に替わったせいでクリケット選手と図書館司書を足して二で割ったような印象だ。帽子もかぶらず、赤毛が満月明けの人狼よろしくあらゆる方向につんつん突っ立っている。

あとから降りてきた小柄な従者ヴァージルが、飛行船とそれを取り巻く荷物の山を見て目を丸くし、口をぽかんと開けた。

〈斑点カスタード〉号は完全に外装が終わっていた。気球はまさに赤地に黒い斑点模様で、風雨に耐えられるよう漆とオイルでコーティングされ、午後の日差しを浴びて光る飛行船は丸々と太ったサヤマメのようだ。黒光りするゴンドラの縁は薄金色の船体の木とみごとなコントラストを描き、手すりやその他の細かい部分も夕暮れまぢかの光のなかで黒々と光っている。ダマはなんにでも合う黒が最適だと主張した。「ほら、おまえが**絵画の一場面のよう**

に手すりにもたれても、ハリモグラよ、黒ならばドレスの色と決してぶつかることはない」

「もっともな理由だわ、ダマ」ルーは真顔で答えた。

パーシーはまったくの無表情であたりを見まわした。

「それで、パーシー」プリムが声をかけた。「どう思う？」

「食べ物の名前なのにどうしてテントウムシみたいな色なわけ？」

パーシヴァル・タンステル教授に説得をこころみるほどルーはバカではない。「そうしたかったから」

パーシーは鼻にしわを寄せてルーを見返し、それから何かに気づいて駆け出した。「気をつけろ――その文書は数百年前のものだ！」

ルーはそっと指を動かしてパーシーの従者を呼んだ。「ヴァージル、いい子だからご主人様を乗船させて、下の図書室へ誘導してくれない？　ここにいるスプーが案内するわ」

待ってましたとばかりにスプーがかたわらに現れて若い従者に会釈し、「オッ・アップ、ミー・ダック？」とかなんとか意味不明の言葉を発した。

ヴァージルは煤まみれの少女をうさんくさそうに横目で見た。同い年くらいだが、見るからに薄汚れ、がさつな雰囲気だ。「グッド・アフタヌーン」ヴァージルは礼儀正しく挨拶してから、顔をひきつらせてルーを見上げた。「この子が大事な巻物に近づいたら、ご主人様が黙ってはいません」

ルーはにやりと笑った。「いいことを思いついたわ。スプー、あそこの旅行かばんの後ろについていって運ぶのを手伝うふりをして——実際には触らないように」

「了解、船長」根っから陽気なスプーは小走りで駆け出し、言われるままにかばんのあとをついていった。

それを見たパーシーは本の詰まった旅行かばんと肩かけかばんが煤だらけになるのを恐れ、大あわてで煤まみれの少女のあとを追いはじめた。ほかのことはすべて忘れ、おたおたと小柄なスプーを追いかけるパーシーのあとから、ヴァージルがミャーミャー鳴きわめく籐のピクニックかごと上等の帽子箱を持って続いた。あのパーシーもシルクハットのひとつは持ってきたようだ。そして猫も。

「これでよし。パーシーを無事に囲いこんだわ」とルー。

「脱走しないかしら」プリムは弟を愛情のこもったあきれ顔で見つめた。

「従僕と荷運び人たちに本で周囲に壁を作るよう指示したの。パーシーが本を読み終えて外に出てくるころには離陸の準備が整ってるはずよ」

「〝食事穴〟は開いてるんでしょうね」

「あたしはそこまで非道《モンスター》じゃないわ」そこでルーは目を上げた。外から丸見えの係留地に、またしても一台の乗り物がぐんぐん近づいてくる。「怪物《モンスター》と言えば」

現れたのは馬車ではなく、なんとも異様な蒸気推進車だった。見た目は昆虫のようで、構造はダンゴムシを思わせるが、〈斑点カスタード〉号と違ってわざとそうしたのではなく、設計上やむなく昆虫ふうになったようだ。美観より実用重視で、外殻は黒っぽい金属板がうろこのように重なり合い、殻の下から蒸気を、硬そうな二本の触覚から煙を吐いている。

蒸気ダンゴムシはゆっくりと停止し、てっぺんのハッチがぽんと開いて少年のようなケネル・ルフォーの顔がひょこっと現れた。

「グッド・アフタヌーン、レディーズ」ケネルはひょいとシルクハットをかかげた。当然ながら一分の隙もないいでたちだ。

「ご機嫌いかが、ミスター・ルフォー」プリムが発明家ににこやかに笑いかけた。

ルーは会釈し、作り笑いを浮かべた。

「あら、それだけ？」プリムは横目でルーを見てから突然、飛行船のデッキに気を取られた。

「まあ、わたしのスカートのリボンが大変なことに。煤っ子たちが投石器《ぱちんこ》がわりにしているわ。ちょっと失礼」そう言うや白い薄手の生地に小さな緑の葉っぱの刺繍のついたパラソルを開き、小走りでタラップをのぼりはじめた。セージ色の旅行ドレスは袖がクリーム色のレースで、襟には葉っぱの刺繍。ドレスと小物をさりげなく合わせるセンスはねたましいほどだ。プリムは二本目の閉じたままのパラソルで同じくらいさりげなく人混みをさばきながらのぼっていった。

ケネルが蒸気ダンゴムシから降りてきた。「あれ、かわいいミス・タンステルは？　何か気にさわることでも言った？」

「あなたの格好が気にさわったんじゃない」とルー。

「言っておくけど、ぼくの格好は最高だ」ルーが口を開く前にケネルは話題を変えた。「どうもきみのセンスは理解できない。なんでまた斑点？」

「斑点が好きなの」

「飛行船には派手すぎる」

「この船にはこれがふさわしいの。あなたはせいぜい自分の格好にこだわって、飛行船のことはあたしにまかせて」

「こだわらなくても、かわいい人《モン・ペティ・シュ》、ぼくはいつだってかっこいい」ケネルの言葉にルーは吹きだした。「それで飛行船の名前は？」

「〈斑点《スポッテッド》カスタード〉」

ケネルはあきれて鼻を鳴らした。「なんとまあ、口に出すのがはばかられる病気の名前みたいだ」

「かっこよくて女性経験豊富なあなただからさぞ詳しいんでしょうね」ルーは思わず言い返した。

「ぼくの経験がねたましいんだね、モン・ペティ・シュ。素直にきけばなんでも教えてあげるのに」

ルーはショックを受けてもいなければ興味もないふりをした。いずれにせよ、教えてほしいと言ったようなものだ。ケネルならいろいろ教えてくれるはずだし、大いに興味がある。頼むかわりにルーはつんと鼻を上向けた。でも、これが負けを認めた証拠であることは二人ともわかっていた。

ケネルはそれ以上ルーをからかいもせず、プロペラや綱止め栓、帆や煙突などを見まわした。「なんだっていいよ《ナンボルトゥ・クワ》。スムーズに飛びさえすれば船の名前なんかなんだって」

ルーは眉を吊り上げた。「スムーズに飛ぶかどうかはあなたの責任じゃない、ミスター機関長？」

「ぼくに責任を果たせないわけがない」そこでケネルは甲板員に激しく身ぶりするプリムを見やった。「なんでジ・オノラブル・プリムローズ・タンステルも一緒に？ 彼女がなんの役に立つの？ あれほど繊細な女性には危険すぎるんじゃない？」本気で心配する顔だ。

ルーはふんと鼻を鳴らした。あたしの繊細さはこれっぽっちも心配じゃないわけね。「プリムのことは心配しないで。じきにわかるわ」

見ているまにプリムローズはメインデッキの甲板員たちに愛想を振りまきながらパラソルで道を空けさせ、またたくまに全員を整然とした荷運び隊に仕立てあげた。これがルーなら、人狼父《ポウ》さんのようにえらそうに命令していただろう。それがプリムの手にかかると誰もがすんなりと彼女の意のままに行動する。実にみごとだ。

「いい、これこそあなたが遠まわしに疑問を呈した、ジ・オノラブル・プリムローズ・タンステルが同行する理由よ」

プリムの手慣れた指図のもと、自分の旅行かばんもタラップを運びあげられるのを見て、ケネルはつぶやいた。「驚いた。前言撤回だ」

「きっとますます驚くことになるわ」

ケネルは振り向き、スミレ色の目をきらめかせた。「なんだか楽しくなりそうだ」

「ほんとね」ルーは笑い声を上げ、ケネルの紫色の目にしばし見とれていたが、やがてケネルは船上の何かに視線を奪われた。

赤毛がメインデッキに立っていた。パーシーではない。

「まあ、ボイラー室を出て何をしているの？　あの人が持ち場を離れたことなんて今までなかったのに」

アギー・フィンカーリントンがケネルに手を振り、大声で呼びかけた。「積みこまれるのを見たとき、あんたの装置だと思ったよ」

ケネルが叫び返した。「ぼくの装置の何を知ってる、このがみがみ女？」

「知りたい以上に知ってるさ、このへっぽこ発明家。さっさと乗りこんで、ご自慢の装置がどうなったか見たらどうだ。きっと気に入るよ」

「わかった――ぼくの作品に間違いはない。じゃあ、またあとで、いとしの君《シェリ》」ケネルはルーを振り返ってひょいと帽子を上げ、タラップに向かいはじめた。

「ルフォー機関長」

ケネルが軽やかに立ち止まった。「何、船長？」

「一時間後に特別室で幹部会議を開くわ。あなたも参加して。フィンカーリントン機関主任と自慢の装置にかまけて忘れないように」

ケネルは半笑いを浮かべ、もういちど帽子を上げた。「了解、船長」

プリムローズは音も立てずにティーカップを置き、茶色い大きな目を輝かせた。「紅茶の話は嘘じゃなかったのね、ルー。すばらしい味だわ。思ったよりはるかに洗練された旅になりそう」

ルーはため息をついた。「そうでないことを祈るわ。世のなか、洗練されすぎていると思わない?」

プリムは〈レディ船長〉――乗組員はルーをこう呼ぶようになった――の口からそんな言葉が出たことに心底、驚いた。

ケネルは二十数余年の親友よりルーをよく知るかのようにプリムに説明した。「まあまあ、ミス・タンステル、ぼくらの船長は人狼に育てられた。上流社会に懐疑的なのは当然だ。かわいくて率直な性格は言うまでもないけど」

パーシーがうなった。同意なのか不満なのかはわからない。パーシーはビスケットをかじりながら本を読んでいた。しかもテーブルで! まあ、複雑なエーテル流を論じた本であるだけましだ。少なくとも今回の旅と無関係ではない。よく見るとモンゴル大草原上空の気流に関する学術書のようだが、文句は言えない。

ケネル、パーシー、プリムローズのほかに数人の幹部が同席していた。乗務員長、事務長、料理長の三人はお茶に加わるよう誘われたが、不安げに部屋の奥に立ったままだ。

ルーは壁の三人に向きなおった。まずは緊張を解きほぐそう。思案のすえ、とびきり穏やかなときの母親を真似ることにした。〝攻撃性を抑制しつつ強い関心を示す〟という、かなり難度の高い人格で、目を薄く開き、鼻を上げすぎない程度にそらし、口角にわずかに笑みをたたえる技が必要だ。ひとつ間違えば高圧的と取られかねない。ルーは言葉づかいに最大限の注意を払った。「お茶がほしくないのなら、さっそく本題に入りましょう。ここに集まってもらったのはジ・オノラブル・プリムローズ・タンステルを紹介するためよ。彼女には日常生活全般を取りしきってもらいます。いわば、あたしの秘書で執事で家政婦で従卒のようなものね」

「やれやれ」パーシーがつぶやいた。「勇士らは倒れたり——もう終わりだ」

「黙って、パーシー」プリムがぴしゃりとたしなめた。

「ミス・タンステルは任務を効率的かつ完璧にこなします」ルーが続けた。「船上で議論が起こった場合、公式判断を必要としないかぎりすべての処理をミス・タンステルに一任します。この点において彼女は船長の代弁者よ。わかった？　船長は飛行と乗務員全員の安全確保《フル》に専念しなければなりません。予定どおりに目的地に着くのは言うまでもないわ。細かいことにわずらわされたくないの」えらそうに聞こえたかしら？　でも威厳を保つには最初が肝心だといつもポウは言っている。そこでふと不安になった。そもそもパイ生地とヒマワリを心配した時点で本物の船長にしては細事にこだわりすぎかもしれない。それでもルーは付け加えた。「もっともプディングの一種であるトライフル《トライ》は別よ」

三人の乗務員はうんうんとうなずいた。

「けっこう。ではさがって。食堂でゆっくりお茶を飲んでちょうだい。あたしたちはあと三十分ほどここに残るわ」

三人は急ぎ足で退室した。

ルーは三人が出てゆくのを待って素《す》の自分に戻った。「お茶に誘ったのはまずかった？」

「時間が必要よ、ルー」とプリム。「彼らは——あなたと違って——乗務員をひとつの団と見なす考えかたに慣れてないの」

ルーはうなずいた。「なるほど。ここでアルファになりたければ、ある程度の距離を保ったほうがいいってこと？」

プリムは紅茶をひとくち飲んだ。「そういうこと」

ルーはケネルに向きなおった。「機関部について何か報告は、ルフォー機関長？」

「問題ないよ。ボイラーは蒸気を吐いているし、石炭庫は満杯。水タンクもたっぷりで、煤っ子たちもよく働く。クルーは優秀で、貯蔵状態も良好だ」

「最初の補給時期はいつごろになりそう？」

「少なくとも一週間は大丈夫だ。ちょうどいいエーテル流をつかまえて主帆が使えれば、プロペラをまわさずにすむからもっともつ」

「よかった。食料庫のほうもだいたいそれくらいはもつはずよ。じゃあ、その予定でいきましょう。気流と言えば、タンステル教授、航路計画は立った？」

パーシーは巻いた地図を取り出し、テーブルの上にドンと置いた。何度か広げようとしたが、そのたびに地図はくるりと丸まってしまう。ルーの合図で各人が地図の四隅を押さえ、四度目でようやく地図が開いた。パーシーはひとことの礼もなく、広げられた地図に顔を近づけた。

　なんとも奇妙な地図だ。英国とヨーロッパ大陸と地中海の概略図の上に矢印のついた渦や線が描きこまれている。「まずマルタ塔をめざす」パーシーが指さした。「ジブラルタル環流《ループ》で南へ、地中海移動流《シフター》で西へ向かえば二日で着く。これがもっとも理想的だ。もし移動風を逃したら、ここでヨーロッパ気流《フロー》をとらえ、コンスタンチノープル塔に向かおう。遠まわりだけど三日、遅くとも四日あれば着ける。問題は気流間ジャンプだ」

　ケネルが航空士を冷ややかに見て口をはさんだ。「きみのジャンプの腕前はどうなの？」

　パーシーは片眉を吊り上げた。「完璧だよ、もちろん。理論上は。飛行船にはなめらかな操縦が必要だ」

「きみが割り出したポイントが正確なら、さぞバターよりなめらかだろうね」ケネルがからかった。

「正確に決まってるじゃないか！　ぼくのエーテル層の調査がいい加減だと言いたいのか」

「経験不足じゃないかって言ってるだけだ」

「へえ、じゃあきみはこの大きさと設計の飛行船でしょっちゅう長距離飛行をしてるのか」

　ルーが空いた手でテーブル上の地図をドンと叩いた。「二人とも。そこまで。あたしたちは誰もこんな旅はしたことないし、誰がいつミスを犯しても不思議はない。あたしも含めて。

もちろんプリムローズは別よ。プリムは完璧だもの」

プリムは顔を赤らめた。「まあ、ルー——光栄だわ」

「大事なのはいまある能力を最大限に活用して、クルーたちの前では自信を持って行動すること。これが初めての飛行ではないように振る舞うのが大事よ。それから公《おおやけ》の場では仲よくやって」ルーは辛抱強く説いて立ち上がった。母親ほどの体格はないが、ひ弱なタイプでもない。男性の注目を集める方法は知っているし、その手管を船長という立場に利用するのに臆するタイプでもない。ルーが深く息を吸うと、パーシーとケネルは座ったまま背を伸ばし、にらみ合いをやめてルーを見返した。

「仲よくやるのは今回の任務のあいだだけ。すべてつつがなく進めば、ひと月もしないうちに家に帰れる。それ以降はそれぞれの道を歩ける。わかった？」

全員が目を見交わした。

プリムローズが即答した。「わかった」

ケネルは灰色のベストの上で腕を組み、椅子の背にもたれた。「わかった」

三人の視線がパーシーに集まった。「わかったよ」赤毛の学者はしぶしぶ答えた。「朝の気流をとらえたほうがいいと思う。ジブラルタル・ループはちょうど九時ごろロンドン上空にいるはずだ」

ルーとプリムは横目でパーシーを見た。二人とも午前八時前に起きたためしは一度もない。例外は、たまにそのありえない時間まで夜どおし起きていたときだけだ。吸血鬼と人狼に育てられたら夜型になるのは避けられない。

「無理よ。ダマが日没後に壮行パーティを計画してるわ。出発はパーティが終わって二時間後くらいにして」

「それに今日の午後はいろんなお宅を訪問してカードを残してこなくちゃならないわ」とプリム。

「なんで?」パーシーは真顔でたずねた。

「もうパーシーったら。みんなに黙って街を離れるなんてできるわけないでしょ。失礼よ」

パーシーはくだらないしきたりに首を振り、地図と時刻表を見なおしはじめた。「理想的とは言えないけど、次に望ましい気流に乗れば、ここブリテン島の上空でループをつかまえられる」それきりパーシーは黙りこみ、完全にまわりを無視して計算を始めた。

プリムローズがティーカップを置いた。「じゃあ、ルー、ほかになければ――」

「そうね。以上で解散」

ケネルはひょいと帽子を上げ、プリムにウインクして足早に出ていった。

パーシーは顔を上げもしない。

ルーはかまわずプリムローズと一緒にタラップをおり、親友が馬車に乗りこむのを見送った。そのとき、ふとプリムの身なりが気になった。ルーの頭のなかで、ふだんはあまり使われない部分――ダマのドローンたちの頭のなかではもっとも発達している領域――が何かが変だと告げた。でもプリムローズの身なりに間違いがあるはずがない。ルーは内なるドローンの声を無視し、手落ちがないかを確かめるべく飛行船に戻った。

プリムローズが飛行船に戻ってきたのは真夜中ちかく、ルーが船長室で夕食を取っているときだった。膝の上には図書室からさまよい出てきたフットノートが喉を鳴らして座っていた。皿から立ちのぼるおいしいにおいのせいだとしても膝に載られるのは光栄だ。今夜はダマの屋敷に戻るつもりだったが、やることが多すぎた。しかも膝には猫がいる。このまま一晩過ごし、予行演習として設備の稼働状況を確認することにした。一石二鳥というやつだ。

「あら、プリム」ルーは積荷リストから目を上げた。「そういえば戻ってくるって言ってたわね。何か食べる？　召使を呼んで……いったいどうしたの？」

プリムはうちひしがれていた。

「ルー、もうだめ！　わたしの評判は……ずたずたよ。この醜聞からは二度と立ちなおれないわ」プリムは取り乱した様子で歩きまわった。あろうことか髪が一房ほどけかかっている。

「まあ、いったい何があったの？」ルーはフットノートに鶏皮をあたえて床に下ろし、立ち上がって優しくプリムの腰に腕をまわした。

プリムは動揺し、震えていた。「とても口にできないわ」

ルーは声を落とした。「プリム、もしかして現場を見られたの？」でも、まさかありえない。プリムローズはたわむれ好きだが、本当のたわむれ屋ではない。あたしが知るかぎり、男性と二人きりになったことは一度もない。その点に関してはあたしよりも慎重だ。

プリムはまたしてもうろうろ歩き、身ぶり手ぶりを交えて話しはじめた。動揺のあまり、せっかく並べた装飾品をいまにも倒しそうだ。

「知り合いのお宅を訪問していたの、お別れの挨拶をして、あちこちまわって、いつものように」

「まさかカードの大きさを間違えたんじゃないでしょうね？」

「まさか！　そこまで礼儀知らずじゃないわ。もちろん大判を使ったわよ。でも、ああ、わたしとしたことがなんてみっともない……」

「プリムローズ・タンステル、何があったの？」

「十軒以上を訪問して、公爵夫人のお屋敷に着いたときにようやく気づいたの。ああ、ルー、考えたくもないわ——その恥ずかしいことといったら」

「だからいったいなんなの？」ルーはいらいらしてきた。プリムはもったいをつけすぎる。

「ドレスを間違えたの」

「それだけ？」ルーは別れぎわに内なるドローンが騒いだ理由がようやくわかった。プリムローズは旅行ドレスを着ていたのだ——訪問ドレスではなく。

「女王ママは決して許さないわ。夕方の訪問に旅行ドレスだなんて。ママがこれを聞いたら……噂が耳に入ったら……もう終わりよ。そのあと吸血群の屋敷に戻ったらドローンたちがこっちを見るの。何をくすくす笑ってるのかと思ったわ。それで部屋に戻って鏡を見たら、なんと頭には日よけ帽。しかも夜中に！　しかも旅行ドレス。ああ、赤恥もいいとこよ。すぐに戻ってドローンたちには〝誰にも言わないで〟って頼んだけど、あの人たちが一晩以上、黙ってられるわけがないわ」

「それは大問題ね」ルーは心配そうな顔をつくろった。くだらないと言いたいところだが、あたしがどう思うかは関係ない。プリムローズは失意の底にある。その気持ちは尊重すべきだ。

「ママは言うなれば高級帽子の考案者よ。その帽子にふさわしくないドレスを合わせるなんて。ママ主催の晩餐会に自転車乗りの格好で出席したようなものだわ」

「言うなれば？　言うなればどころかまぎれもなき考案者よ」

「ああ、ルー、どうしたらいいの？」

「大衆紙に謝罪文を送る？」

「こんなときにふざけないで。いいえ、道はひとつ――いますぐロンドンを離れるしかないわ」

「そんなに急いで？　パーティの前に？」

「そう、急いで。パーシーの最初の提案どおりに。もともと早朝の気流のほうがいいんでしょ。この失態が広まったあとでパーティに顔を出せると思う？」

「でもダマが許さないわ」

「ダマはあなたが何をしても許すわ」

「たしかに。夜の訪問に日よけ帽をかぶるのは許さないと思うけど」

　プリムローズは冗談に応じる余裕もない。「ああ、ダマにも知られたらどうすればいいの？　ルー、出発よ！　いますぐに！」

「わかった。帽子のためならしかたないわ。でも、今後はくれぐれも気をつけてちょうだい。飛行船の評判を落としたくないわ」

　プリムローズは力強くうなずいた。「あらゆる防止策を講じるわ。誓って」

　ルーは夕食を食べ終えた。「そうとなれば今夜、準備を終わらせなきゃ。さいわいクルーの大半は乗船してるわ。パーシーは図書室に閉じこもってるし、ケネルも今夜は船に残ってる。ほかの基幹クルーがいるか確かめるから、あなたはそれ以外の乗組員と備品を調べて」

「わかった」

　ルーは立ち上がり、猫に呼びかけた。「まずは明朝の最適な気流が何時かを突きとめなきゃ。いらっしゃい、フットノート。あなたのご主人様と話があるの。プリム、あなたも一緒に来てけだものをなだめるのを手伝って」

　フットノートはげっぷをしてから図書室に向かって歩きだし、二人があとを追った。

　パーシーはいくらもたたないうちにまた計画を変更すると聞いて顔をしかめた。「昼間よりはるかに面倒な夜の出発にそなえてすべて計算しなおしたんだ。それをいまになってまた最初の計画に戻せと？」

「そう。やっぱりあなたが正しかったってことがわかったの」ルーはパーシーの反論を封じるべく先手を打った。

パーシーは言葉をのみこんだ。「ほら、やっぱり。ぼくの言ったとおりだ」

「それで、最適な気流が近づくのは何時？」

プリムローズはパーシーをおだてるルーに顔をしかめたが、黙っていた。こうなったのは自分のせいだ。

パーシーはメモ用紙をあちこちに散らかしながら朝の計画表を探した。「午前九時八分」

プリムは思わずうめいた。「なんて無情《インヒューマン》な時間！」

「それを言うならかっこ悪い時間よ」ルーが言いなおした。「とても人間《ヒューマン》らしい時間——そこが大事よ。ちょうど太陽が昇ったあと。つまり異界族の親たちは誰も見送りに来ない。ドローンたちも」

こっそり出発するという計画にルーはわくわくした。三人の親のことは心から愛しているが、みなそろいもそろって大げさだ。ポウは泣くに違いない。マコン卿は英国で誰より大きくて恐ろしい人狼アルファかもしれないが、いざ娘のこととなると情けないほど女々しい。母さんはあたしにあれこれ指図するだろうし、ダマはあたしのドレスに大騒ぎするだろう。こっそり抜け出したほうがいい。プリムの思いがけない失態に感謝だ。これであたしの人生はずっと楽になる。

二人は飛行計画を練りなおすパーシーを残して部屋を出た。

4　空に浮かぶカスタード

〈斑点カスタード〉号は、ロンドン社交界の人気者二人の出立に予想された華々しさとは裏腹に、すこぶる地味にロンドンを離れ、処女飛行に旅立った。

その日の夜に旅立つと思っていたルーの三人の親とウィンブルドン吸血群、そしてウールジー吸血群は、このときとばかり協力して異界族主催の屋外パーティを企画した。リージェンツ・パークでの月光仮装パーティには各界のお歴々がずらりと招かれ、シャンパンと血色《ちいろ》の飲み物、糖蜜タルト、血入りソーセージがふんだんに用意された。この一大イベントは、その年の社交シーズンでもっとも豪華なドレスといかした帽子の祭典になるはずだった。翌日の新聞各紙はその中止をスキャンダラスな番狂わせと書き立て、これから社交界にデビューする若いレディの何人かが深刻なふさぎの虫にとりつかれた。主賓が突然、旅立ったからといってパーティを中止にするのは許せないというのがおおかたの反応で、レディ・プルーデンスとジ・オノラブル・プリムローズ・タンステルはとんでもない礼儀知らずだと誰もがささやき合った。あの二人にみんなのお楽しみを台なしにする権利がどこにある？

だが、当のルーとプリムはそんなことは何ひとつ知らなかった。

ルーはダマが心配だった。どんなにがっかりしたことだろう。ダマは空騒《からさわ》ぎをこよなく愛し、それがないときは〃かわいいハリモグラ〃がなによりの楽しみだ。衣装をあれこれ選び、それに合わせてドローン全員に着飾らせていたに違いない。でもダマのことだから、あたしが早めにこっそり旅立つのも予想していたかもしれない。

ただ一人、ケネルの母親だけが蒸気ダンゴムシで現れ、一行を見送った。どうやって彼女が出発時間の変更をかぎつけたのかは謎だ。ドローンのルフォーは息子と別れの抱擁を交わすと、塑像のようにじっと脇に立ち、離陸の準備をする息子を見ていた。骨張った年配女性で、髪を短く刈りこみ、つねに男物の服を着ているが、アメリカの小説家たちによれば、いまや男装もかつてほど衝撃的な時代ではなくなったそうだ。ケネルは索具を確かめ、地上員と打ち合わせをし、最後に手を振ってふたたび乗船した。係留索が引き上げられると、マダム・ルフォーは帽子を取り、会葬者よろしく胸の前にかかげた。

ルー、プリム、パーシーはデッキに集まり、パーシーが緊張の面持ちで後部上方の操舵席に陣取った。プリムローズの意向で、船尾デッキの操縦区域の上部には大型パラソルが取りつけられた。鮮やかな赤いパラソルで、パーシーの赤毛とは調和しないが、これで旅のあいだにそばかすが増える心配はない。プリムは弟のそばかすを過剰に心配している。ケネルは機関室の様子を見に下層デッキへ消えた。

飛行船はなめらかに――優雅というよりは丸っこい身体で元気よく――浮上した。係留索が木々から離れるとプロペラがまわりだし、ぐんぐん加速した。この勢いでいったんエーテル層に突入し、ねらった気流に飛びうつる計画だ。そのとき、ふいに船尾煙突がとんでもないガス音を立て、大きな煙の塊をふたつ、もくもくと吐き出した。

ルーは顔を赤らめた。悠然とした離陸を想像していたのに、これじゃ話が違う。そのときまで気づかなかった数羽の鳩が鳴き声を上げ、〈斑点カスタード〉号のねぐらから飛び立った。ルーがいまいましげににらみ、パーシーが高笑いした。

「これで正常なの？」とプリム。

「大丈夫、ちょっと厳粛さに欠けるだけよ」ルーは気を取りなおして見上げた。「このことは忘れずにケネルに伝えて、パーシー」

「了解」パーシーはにっと笑い返した。

「離陸のたびにあの音？」とプリム。

「おそらく。設計ミスだね」パーシーはさらに笑みを広げた。

「まあいいわ、よくあることよ」ルーは手すりから周囲を見わたした。リージェンツ・パークの木々がぼやけてひと塊になり、周囲の建物群が見えてきた。やがてそれもぼやけ、ついにロンドンの街全体が汚れた巨大な染みのように下方に広がった。鳩はしばらくついてきたが、ルーが「ついてきたら命はないわよ」と叫ぶと、やがて興味を失い、どこか止まれる塑像を求めて物憂げに下降していった。

こうして飛行船〈斑点カスタード〉号は誰にも見守られず、ふたたびガス音を立ててゆっくり高度を上げた。

ルーは気づかなかったが、そのとき空き地脇の林の下に隠れるように長身の二人連れが立っていた。女性は手袋をしておらず、連れの男の大きな手を片手で握っていた――ぴったりと指と指をからませて。かつては直射日光の下でも立っていられるほど強かったマコン卿も衰えつつあり、いまや昼間は妻との接触がなければ耐えられない。

見た目はルーが幼いころと変わらず巨体で力強いが、マコン卿は毎晩レディ・マコンと触れ合って眠り、そのあいだは人間になり、毎朝ひげをそり、ルーが二十歳になるあいだに十年ぶん歳を取った。茶色い髪には灰色が混じるようになったが、それだけの価値はある。反異界族である妻との接触は、年齢から生じる狂気という人狼アルファに課された呪いを遠ざける唯一の処方箋だ。コナル・マコンにとって、ゆっくり年老いてゆくのは払うに値する代償だった。

アレクシアは夫の肩に黒髪をもたせかけた。「いまのところは充分じゃない、マイ・ラブ？　あの子は安全に自力で旅立ったわ」

「たしかに」コナルはしぶしぶ認め、妻の巻き毛にあごをうずめた。アレクシアは帽子をかぶり忘れていた。「しかし、安全か？」コナルは、初めて会ったときと少しも変わらぬ、黒くて豊かでつやのある妻の髪にささやいた。コナル・マコンはあの晩、ハリネズミの上に座った。忘れるはずもない。あのときの妻の髪も、美しい姿も、それを言うならハリネズミも。

アレクシアは夫の手をぎゅっと握った。「あの子ならインドにも耐えて成長するわ。あの子にとって、あらゆることから離れるのはいい経験になるはずよ。あたくしたち全員から離れて」

「そうだな、でもインドはあの子に耐えられるか？」コナルがもっともな疑問をつぶやいた。

アレクシアは皮肉を無視し、夫がひそかに抱く不安に答えた。「あの子には能力があるし、友人もいる。人が人生に求めうる最高のものよ。それにパラソルも持たせたわ」

「ああ、そうだった。例のパラソルか？」

「いいえ、ただのパラソル。あのパラソルには早すぎるわ……いまはまだ。今回の旅はそれを見きわめる試験だと思ってるの」

「あの子が戻ったら、もうそろそろだと？」コナルは顔を離し、妻の顔を見下ろした。

アレクシアは茶色い目に思案げな表情を浮かべた。「きっと大人になるわ。旅はなによりも人の心を広くする、でしょ？　あたしたちの娘は鋭い子だけど、ロンドンに閉じこもっていたら鈍くなりかねない」

「ものわかりのいいときのきみは気に入らねぇな、妻よ」

「そうね、でもそろそろ慣れてもいいんじゃない」

「慣れるもんか。それがきみの魅力のひとつだ」コナルは身をかがめ、妻に熱烈なキスをした。木陰で、しかも早朝だから人に見られる心配はない。

アレクシアは褐色の肌を女学生のように赤らめながら背をそらして熱いキスに応え、「もう、あなたったら」そう言って身を引いた。「さあ、そろそろ引退を考えるころじゃなくて？」

コナルはうなり、娘そっくりの黄褐色の目を険しく光らせた。「召喚状を送るころか？」

「スコットランドに？」妻はしばし考えてから言った。「そうね」

「インドだ。キングエア団はいまインドに宿営している」

アレクシアはキツネのにおいを追う猟犬のようにくるりと鼻を向けた。「あの子を行かせる時期をみはからっていたのね。あなたのやりそうなことだわ」

「そうでなくて、どうしてわたしが行かせると思う？」

アレクシアはほっとしたが、おせっかいな父親をほめたくなくて、話題を戻した。「ビフィは準備ができているかしら」

「ああ、やつは準備万端だ。あとはわたしに手放す覚悟ができているかどうかだけだ」

アレクシアは空いた手で夫の頬を包みこんだ。「今日、あなたは娘を手放した。次は……」

「人狼団はそんなちっぽけなもんじゃない、マイ・ラブ。愛娘にも匹敵するほど重要だ。それに、わたしにもあと少しは時間が残っている」

アレクシアは――煮え切らないところはあるが――いとしい夫の言葉を信じた。「だったらその時間を使って気持ちと折り合いをつけて。あたくしたちの将来のために」

「正しいときのきみは気に入らねぇ」

アレクシアはにっこり笑った。「ものわかりがいいときと同じくらい？」

コナルは妻をにらんだ。「いや、もっとだ」

エーテル層に到達したとたん、ルーは新型飛行船とすっかり恋に落ちた。飛行船は何もないぼんやりしたエーテルのなかを突き抜けてゆく。下界にも上空にも何も見えない。これは科学界の大きな謎で、エーテル層はそのなかにいないかぎり目で見ることはできない。しかもなかは危険な空間だ。それでもルーの飛行船は実に優雅に、まだふつうの大気中にいるかのように気流をとらえた。

パーシーもすっかり夢中だ。「まさにエーテル飛行のための飛行船だ。ほら、この動きはどうだ」はしゃいでなるものかとこれまで難しい顔をしていたが、〈スプーンに載ったタンポポの綿毛〉号でしょっちゅう違法な空中散歩に出かけるルーとプリムのあとをついてまわるという、暗黒の幼少期に刻みこまれた感覚にはあらがえなかった。パーシーは学問好きだが、空に浮かぶのも大好きだ。それがルーの申し出を引き受けた理由のひとつでもあった。

〈カスタード〉号は、ほかの飛行船なら揺れ、上下動するはずのエーテルのなかをなめらかに飛行した。パーシーがマンデナル・プディング・プローブのダイヤルを確かめた。ジブラルタル環流《ループ》に合わせてあるが、気流にジャンプするのはいつだって最初がもっとも難しい。エーテル層に突入したとたん、飛行船はゆらゆらと南に向かう局所気流に引きこまれそうになった。

「高度を上げて」とルー。

　パーシーが浮上ボタンを押して気球をわずかに上昇させると、船はすっと浮かんで今度は東を向いた。

「もう一度」ルーは命令を出すのを楽しんでいた。とりわけパーシーに命じるのは愉快だ。

「今度は船首を南に」

　パーシーは再度〈カスタード〉号を上昇させ、プロペラ出力を最大にした。船は大きなガス音を立ててゆっくり回転しはじめた。同時にマンデナル・プディング・プローブがどろりとした——ライスプディングのような——ミルク状の液体を噴出した。これがこの装置名の由来で、飛行船が正しい気流の真下にいることを示す唯一のしるしだ。

「さあ、行くわよ——ジブラルタル・ループへ。タンステル教授、あたしの合図でジャンプして。さあ……いまよ」

　ふたたびパーシーが浮上ボタンを押すと、船体は上昇してループをとらえ、ただよいはじめた。

　ルーは満面の笑みを浮かべた。「おみごと——もう動力を切っていいわ」

　パーシーは目にもとまらぬ速さでダイヤルをまわし、プロペラを動かすすべての蒸気動力を切断した。

　ルーが甲板手に主帆を上げるよう命じると、〈カスタード〉号はなめらかに船首を風上に向け、ジブラルタル・ループのなかにすっぽり収まった。

　全員が息を詰め、船がループの正しい側——ジブラルタルから遠ざかる側ではなく接近する側――についていることを祈った。プローブは正しい気流の位置は教えるが、正しい方角に向かっているかどうかまではわからない。

パーシーがコンパスで確かめ、「船首そのまま、船長。ジブラルタル・ループは南に向かっている」と誇らしげに報告した。

「次のジャンプは？」とルー。パーシーに長々と得意がらせるのは癪《しゃく》だ。

パーシーはすぐに表情を引き締めた。最初のジャンプはたしかに危険だが、真の技量がためされるのは気流間ジャンプだ。パーシーは懐中時計をぱちっと開いた。「四時間二十六分後だ」

ルーはにっこりほほえんだ。「けっこう。お茶を飲む時間は充分ありそうね。そのまま続けて、航空士さん」

「了解、船長」パーシーの口調はかすかに皮肉めいていたが、ルーは満足だった。

ボイラー室は大忙しだった。煤っ子があちこち駆けまわって石炭係に指示を出し、火夫がヤカン型ボイラーの前に陣取り、機関員たちが全体のスムーズな動きを見張っている。たいした人数ではないが、いちどきに全員が動くとかなりの大所帯に見える。ケネルは部屋の隅に立ち、余裕の表情で見ていた。隣に猫背のアギー・フィンカーリントンが立って、ときおり命令を叫んでいる。二人は〝ケネルが淡々と穏やかに問題を指摘し、アギーがそれについて誰かをどやしつける〟というやりかたを確立させていた。

「エンジンの状態はどう、機関長？」ルーが声をかけた。

ケネルはそのときまで気づかないふりをしていたが、あたしが機関室に入ったときから気づいていたに違いない。「完璧ですよ、船長。ぼくがそうでないものを設計するとでも？」

ルーは調子を合わせ、火箸でケネルの脇腹を突きたい気持ちをこらえた。「航空士からおほめの言葉よ――〈カスタード〉号はみごとにエーテル内でジャンプしたわ。予定どおり飛行中よ」

「あのパーシーが？　オコジョも空を飛びそうだ」

「ミスター・ルフォー」ルーは驚いた顔でたしなめた。「言葉に気をつけて」とアギー。小ばかにしたような表情だ。

「うちの船長は本物のレディなんだ。それなりに敬意を払わなきゃ」

ルーは高慢なときのプリムローズふうにうやうやしくお辞儀した。「お口ぞえに感謝するわ、フィンカーリントン機関主任」それからケネルに向かって、「でも、あの音はどうにかならない？」

「音？」ケネルがとぼけた。

「知ってるくせに、船が上昇するときにプロペラが立てる音よ、煙突から」

「知らないなあ。どんな音か真似してみてよ」

「できるわけないでしょ！　その、なんていうか……」ルーは声をひそめ、「お腹にたまったガスのような。パーシーが言うには設計上の欠陥だって」

「へえ、あいつがそんなことを？」怒ったふりなのか、本当に怒ったのか、ルーにはわからなかった。

「上昇するたびにあんな音が出るの？」

アギーが鼻で笑った。「繊細な神経にさわるってことですか、レディ船長？」

ルーはひるまなかった。繊細なのは別に悪いことではない。「ええ、かなりね。あたしよりはるかに神経の細いミス・タンステルはもっと耐えられないわ。体裁も悪いし」

「ふん、体裁なんか」アギーが間髪をいれずに言った。

「あら、フィンカーリントン機関主任」ルーは諭すように、「あらゆる角度から考えるべきよ。身を隠したり、こっそり脱出したりしなければならない状況になったらどうするの？」

「テントウムシもどきの船で？」

もしかしてアギーはあたしの色の選択が気に入らないの？

「模様は隠せても音は隠せないわ」ルーはすまして答えた。

アギーがむっとした。「またそんな屁理屈を、この小うるさい――」

ケネルはこみ上げる笑いをこらえ、言い合いを制した。「わかった、船長、音については調整してみるよ。それが無理でも、せめて緊急のときは音をさえぎれるように」

「あたしがいいたいのはそれだけよ。では失礼」ルーはうなずき、アギーをにらんだ。小うるさい、ですって？　それはこっちのセリフよ。ルーはとびきり横柄なときの母親を真似て鼻をつんとそらし、肩をいからせ、目を不審げに細めて礼儀知らずの機関主任を見やった。

これにはアギーもたじたじとなったようだ。

「もう行くの、かわいい人《モン・ペティ・シュ》?」ケネルがさっと近づいてルーの手をつかみ、慇懃に身をかがめた。

「これさいわいだ」とアギー。

上デッキに戻りながらルーは思った。さっきの口論ではほとんど負けてたけど、少なくともケネルからはほしい返事をもらえたからよしとしよう。

二度目のジャンプは最初ほどうまくはいかなかった。ひとつにはパーシーがあわてたからだ。マンデナル・プディング・プローブは正確に作動したが、どろりとした物質を噴出して気流交差ポイントを知らせたのはパーシーの計算よりゆうに十五分は早かった。ちょうどクルーもおやつを食べながらのんびりしていたときで、これには全員が動揺した。

ルーたちはメインデッキでお茶を飲んでいた。プリムローズがデッキチェアと小さな脇テーブルを持ってこさせ、料理長が高級ダージリンブレンドの大きなポットと、バターたっぷりの小型クランペットのクロテッドクリームとジャム添えを用意した。

ホスト役のプリムは紫色の渦巻き模様——パーシーのエーテル流図の矢印に似ていないこともない——の入った黒いビロード地の旅行ドレスにシルクのバラで飾りたてた大きな紫色の帽子といういでたちだ。

ルーはあえて軍人ふうのドレスを選んで持ってきた。そ[illegible]船長にふさわしい気がしたからだ。濃紺の旅行ドレスは黒いひもでできた記章つきで、上着には目立つ金ボタン。前身ごろが交差したデザインで、ほとんど飾りはない。ダマが見たらあまりの地味さに心臓発作を起こすかもしれない。濃紺の麦わら帽は楕円形で正面のつばが少し上がり、片側には小粋な海賊ふうに大きな羽根が一本ついている。それがルーの女らしい体型とくるくる変わる表情を引き立て、よく似合った。

パーシーは紅茶をすすりながら、エーテル層の微少動物相とそこに生息する生物が常習的なエーテル旅行者の主要体液にあたえる脅威についての本を読んでいた。パーシーは心気症の気《け》がある。お茶の席でもツイードのズボンに不釣り合いな上着という格好だ。飛行ゴーグルに革ひもつきの道具を身につけたままなのは言うまでもない。それでもボタン穴には薬効を期待してヒマワリを一本さしている。

ケネルは少し薄汚れてはいるが、この場にふさわしい格好でプリムと楽しげにしゃべっていた。青みがかった灰色のスーツに緑色のベストは機関長という地位にぴったりだ。作業中は無理でも、上デッキにいるときはきちんとシルクハットをかぶっている。

パーシーとケネルが犬猿の仲とはいえ、お茶の会話は洗練されていた。プリムは薄っぺらい会話の達人で、そのみごとな技には弟のパーシーも降参するしかない。加えてルーがゴシップをまくしたてれば、男二人が言い争うチャンスはなかった。

プロープが液体を吐き出すまでは。

どろりとした物質が靴にぼとりと落ち、パーシーの代わりに操舵席についていたヴァージルがさっきの鳩そっくりにぎゃっと叫んだ。異常が起こったら知らせるよう命じられていた従者の苦しげな悲鳴にプリム以外の全員が立ち上がり、クランペットを投げ出すや何ごとかと船尾デッキに駆けつけた。

「何？　どうしたの？」

　ヴァージルが非難がましくプローブを指さし、それから自分の靴を指さした。「これがぼくに吐き出したんです」

　そばかすの浮いたパーシーの顔が青ざめた。「もう？　いや、早すぎる。地中海移動流《シフター》にぶつかるまで、まだ十五分はあるはずだ」

「計算ミスだな」とケネル。

「ぼくの計算にミスはない！」

　ケネルはシルクハットを脱いですでに階下に向かいはじめていた。「詳しい説明はあとだ。でも、教授、とにかくいまは準備も時間もない状況でジャンプしなけりゃならない。神よ、われらを守りたまえ」

　落ち着かなきゃ。ルーはラビファーノを思い浮かべ、ダンディっぽく少し猫背になった。こうすれば、少なくとも甲板員たちには不安をあたえずにすむ。

　パーシーは見えなくなったケネルの背中に向かってまだどなっている。「最後に確認した場所から気流が移動したんだ。ぼくが計算を間違うはずが――」

「その件はもういいわ、パーシー」ルーがさえぎった。「ヴァージル、わめくのをやめて、ハンカチで靴をぬぐって。そう、いい子ね。パーシー、操舵機をつかんでジャンプにそなえて」

パーシーは目を見開いた。「でも、まだ準備が」

ルーはぞっとするような笑みを浮かべた。「そんな時間はない――いますぐジャンプよ。〈カスタード〉号の度胸をためすいい機会だわ」

パーシーは呆然と見返した。ルーの顔は少し狂気じみて見えた。

「さあ、パーシヴァル！」

パーシーははじかれたようにレバーをつかみ、漂流状態から脱却すべくダイヤルをまわした。

ルーは主帆を下ろすよう命じた。甲板手たちは思ったより作業に手間取った。もっと手早くやれるよう訓練が必要だ。

「プロペラの準備はいい？」

パーシーはプロペラのバーをつかみ、始動させた。「いいよ、船長」

〈斑点カスタード〉号がガス音を発した。

ルーは気のせいだと思うことにした。「落ち着いて、お嬢さん」そう船に呼びかけ、パーシーにたずねた。「どっちに動けばいい？　地中海シフターをつかまえるには下降？　それとも上昇？」

パーシーがプローブを確かめた。「上昇だ、船長」

　ルーは機関室につながる伝声管を取り上げ、呼び出しボタンを押した。

「何？」ケネルがぶっきらぼうに応じた。

「上昇にそなえて、機関長」

「大丈夫？　かなり無理がかかってる」

「この子は無理に耐えられるようにできてるの、そうでなければダマがあたしにくれるはずがない」

「わかった、モン・ペティ・シュ」ケネルが伝声管に背を向け、騒がしい機関室につぶやくのが聞こえた。「上昇だ、アギー――全ボイラーに石炭を投入」

　アギーの叫ぶ声が聞こえた。

　ケネルの声が管から聞こえた。「準備完了」

「さあ、行くわよ！」ルーは伝声管を戻し、パーシーを振り返った。

「始めて、タンステル教授。さあ」

　パーシーが浮上ボタンを押して気球を上昇させた。

〈カスタード〉号は上下に揺れながらジブラルタル・ループを脱し、航空図に載っていない気まぐれな巨大渦巻き状の気流に突入した。一度にさまざまな方向に揺さぶられ、気球が数カ所でへこんだ。ゴンドラが激しく揺れ、メインデッキの椅子に座っていたプリムが悲鳴を上げ、紅茶道具を守ろうと身を投げ出した。

「気流を見つけて、パーシー」とルー。心臓が口から飛び出しそうだ。

「すぐそこだ、ルー、あともう少し上昇すれば」パーシーの顔も恐怖にひきつっている。

パーシーがふたたび浮上ボタンを押した。

船体は上昇したが、気球が風下側で内側につぶれはじめた。気球がひとつの気流をとらえると同時にゴンドラは右舷に傾き、船の下部が別の気流につかまった。上半分と下半分が引き裂かれそうだ。急がないとゴンドラは気球から完全に切り離され、らせんを描きながらはるか下の死に向かって確実に落ちてゆく。

「パワーが足りない」パーシーが叫んだ。

ルーはとっさに帽子を押さえ、傾くデッキをやっとのことで横切って伝声管をつかむと、口に当てて警報ボタンを押した。

「今度は何？」ケネルが応じた。この状況にしては妙に落ち着いた声だ。いつもより強いフランスなまりだけが緊張を伝えていた。

「もっとボイラーを燃やして、ケネル」ルーは恐怖のあまり正式な呼びかけも忘れた。

「そんなにかわいく頼まれたら断われないね、モン・ペティ・シュ」ケネルは即座に応じた。

ルーはパーシーにうなずいた。「もういちど」

パーシーが再度、船を上昇させた。

船はすっと上昇して気流をとらえ、そして……。

すべてが安定した。気球はもとの丸いテントウムシ状態に戻り、ゴンドラは何ごともなかったかのように水平になった。何もかもが穏やかな湖面に浮かぶ水鳥のように静かだ。

ルーはふうっと息を吐いて伝声管を置いた。膝ががくがく震え、デッキに倒れこみたい気分だが、船長にそんな暇はない。ルーはパーシーを振り返った。「すべて命令どおりね、タンステル教授？」

パーシーは目をぱちくりさせた。「えへん。ああ、船長。予定どおり、完璧にスムーズなジャンプだった」

「なるほど、スムーズね」ルーはあきれたひとことに片眉を吊り上げ、ヴァージルを振り返った。パーシーの従者は息を切らす甲板員の一団とともにデッキの片側に寄り集まっていた。甲板員たちはかろうじてジャンプ寸前で主帆を下ろすのに間に合った。

「甲板手、甲板員、みんな無事？　ヴァージル？」

「すこぶる順調です、レディ船長」ヴァージルがにっと笑った。若者らしい立ちなおりの早さですっかり平静を取り戻している。ほかの甲板員たちはたったいま起こったことに驚嘆し、うなずくだけで精いっぱいだ。

ルーは伝声管を取った。

「今度はなに、いとしの君《シェリ》？」ケネルの声からはなまりが消えていた。

「機関室の様子はどう？」

「ちょっと揺れたけどなんとか乗り切った。みみず腫れとあざが二、三個と軽いやけどが少し。看護師を呼ぶほどじゃない。散らばった石炭を片づけるのに上から数人まわしてくれないか？」

医者が必要なほどのケガがなくて本当によかった。なにしろここには船医がいない。ルーは甲板員を指さした。「あなたたち六人、機関室へ手伝いに行ってちょうだい。終わったら急いで戻ってきて。すぐにまた帆を上げなきゃならないから。あなたたち二人は檣頭《しょうとう》見張り台について気流から目を離さないで。あなたたち二人はデッキの見張りをお願い」

甲板員たちははじかれたように指示にしたがい、ヴァージルがゆっくり戻ってきた。

「いま六人を送りこんだわ、ミスター・ルフォー」ルーが伝声管に呼びかけた。

「助かるよ、モン・ペティ・シュ」今度はケネルから通話を切った。

ルーは伝声管を戻すと、最後の心配ごとを確かめに向かった。

「あなたが誰かに命令されるより先に命令を始めてよかったわ」プリムローズは部分的に壊れたデッキチェアにのみこまれるように座っていた。

「大丈夫、プリム？」

「ティーカップがひとつ落ちたの。でも、さいわい空っぽだったからこぼれずにすんだわ。ポットはまだ温かいみたい。気分直しに一杯どう？」

ルーは征服を果たした陸軍元帥よろしく帽子の横でそっけなく手を振った。「ええ、ええ、プリム、注いでちょうだい」

だが席に戻ると、クランペットはどれもひっくり返り、バターのついた側がべったり床に落ちていた。「どうしていつもこうなの？」

「〈偶然の残酷なる法則〉よ」プリムはなだめ、新しいクランペットを持ってくるようヴァージルを料理長のもとに走らせた。「それから今度はラズベリージャムじゃなくて、レモンカードをお願い。クランペットにはレモンのほうがずっと合うと思わない?」

「まったくね」ルーは答え、紅茶をすすった。

〈カスタード〉号はちょうど三日でマルタ塔に到達し、パーシーは世界記録なみだと――実際は違うけど――胸を張った。「もっとプロペラの回転を上げれば、次は二日半で着ける」

「記録を王立協会の石板に刻むために、ぼくはこれ以上、煤っ子を無理に働かせるつもりも燃料を無駄に使う気もない」とケネル。

ルーたちは食堂でなごやかに夕食を楽しんでいた。なごやかになるはずだった。料理長苦心のメニューはマカロニスープ、ローストポークリブ、キャベツにネイピアふうプディング。だが、パーシーとケネルの絶えざる口論はルーの鉄の胃袋さえ不快にさせた。

ルーはナイフとフォークを下ろして二人をにらんだ。「いい加減にしてくれない?」

「誰にだってお楽しみは必要だ、モン・ペティ・シュ」ケネルがチャーミングな笑みを浮かべた。

パーシーは『海水浴とエーテル浴の健康効果に関する比較論文』に視線を戻した。なんどテーブルで本を読むのをやめさせようとしても無駄だった。ついにルーは、このまま読みながら食べるのならエプロンドレスを着させると主張したが、食事を終えたあとなら文句は言えない。はためには本に没頭しているように見えて、なぜかパーシーはテーブルの会話には完璧に参加できる。

ケネルはまだパーシーをからかい足りなさそうだったが、ルーは首を振って制した。「もうほっといて。まったく、顔を見ればけんかをふっかけて、いったいパーシーはあなたから何を盗んだの？」ぶしつけで大胆な質問と知りながら、たずねずにはいられなかった。

プリムローズがぎょっとして片手で口を覆った。「ルー、それってテーブルで話し合うべきこと？」

「みんなの楽しい会話を侵害する行為が続くのなら話すべきよ」

「わかった」ケネルはスミレ色の目を輝かせてルーを見た。「じゃあ話し合おう」

ルーはできるだけ親身な表情を浮かべた。

ケネルは驚いてキャベツを飲みこみ、咳きこんだ。「女性がらみ？」

ルーはケネルの背中をどんどん叩き、プリムがワインを渡した。

ケネルがワインを二杯、飲み干して目をぬぐうのを待ってルーは続けた。「やっぱりそうなの？」

「はっきり言えばそうだ」ケネルは顔を赤らめた。色が白いせいかやけに絵になる。

母親の浅黒い肌を受け継いだルーは、つねづね簡単に顔が赤くならないのをありがたいと思っていた。そのほうがクールで近寄りがたい雰囲気をあたえる。でも、ケネルみたいにきれいに見えるのなら、たまには赤くなってみようかしら。

すかさずプリムローズが弟を弁護した。「公平に見てもパーシーはそんなふうなの」

ケネルが見返した。「どんなふう？　密猟者ってこと？」

パーシーはわれ関せずのふりをしながらも、しっかり聞き耳を立てている。

「そうじゃなくて、女性の目にはすごく魅力的だってこと。ずっとそうなの——わたしとルーが小さいころから」

プリムの言葉にパーシーは天を仰ぎ、ケネルはむっとした。

ルーは笑みをこらえた。「それで状況がよくなるとは思えないけど、プリム」

「だからといってあなたがハンサムではないってことじゃないのよ、ミスター・ルフォー」

プリムが取りなした。

「どうも」ケネルは不謹慎にも誘うような目でプリムを見た。

ルーはテーブルの下でケネルを蹴ったが、ケネルは顔色ひとつ変えない。

「どこが魅力かわからないけど」プリムが続けた。「女性たちはいつも恥ずかしげもなくパーシーに色目を使うの。こう見えて女殺しなの、そうでしょ、パーシー？　うちのパパも若いころはけっこうな色男だったみたい」

パーシーがプリムを見た。「くだらない。何を言いたいのか知らないけど、なんの助けにもなってない」

「そうしようとしているわけじゃないのよ。もちろん。でもそうなっちゃうの」

パーシーは本に向かってつぶやいた。「たんにぼくがかっこいいせいだ」

なんとも不可解だが、プリムローズの言うとおりだ。どんな舞踏会でも、パーシーはいつのまにかダンスを申しこむ若いレディたちに取りかこまれる。二人の女きょうだいに鍛えられた結果、パーシーはダンスが上手で、社交界の母親もみなそのことを知っていた。しかも、危険を冒して異界族になろうとしなくても強い姻戚関係があり、称号こそないが、かなり裕福で、夜型種族とのつながりから社会的地位も高い。両親が舞台役者だったという出自《しゅつじ》や極端な学問好きという性格は、財産、コネ、見た目といった長所の前に無視された。若いレディからすれば、パーシーの学究肌はチョウを引き寄せる花のようなものだ——無愛想であつかいにくい花だけど。世のレディはその超然とした態度にも惹かれた。タンステル教授はおべっかを言わない。つい最近ミス・プロスピゴットは握り合わせた両手を唇に当ててこう言った。〝舞踏会でパーシーと会うと魂が震えるの〟。

「パーシーはいつだってひょんなことから婚約してしまうの」プリムローズが続けた。「だから社交界から身を引いた。そうよね、パーシー？　レディたちの心を傷つけるのが嫌で」

　座ってこのやりとりを見ていたケネルは、前髪に隠れるくらい眉毛を吊り上げた。「なんと気高い」

　ルーも言葉を添えた。「残念ながら、ミスター・ルフォー、プリムローズが言うのは本当よ。あたしも説明できないけど」

「それで、きみは教授のあらがいがたい魅力の犠牲にはならなかったわけ？」

　ルーはたじろいだ。「まさか。彼は家族みたいなものよ。パーシーくんよりあなたのほうがはるかに魅力的だわ」

「そうそう」プリムがあいづちを打った。

たちまちケネルは人生に満足したようだ。

パーシーがぱたんと本を閉じた。「まったく女ってやつは。つける薬もない」

「ほめられたのかけなされたのかわからないけど、レディーズ、ありがたく受け取っておくよ」とケネル。

ルーは息を吐いた。こうなったのはすべてあたしのせいだ。船長とはいえ必要以上に個人的な話題に触れてしまった。「ごめんなさい、二人とも。もちろん、ミスター・ルフォー、タンステル教授が偶然にしろ意図的にしろあなたの意中の女性《ひと》を盗んだのなら、どんな事情であれ許されないけど。それで教授、要するに……盗んだの？」

パーシーは鼻で笑った。「くだらない。どうしてぼくがメカかぶれフランス人の残り物に手を出さなきゃならないんだ？」

これにはケネルも立ち上がり、顔を赤くした。「おい、言いすぎだ」

ルーはまたもやため息をついた。「二人とも許して――これじゃらちがあかないわ。二人が気持ちよく過ごせるようにわだかまりを解消したかったんだけど、いまはそのときじゃなさそうね。これで終わりにしない？」

パーシーはさっさと立ち上がり、片手にネイピアふうプディング、片手に本を持って去っていった。

ケネルは説明の義務があると言いたげにルーを振り返った。「つまりこういうことだ、シェリ。要するに〝紳士にあるまじき振る舞い〟だよ。でも、ぼくの心はきみだけのものだ。わが人生の太陽、わが地平線の月――」

「はいはい。あなたの首飾りの真珠で、あなたの庭のバラね」ルーはうれしがっていると思われないよう、わざと目をまわしてみせた。

「そうそう、そういうこと」

ルーはため息をついた。「もう行って、ケネル」

「きみはかわいくて最高だ、モン・ペティ・シュ」

ルーは相手にしなかった。〝モン・ペティ・シュ〟と呼ぶのをやめてと頼む気もない。ケネルは、あたしがこう呼ばれるのを嫌がっているのを知っている。でも、そばに人がいなければかまわない。

「ほら、早く」

ケネルが大股で出ていくと、ルーはため息をついて腰を下ろした。

「紅茶をいかが？」プリムが目をきらめかせた。

「いただくわ。ねえ、プリム、話し合うなんてバカげてたと思う？」

プリムは無言だ。

「きっとどこかの厚化粧の女がらみね。どうしてあの二人があんなにいがみ合うのか知りたくないの？」

「いいえ、ちっとも」どうやらプリムは理由を知っているようだ。そしてそれは双子に関係することらしい。パーシーとプリムの血がつながっていて、ましてや双子だという事実をふだんはつい忘れがちだが、これまでの長いつきあいから、これ以上、二人の関係に立ち入らないほうがいいときはなんとなくわかる。ルーが話題を変えようとしたとき、船内じゅうにとんでもない音が響きわたった。これまでに聞いたことのない音だ。ただごととは思えない。

ルーとプリムはぴょんと立ち上がり、スカートが許すかぎりのスピードで船尾デッキに向かって駆け出した。

5　マルタ塔

うがいとさえずりを合わせて大音響にしたような音は、檣頭見張り台の甲板員が作動させた〈斑点カスタード〉号の接近警報だった。若い甲板員は勢いよく見張り台から飛び降り、正面の暗いエーテル層のなかでマルタ塔の標識灯《ビーコン》が光っていると報告した。甲板員の潤んだ目は、檣頭見張り番の必需品である遠焦点ギョロメガネごしに拡大し、甲板灯のガスライトを浴びて青い大きな球体のようだ。

「よく気づいたわね」ルーは甲板員をほめ、「さあ、もういちど戻って、ドッキング降下地点に着いたら知らせて」

「了解、レディ船長」少年はだらしない敬礼をすると、縄ばしごをするするのぼり、最後に勢いをつけて気球胁の見張り台に飛び乗った。

「ああ、あんなに若くて身軽だったころに戻りたいわ」とプリムローズ。

「あたしたちがあんなに若かったときはない」とルー。

「それを言うなら、あんなに身軽だったときはない、でしょ」プリムがほほえんだ。

ルーは、そうねと息を吐き、パーシーを振り返った。航空士はすでに本を置き、警報と同時に操舵席についていた。責任感だけはあるようだ。「ドッキング地点に着きしだいエーテル層離脱にそなえて」

「わかってる、船長」パーシーはかすかに顔をひきつらせた。「そのつもりだ」

ルーはふと不安になった。いかに自信家でも、パーシーにこの任務は荷が重すぎるかもしれない。「パーシー、この大きさの飛行船をドッキングさせたことは？」

「厳密にはない」

「〝厳密には〟の厳密な意味は？」

「本で読んだ」

「あらまあ。ミスター・ルフォーに代わってもらう？」

「バカ言うな。完璧にやってみせる」パーシーの表情がおびえから決意に変わった。

ルーはこっそりほほえんだ。うまくパーシーを本気にさせたわ。「そうこなくっちゃ」

見張り台から「ドッキング地点確認」の声が聞こえた。ルーが一八八七年のロンドン大濃霧を思わせるような灰色に渦巻く靄《もや》に目をすがめると、目の前に……街灯柱が見えた。

街灯柱に見える何かだ。それも上半分だけで、距離があるため小さく見える。実際のビーコンははるかに大きく、鳥カゴのような形で、なかで濁ったオレンジ色のガスが光っていた。

「あたしの合図で甲板手は主帆を引きこんで。航空士はエーテル層からの離脱準備」ルーは伝声管を取り、ボイラー室を呼び出した。

「はい？」女の声がどなった。

「フィンカーリントン機関主任？」

「オペラガールがいるとでも？」

「プロペラ回転にそなえて」

「いつだってそなえてますよ」アギーはそう言って聞こえよがしにつぶやいた。「何を言ってるんだか」

ルーは歯ぎしりし、砂糖がべったりついた甘い菓子パンのことを考えた。「けっこう。いつもながら手際がいいわね」

アギーにこれ以上、皮肉を言われる前にルーは通話を切った。

「ますますあの女が憎らしくなってきたわ」

プリムがいたわるようにルーの背をなでた。「あなたはうまくやってるわ――〝悪口がきれいな乙女を得たためしはない〟」

「ねえ、プリム、それを言うなら〝弱気がきれいな乙女を得たためしはない〟じゃない？それに、フィンカーリントンが乙女と呼ばれたがってるとも思えない」

プリムはにっこり笑った。「そう。だからぼやいてもしかたない」

甲板員が帆を引きおろそうとわれさきに集まった。それを見ながらルーはスピードを上げる訓練法を思案した。効率を上げるにはリーダーも必要だ。見ていると言い合いが多すぎる。甲板手の誰かが命令を出せばいいのに、若い甲板員たちの元気がありすぎてお手上げ状態だ。甲板員のなかで序列を決めればみんながやりやすくなるかもしれない。

主帆が下ろされるころには、ビーコンがほぼ真下に見えた。

「タンステル教授、三、二、一、いまよ」ルーは焦りを隠して命じた。

パーシーが反浮上ボタンを動かしたとたん〈カスタード〉号は急降下し、胃が喉までせり上がるような感覚に襲われた。激しい大波に乗っているかのようだ。今回は巨大渦巻き流を難なく通過したが、運悪く下方の強い気流にぶつかり、船体はビーコンから離れるように西に引っ張られた。

「もういちど」

またもや船体が沈んだ。そしてもういちど。さらにもういちど、続けざまに四回。なおも強い渦巻き流のなかで激しく揺れたあと、かろうじて船はエーテル層を脱して霧状のエーテルを抜け、気がつくと満天の星空をゆっくり下降していた。上から見るエーテル層はどんなふうなんだろう。そもそもエーテル層より上には何があるの？　そこでも呼吸ができるの？　こんな疑問を持つのはルーだけではなかった。エーテル科学者たちはエーテル外層を憧れの未知の国のように議論し、より高みに行く新たな方法を絶えまなく探っている。だが、これまでのところその方法を見つけた者はいない。

パーシーがプロペラをまわすと、〈カスタード〉号は景気よくガス音を放ち、ゆっくり円を描きながら当初の目的に向きを変えた。やがて目の前に銀色の月明かりを浴びるマルタ塔の上部ドッキング域が見えてきた。エーテル層に突き出して光っていたのは、このてっぺんのビーコンだ。

ルーは船首楼の正面手すりに駆け寄り、船首斜檣《バウスプリット》ごしに〝現代の第六峰〟を見やった。それは、〈大英帝国の八不思議〉のひとつであるマルタ塔は噂どおりの偉容を誇っていた。それは、たくさんののぞき穴と窓のついた大鍋にへら《スパチュラ》を何本も突き刺したようなばかでかい複雑な調理器具を思わせた。もっとも、突き刺さっているのはへらの先ではなく持ち手のほうだ。この突き出たへらが駐機場《ドッキングポート》になっていて、すでに数隻の飛行船や羽ばたき機が収まり、到着したばかりの何隻かが係留索をほどいていた。点検中の機体あり、ヘリウムや水や石炭を積みこむ船あり、豆粒のようなドック作業員がケーキサーバーの上を歩くアリのようにへらの上を動きまわっている。マルタ塔の駐機場は空中何マイルもの高さにある造船所のようだ。もちろんレディ・プルーデンスは造船所がどういうものか知らないが。

それでもルーはさほど驚かなかった。マルタ塔が〈大英帝国の八不思議〉のひとつたるゆえんはビーコンでも駐機場でもなく、その下半分にあるからだ。

上空から見るマルタ塔はどこまでも続いているように見えた。ささえる足場が巨大で、マルタ島の大半が土台になっているせいだ。塔の下半分もまた調理器具を際限なく積み重ねたかのようで、塔は建物の構造それ自体ではなく、あちこちに無作為につけられた熱気球によって立っていた。気球が気まぐれな風に吹かれるたびに塔全体がゆらゆらと揺れるさまは、海底ミミズとがらくた市が合体したかのようだ。

嵐のときはさぞ揺れるに違いない。

塔は手に入るかぎりのあらゆる材料でできていた。布、網、木、鋼《はがね》。こっちに大きな自転車、あっちにボートの一部。小さな家屋。ところどころに列車の車両も見える。マルタ塔では人々が暮らし、働き、塔全体の経済や文化がエーテル旅行によってささえられているのは知っていたが、実際に見ると息をのまずにはいられなかった。

プリムが隣に近づいた。「まあ！　なんだか不気味じゃない？」

「そう？」ルーは楽観的な性格だ。「目を細めて見れば生物学的魅力があるわ。ほら、あのぶらさがった部分を見て。マメの莢《さや》みたい」

「実際は住居と作業場のようだけど」

ルーはプリムの詩心のなさを無視して続けた。「そしてあの気球と空気タンクは空に向かって伸びる木の葉みたい」

「ついてゆけないわ」

「そのようね」ルーはあきらめた。プリムは実用美を愛する。マルタ塔はそうではない。

目の前で石炭を積んだ巨大エレベーターが塔の片側の太いケーブルにそってゆっくりのぼっていった。塔には長い管がぐるりと巻きついている。あれで地中海の水を汲み上げて濾過し、吸い上げ、はるか頭上に停泊する大型船に送りこむのだろう。途中で作業員や居住者が管の栓から水を引きこむ様子が見えた。そういえば、マルタ塔は副業として製塩業に熱心だと何かで読んだ。

パーシーは〈カスタード〉号を慎重に左側の駐機場に向け、前進させた。かなりの速度だ。

「できれば、タンステル教授、マルタ塔に激突したくはないんだけど」

「わかってる。ぼくもそうしたくはない」

〈斑点カスタード〉号は風に乗ってますます速度を上げた。

「パーシー！」ルーの声がうわずった。

「すべて予定どおりだ、船長」

ルーは伝声管をつかんだ。「ボイラーを切って」

「仰せのままに、かわいい人《モン・ペティ・シュ》」ケネルの優しい声が応じた。よかった、アギーでなくて。

「無事に駐機したら上陸の相談をするからのぼってきて」

「了解」

ルーは伝声管を戻しながら思った——いずれにせよ機関部員は頭痛の種になりそうだ。

パーシーがスイッチを切り替えると、プロペラがガス音を三連発放って逆回転した。〈カスタード〉号は破裂音とともに減速し、ゆっくりとすべるように塔に近づくと、船首を上げてへらの一本に収まり、最後にプププププというすさまじい音を立てて静かになった。

「あまり優雅な着陸じゃないわね」とプリムローズ。

パーシーがぶすっとして答えた。「ぶつからないのが大事だろ」

「その点ではよくやったわ、パーシー。これからもこの調子で」

パーシーはおべっかかどうかを確かめるようにルーを横目で見やり、そばのデッキチェアにどさりと座りこんだ。

やがてケネルがデッキに現れた。あちこちについた煤がかえって粋《いき》だ。どうして煤汚れまで似合うのかしら。ルーはかっこいいケネルを苦々しく思い、煤まみれの魅力から目をそらした。そんなルーにケネルは愛想よく首を傾けた。

プリムとパーシーもそろっている。ルーは会議を始めた。「部下の全員に、いまからきっかり一時間だけ塔を離れると伝えて。職員とクルーはあたりを散策していいけど、時間までには戻ってくること。もちろん船の保安のために各部の半数は残ってもらうわ。誰を残すかの判断はまかせるけど、とにかく急いで。それから幹部も一人は残るべきね」

「ぼくが残る」予想どおりパーシーが言った。

「そう言うと思った。でも、それだけじゃ心配だ」ケネルはパーシーの反論を待たずに伝声管をはずし、機関室に呼びかけた。「アギー？　くじ引きで誰が降りるか決めてくれ。四十五分しかないから懐中時計を持ってるやつを何人か選んで。え？　上陸許可を褒美にするかどうかはまかせるよ。えっ、またスプーが騒いでる？　そんなに気に入らないのなら配属を変えたら？　デッキにはいくらでも人手がいると思うけど。そうそう、それでいい。もちろんきみは残って――石炭と水の正確な補給量がわかる人がほかにいる？　うん、じゃあそういうことで」ケネルは伝声管を戻した。「あの女、たまに頭にくるな！」

ルーは心底、驚いた。「いつもじゃない？」

プリムは、誰が船を降り、何を補充すればいいかを乗務員長と料理長と相談するために足早に出ていったが、数分後に戻ってきたときには、いつのまにか金色と赤ワイン色の輪模様を刺繍した黒いタフタ地の外出ドレスに着替えていた。頭にはドレスにぴったりの金モールと赤ワイン色の羽根飾りのついた黒い帽子。手には黒のパラソル。

「とてもすてきよ」ルーはうらやましそうに言った。

「ありがとう」プリムローズはくるりと回転してみせた。「女王ママがわたしのために選んだ〝上陸探索とカレーのための訪問服〟よ。インドの食べ物には妙な思いこみがあるの、うちのママは。かつて旅先で嫌な思いをしたみたい」

ルーはうなずいた。「あたしも着替えたほうがいい？」ドレスに関するかぎり、プリムの意見に間違いはない。

プリムローズは見さだめるようにルーを見まわし、「それでいいと思うわ」

ほめられてルーは得意になった。だってエレガントの権化であるプリムから認められたのだから。「じゃあ出発」

二人はさっそく腕を組んで船から降りた。それを合図にパーシーはヴァージルを操舵席に残して図書室に引っこみ、ケネルがルーとプリムのあとを追った。ルーはちらっと振り返り、ケネルが白い大判ハンカチでさっと煤汚れをぬぐうのを見て残念に思う自分を叱りつけた。

二人は細長いへらの柄にそって駐機場の中心に向かった。塔はさまざまな人工光源で照らされていた。ガス・シャンデリア。オレンジ色に光る霧の詰まった電光管。鮮やかな色の巨大な紙ランタン。見るからに身分の高そうな二人に、ドック作業員たちは反射的に道を空けた。すれ違いざまにときおり嫌味なつぶやきも聞こえたが、ルーとプリムはつんと鼻を上向け、聞こえないふりをした。あとからついてくるケネルが周囲に目を光らせたが、作業員の関心はもっぱら〈斑点カスタード〉号で、燃料を始めとする必需品を載せたカートやパイプを引っ張って飛行船に向かっている。

ルーは自船に向かう補給品の列を見て眉をひそめた。「こんなものは頼んでないわ。〈カスタード〉号はあんなに大量の補給は頼んでいないはずだ。塔の管理官はどこかしら?」

そのときルーは初めて船の職員とクルーたち——煤っ子、機関員、火夫、甲板手、甲板員、乗務員、洗い場メイド——が公園に遠足に出かける学童よろしくぞろぞろついてくるのに気づいた。その異様な光景に、先頭を歩くプリムとルーは急にまわりの視線を意識した。

ふと新たなざわめきとともに目の前で作業員が二手《ふたて》に分かれ、小うるさそうな年配の紳士が現れた。完璧なイブニング正装で、胸には将軍のような赤いサッシュを斜めがけにし、革の台帳を抱え、両端ともとがった細長い尖筆を持っている。男は尖筆ほんらいの用途を無視し、両端の区別もなく、道を空けるのが遅れた作業員に「どけ、こののろま!」とどなり、尖筆で若い作業員の耳をぴしっと叩いた。

男の背後では、作業服の男二人が道具や箱、エーテルグラフ発信板、その他、役人に必要なもろもろを載せた蒸気式紅茶ワゴンを両側から操作していた。こんなにすてきな紅茶ワゴンをこんなものに使うなんて——ルーは怒りを覚えた。

サッシュ男は立ちどまってかかとをぴたりとつき合わせ、気をつけの姿勢で目の前に立ちはだかった。ルーとプリムを上から下までながめまわし、こちらに用はないとでもいうようにケネルに向きなおった。

「きみの船か？」男は名乗りもせずにたずねた。「旅するさすらい船か？　サーカス団か？本日の予定表には興行船もテントウムシ船も入港の予定はないが」

ケネルはいぶかしげに男を見返し、「彼女の船です、サー」ルーを頭で示し、サーを強調して相手の無礼をさりげなく指摘した。

小柄な男は両眉を吊り上げ、プリムとルーに向きなおった。さぞけったいな二人連れに見えたに違いない。閉じたパラソルをステッキがわりにし、さえぎる日差しもないのに帽子を目深にかぶって腕を組み、不満そうな表情を浮かべているのだから。ルーのパラソルは母ゆずりの、どんな服にも似合わない醜悪なしろものだが、手持ちのどんなにしゃれたパラソルより頑丈だ。これを力いっぱい振り下ろせば、相手が誰であろうとかなりのダメージをあたえられる。これがあるだけでルーはなんとなく人生に心強さを感じた。

二人は鋼《はがね》のようなそっけない目で見返した。正確には、プリムは溶けたココア色の目に非難がましさを浮かべ、ルーは黄褐色の目を冷たく光らせたが、どちらも帽子ごしにはわからない。ルーはふと思った——アイヴィおばが帽子にこだわるのは下手な演技をごまかすためかもしれない。

ルーは瞳の輝きを隠すべく、帽子の前つばをさらに引きさげた。

無遠慮な男は相手が先に話すのをうながすように咳払いした。

ルーたちは無言で男を見つめた。

ルーはつんと鼻を上げ、肩をいからせ、横柄さを演出した。プリムにそんな小細工は必要ない。もともと高慢そうだ。

ついに男が頭を下げた。「マルタ塔関税監査主任グレシャム・スタケリーと申します」

「はじめまして、ミスター・スタケリー」プリムとルーは声をそろえてお辞儀した。

「あなたがたの船は、その、登録されておりません。これは違法入港かつ無届けかつ無認可立ち入りかつ時間外料金加算対象かつ――」

「まあ、驚いた」ルーはプリムに向かって、「たしかにお父様は言ったわよね――あたしたちの船はどこの駐機塔にも登録されてるって。まあ、なんてことかしら。あれほど大丈夫だって言ったのに！」不格好なパラソルをいらだたしげに通路の金属床でひねりまわし、ダマのドローンのなかでもとびきり気取り屋の――大きな歯で母音の発音が邪魔されたような――口調を声に混ぜた。

プリムが即座に調子を合わせた。「ええ、たしかに言ったわ。だめなお父様ね。ああ、お姉様、わたしたちどうすればいいの？」声が震えている。

さすがはプリム、おろおろ演技は天下一品だ。かたやルーは実の両親から受け継いだ自慢のこけおどしでゆくしかない。「お父様はあたしたちにそんな書類を渡した？　まったく記憶にないわ。ほら、あたしは文書に関することはからきしだめだから」そう言って関税監査官を振り返り、まつげをぱちぱちさせながらとびきり傲慢なダマの口調を拝借した。「ちょっとした世界旅行よ、わかるでしょ？　もちろんおわかりよね。とても賢そうな額《ひたい》をしておられるもの。お父様が言うには、あたしたちには教養が必要だって。だから最初にここに来たの。教養と言えばマルタ塔でしょ。かわいそうにお父様は来られなかったわ——ベッドから離れられずに。エーテル粒子のせいで頭がふらふらするんですって。でも、たしかに話はついていると言ったわ。それとも、そう言ったのはミスター・バークレイだったかしら。ミスター・バークレイをご存じ、ミスター・スタケリー？　当然ですわね——あの銀行家のミスター・バークレイを知らない人はいないもの」ほかがすべて失敗したら、バカなふりで相手を黙らせよ。

　プリムは茶色い大きな目を不安そうに見開き、「まあ、お姉様、こんなことになるなんて、あんまりよ！　わたしたちどうなるの？　まさか拘留されて、尋問されて、調べられて……」そこで言葉をのみこんだ。いまにも泣きそうだ。「ああ、失神しそう。気つけ薬《サル・ヴァラタリ》はどこ？　まさか監禁されるなんてことないわよね？　耐えられないわ、殺風景な小部屋なんて。なんの飾りもない部屋なんて」

　ルーはいかにも姉らしくプリムに腕をまわし、優しくなだめるように声をかけた。「きっとこの親切な紳士が助けてくださるわ、そうよね、寛大なるミスター・スタケリー？　見てのとおり妹はとても繊細なの。とても《トレ》とても《トレ》神経過敏なの。ああ、かわいそうな妹」

　関税監査官は自責の念と、見るからに純真そうな——なにより裕福そうな——若いレディのヒーローにならねばという思いにかられた。「ああ、まあ、レディーズ、本来ならば、未登録の飛行船は最低でも尋問をしなければならないが——」

　プリムローズがさめざめと泣きだした。大粒の涙が完璧なバラ色の頬を伝い落ち、ルーは拍手したい衝動をこらえた。

ケネルは必死に笑みをこらえて二人の芝居を見ていた。シルクハットで顔は隠せないが、高い襟とクラバットに葬儀屋よろしくあごをうずめている。

ミスター・スタケリーはプリムの泣き声にびくっとした。「では今回だけは少額の罰金ということで。いや、実にすばらしい船です。カラフルでこれほど楽しげな飛行船が違法なはずがない」そう言って〈斑点カスタード〉号をちらっと見やった。赤地に黒の色鮮やかな斑点に惑わされ、なめらかで恐ろしげな流線型には気づかなかったようだ。

ルーは口もとを引き締めた。これこそ〈カスタード〉号を派手にした理由のひとつだ。ダマから何かを学んだとすれば、奇抜さは往々にして最高の目くらましになるということだ。

〝相手にされないというのは、わがハリモグラよ、きわめて重要なことだ〟――かつてダマはそう言った。上流階級の二人の若いレディが観光旅行の名目で駐機塔を訪れ、乗ってきたのが巨大昆虫もどきののんきそうな飛行船だったら、より信憑性が増すというものだ。

ルーは男の言葉をとらえた。「いま、〝少額の罰金〟とおっしゃいました、ミスター・スタケリー？　まあ、なんてご親切に。助かりますわ。いかほどですの？　レディが細かいことを言うのははばかられますが、ごらんのようにいまは侍女がいませんの」

小柄な関税監査官は咳払いして顔を赤らめると、具体的な金額を言うのを避け、台帳の隅に尖筆で数字を書いてルーに見せた。ルーは金額を見やり、ついでに台帳に書かれた停泊中の飛行船リストにも目をやったが、見覚えのある船名はなかった。

ルーは平然と小物バッグに手を入れ、適当に硬貨をつかんで手渡した。ほんのはした金だ。銀行券すら必要ない。よかった。これでバークレイ銀行からオカネが引き出されずにすむ。

関税監査官は、要求額よりはるかに多い硬貨を間違いではないかと確かめるように念入りに数え、上乗せぶんをさっとポケットにしまうと、たちまちよき友人になった。「ありがとうございます、レディーズ。ではよい一日を、ミス……」

間髪をいれずにルーが答えた。「ミス・ヒッセルペニー」

ひと泣きしたあと洟《はな》をすすっていたプリムは驚いて思わず鼻を鳴らし、ごまかすためにまたもさめざめと泣きだした。

ルーはプリムの背をなでさすった。「さあさあ、もう泣かないで。もう大丈夫。この立派な紳士がすべて取りはからってくださるわ。そうですわね、サー？」

立派な紳士はうっとりした表情を浮かべた。「それで、登録する船の名前は？」

「〈スプーンに載ったタンポポの綿毛〉号」とルー。

「かしこまりました、ミス・ヒッセルペニー」

「まだほかに何か？」

「いいえ、レディーズ。ご協力に感謝します。乗務員はどちらに？」

「手続き処理のために船に残っています。補給品や食料の追加料金は事務長がお支払いしますわ。よろしいかしら？」

「けっこうです、ミス・ヒッセルペニー」

「いろいろとご親切にどうも」ルーはさりげなく男にもうひとつかみ硬貨を渡し、輝くような笑みを浮かべた。

ミスター・スタケリーは心づけと笑みの両方に息をのみ、シルクハットをひょいと上げた。それ以降、ルーとプリムの進路を邪魔する者はいなかったが、うるさい監査官をみごとに黙らせた二人はますます注目を集めた。

ケネルは男に憐れむようにシルクハットを傾けると、二人のあとを追い、塔の中央部に通じる扉で追いついた。「どうしてあんなでたらめを？」

ルーは驚いてケネルを見返した。「これが秘密任務だってことを忘れた？　素性はできるだけ隠すべきよ」

「それが世界でたった一人の超異界族で、超有名な貴族の娘ならばなおさらか」ケネルはルーの説明になるほどとうなずいた。

「プリムも忘れないで。プリムの両親もかなり有名よ」

「それにしてもきみがかたった名前ときたら！」ケネルはいまにも吹き出しそうだ。

プリムローズは不満げに、「ヒッセルペニーは母の旧姓で、〈スプーンに載ったタンポポの綿毛〉号はアケルダマ卿の遊覧飛行船。どちらも由緒ある名前よ」

「嘘をつくときは覚えやすいものにせよ――これが鉄則よ。〝ヒッセルペニー〟なら人混みのなかで呼ばれても二人とも反応できる。船の名前もあたしたちにはなじみ深いし、いかにも着飾った軽薄そうなレディ二人がつけそうな名前でしょ」

これ以上ケネルに説明する義務はない。ルーは駐機センターに通じる扉を押し開け、思わず声を上げた。「まあ、すごい！」

そこは大英博物館図書室のような空間だった。ただし、あれよりはるかに大きく、本の代わりに周囲にそってぐるりと物売り台が露店市のように並んでいる。奇妙な塑像や屋台があれこれ立ちならび、中央には人が集まり、あたり全体がざわめき、しゃれた身なりの者もいるが、大半は首をかしげるような格好だ。中心部ははるか頭上にあるビーコンのオレンジ光を取りこんでいるらしく、空間全体に焦げ茶色の光の筋を投げかけていた。

「でもクルーたちには話していなかっただろ、うっかり屋のかわいいお嬢さん」

ルーはケネルを振り返った。「どういう意味？」

「名前をいつわる計画について。きみは打ち合わせもせずクルーに船を離れる許可を出した」ケネルはじっくり説明した。「芝居が台なしになるって思わなかった？」

「たしかにそうね。みんながべらべらしゃべらないでいてくれるといいけど」ルーは眉を寄せて時間を計算した。あと四十五分。この短い時間に何か問題が起こるとは思えない。

ケネルは後ろからついてくる一団にあごをしゃくった。「ほぼ全員がきみの猿芝居を見たはずだ」

レディに向かって猿芝居とは失礼な。ルーがケネルをとがめるまもなくスプーが一歩、前に出た。「見ました、機関長、レディ船長。すばらしい芝居でした」

「ありがとう、スプー」とルー。

「あなたもうまかったけど、レディ船長、こっちは本物の役者みたいでした」そう言ってスプーは親指でプリムローズを指した。

プリムは女王然と小柄なスプーにほほえみかけ、若いスプーは顔を赤らめた。「おほめの言葉をどうも。わたしは演劇の才能ある家系に生まれたけれど、残念ながら運命はわが一族を違う方向にみちびいたの」

「運命？　それともエジプト？」とルー。

「それになんの違いがあるの？」プリムはせつなげな表情を浮かべた。エジプトはプリムの母親が吸血鬼に変異した場所だ。プリムもルーも詳しい事情は知らないが、一八七六年のエジプトの事件以降、あらゆる人にとってあらゆることが変わったのだけは知っていた。

スプーにはなんの話かわからなかったようだ。「塔を見てまわるあいだ、自分たちがなんていう名前の船の乗組員かをみんなに教えておくよ」

「助かるわ、スプー」とルー。

スプーは小声でほかの煤っ子たちと言葉を交わすと、下船して塔の作業員とやりとりしそうなクルーに口裏を合わせるよう伝えるため、〈カスタード〉号に駆け戻った。

ルーとプリムは目を見交わした。思いつきの芝居がこれほど大がかりになるとは思わなかった。でも、こうなった以上これでやりとおすしかない。

「次はもっと綿密に計画を立てるわ」ルーはプリムに約束した。

「ええ、そうね」プリムはあいづちを打ったが、すでに周囲に気を取られていた。「それにしても奇妙な場所ね」

ケネルが近づき、安心させるようにプリムの腕をなでると、プリムはその手をぎゅっとつかんだ。

ルーはかすかに胸の痛みを感じ、少女っぽい感傷を払いのけた。

鳴きわめく雌ヤギを引く男が目の前を通り過ぎた。通路の向かい側ではターバンを巻いた二人の男が異国の言葉で妊娠したヘビ――でなければ脚のない雌牛――の粘土像について言い合っていた。一人は肩に猿を載せている。広場の隅には巨大な檻がずらりと並び、なかでトラやハイエナといった鋭い牙の肉食動物がうろうろしていた。マルタ塔は猛獣の取引がさかんなようだ。そばの露店では、魚屋の店先さながら棚にバルブを並べ、客を誘うように歯車をピラミッド型に積み上げていた。

ケネルが目を輝かせ、ふらふらと部品屋のほうに行きかけると、プリムローズは品揃えのよさそうな宝石商に引き寄せられた。

ルーは二人が離れる前にそれぞれの腕をつかんだ。

袖をつかまれたケネルは、手袋をしたルーの手を見下ろした。「何、シェリ？」

「一緒に散策しない？　ここがどんな造りなのか知りたいの。駐機塔に来るのは初めてよ、あなたは？」

ケネルは首を横に振った。

「でも……宝石があんなにきらきら光って」プリムが未練がましく言った。

「少し歩いて、おいしいおやつを食べたあとでも買い物はできるわ」ルーは期待をこめて目を輝かせた。

「紅茶も？」プリムローズが疑わしげにたずねた。

「まっとうな喫茶室の紅茶よ。きっとどこかにあるわ。大きな塔に喫茶室はつきものよ。フォートナム＆メイソン百貨店には三つあるもの」

プリムの関心をルビーからそらすにはこれしかない。「ええ、そうね」

ケネルはすぐ誘いに乗った。「きみたちと過ごせる絶好の機会とあっては断われない」

「本当に？」

ケネルは子犬のようなスミレ色の目を見開き、ルーと部品屋を交互に見やった。

「わかった。部品は船の会計で買っていいわ。でも少しよ。あたしは金の成る木じゃないんだから。それから油がべたつくものはやめて」

ケネルがぱっと顔を輝かせた。

プリムローズもねだるようにルーを見た。

「それはだめ」ルーはプリムのおねだりを却下した。「いくらダマでも、宝石を船の経費に計上してとは頼めないわ。自分のオカネで買ってちょうだい」

二人はケネルをまんなかにはさみ、腕を組んであたりをそぞろ歩いた。

ルーはわくわくした。マルタ塔は最高だ。ロンドンとはまったく違う。似ているといえば劇場区くらいだが、午後四時半《ファッショナブル・アワー》から七時半のウェストエンドで労働者を見ることはまずない。

めずらしい商品や動物は言うまでもなく、ここではあらゆる階級の生活を垣間見ることができる。小型犬を連れた人が多いのを見てプリムが提案した。「船に戻ってフットノートを連れてこようかしら。首に巻いたらどう？　ここではみんなペットを身につけてるわ」

「フットノートって何？」とケネル。

「何じゃなくて誰。弟の飼い猫よ」

「いくらそれがここの習慣で、あなたが最新流行を追い求めるタイプだとしても、プリム、そんなことしたら顔はひっかき傷だらけでファッショナブルとは言えないと思うわ」

「たしかにそうね」プリムがうなずいた。「そういえば猫を連れてる人はいないわ。きっとあつかいにくいせいね」

「猫科の鉄則。装飾品には使うべからず」とルー。

ケネルは二人の機関銃のようなおしゃべりについてゆくのがやっとだ。「ちょっと待って。ミス・タンステル、きみの弟はぼくの船に猫を持ちこんだの？」

「あたしの船よ」ルーがさりげなく言いなおした。

「失礼、でもどうして？」

「あら、いけない？」とプリム。

「最高の船に猫はつきものよ」とルー。

ケネルはそれ以上、追及するのをやめた。

三人は見物を続けた。酔っぱらった機関員ふうの一団とすれ違ったとき、ケネルは中身をすられないよう小物バッグをしっかり抱え、護身のためにパラソルをしっかり握っておくよう二人に忠告した。そういうケネルは取り立てて脅しのきく体格でもなく、両腕がふさがったエスコートなみの働きしかできない。荒っぽい一団の一人がいいカモと見て肩をいからせ、みだらな言葉を浴びせた。

人狼の言動に慣れっこのルーは下品な会話にもさほど動じなかった。ダマが見たら〝少しくらい動揺してはどうかね？〟と言いそうだ。でも、あたしはもともとよりダマが望むような繊細なレディではない。

かたやプリムローズは〝うまそうなほおばりマフィンだ、ホゥホゥ〟という冷やかしにショックを受け、傷つき、さっそく喫茶室を探さなければならない状況になった。

「あれがほめ言葉だってわからなかったわけでは断じてないのよ」プリムは軽い動悸に息を切らした。「でも、もう少し上品な言いかたがあるんじゃない？　ほおばりマフィンだなんて！」

ルーはプリムの腕をなでた。「あなたにしてはよく耐えたわ」

「ぼくには詩的に思えたけどな」ケネルがスミレ色の目をきらめかせた。

「そうね、〝むしゃむしゃチーズパイ〟とか？」ルーはプリムの気をまぎらそうと軽口を叩いた。

「そうそう、〝ずるずるシロップよ〟とか」ケネルも口を合わせた。

プリムは笑おうとしたが、さっきの一件がよほどこたえたようだ。

プリムの傷心が本物だと気づいたケネルは心から心配そうに額にしわを寄せ、軽口をのみこんだ。「ねえ、レディーズ、ここはあまり風紀がよくない。船に戻ったほうがいいんじゃない？」

「そんなことないわ！　プリムもあたしもこのくらいなら耐えられる、そうよね、プリム？」

プリムはため息をついた。「その質問は紅茶を見つけてからにしてちょうだい」

そのとき雑踏のなかに――さまざまな階級が霧のように混じり合う世界に射しこむビーコンの光のように――ぬかるみのなかのダイヤモンドのように――喫茶室が現れた。古風な趣《おもむき》のこぢんまりとした店で、壁はピンクと白の渦巻き模様。レースのカーテンのかかった窓には花々が飾られ、扉には銀の鈴。店の外にはさまざまな大きさの金ぴかのカゴが並び、小さな札にはごていねいに〝ここに動物を預けなかった場合、お連れの動物にも紅茶を提供いたします〟と書いてある。ヤギに紅茶を飲ませたらどうなるの？

ケネルは二人と腕を組んだまま店に向かい、これ以上、繊細な耳と心が傷つかないうちに鈴をチリンと鳴らしてなかに入った。

「なんて愉快な場所かしら、マルタ塔って」ルーは女店主にうなずき、勧められた椅子にするりと座った。

プリムローズはいかにもほっとした様子で腰を下ろした。「でもちょっと下品じゃない？」

ルーはうなずきながらも言った。「あたしは好きよ」

ケネルは全員の帽子を正してから席に着いた。「モン・ペティ・シュ、きみは変わってるね。かわいいけど変わってる。気分はどう、ミス・タンステル?」

プリムはまだ顔色が悪い。ルーは経験上、知っていた。こんなときは上等のアッサムティーにグースベリーのシャルロットケーキと砂糖がけオレンジピールにかぎる。

ケネルの気づかいに胸がちくっとした。はっきり言って心配しすぎだ。でもプリムローズに惹かれる人を悪く言うつもりはない。二人で一緒にいると、ほとんどの男性はプリムに目を奪われる。ルーは慣れっこだ。それは誰のせいでもない。パーシーがレディたちに死ぬほど魅力的に見えるように、プリムも男性にとっては同じような魅力があるのだろう。ルーは心のなかで小さく息を吐いた。いままであたしを死ぬほど《デッドリー》魅力的だと形容した人はいない。そこでちょっと考えた。だったら命取り《デッドリー》のところだけめざしてみる?

ピンクと白の縦縞のエプロンドレスを着た娘が注文を取りに現れ、ほどなくポット入りの紅茶と軽食が運ばれた。ルーはオレンジの砂糖がけ、プリムはグースベリーのシャルロットケーキ、そしてケネルはチーズがけトースト《ウェルシュ・レアビット》。ケネルは恥ずかしげに、甘い物が苦手だと告白した。甘い物が苦手だなんて、これほど危険な人格的欠陥はない。

ケネルの告白には衝撃を受けたが、優雅なひとときだった。プリムの顔色は戻り、ケネルは二人に均等に注意を向けはじめた。たしかに楽しい時間だった……いきなり雌ライオンが襲ってくるまでは。

6 喫茶室の雌ライオン

もちろん驚いた。喫茶室にそんなものが現れると誰が思うだろう。いくら異国の旅先の、高さ何マイルもの高層駐機塔のなかだとしても。高さ何マイルもの駐機塔ならなおさらだ。でも、それは正真正銘の雌ライオンで、ふつうの客と同じように鈴をチリンと鳴らし、正面扉から入ってきて周囲を悲鳴の渦に巻きこんだ。ちょっと騒ぎすぎじゃない？　ルーは思った。紅茶を飲みたいのなら飲ませてやればいいのに。雌ライオンはしなやかで美しかった。金色の毛皮。波打つ筋肉。だが、どう見ても目的は紅茶の注文ではなく大虐殺のようだ。毛深い頭のなかで何を考えているにせよ、喫茶室に敬意を払っているとは思えない。

猫科の動物は総じて喫茶室が嫌いなの？　もしそうなら犬好きのほうがはるかに分《ぶ》がいい。

「でも表にはちゃんと札が！」プリムは呆然と、「ペットお断わりって。まったく誰なの？」

マナー違反をなじるプリムローズをしりめに、ルーはダマから習った秘策に出ると、テーブルを押しやり、プリムの腕をつかんでテーブルの後ろにしゃがませた。ライオンが発砲してくるわけではないが、相手の視界から消えれば少しは安心できる。

まわりの客たちが扉や厨房めがけて駆け出した。

ケネルは嫌味なほど淡々と上着を脱いで片袖をまくり、手首につけた発射装置をかまえた。細長い銃弾か、投げ矢でも飛び出しそうな形状だ。

ケネルもテーブルの後ろにしゃがみこんだ。三人が隠れるには狭い。なにしろ二人は広がったお出かけドレスで、しょせんは小さなティーテーブルだ。ケネルはテーブルの端から身を乗り出し、手首をかかげた。

「ねらいがさだまらない。動きが速すぎて」そう言ってすぐに二人の真横に戻った。

叫び声が上がり、テーブルと椅子がぶつかり、ティーポットが砕けた。雌ライオンはまだ足りないとばかりに片っ端からテーブルをひっくり返した。給仕はライオンの前から逃げまどい、ケーキは宙を飛び、入口の鈴は外に出ようと客が押し寄せるたびにチリンチリンと鳴り、あたり一面パニックに襲われたが……。

ルーは背を伸ばし、テーブルバリケードの縁からあたりを見わたした。

「何してるんだ？　隠れて！」

ルーは引き下ろそうとするケネルの手を払いのけた。「誰も傷つけていない」

「えっ？」

「ライオンはなんの危害も加えていない。壊しているのは物だけよ。いまだって菓子皿に嚙みついてる」

プリムがなじった。「でもルー、なんの罪もない紅茶ポットをいくつもひっくり返したわ。

それだけでも重罪よ」

　大きな前足がテーブルの縁に現れた。続いて反対の前足。それからすべすべした薄茶色の頭がぬっと覆いかぶさるように三人を見つめ、頬ひげが不満げにぴくりと動いた。ルーはこみ上げる笑いを必死にこらえた――まるでかくれんぼみたい。

　ルーは雌ライオンの目を見つめた。意外にも茶色い目だ。猫の目が茶色だなんて思ってもみなかった。でも、あたしに他人の目の色について何が言える？　奇妙な黄褐色の目のあたしに。

　ケネルが手首をかざしてねらいをさだめた。

「待って」ルーは武器をつけた手首の少し上を押さえ、下ろさせた。ケネルは抵抗した。かなり力が強い。見た目よりずっとたくましいわ。

　ルーとライオンがにらみ合った。

　ライオンがまばたきした。

　ルーもまばたきを返した。「あたしたちに危害を加える気はなさそうよ。それを言うなら誰にも」

　雌ライオンは頭を前後にかしげて三人をながめまわした。プリムローズを長々と見つめ、驚くほどしなやかにテーブルに飛び乗ったかと思うと、一瞬の隙にルーの醜悪なパラソルを口にくわえ、くるりと背を向けて正面窓から店の外へ飛び出した。言っておくが、正面窓は開いていなかった。当然ながら窓ガラスは割れ、さらなる悲鳴が上がった。パラソルをがっちりくわえたライオンが群衆のなかを駆け抜け、今度は外の広場が大混乱におちいった。

怒ったのはルーだ。「戻りなさい、この薄汚い獣《けだもの》！　それは母さんのパラソルよ」ルーは塔じゅうの人々に足首を見られるのもかまわずスカートをたくしあげ、ライオンを追いかけた。

テーブルの後ろにしゃがんでいたケネルとプリムはルーの衝動的な行動に気づくまもなかった。立ち上がろうとして散乱するお茶の道具と相手に足を取られ、ようやく壊れた窓にたどりついたときには、雌ライオンもルーもマルタ塔のどこかに消えていた。


ルーは人混みをかき分け、パラソルとライオンを追いかけた。人々はなによりこの騒ぎに眉をひそめた。醜悪なパラソルをくわえた雌ライオンに腹を立てる人もいたが、関心はライオンの出現そのものよりパラソルの運命にあるようだ。ルーもまた冷ややかな視線を集めた。この状況を見れば、誰だってうっかりひもをはずした飼い主がペットのライオンを追いかけているとしか思わない。ライオンは速度をゆるめたが、追いつけそうで追いつけなかった。黒いしっぽの先は目の前にあるのに、魚をじらす疑似餌のようにどんなに手を伸ばしてもつかめない。ああ、こんなとき人狼団の誰かがそばにいたら。一瞬でも狼の姿を盗めたら、いまいましい獣に追いつけるのに。でも、こんなに高く、これほどエーテル層に近い場所に耐えられる人狼はいない。

雌ライオンは二軒の食べ物屋のあいだをすり抜けた。片方はフィッシュ＆チップス、もう片方からはカレーのにおいがした。露店の奥は貧民街で、金属板やぼろ布でできたドック作業員の住まいとおぼしき掘っ立て小屋が並び、安普請の建物のあいだや屋根から洗濯物がぶらさがっている。そんななかをルーは、裕福なレディがスカートをたくしあげて――しかもブルーマーなしで――走り抜けるのがいかに非常識かを考えもせず、空中スラム街に入っていった。

ライオンがふいに一軒のおんぼろ家屋に入った。ルーは足を止め、初めて周囲の状況に気づいた。人の姿はまばらだが、あちこちから痛いほど視線を感じた。いまあたしは見ず知らずの家に入ろうとしている。招かれてもいないのに。目の前にダマの顔が浮かび、激しく指を振り立てた。吸血鬼は正式な招待に大いにこだわる種族だ。でも、あたしのパラソルをくわえた雌ライオンが入っていったのよ！　招かれざる家に押し入るのに、これ以上ふさわしい理由がある？

だからルーはなかに入った。

扉はなく、入口には色鮮やかな重みのある長い布がかかっているだけだ。ルーは布を押し分け、咳払いして声をかけた。「あの、失礼、どなたかいらっしゃいます？」

答えはない。

「やっほー。入ってもよろしいかしら？　おたくのライオンがあたしの装飾品を持っていったみたいで」

やはり答えはない。ルーは布を押し分けて足を踏み入れた。

ガス灯と色とりどりの活気に満ちていた塔の広場から入ると、なかは薄暗く見えた。いまは完全に人間の目だから慣れるまで時間がかかる。ルーはその場に立って暗さに慣れるのを待った。

こぢんまりした部屋で、色鮮やかな布地をかけた木箱に似合わない、形も大きさも違う美しいクッションが大量に——それこそ絨毯敷きの床に散らばるように——置いてあった。鉤や出っ張りからガラス玉や貝殻をつなげたひも、金色の房べり、大きな房飾りがぶらさがるさまは、まるで占い師の幌馬車のようだ。でなければ行商人の幌馬車か。なんども見たわけではないが、たぶんこんな感じだ。

部屋は空っぽだった。ライオンもいなければ、パラソルもない。

と、ふいに木のビーズでできたカーテンの奥の暗がりから信じられないほど美しい女が現れた。

ルーが美しいと思うのは英国上流階級の世界だけではない。たしかにプリムは愛らしく、ミルク色がかった伝統的なイングリッシュローズの肌や濃い栗色の巻き毛はきれいだ。人狼団のチャニングおじさんはなにかと厄介で、嫌味なほど傲慢で、かんしゃく持ちだが、あの北欧ふうの氷と象牙の冷たい組み合わせは美しい。でも、フィスク・ジュビリー・シンガーズ（アフリカ系アメリカ人によるアカペラコーラス団）の漆黒の肌とレースと甘いメロディも、アイヴィおばがエジプトの吸血群とともに連れてきた褐色のドローンもルーには美しく思える。

女の肌は濃い紅茶色だった。目は大きなアーモンド形で、頬骨はガラスでも彫れそうに高く、首は長く、ありえないほど優美。まっすぐの堂々とした鼻は英国の基準からすると少し大きめで、形のいい厚い唇をきゅっと引き結んでいる。

ルーは思わずほうと息を吐いた。

それからようやく息を吸って咳払いし、開口一番こう言った。「あなた、舞台女優？　そうなんでしょう？」

女は困惑の表情を浮かべると、かすかに姿勢を変えて変化した。見せつけるような美しさから危険な美しさに。ルーは息をのんだ。いまのは何？　あたしの演技レパートリーにはない技だ。大人になってからのプリムローズの美しさは、いわばおいしいデザートのようなものだが、ルーはこのとき初めて美しさの持つ強烈な力を知った。とびきりにおいが強いけれど誰もがほしがるチーズのような。あたしは、まあよくてかわいいだ。あたしを食後の何かにたとえるとしたらなんだろう？　消化をうながす食後酒《ディジェスチフ》？　飲んだあとで後悔する、甘くてアルコール度の高いお酒。

驚きが冷めたころには、人狼の父親ゆずりの首毛が総毛立っていた。いま狼の姿だったら、しっぽと耳をだらりと垂らし、犬歯を剝き出していただろう。現実のルーはスカートをなでつけて背筋を伸ばし、もうひとりの父親の得意技で戦うべく身構えた。あたしの見立てが間違いでなければ、この場でもっとも有効なのは〈きわめて慇懃に、表向きは愚かに〉作戦だ。

ルーはダマの人格に手を伸ばし、光るダイヤモンドをつけるように身にまとった。「なんてかわいい「はじめまして。驚いたわ！」ルーは色とりどりの内装を手ぶりで示した。「なんてかわいいい布やクッションだこと」会話のきっかけとしてはいまひとつだが、本心だ。

女は意表を突かれたようだが、英語を理解し、礼儀もわきまえているらしく、音楽のようなリズムで答えた。「はじめまして、レディ・プルーデンス」

「あたしの名前をご存じなのね。どこかでお会いしました？」もし会っていたら、こんな美女を覚えていないはずがない。

「いいえ、でもあなたの存在を知ってからずっと会いたいと思っていた」

ルーは顔をしかめた。この美しい女性も例の狂信者集団の一人？　生きた本物の超異界族をどうしても見たいと騒ぐ連中？　ルーはがっかりしながら話題を変えた。「さっきのはあなたのライオン？」

「まあ言うなれば」

ルーはフットノートやダマの飼い猫マダム・パッジマフィンを思い出し、納得した。「たしかに猫というのは〝飼っている〟とは言いがたいわ。申し上げにくいんですけど、その、あなたの雌ライオンがあたしの物を借りていったようなの」

「あら？」女は少し歩み寄った。白いシルクの長い布をまとっている。「もしかしてこれ？」そう言って布のひだからルーのパラソルを取り出した。ありえないほどの美しさを前に、それはますます醜く見えた。

謎の女が身につけているのは流れるような白布だけだ。会葬者のヴェールのように頭に巻き、さらに身体全体に巻きつけ、肩から背中に滝のように垂らしている。垂らした長い黒髪は気圧《けお》されそうなほどまっすぐで、宝石ひとつつけておらず、化粧のたぐいも一切ない。足音がしないところを見れば、裸足だろうか？　ルーは鼻をきかせたが、これといったにおいはない。かすかに竜涎香《りゅうぜんこう》が香った気もするが、それだけだ。またもやルーは狼の姿でないのを悔やんだ。

女はルーにパラソルを渡した。牙とよだれの洗礼を受けたわりには前と変わらない。

「ありがとう、ミス……」ルーは相手が名乗るのを期待して言葉をのみこんだ。

「セクメトと呼んで」

本当の名前とは思えない。

「ではこれで。ありがとう、ミス・セクメト」

出口に向かいながら、なぜかルーは背中に恐怖を感じた。ここが地上数百階の高層でなければ、この女性を異界族と思っただろう。でも、吸血鬼女王が護衛もなく出歩くとは思えないし、スラム街に住むはずもない。そもそもマルタ塔に吸血鬼がつながれていたら帝国じゅうに知れわたっているはずだ。この高さに耐えられる人狼がいるとも思えない。人狼は船旅には耐えられるが、空旅は無理だ。

戸口に着きかけたとき、なめらかな声が呼びとめた。「少しお時間をよろしいかしら、皮《スキン》追い人《ストーカー》？」完璧な英語だ。

そのとたん、この出会いは〝かなり奇妙〟から〝まったく非現実なもの〟になった。振り向いたルーに女が近づいた。そのときルーは間違いに気づいた。女は宝石をつけていた――

一連の鎖の首飾りで、ふたつの小さなお守りがぶらさがっている。ひとつは剣、もうひとつは盾のような形。

「ミス・セクメト、そうくると思ったわ」これがいつものやりかたに違いない。女はふっくらした唇に小さく笑みを浮かべた。「わたしはあなたの存在に敬意を払い、恐れない一人。わたしのようにあなたの権利のために戦う者は——残念ながら——ごくわずかよ、スキン・ストーカー。インドには一人もいない。わたしなら絶対に行かないわ」

ルーは眉を寄せた。「どうしてあたしがインドに行くと知ってるの？」

答えはない。

「ご忠告はありがたいけど、布を巻きつけた見知らぬ人の気まぐれで計画を変えるつもりはないわ」

「計画？　つまりインドへはなんらかの目的があって行くの？　つまりあなたは知ってるの？　あなたの親たち——彼らも知ってるの？」一瞬の間《ま》。「まずいわ」

たしかにまずい。このセクメトという女は新しい紅茶の苗木に関心のある商売敵《しょうばいがたき》の代表のようだ。そしてあたしはうっかり情報を漏らしすぎた。ルーはライオンのよだれを払って——うげっ——パラソルを持ちなおし、ぎくしゃくとした足取りで出口に向かった。これ以上ばらしてはならない。「どうもご親切に、ミス・セクメト、おかげで大事なパラソルを取り戻せ……」

ルーは言葉をのみこんだ。部屋は空っぽだ。美しい女性はいつのまにか消えていた。ルーは狭い家のなかをあちこちのぞいたが、三つある部屋はどれも色とりどりの布とクッションがあるだけで、美女や雌ライオンはおろか、人っ子ひとりいなかった。

ルーは発着場を抜けてさっきの場所へ戻りはじめた。喫茶室は閉まり、黒い制服に白十字のマークをつけた男たちが残骸のなかを縫うように歩いている。役人の注目を集めたくはない。いまは近づかないほうがよさそうだ。

ケネルとプリムローズの姿はどこにもなかったが、ルーは平気だった。見捨てられたとも思わなかった。ケネルが紳士なら――おそらく本来は紳士だ、アヒル池の一件は別にしても――援軍を集めてあたしを探す前に、まずはプリムを船まで送り届けるはず。そして、賢い男ならアギー・フィンカーリントンを連れてくるはずだ。あの女の前では誰もが縮みあがる。雌ライオンさえも。

方角もわからぬままうろうろ歩くうちにルーは気づいた。発着場の混雑は相変わらずだが、こうして一人でパラソルひとつをお供に歩いてもさほど目立たない。とはいえ、付き添いもなしに見知らぬ場所をうろつくのがどんなに危険かはわかっている。ルーは耳をそばだてた。英語はほとんど聞こえない！　聞き覚えがあるのはイタリア語らしい言葉だけだ。

ルーが警戒して身を固くしたそのとき、かたわらに誰かが忍び寄ってささやいた。

それが小柄でやせた女性なのを見てルーは心底ほっとした。女はルーに触れんばかりに近づき、歩幅を合わせてついてきた。頭から全身に布を巻いているが、ミス・セクメトとは違い、色とりどりの布だ。混雑のせいで身体を押しつけてきたのかと思った瞬間、女ははっきりこう言った。「ハリモグラ?」

最初は聞き間違いかと思った。こんなところで、こんな女性の口から出てくる言葉にしてはあまりにも場違いだ。カワセミが学位状をもらうところを見てもこれほど驚きはしないだろう。

「あなた……ハリモグラ?」なまりは強いが、聞き間違うほどではない。

布の隙間から唯一見える黒い目が、ひたとこちらを見ている。

あたしをハリモグラと呼ぶのはダマだけだ。ルーはこの意味に気づき、興奮した。「まあ、これって……もしかして! あなた、あたしと秘密の接触をしようとしてるの? スパイ活動とか暗号とか?」ルーは思わず手を組み合わせそうになった。「秘密の伝言を渡しにきたの?」

「やっぱり、一族に伝わる話どおりの人だ」

ルーは驚いた。「前に会ったかしら?」

「おたがいよく覚えていないころに。あたしの名前はアニトラ」

「ああ、そう」言ったものの、まったく聞き覚えはない。何か意味がありそうだが、ぴんとこなかった。でもかわいい名前だ。

ルーのけげんそうな顔を見てアニトラが続けた。「あたしの種族は」そこで言葉を切り、つぶやいた。「空に浮かぶ」

ルーは首を横に振った。

「まあ、忘れられたほうがいい」アニトラは全身に巻いた布の下で肩をすくめた。「ゴールデンロッドから頼まれた」

ルーはますます首をかしげた。「なんですって？」ゴールデンロッドって、会う手はずになっている紅茶専門官の名前？

「あなたはこっそり出発した。彼は悲しんだ」アニトラは不快そうに舌を鳴らし、巻きつけたローブのあいだから薄い本を取り出した。「これを渡すようにって――あなたと連絡を取るために」

それは表紙がピンクの帆布でできた、なんの変哲もない安造りの本だった。ロンドンの出版社が出している、当てにならない旅行案内書のような。こんな状況で渡されるにはあまりに唐突で、そぐわない。ルーは思わず受け取り、通路のまんなかで立ちどまって本を見た。

題名のページを開き、声に出して読みはじめたルーは目を疑い、すっとんきょうな声を上げた。「『瑠璃色の海の砂と影――わが異国の冒険』。ハニーサックル・イシングラス著？若いレディの旅行記。ロンドンの本屋で二ペンスで売ってるような本よ。いったいどうしてこんなものが……」

ほんの数十分のあいだに、ルーは二度も会話の途中で女性に見捨てられていた。「ちょっと、ここには礼儀知らずしかいないの？」ルーの言葉は通り過ぎる群衆にむなしく響いた。

ふと顔を上げると、船へ戻る道が見えた。よかった――少なくとも駐機場に通じる通路までの行きかたはわかる。遠くで〈斑点カスタード〉号がガラスの外側にふわふわ浮かんでいた。アニトラが一緒に歩きながら、さりげなく戻り道に誘導していたとは思いもしなかった。

片手に取り戻したパラソル、反対の手に『瑠璃色の海の砂と影』をしっかり持って、ルーは飛行船に戻りはじめた。謎めいた女性との謎めいた遭遇を一生ぶん経験したような気分だ。なにしろ雌ライオンを入れたら、わずか三十分のあいだに三回もあったのだから。

結局、船に戻ったのはルーが最後だった。へらの柄を小走りで〈カスタード〉号に向かうと、すでに甲板手たちは係留索を引きこみ、プリムとパーシーが船尾デッキで深刻そうに話しこんでいた。

タラップをのぼるルーにスプーが気づき、手を振りながら呼びかけた。

「レディ船長、どこに行ってたんですか？」

「別に」

「みんな心配してました」スプーが黒々とした目を見開いた。理由を話すほど親しいあいだがらではない。

「ごめんなさい、スプー」そう言ってメインデッキに足を踏み入れたとたん、大きな金色の弾丸に脇から勢いよくぶつかられてルーはくるりと向きを変え、気がつくと背中を手すりに押しつけられていた。

ケネルが両肩をつかみ、激しくルーを揺すぶった。「あんなことするな！」

「ミスター・ルフォー、放して！」ルーは手にした『瑠璃色の海の砂と影』でケネルを叩いた。もう少しでパラソルも使うところだった。なんて無礼な。

　つかのまケネルはわれを失い、ルーを引き寄せてきつく抱きしめた。ルーは人狼おじさんの誰かを想像しようとしたが、この抱擁はもじゃもじゃでもなければ果実のにおいもせず、どの人狼おじさんとも経験したことのない胸の高鳴りを覚えた。息が止まりそうになり、ルーは本気でキスされるのではないかと思った。タラップの端で。クルー全員が見つめる前で。あらゆる礼儀を無視して。ケネルは身体を離し、スミレ色の目でじっとルーの唇を見つめ、もういちど抱きしめた。背中に両手が押しつけられ、何枚ものドレスの生地ごしにも固い手の感触が伝わってきた。いつも歯車や継ぎ手をあつかってるせいでできたたこの感触まで。

　ようやくルーは身を振りほどき、大声でたしなめた。「ミスター・ルフォー！」そうする以外にどうすればいいの？

「どうしてあんな真似を？」いつもの都会のインテリと少年っぽいチャーミングなたわむれ屋を合わせたような顔に似合わぬ、真剣な表情だ。

「あたしが何をしたというの？」ルーは髪型を直しながら答えた。マルタ塔のなかを猛ダッシュしても乱れなかった髪も、機関長の熱烈な抱擁には耐えられなかった。

「あんなふうに暴れるライオンを一人で追いかけるなんて。行方不明になったと思った。近くの倉庫でバラバラ死体になってるんじゃないかと。捜索隊をつのってたところだ。スプーも行くつもりだった、そうだろ、スプー？」

「もちろん」スプーが物怖じせずに言った。

「でも見てのとおり、あなたの思い違いだった。パラソルは見つかったけどライオンはいなかった」かなり事実に近い。

「そのようだね、モン・ペティ・シュ、きみを疑ったぼくがバカだった」ケネルは深く息を吐き、いつものあっけらかんとした自分を取り戻して身を離した。ルーは首をかしげた。どっちが本物なの？　さっきのうろたえたケネル？　それともいつものケネル？

「そうよ。さあ、ほかは全員、戻った？」ルーはあたりを見まわした。プリムはルーの困り顔とケネルの心配ぶりにほほえみ、パーシーは眉間にしわを寄せて本をにらんでいる。

パーシーはルーの問いを無視したが、プリムは乗員名簿に目をやった。薄黄色の紙にパーティの招待客リストのようにきちんと名前が書いてある。

「そのようね」プリムは手袋をした指をすべらせ、小声で人数を数えた。「ええ、あなたが最後よ。じゃあ、そろそろ出発？」

「そうしましょう」ルーはケネルから距離を取って歩きだした。ケネルはそわそわと両手で髪を掻き上げ、そこでようやくルーを抱きしめた拍子にシルクハットを落としたのに気づき、探しにいった。帽子を取り戻したころには――スプーがタラップまで走って拾ってきた――冷静沈着な機関長に戻り、ルーは操縦席にたどりついていた。

「タンステル教授？」

パーシーは本を置き、ルーを見もせずに席についた。相変わらず無愛想だ。

ルーはケネルを振り返った。「機関長？」

ケネルはなんとなく下へ行きたくなさそうに見えた。まさか。感情に流されやすいフランス人はこんなものだ。あたしが死んだと思いこんで、行方がわからなくなった妹を思うような気持ちになっただけよ。

ケネルはにっこり笑った。「パラソルを取り戻せてよかったね、船長」

ルーはパラソルを見下ろした。「ほんとに。母からの贈り物なの。不格好だけど、あたしには特別なの」

「そりゃそうだ」ケネルは秘密が隠れているかのようにじっとパラソルを見つめ、階下に消えた。

ルーは上デッキのクルーに向きなおり、パーシーにうなずいた。「浮上にそなえて、タンステル教授」

ルーはパラソルを置き、伝声管をつかんだ。

「はい？」アギー・フィンカーリントンの鋭い声が答えた。

「ミスター・ルフォーがじきに戻るわ。浮上の準備を」

「あんなふうに心配させちゃいけません、ミス」いきなりアギーが叱りつけた。

「なんですって！」ルーは愕然とした。部下から叱責されるなんて。

機関主任は船長がむかついたのにもかまわず、さらに侮辱に輪をかけた。「二度とあんな無鉄砲な真似はしないでくださいよ」

ルーは無言で伝声管を戻した。言ってはならないことを言いそうな自分が怖かった。

「まったく、なんて言いぐさかしら！」ルーは誰にともなく言った。「こっぴどく叱られた？」

ノブやレバーをいじりながらパーシーが見上げた。

「あなたもお説教する気？」

いまいましくもパーシーはこれを許可と受け取った。「いまきみは船長なんだ、ルー。ぼくが半ズボンをはいてたころみたいに好き勝手に走って逃げてもらっちゃ困る」

「まあすばらしい。あたしを非難するわけ？」

パーシーはあきれて天を仰いだ。「次は行動する前によく考えろ。いいか？　ここにはきみが皮を当てにできる人狼も吸血鬼もいない。空中では、きみもぼくらと同じ人間だ」

ルーはむっとした。あたしが超異界族の能力を危険な状況から脱するための手段に使ってるとでも言いたいの？

それきりパーシーは浮上準備に戻り、ルーは最後の頼みの綱である同志プリムローズに向きなおった。

プリムは妙にすまし顔だ。

この表情はよく知っている。「あなたまで？」

プリムが片眉を吊り上げた。

「ああもう。これについてはジャンプのあとで話すわ。ちゃんと理由があるの」

「ダーリン、あなたにはいつだって理由があるのね」とプリム。

ルーは聞こえないふりをした。「パーシー、進路はどんな感じ？」

パーシーは顔をしかめた。「気は進まないけど、いちばん早いのはトリポリつむじ《ツイスター》だ。ダマスカス引き流のほうが揺れは少なくて確実だけど、余分に日数がかかる、たぶん二日くらい」

ルーはにっと笑った。無鉄砲な行動を叱られたからといって、ここで弱気の策を取るほどしおらしくはない。「つむじで行くわ。プローブの目盛りを合わせて」

パーシーは青ざめた。「そう言うと思った。マンデナルはセットずみだ。じゃあ行くよ」

声と同時に〈斑点カスタード〉号は係留索から放たれ、プロペラを回転させて小さくガス音を鳴らし、マルタ駐機塔からゆっくり離れはじめた。丸々と太ったテントウムシは満足そうに静かに上昇し、エーテル層をめざした。


今回の一連のジャンプは、ひとつ前とさほど変わらなかった。違うのは前回よりはるかに揺れたことだ。〈カスタード〉号は厄介な巨大渦巻き流を冷静に切り抜けた。パーシーもいまではこの手順にすっかり慣れたようだ。最初のふたつのジャンプは航空図と計算のとおりにいったが、トリポリつむじはこれまででもっとも高い位置にあり、航路を保つのが難しい。激しい気流に主帆を縮める必要があった。甲板員があたりを駆けまわり、これから嵐に向かうかのようにロープを索止めに巻きつけ、備品を固定した。彼らはみな、ルー船長をはじめとする上級船員よりも飛行経験が豊富だ。このつむじを経験した者も何人かいた。誰にとってもトリポリつむじは挑戦しがいのある難物だ。これを切り抜けられたら、ロンドンに戻ってまわりに自慢できる。でも、トリポリつむじにわざわざ近づく飛行船はまずない。〈カスタード〉号はそこに真正面から突っこもうとしていた。

パーシーは機体をなんどかゆっくり上昇させた。全部で十数回を数えたところでマンデナル・プディング・プローブがどろりと液を吐いた。つまり、トリポリつむじはいま機体の真上にある。

ルーは甲板手に呼びかけた。「すべて固定した？」

「はい、船長」

「甲板員？」

「総員、準備万端で合図を待ってます、レディ船長」聞き慣れた元気のよい声が答えた。

「スプー？　上デッキで何をしているの？」

「配属が変わりました。下でちょっとヘマをやっちゃって。いいでしょ？　前にも上で働いたことがあります」

「ちっともかまわないわ」

スプーはあっというまに甲板員の陰のリーダーになっていた。これって一種のクーデター？　この子が使えるようなら正式にリーダーに任命しよう。当面ルーは大声でどなれる名前があるだけでうれしかった。

「待機して」ルーはスプーに命じ、次の気がかりに目を向けた。「プリムローズ？」

プリムローズはまじめくさった顔で操縦室の隅に行儀よく座っていた。エーテル層という灰色の空間にパラソルをかざし、帽子をしっかりピンでとめて。プリムのことだから、乗務員や料理人、事務長たち内部職員にもジャンプにそなえるよう伝えたはずだ。

プリムは了解のしるしにあごをちょっと上げた。

両手を空けておこうとルーが『瑠璃色の海の砂と影』を放り投げると、プリムはこともなげに受け止めた。

ルーは伝声管を取った。「ボイラー室、準備はいい？」

「いつでもどうぞ」とケネルの声。

ルーはケネルにも聞こえるよう、伝声管を持ったままパーシーに命じた。「あたしの合図でジャンプして、タンステル教授。三、二、一……いまよ」

パーシーが浮上ボタンを押すと、〈カスタード〉号はすっと上昇して気流をとらえ、こらえきれずに揺れはじめた。ゴンドラが寒さに震えているかのようだ。

「パーシー、これは？」気流のなかにすっぽり収まったような気分だ。どうして今回はこれまでのジャンプとこうも違うの？

「ほぼつむじのどまんなかだ、船長」パーシーが下に手を伸ばして何かをひねると、船がほんのわずか上昇した。プロペラが猛然と回転し、船は横から押されたかのように左右に傾きだした。メインデッキは身の危険を感じるほど傾き、固定されていないものすべてが――プリムローズも――すべりはじめた。プリムはあきらめ顔でこの屈辱に耐えている。

パーシーは舵柄をつかんでまっすぐにねじ上げながら「がんばれ」となり、見えないエーテルの力に負けじと力をこめた。

ルーは駆け寄って反対側から舵柄をつかみ、力いっぱい加勢した。ルーは見かけによらず力持ちだ。ダマのドローンたちは白熱するホイストゲームにそなえ、ときおり腕相撲で筋肉を鍛える。二人は力を合わせて船体を水平に戻し、目的の方角である東に向けた。

船の振動が止まり、上下に動きはじめた。

パーシーはほっとしてルーにうなずいた。

ルーは震える腕を振って舵柄から離れ、努力の成果に小躍りした。「どうだ、まいったか、気流め！」

それからすぐに船長の役目を思い出した。「甲板員、主帆を上げて」

スプーが指さし、指示を叫ぶと、甲板員たちは文句ひとつ言わず主帆にとりついた。早くもスプーは前任者よりうまく全員を取りしきっている。もしかして甲板員長になりたくて、わざと機関室でヘマをしたの？

たちまち主帆が上がるのを見て、ルーはスプーを新しいリーダーに任命しようと決めた。帆が風をとらえると同時に振動は止まり、船体は安定した。

ルーはほっと緊張をゆるめたが、それもほんの一瞬で、船はまたもや回転しはじめた。〈斑点カスタード〉号は東に向かう気流にまっすぐに浮かんでいた。エーテル粒子の動きでわかる。だが帆が風をはらむせいで、静かな独楽《コマ》のようにゆっくりと時計まわりにぐるぐると回転していた。頭がふらふらしそうだ。

ルーは舵柄を握るパーシーの助太刀《すけだち》に駆けつけたが、航空士は首を振った。

ルーは愕然とした。「これがそうなの？」

「トリポリつむじと呼ばれるのには理由がある」

不快ではないが、ルーは軽く眩暈《めまい》を覚えた。「それで、このワルツはいつまで続くの？」

「残念ながら三日。外の灰色は見ないほうがいいそうだ」

わかる気がする――この感覚はひかえめに言っても落ち着かない。

「わかった。下にいるほうがよさそうね。あなたはここで平気？　そろそろお姉様があたしにお説教をしたがるころよ」

パーシーが目をきらめかせた。「了解、船長。その場面を見られないのは残念だけど」

「デッキはまかせたわ、航空士さん」ルーはプリムローズに近づいた。〝すべるデッキチェア〟の屈辱からは立ちなおったようだ。「上の状況は完璧よ。お説教は特別室で聞くわ」

だがプリムはルーを叱る気はなくなったらしく、小さなピンクの本を振り動かした。音を鳴らすにはさらなる実験が必要な奇妙な新種の楽器とでもいうように。

「それはあとまわしよ。まずはルー、わが親愛なる友にして、かわいくて、かけがえのない……」

「ケネルみたいな口ぶりね。ブルーマーでもよじれた？」

「言葉に気をつけて」プリムがさりげなくたしなめた。

「お小言《こごと》ならいつでもどうぞ」ルーが皮肉たっぷりに返した。

「そんなことよりママの本をどうするつもり？」

ルーはぎくりとし、誰かに聞かれていないかととっさにあたりを見まわした。そして誰も聞いていないのを確かめてからささやいた。「アイヴィおばさまの本、ちょっと待って。おばさまは字が書けるの？」

7　ハニーサックル・イシングラスの正体

「アイヴィおばが一生のうちに肉屋の注文書より複雑なものを書いたなんて信じられない」

ルーは会議テーブルのまわりをぐるぐる歩きまわった。混乱のあまり身体が凍りつきそうだ。まあ、実際はこうして歩きまわっているのだから凍ってはいないけど。

プリムローズは膝の上で手を組み、目もとにおもしろがるようなしわを寄せて静かに座っている。「一族の暗い秘密よ。とても人に話せるようなものじゃ……」思わせぶりに言葉をのみこんだ。

「本当にアイヴィおばさまがハニーサックル・イシングラス？」ルーの困惑は発見の興奮に変わった。

「ええ、まさしくハニーサックル・イシングラスはわたしの母——ウィンブルドンの女男爵。吸血鬼女王が旅の回想録を出版するのは威厳にかかわるという群の意向で、ペンネームを使うしかなかったの。ほら、吸血鬼は異界族の持つ神秘主義の権化だから、血の重みとか、牙の品位みたいな体面にこだわるでしょ？　残念だわ——この作者が誰かを世間が知ったら、もっと受け入れられたかもしれないのに」

「つまり人気がなかったわけ？」ルーは笑いをこらえてたずねた。

「さんざんよ。でも、なぜこんなものを買ったの、ルー？　これはエジプト旅行記で、インドじゃないのよ」

「プリムローズ・タンステル、話をそらさないで。ハニーサックル・イシングラスについて説明して」

「女王ママがこれを書いたのは変異してから数年後。アレクサンドリアを旅したときの覚え書きがもとになってるの。ほら、一八七六年に劇団とあなたのご両親と一緒に旅したときよ。わたしたちがまだおむつをしていたころ」

「アイヴィおばさまが覚え書き？」

プリムは無視して先を続けた。「それはもうとんでもない本よ。パーシーはこの存在を誰より恥じてるわ」

「おばさまのことだからとんでもなく自慢してるんじゃない？」

「それはもうとんでもなく。もちろん本人以外にあえてこの本に触れる人はいないし、さすがのママも自分からさりげなく会話に持ち出すわけにもいかない。チャンスをねらってはいるようだけど」

「それにしてもハ、ハ、ハニーサックル・イ、イ、イシングラ、ラ、ラス？」

「名付け親はあなたのお母様よ」

「このことを知ったら、さぞおもしろがるわ」

「若いころ、あの二人は札つきのおてんば娘だったみたい」プリムは憤然と頬をふくらませた。

「この本を見るかぎりかなりね」とんちんかんなアイヴィおばと泣く子も黙るアレクシア母さん。さぞおかしなコンビだったに違いない。ルーはあきれて鼻を鳴らした。「それにしてもハニーサックル・イシングラスねえ」

ルーは薄い回想記を手にしてページをめくった。「〝琥珀の太陽がゆっくりとトルマリン色の海に沈み、寄せては返すシルク・サファイアの海もかなわぬ、咲きほこるシャクヤクの美しさよ。人知れず、われらがヒロインは波洗う浜辺をあてどなくさまよう。若きレディの魂は光り輝く宝石と見まがうばかりの麗しき眼前の景色にうち震え、足には〈マドモアゼル・メムブレイノー〉の高級キッド革のサンダル。虹色にきらめく波のぴしゃっ、ぴしゃっ、ぴしゃっという音が鬱血した胸の苦しげな鼓動とひとつになり――〟」ルーは耐えきれずに読むのをやめた。「何よこれ！」

プリムは片手で口を押さえてくすくす笑った。「そうなの。ひどいでしょ」

ルーは首をかしげた。古い知り合いというアニトラなる女性はどうしてあたしに吸血鬼が書いた薄っぺらい下手な旅行回想記なんかを渡したの？　雌ライオンにパラソルを盗まれた一件と関係あるの？　そもそもゴールデンロッドって誰？　ルーは本をぱたんと閉じてあちこちひっくり返し、秘密の伝言とか押し花とかが出てくるのではないかと振ってみた。だが何もなかった。あやしげな染みひとつない。

「読まなければ手がかりは見つからないけど、プリム、これ以上は無理よ」

「わかるわ。しかもこの本はどこにでもあるの。ママが無理やり何千部も刷らせたのよ。批評家からはこっぴどくこきおろされたけど、なぜかインテリ嫌いの人たちから支持されて。いまやお粗末な図書室には必ず一冊はあるわ。あなたがこれまで一度も出会わなかったなんて信じられない」

「あたしもよ。あたしの脳みそが変な言葉で汚されるのを恐れて、母さんが目につかないところに隠していたとしか考えられない」

「それにしてもどうしてこんな本を？」

「買ったんじゃないわ。もらったの。古い友人から」

プリムはくすくす笑いをやめて見上げた。「ほかにも古い友人がいるの？」

「そのようね。記憶にないほど古いらしくて、アニトラという名前しか言わなかった」

「なんて無作法な」

「まったく。そしてこの本を渡されたの」

「ますます無作法ね。それで船に戻るのが遅くなったの？　じゃあ雌ライオンは？」

「それがライオンじゃなくて謎めいた女性がいたの。名前はミス・セクメト。ライオンを追いかけてあばらやに入ったら、白いシルクの布を巻いた美しい女性が現れて、あたしの名前を知っていて、パラソルを返して、インドに行くなと警告した。それから船に戻る途中でこのアニトラという、やっぱり布を巻いた女性が人混みのなかで近づいてきて、〝ゴールデンロッドにこれを渡すように頼まれた〃って。そういうわけよ」

「からかわないで」

「からかうなら、もっとうまい話をでっちあげるわ」

プリムはしばし考え、わざとらしく旅行ドレスの胴着《ボディス》のしわを伸ばし、念入りにボタンをチェックしてから言った。「それもそうね。でも、どういう意味？」

ルーは肩をすくめた。「見当もつかないけど、この薄っぺらい旅行回想記は安全な場所にしまったほうがよさそうね」

「パーシーの図書室とか？」

「いい考えね。探し出すときが大変そうだけど、あたしたちが見つけるのに苦労するなら誰だって苦労するわ。パーシーは上デッキにいるから、やるならいまよ」

部屋の出口に向かおうとしたルーの腕にプリムが手を置いて引きとめた。

ああ、やっぱりお小言だ。

「このままごまかせると思った？」とプリム。ルーは警戒の色を浮かべた。

「わかった。どうしてもって言うんなら。さあどうぞ」

「ルー、これは親切心から言うんだけど、これからはもう少し慎重さ《プルーデンス》をもって行動すべきよ」

「アハハ、ご忠告をどうも。それだけ？」

「それからインドに着きしだい、これまでのあなたの行動をお母様に手紙で知らせるわ」

「手厳しいのね」

プリムがキスをするように唇を突き出して話は終わった。これ以上のお小言は必要ない――そこは二十年来の長いつきあいだ。

二人はパーシーの部屋に向かった。部屋の半分は船の図書室だ。当初この続き部屋は船内でも一、二を争う広さだったが、いまではいちばん狭く見える。丸天井の部屋は本棚と本の山であふれかえっていた。〈カスタード〉号の構造が見えるのは上デッキをささえる梁だけだ。壁を見つけるのも容易ではない。パーシー本人にはなんらかの分類法則があるはずだが、それはルーにもプリムにもわからなかった。

「おーい」ルーは本の山に呼びかけた。誰かが忍びこんでいないともかぎらない。

フットノートが現れてお辞儀がわりに伸びをし、二人の靴のにおいをかいだ。しばらくにおいをかがせてやると、やがて門番よろしくしっぽを高く上げ、〝ついてきなさい〟とでもいうように先に立って本のあいだをすり抜けはじめた。

「レディ船長?」ヴァージルが現れた。靴磨きの最中らしく、エプロンをつけ、パーシーのブーツの片方を持っている。

フットノートはヴァージルの足のにおいをかぎ、足の上に寝そべった。

「ああ、ヴァージル、さすがのあなたもタンステル教授の書棚管理法まではわからないわよね?」とルー。

「わかりませんが、船長、いざとなれば有能なはしごがあります」

「はしご?」

ヴァージルがブーツを置くと、フットノートはその新たなにおいに引き寄せられた。ヴァージルははしごに近づいた。見上げると、部屋の縁にそってくねくねと伸びる高い手すりに通じている。最上段の本を取りたいときは、これを手すりにそって移動させるようだ。木ではなく金属製である以外はなんの変哲もないようだが、ヴァージルはただのはしごでないことを知っていた。よく見るといちばん下の横木の脇にダイヤルがついており、頭上の手すりにかかる部分にピン読み取り器のついたクランクが内蔵されていた。手すりの数カ所には組み合わせの異なる穴が開いており、ダイヤルをまわすと、はしごが手すりにそってごろごろ移動し、ピンがぴったり穴に合うところでかちっと止まるしくみだ。

ルーはそしらぬ顔で、「タンステル教授から借りていた旅の回想録を返しにきたの。えっと、旅行記の棚よ」

ヴァージルは身をかがめ、ダイヤルをまわして七番に合わせた。ルーは記憶にとどめた。ヴァージルがはしごに飛び乗り、張りつくように両端をつかんで脇のボタンを押すと、はしごは白い蒸気を吐いて想像以上の速さでシューッと動き、書棚の奥でかちっと音を立てて停止した。

「こっちです、レディ船長」ヴァージルの声が呼びかけた。

ルーとプリムは本棚と本の山のあいだを縫って声のほうに向かった。はしごは室内で唯一、本に隠れていない舷窓の近くで止まっていた。

ヴァージルがはしごから飛び降りた。「どんなタイプの旅行記ですか、レディ船長？」

「ひどいタイプ？」

ルーがおそるおそる答えると、ヴァージルはにこっと笑った。「そうじゃなくて、どの国のもので、美文調か、それともお堅い論文ふうかってことです」

「ああ。エジプトよ」

「そして美文調よ。間違いなく」とプリム。

ヴァージルは丸めた地図とエーテル通信用の金属筒と気流図が山積みになった二脚の椅子の後ろに二人を案内し、片方の椅子を引き寄せて本棚の床に近いところを指さした。そこには小型で安っぽい造りの薄い旅行回想記が積んであった。それこそ山ほど。さいわいピンク色の本はない。偉大なる本収集家のパーシーも母親の不面目な著作は所蔵していないようだ。

ルーはアイヴィおばの本を似たような旅行記のあいだにさりげなく突っこんだ。

「助かったわ、ヴァージル」ルーは背を伸ばした。

「インド旅行に関するお堅い本はあるかしら」とプリム。

「こちらです」ヴァージルは同じ棚の上段を指さした。出し入れした形跡があり、ところどころに突っこんだ紙の切れ端でおおまかに分類されている。パーシーは言われたとおりインドについて調べたようだ。

プリムはつま先立って背表紙に目を走らせ、フローラ・アニー・スティールとグレース・ガーディナー著の『完璧なインドの家政婦、料理人』を選んだ。

「ありがとう。これでいいわ」

二人はヴァージルとフットノートにいとまの挨拶をした。若者と雄猫はこころよく二人に手を貸したが、早く本来の仕事——ヴァージルは靴磨き、フットノートは靴磨きの邪魔——に戻りたがっていた。

「なんでその本なの?」部屋を出ながらルーはプリムが手にした本を指さした。

「こうしておけば、ヴァージルは返された本より借りていった本をパーシーに報告する。蔵書から一冊持っていったと聞けば、そっちが気になって増えた本のほうは忘れるってわけ」

「おみごと」ルーはプリムの人心掌握術に舌を巻いた。

「それにこの本はおもしろそうよ」

プリムの言葉に冒険小説が好きなルーは正直ぞっとした。


三日後、〈カスタード〉号は緩慢なつむじ気流から抜け出し、誰もが胸をなでおろした。何もない灰色のエーテル層のなかにいても方向感覚が変になりそうだった。プリムでさえ特別室のほうがくつろげると言ってデッキでのお茶をあきらめ、ルーはこれから先、舞踏会でワルツは踊るまいと誓った。懐古趣味と言われようと、今回の経験でカドリーユのよさを再発見した。

パーシーはうまく船体を降下させ、より穏やかで標準的な気流——中央ハイデラバード微風——をとらえた。これに乗ればインドに近づき、ボンベイに着けるはずだ。地図によれば、いまはちょうどバグダッド郊外上空にいるころだが、エーテル層のなかでは確かめようもない。いくら空に浮かぶのが好きとはいえ、もっとゆっくり下界の景色を楽しめる大気中をゆくほうがいい。

ボンベイ到着まであと三日かかるが、このまま飛行を続けることにした。食糧在庫は厳しくなり、燃料が不足するかもしれないが、中央ハイデラバード微風の近くにほどよい駐機塔はない。補充のためには着陸するしかなく、降下は相当な時間の無駄になる。

みな、この決断を淡々と受けとめたが、プリムローズだけはミルクが底をつくのではないかとパニックを起こした。料理長には、改めて指示するまで乳成分を含む必需品をすべて、ルーの好物のカスタードクリームも含めメニューからはずすよう指示し——いまあるミルクはすべて紅茶にまわさなければならない——備蓄品のなかからコンデンスミルクを使うことまで提案した。

「そこまで必要ないと思うけど」とルー。

「非常手段よ」プリムがうらめしげに答えた。

プリムの悲観的予測に反し、〈カスタード〉号は大きな騒動もミルク不足もなくボンベイに着いた。高度を下げてエーテル層から脱すると、眼下にインド大陸が広がっていた。青いソースに浮かぶ赤茶色の巨大アップルフリッターのような。ところどころに見える緑のジャングルを同じ流れでたとえるならば、さながらフリッターに生えたカビだ。

ボンベイが植民地の典型かどうかは知らないが、そこはこれまで訪れたどんな都市とも違っていた。都市に対する概念が変わったと言ってもいい。それほどに街は感動するほど美しく、色と香辛料にあふれていた。アイヴィおばが見たらさぞ美辞麗句を並べ立てただろう。薄っぺらい回想録をもう一冊書いたかもしれない。

　ルーはボンベイの風景に息をのんだが、美辞麗句を口にするタイプではない。

　パーシーが〈斑点カスタード〉号をゆっくり降下させ、大英帝国の玄関口を形成する建物群や飛行船、道路や線路、人々が見えてきても、ルーが口にしたのは「なんとまあ」のひとことだけだ。

　やがて「すごいわ」とつぶやいた。ルーにしては多弁なほうだ。

　ボンベイは実際は半島だが、上空からだと周囲を海に囲まれた孤島のように見える。船はまっすぐ半島の南端——練兵場が古い共同墓地とコラバ砲台に変わるあたり——に向かった。泥状の浜辺が続く西側は航空機の発着に利用されており、飛行船や羽ばたき機や気球のほか、あちこちに積荷ドックや係留地点が見える。航空機は練兵場の塁壁ぞいの係船柱《ボラード》に結びつけた長い綱で固定されていた。これだけ長ければ満ち潮になっても水面より上に浮かんでいられそうだ。満ち潮のときには乗りこめないが、空き地の少ない地形を考えると、海岸の賢い利用法かもしれない。

　さいわい〈カスタード〉号が着陸したときは引き潮だった。

　船は何ごともなく着陸した。ボンベイと現地駐留連隊はどんな形や大きさの航空機にも慣れていたが、〈カスタード〉号はとりわけ目を惹いた。なにしろぴかぴか光っている。士官たちは光るもの——とくに赤く光るもの——が好きらしく、ゆらゆら降りてきた巨大テントウムシに目を見張った。こんなに派手な船からいったい誰が降りてくるのかと、非番の歩兵たちもぶらぶらと見物に来たほどだ。

しかも——じきにルーも気づくことになるが——現地人は動物を模した乗り物が大好きだった。

「どうせなら華々しく降りてみる?」ルーの提案にプリムは顔を輝かせた。

プリムローズはアイヴィおばが気をもむほど軍隊が好きだ。かたやルーは、つねにどこかの連隊と行動する人狼のなかで育ったせいでそうでもない。

「着替えましょうか?」とルー。

プリムは満面の笑みで応じた。

ルーは入港準備に忙しい乗組員を振り返った。主帆は引きこまれ、係留索は外に出され、プロペラは回転をゆるめている。

「ここからはあたしがいなくても大丈夫ね、タンステル航空士?」

パーシーは無言でうなずいた。

〝一緒に行く?〟とたずねようかとも思ったが、たずねるだけ無駄だと思いなおした。

ルーとプリムは腕を組んで船尾デッキを突っ切り、はしごをおりて私室に向かった。

周囲の目を惹くのが目的だから、二人はとっておきの外出ドレスを選んだ。もちろん、たがいを引き立てる組み合わせは相談ずみだ。プリムローズは黒いビロードで縁取ったレモンイエローのオーガンジーのドレスで、花びらのように層になったスカートに、黒い花のアップリケのついた胴着《ボディス》、細い腰を強調する幅広の黒いビロードのベルト。袖は肩がふくらんで肘から先が細くなった最新のデザインで、袖口には幅広のリボンつき。仕上げは、後部に黄色のチョウ形リボンと大きなダチョウの羽根のついた、ドレスにぴったりの黒い帽子だ。

ルーはウォルト・デザインの焦げ茶色のインドシルクを選んだ。ダマはウォルトの息子ジャン＝フィリップの親友で、ルーの服を定期的に――社交シーズンごとに新しいドレスを――注文している。ダマは年頭のウォルトの逝去を〝大いなる悲劇〟と嘆き、大量の花々と何反ものシルクと哀悼の手紙でジャン＝フィリップを慰めた。そのお返しに贈られたのがこのドレスだ。プリムのドレスよりシンプルな、切れこみの入ったボディスとオーバースカートがポイントで、スカートの切れ目からはドレスより一段濃い焦げ茶色のちりめん地、ボディスの切れ目からはクリーム色に茶色い花模様を散らしたマドラス綿がのぞいている。さらにドレスの裾をちりめんがぐるりと縁取り、襟と袖口は茶色いビロードで、ボディスを彩るクリーム色のアップリケがプリムのレモン色のドレスの黒いアップリケと響き合っていた。細くて短い袖はレースつきで、帽子はプリムよりぐっとひかえめな、茶色いビロードの蝶リボンと焦げ茶色のシルクのバラが三輪ついた平たいイタリアふうの麦わら。二人が並ぶと、まるで興奮した動くオニユリのようだ。

インドの日差しにはパラソルも忘れてはならない。ルーは母親の不格好なパラソルを避け、プリムから茶色いレースのパラソルを借りた。プリムは言うまでもなく、ドレスにぴったりの黒い縁《ふち》のあるレモンイエローのパラソルだ。背後でスプーがつぶやいたとおり、二人は目、の保養ともいうべき麗しさで、これなら社交シーズンただなかのハイドパークを歩いても、上流階級の口うるさい女性たちはもとより異界族反対主義者も文句のつけようがないだろう。

それにしても暑い。デッキを横切り、タラップをおりるだけですでに溶けそうだ。ルーは自分の大胆な性格と姿を変える習性に感謝した。おかげでコルセットと下着はとっくにあきらめている。人前に出るのに必要最低限のもの以外を身につけるのは、たしなみとはいえ、この暑さで正気とは思えない。かわいそうにプリムは二、三分歩いただけで失神しそうだ。もちろん汗はかいていない――ジ・オノラブル・プリムローズ・タンステルに汗はありえない――が、顔は湿った香気でいくらかてかっていた。

ルーは母親からアレクサンドリアの様子を聞き、ボンベイでも異国情緒あふれるにぎやかな市場が出迎えるものとばかり思っていたが、あたりは驚くほど静かだった。このあたりは帝国領内でも半島部で、街なかでないとはいえ、塁壁の外に建物のてっぺんが見えるボンベイの街もなんとなく……死んだようにひっそりしている。

「上流の人たちは日中の暑い時間は外に出ないようね」とプリム。

白い服から茶色い手脚を剥き出しにした少年が数人、大きな果実を前後で投げ合いながらかたわらを走り過ぎた。一匹の野良犬があたりをうろついているだけで、ほかに動くものは何もない。

「そうでなければ疫病かも」ルーは冗談のつもりだったが、プリムのひきつった表情を見て言わなければよかったと後悔した。

浜辺――ぬかるみともいう――にそって兵舎の端まで続く遊歩道を歩いてゆくと、市街地が見えてきた。プリムの説明によれば、壁の向こうにそびえるのは綿倉庫とヴィクトリア荷揚げ場で、壁沿いに立ち並ぶ巨木が帝国植民地の英国人とそれ以外の人の境界線を形成しているらしい。

街は見るもの嗅ぐもの物珍しく、ルーはわくわくした。屋根はすべて赤もしくは色つきタイルの高い尖塔形で、ところどころにタマネギ形も見える。大英帝国資本会社の進出はめざましく、空中列車《ケーブルカー》や大型回転運搬車、その他さまざまな蒸気移動車が――それこそ線路から芝生から自転車置き場まで――いたるところにあった。ロンドンと違うのは、どれも飾り立ててあることだ。半島を行き来して倉庫から造船所に物資を運ぶケーブルカーが建物群のはるか頭上にぬっと浮かんでいた。こちらも日中の暑さにじっと動かず、巨大ケーブルからぶらさがっている。この手の装置につきものの蒸気口や、煙突、誘導アームなどはそなわっているが、外見は巨大な象そっくりだ。大きな耳は色鮮やかな動物の皮製で、首には生花と紙ランタンをつないだ花輪。一見〈違法装置〉のように見えて、実は〈秘密情報法〉に反するぎりぎり手前でとどまっていることにルーは感嘆した。おそらく象の部分は純粋に装飾目的で、それ自体は動かないのだろう。ほかの蒸気運搬機と同じように、見た目が派手なだけでケーブルを行き来する以上に危険な行為は何もしない。そうでなければとっくに破壊されているはずだ。

ルーは笑みを浮かべた。英国はインドに蒸気機関を持ちこんだが、現地人はそれをかわいく見せようとしている。その心意気が気に入った。なんて愉快。これまで愉快なケーブルカーを考えた人がどこにいる？

耽美主義者のプリムローズも同じ感想を抱いたようだ。暑さから少し立ちなおり、パラソルで近くの水場を指した。「ちょっとあれを見て。洗濯機だと思うけど、まるで猿みたい。なんてかわいいのかしら」

ルーが象のケーブルカーを指さすと、プリムは息をのんだ。「まあ、すてき！」

「ガネーシャがお気に召しましたか、レディーズ？」背後から声がした。

振り向くと、軍服の士官と二人の税関吏が立っていた。士官は若者らしい愛想のよさをただよわせているが、同行する税関吏はびっしょりと汗をかき、いかにも不機嫌そうだ。

ルーとプリムはかわいらしくお辞儀した。

「暑いなかお呼び立てして申しわけありません」とルー。「物資補給の必要がなければ、もう少し着陸時間を遅らせたのですけど」

「ご心配なく」士官が答えた。「残念ながらよくあることです。気流は気まぐれなもの、これも科学のおぼしめしです。さあ、そこの日陰へどうぞ。手続きはできるだけ手早く終わらせましょう」

二人の現地役人は「ご婦人様《マダム・サーヒブ》」とつぶやいただけで、あとの会話は士官にまかせた。

美しい花が咲き誇る木陰に小テーブルと華奢な椅子が数脚しつらえてある。ルーとプリムは木陰に入った。

ルーははたと考えた。ミス・セクメトはあたしに危険だと警告した。本名を明かしても大丈夫？

ルーは作戦を相談すべくプリムに目配せしたが、プリムは若い士官にまつげをぱちぱちするのに忙しかった。プリムも本名を名乗ればすぐに素性がばれる。タンステルの名は女男爵アイヴィの帽子のおかげでかなり有名だ。ウィンブルドン吸血群の女王が変異する前に双子をもうけたことは誰もが知っている。当時は大スキャンダルだった。だから飛行船の登録にはプリムローズの名もパーシーの名も使えない。ケネルという手もあるが、〈斑点カスタード〉号をケネルの名で登録したら、あのフランス人はこれさいわいと船を持ち逃げしないともかぎらない。

幸か不幸か、この件はルーの思惑のおよばぬところで話がついていた。

士官は手ぶりで椅子をすすめ、名乗った。「はじめまして。わたしはブロードワトル中尉。ファンショー准将の代理でボンベイにお迎えにまいりました」そこで中尉は二人を見くらべ、「あなたがレディ・プルーデンス・アケルダマでいらっしゃいますか。そしてこちらがジ・オノラブル・プリムローズ・タンステル？」

ルーは笑みを隠した。「逆ですけど、ご心配なく――いつものことですから」

プリムは若い中尉に甘ったるい笑みを向け、「さいわい、わたしたちは大の親友で、間違えられても気にしませんの」

「わざとそんなふうに見せるときもあるくらい」とルー。

「なるほど、これほど可憐なお二人ともなれば、どこへ行くにも一緒なんですね」

ルーはお世辞を真に受けるタイプではない。たとえ相手が軍服姿のいかした士官でも。

「あたしたちの到着をご存じでしたの？」

「予定より早いご到着でしたが、いらっしゃることは聞いていました。准将は人狼団からあなたとのご関係を聞き、大いに関心を持たれました。ボンベイ連隊に人狼特別部隊が付属しているのはご存じでしたか？」

ルーは目を輝かせた――やった、姿を盗める。「まあ、それはいいわ。あたしの知り合いかしら？」

「キングエア団はご存じで？」

ルーは顔をしかめた。「ああ。そういうこと」

プリムが見返した。「なんなの？」

「遠い親戚よ。キングエア団がファンショー准将にあたしが来ると知らせたんですの？」

士官はうなずき、ルーの反応に不安げな笑みを浮かべた。

「これで人狼父《ポ》さん《ウ》があっさりあたしを行かせたわけがわかったわ。人狼よ。ここにはおせっかい焼きの人狼がうじゃうじゃいるんだわ」

「ルー、言葉に気をつけて」プリムローズはたしなめ、恥ずかしそうに身じろぎした。

ブロードワトル中尉は真の紳士らしく話を進めた。「残念ながら准将は緊急の用事でお迎えにあがれません。しかし、かの有名なタンステル、アケルダマ両吸血鬼のご令嬢の来訪を心から光栄に思っておられます」ルーは言葉の裏にある真意を読み取った。どうやらあたしたちは迷惑がられているらしい。士官は続けた。「しかしながら、ご出自は秘密にしておかれたほうがよろしいでしょう。現地人は吸血鬼をラクシャサ――民間伝承の悪魔――と見なしています。この国における吸血鬼の慣習はさほど血まみれではないそうです。わたし自身はまだ出会ったことはありませんが」

二人の税関吏はラクシャサという言葉に露骨に顔をしかめ、指で小さく魔除けのしぐさをした。二人ともインド人で、頭を布で巻き、黒い目に、みごとなあごひげを生やしている。

若い士官はかまわず先を続けた。「かたや人狼は大歓迎です。インドでは多くの動物が――少なくともその一部は――聖なるものと見なされています。土着の人狼団は――気候が合わず――存在しませんが、人狼の呪いは祝福と考えられています……もちろん満月の夜の万全な対策が大前提ですが」

「なんて斬新な考えかしら」とルー。

「それにとても前向きね」プリムローズは二人のインド人に優しくほほえみかけた。自分の血筋を悪く言われても気にしていないとでもいうように。

吸血鬼嫌いを責めることはできない。吸血鬼は芽キャベツのようなものだ。万人受けするとは思えないし、どう料理してもおいしくならない。ロンドンにもダマを認めない人はいる。たしかにダマは食えない。

士官はおずおずと笑みを浮かべた。「では事務手続きに進みましょう、レディーズ。お二人の家族関係を考え、できるかぎり簡素にしました。とはいえ、本国で上流階級のかたがたと世間話をなさるときは、わが連隊の効率のよさを話題にしていただければ光栄です」

「これまでのところボンベイの帝国部隊についてはほめ言葉しかありませんわ」

ブロードワトルは晴れ晴れとした笑みを浮かべた。素朴な顔だちも愛想がいいとハンサムに見える。「これが飛行船の登録証です。〈斑点カスタード〉号が船の名前ですね？　あなたが船主のレディ・アケルダマ。ほかに士官乗組員としてジ・オノラブル・プリムローズ・タンステル、タンステル教授、そしてミスター・ルフォー。間違いありませんか？」

「そのとおりです」

「補給目的の証明のため、ここに事務員とクルーの名前を書きこんでいただけますか」

ブロードワトルに尖筆を渡されると、ルーはすぐにプリムローズに渡した。こうしたこまごました内容についてはあたしより詳しいし、字もはるかにきれいだ。この様子を二人の税関吏が鷹のようにじっと見ていた。並々ならぬ関心があるようだ。なぜかあたしたちだけでなくブロードワトルにも目を光らせている。中尉が不正をするとでも思っているの？　ルーは首をかしげて若い士官を見た。たしかに落ち着きはないが、かわいいドレスを着た優雅なプリムを前にした男は、たいていこんなふうだ。

ルーが書類をプリムに渡すのを見て、ブロードワトルは困惑した。いまやルーの関心がすべて自分に向けられているせいだろう。中尉が意を決したようにたずねた。「備蓄品の内容と現地仲介者のことはご存じですか、レディ・アケルダマ？」

ルーは首を振った。「いいえ、担当の者がいますから」

「ああ、なるほど」

「ほかに何か、中尉？」

「ご滞在は明日から一週間ほどとうかがっています。それで充分ですか？」

「そのあいだに表敬訪問を終わらせられれば。必要ならば延長できます？」

「もちろんです、マイ・レディ。ただ……」そこで中尉はまたしてもプリムに気を取られた。

ルーはため息をついた。これには慣れている。「活動はもっぱら日没後の、もっと涼しくなったころから始まるようね」

プリムローズが書類の端にずらりと並ぶ数字に首をかしげた。

二人の税関吏が緊張した。

やがてプリムは何ごともなかったように手続きを進めたが、心のなかで肩をすくめたのがわかった。

「サー？」ルーは中尉の関心を引き戻した。

「ええ、暗くなってからです。そういえば今夜、日没ごろから現地外交官夫妻と数名の士官によるガーデンパーティが行なわれます。ご一緒にいかがです？　大使夫人もぜひにとのことです。新鮮な顔ぶれと新しいおつきあいは大歓迎——未婚のご婦人ならなおさらです」

「まあ、ブロードワトル中尉！　はっきりと言いすぎですわ」プリムローズがうれしそうに中尉を突いてたしなめた。これで書類だけに集中していたのではないのがばれた。

ブロードワトルは照れくさそうに頭を下げた。

ルーは素直に喜んだ。ガーデンパーティは大好きだ。しかも異国の地を踏んだその日に実現するなんて。最高！「ええ、喜んで」

「エスコート役の紳士をお二人、手配できますか」ブロードワトルの声にはノーの答えを待つ響きがあった。

ルーは期待を持たせた。「一人ならなんとか。もう一人はどうかしら。きいてみなければわかりませんわ」

プリムはしかるべき名前と必要事項の記入を終え、登録証を返した。「ほかに税関上の手続きがあります？」

若い中尉は任務を思い出した。「何か申請するものはありますか？　輸入品とか取引物、課税対象品などは？　まったくの観光旅行だと聞いていますが」

ルーとプリムは真顔で首を横に振った。

「案内人をつけずに街なかに出るのは危険です。お望みなら喜んで手配します。明日の早朝はいかがです？　夜が明けてからすぐに。何ごとも暑くなる前にすませるのがよろしいかと」

ルーはプリムと目くばせした。「願ってもないお申し出ですわ。案内人には船まで来ていただけます？」

「もちろんです」

「いろいろと便宜を取りはからってくださって感謝します。では、ブロードワトル中尉、そちらのお二人も、これでよろしいかしら？　街全体が眠っているようですから、あたしたちもこれから船に戻って午睡を取ります。この暑さには耐えられないわ」

「それがいいでしょう、レディーズ。いまに慣れる――と言いたいところですが、ここに配属されて三年近くになるわたしもまだ慣れません」

プリムローズは息をのんだ。「三年も？　とてもそんなふうには見えませんわ」

「お上手ですね」

ルーはプリムの肘をつかみ、わざとらしくパラソルを開いた。ほっとくと甘ったるい口説き合戦になりそうだ。あらゆる徴候が見える。

プリムもしぶしぶパラソルを開いた。「ではガーデンパーティで、ブロードワトル中尉」

「またお目にかかるのを楽しみにしています」中尉はよどみなく答えた。

たわむれ好きのプリムがさらに続けた。「わたしも」

ブロードワトルは顔を赤らめ、二人が立ち上がるとあわてて自分も立ち上がった。「ようこそインドへ、レディ・アケルダマ、ミス・タンステル」そう言って頭を下げ、見送った。

ルーとプリムは背を向け、〝上等のドレスを着こなすレディ〟を意識しながら来たときと同じように優雅にぬかるみを越え、ゆらゆらと浮かぶ〈カスタード〉号に戻りはじめた。

「出会う男性を一人残らず夢中にさせなければ気がすまないの？」ルーは屈託なくたずねた。

プリムは真剣に考えた。「ええ。これはプライドの問題よ」

「わかった、だったらどうぞ好きなだけ」

「でも彼の目、すてきじゃなかった？　思うにこれまで見たなかで最高だったわ」

プリムの難点は相手をとりこにしながらプリム自身も恋に落ちてしまうことだ。ルーは〝そうね〟と言うように親友の腕をなでるしかなかった。

〈カスタード〉号のなかは静まりかえっていた。甲板員はハンモックにくるまって小さくいびきをかき、それ以外はみな下の船室に引っこんでいる。見張り役のスプーとヴァージルだけがパラソルをかざした操舵機の前でしゃがみ、退屈そうにプンパーニッケル・ゲームをしながら小声で言い合っていた。

ゆっくりタラップをのぼってくるルーとプリムを見て二人は立ち上がり、気をつけの姿勢を取った。

「すべて順調かしら、お二人さん？」

「順調です、レディ船長」とスプー。

「なんとかやってます」ヴァージルが答えると、スプーがヴァージルの耳を叩いた。

「愉快な仲間ができたようね、ヴァージル」ルーはにっこり笑った。

「愉快です」ヴァージルがにこりともせずに言うと、スプーがまたもや耳を――さっきより強く――叩いた。

「もう、なんだよ！」

ヴァージルが食ってかかると、スプーは両手を背中にまわし、そしらぬ顔で小さく口笛を吹いた。

仲裁役を頼まれる前にルーはプリムをせかして下デッキに向かった。

ルーは眠ろうとしたが、暗く暑苦しい船室ではなかなか眠れない。どんなに優雅に整えられていても、インドの気候には不向きだ。それでもなんとか暑さを無視し、頭上でますます激しくなるヴァージルとスプーの言い争う声に耳をふさいだ。

と、いきなり二人の声の調子が変わり、ただの口げんかとは思えない叫びに加え、どさっという物音が聞こえた。

ルーは薄いシュミーズ一枚でベッドから飛び出すと、母親のパラソルをつかみ、船長用はしごをよじのぼって後部デッキに走った。まばたきしながら午後のまぶしい光のなかに出ると、スプーが何者かの頭の上に、ヴァージルが脚の上に勝ち誇ったように座っていた。波乗りをするかのように上下に動いているのは、下になった何者かが二人を振り落とそうともがいているからだ。

「いったい何ごと?」

ヴァージルがルーのあられもない姿に目を見張った。「レディ船長! 何をしてるんですか、メインデッキにそんな格好で」

スプーはまったく動じない。

この少女は何があっても動じないタイプだ。「スプー、報告!」

「侵入者です、船長！　こっそりタラップをのぼってきたところをつかまえました」

〝船長〟の言葉に侵入者はおとなしくなった。未ざらしの無地の布をぶかぶかのシャツとさらにぶかぶかのズボンの形にして巻きつけ、同じ布を頭と顔と首まわりにも巻いている。というか、スプーの下の頭はそんなふうにしか見えない。

「スプー、降りて」

「いいんですか、船長？」パラソルだけで身を守れるはずがないと心から疑う表情だ。

「いいから」

スプーが侵入者の頭から降りた。

侵入者が振り返ってルーを見た。アーモンド形の美しい大きな目に褐色の肌。あまりにも美しく、あまりにも見覚えのある顔だ。

「あなた？　どうしてこんなに早く追いついたの？　パーシーがさぞがっかりするわ。予定よりもかなり早く到着したとご満悦だったのに」

侵入者は頭から布をはずし、歯のあいだにはさまったスプーの名残をぺっと吐き出した。

スプーとヴァージルは唖然とした。自分たちが座っていたのが女性で、しかもとびきり美しかったからだ。それでも脚の上から動かなかったヴァージルの冷静さは見上げたものだ。

相手が目も覚めるような美女であろうと誰であろうと侵入者に変わりはない。

ミス・セクメトはかすかに歌うような異国なまりのある、洗練された英国ふうの発音で言った。「ねえ、きみたち《チルドレン》、そこまでする必要がある？」

ルーはさっとパラソルを開くと、不謹慎な格好を隠すべく盾のようにかまえ、穏やかに言った。「着いた早々、来客があるとは思わなかったわ」

ミス・セクメトは上体を起こし、脚の上に乗ったヴァージルを振り落とそうとした。ヴァージルがしぶとく片方の足から反対の足へ飛び移っているところへスプーが加わり、片足に一人ずつ重しのように座りこんだ。

ルーは二人にどくよう命じようかと思ったが、ヴァージルはレディ船長を守ろうと戦意を剝き出しにし、スプーはこの状況を心からおもしろがっている。だからそのまま座らせておいた。予期せぬ客人は足もとに陣取るいたずらっ子をどうするだろう？　これほど優雅な女性がこれほど困りきっているのを見るのは愉快だ。

ミス・セクメトは両足に座る二人がかなり強情と見て振り落とすのをあきらめた。悠然と布を巻いて上体を起こすと、たまたま子どもを連れてテントウムシ形飛行船のデッキにいるだけといった風情で話しかけた。

「インドへは行くなと忠告したはずよ、超異界族のお嬢さん」

「これは、ミス・セクメト、ゆゆしき行為よ。言っておくけど、不利な状況なのはあなたであって、あたしじゃない」

セクメトは立派な鼻にしわを寄せた。「ああ、頼むからこの子たちにどくように言ってちょうだい。あなたを傷つけるつもりはないわ。もしそうなら、これまでにいくらでもそうするチャンスはあった」

ルーは片眉を吊り上げた。「正直に話す？　それとも謎めいた警告を続けるつもり？」

セクメトはうんざりして息を吐いた。「それは」――ヴァージルとスプーをにらみ――

「微妙な問題ね」

「あたしあての伝言でもあるの？」ルーは探りを入れた。

「わたしは不本意にも代弁者に任ぜられただけ」セクメトは任務に重荷を感じているようだ。

「つまり前回は、あたしに伝言を渡す立場にはなかったってこと？」

「あなたが状況を知らないとは誰も思わなかった。そうでなくて、どうしてあなたに警告すると思う？」

やっぱり――ミス・セクメトは例の紅茶をねらう一派の代表者に違いない。

「あなたを見てみたかった」ミス・セクメトは続けた。「あなたは現代の大いなる驚異のひとつだから。深入りする気はなかった」野菜をいやいや食べさせられる強情な子どもみたいな口ぶりだ。「あなたが目的を持って送りこまれ、すでに事態にかかわっていると知って、もはや選択の余地はないとわかった。わたしにはやるべき任務がある。あなたと同じように。わかるでしょう？」

妙なものだ――こんなにも洗練された女性がすねた子どものように見えるなんて。それでもルーは謎めいた美女に好意を抱いた。これぱかりはどうしようもない。あたしは不機嫌な人に弱い。パーシーを連れてきた理由もそれだ。「あたしに伝言を渡せば、それでことはすむわ。この二人は口が堅いから安心して」ルーは〝そうよね〟という目で二人を見た。

スプーとヴァージルはうれしそうに、でも神妙な顔でうなずいた。

セクメトは逡巡するように母国語でなにやらつぶやいたあと、「今夜ガーデンパーティがある。そこにいる誰かが話をするわ」と告げ、ルーの不格好なパラソルと乱れた髪と裸足をうさんくさそうに見た。

すでに行くつもりだったとは言わず、ルーはうなずいた。「その人だとどうしてわかるの？」

「見ればわかるわ」

「あなたではないのね」

「それは別の事情で無理よ。それに疲れているの」

ルーは眉をひそめ、美しさの奥に目をこらした。そう言われて見ればひどく疲れ、具合が悪そうだ。アーモンド形の目は血走り、肌は荒れている。

ミス・セクメトは気を落ち着けるように小さく息を吸った。「〈議長《マージャ》〉はこのことを知ってるの？」

ルーはうなずいた。そもそも紅茶を試飲したのは母さんだ。でも、なぜ母さんの話を？

セクメトは続けた。「認めたの？」

ルーは重々しくうなずいた。紅茶は重大事項だ。

セクメトは首を振った。「あんなにバランスが悪いものを」

紅茶の燻香のことに違いない。「〈議長〉の感覚はとてもすぐれているの。おそらくミッ、クスされるんじゃないかしら」

セクメトは驚いて太い眉を吊り上げた。無理もない。ラプサン茶は英国人の味覚には合わないと思われていた。最近になってようやく上流階級の居間で受け入れられるようになったが、それでも中国からの輸入品にかぎられている。ミス・セクメトは——たとえダマの投資を邪魔するかなり有力な紅茶輸出会社の経営者だとしても——こうした情報までは知らなかったようだ。

「いいわ。あなたの人柄に免じて、ご両親の承認なしであなたと交渉しましょう。これだけでも大きな譲歩と思ってちょうだい。くれぐれも気をつけて、皮追い人《スキン・ストーカー》」

ルーはうなずいた。「ほかに何か？」

「目印になる色を着てもらえる？」

ルーは自分とプリムの衣装だんすを思い浮かべた。「じゃあ、紫」

「けっこう。話は以上よ」

ルーはスプーとヴァージルにあごをしゃくった。「放してあげて」

「でも、レディ船長！」スプーは不満そうだ。

「このまま置いておいちゃいけませんか？　とてもきれいですよ」とヴァージル。野良猫をつかまえたかのような口ぶりだ。

「ヴァージル、失礼よ」ルーがたしなめた。

二人はしぶしぶ足から離れた。ミス・セクメトはそろそろと立ち上がり、スプーにのしかかられた筋肉をほぐすかのように小さく伸びをすると、三人に向かって礼儀正しく頭を下げ、失礼なほど急ぎ足で〈カスタード〉号から降りていった。

ルーはしばし考えた。「ねえ、スプー、タラップを引き上げてくれる？　今日はこれ以上、予期せぬ客人はごめんだわ。わかった？」

「了解、レディ船長」スプーは気をつけの姿勢を取ってからさっと駆け出し、タラップの引き上げを手伝うよう仲間の甲板員に声をかけた。

「ヴァージル？」

「なんでしょう、レディ船長？」

「装飾品から目を離さないで。パラソル好きの雌ライオンがうろついてるかもしれないから」

「それって何かの暗号ですか？」

「そうだといいけど」それからルーは昼寝に戻り、冷たい紅茶の夢を見た。

8 パーシーがトウガラシに遭遇すること

パーシーがその夜のガーデンパーティに出席すると言ったのには誰もが――本人さえ――驚いた。ルーは一冊たりとも本を持ってきてはならないと命じ、ケネルはおもしろがるべきか嘆くべきか決めかねる表情を浮かべ、プリムローズはさっそく衣装を選ぶべく弟と姿を消し、ヴァージルはパニックにおちいった。なにしろご主人様を公《おおやけ》の場に送り出すのは――気軽なガーデンパーティとはいえ――これが初めてだ。肝要な部分はプリムがしっかり押さえたらしく、パーシーはそれなりにきちんとした格好で現れた。

しかし、姉が着替えているあいだに図書室をうろついたせいでほこりをかぶり、クラバットはゆがみ、ベストにはしわが寄り、そんなご主人様を我慢強いヴァージルがなんとか上デッキに連れてきた。

「どうしようもないわ」プリムはパーシーにあきれ、怒りの矛先をルーに向けた。

口うるさいダマがいないと、ルーは見た目より快適さを優先する。今夜のドレスは驚くほど地味だった。四シーズン近く前の淡いライラック色のモスリン地で、裳裾《もすそ》はなく、濃い紫色のビロード地が裾と襟の縁を飾っている。飾りといえば胴着《ボディス》と上腕部にまばらに散らしたクリーム色のアップリケと濃い紫のパフスリーブだけ。ドレスと同じライラック色のビロードの帽子にはシルクのスイトピーと葬儀屋のようなリボンがひとつきり。メイドがいないので、髪は簡単にねじって結い上げた。ダマが見たらその場で親子の縁を切るだろう。

プリムは不満げに舌打ちした。「手伝いが必要なのはパーシーだけだと思ったわたしがうかつだったわ」

ルーはほほえんだ。「これはあたしにとって仕事よ、プリム」

「何かに轢かれたらどうするの？　死んだときに何を着ていたか新聞に書かれてもいいの？」

「縁起でもないこと言わないで。とにかく動きやすいのがいちばんよ」

「あなたには断じてそのおぞましき言葉を使ってほしくないわ。それに、仕事ってどういう意味？　生まれてこのかた一日だって働いたことなんかないのに」

ルーは興奮ぎみに、昼寝の時間にミス・セクメトと遭遇した一件を話した。

いつもながらプリムは頭の回転が速い。「でも、どうしてわざわざ飛行船にまで会いに来たの？　あなたが街に出るのを待たずに？」

ルーは答えに詰まり、うなずいた。「なんであんなに急いでいたのかも謎ね。ダマは今回の任務を秘密の取引めかして話してた。正直、ダマの言うとおりこの新種の茶葉に人気が出て、興味を持つ人が増えたとしても、たかが紅茶にそこまでするかしら？」

「あら、紅茶は重要よ」

「それになぜ母さんのことをたずねたの？　たしかに〈議長〉の仕事は帝国の安全確保だけど、それにはぐれ吸血鬼の紅茶事業が含まれるとはとても思えない」パーシーとプリムの母親は吸血鬼で、ルーの母と親しい。だからパーシーもプリムも〈陰の議会〉におけるルーの母の役職を知っている。おかげでルーは二人を巻きこむ際にいちいち事情を話す必要はない。もとよりパーシーは無頓着だ。

プリムローズが真顔で言った。「そうかしら」

ルーはインドの任務がおよぼす影響を考えた。「新しい紅茶の苗はダマの予想より重要なのかも。それとも本当はそうと知っててあたしに嘘をついたか」

「まあ、ルー、ダマが愛娘をやみくもに陰謀の渦に送りこむとは思えないわ」

そうかしら？　すでに一人の情報員がダマしか使わない〝ハリモグラ〟の名を使ってあたしに接触してきた。「たしかにあたしはダマのかわいい娘だけど、それでも向こうは不死者の吸血鬼。あたしたちのような死すべき者とは危険の概念が違うわ」

そこへケネルが現れた。グレイのスーツに紫色のクラバット。ぱりっとした白いシャツ。うっとりするほどかっこいい。二人は黙りこんだ。

ケネルはクラバットをいじりながら言った。「ほら、ちゃんとテーマに合わせてきたよ」

ルーとプリムが紫色を身につける話を聞いていたらしい。

どうしてこうも策を弄したくなるのかルーは自分でもわからない。きっと生まれつき騒動が好きなのだろう。そして騒げる機会は決して逃すべきではない。

プリムのドレスはいかにも〝レディ・アケルダマふう〟で、見るからに注目を集めそうだ。ルーとプリムを話でしか知らない人をだますくらいわけはない。洗練された最新流行のドレスで、ボビンレースのシャツブラウスの上にスリット入りのボディス。スカートに合わせたラベンダーとゴールドの綾織りのジャケット。生地の美しさと可憐さを引き立てるシンプルなデザインで、腰にはルーより数センチ細いウエストを強調する幅の広い帯《サッシュ》。たしかに二人は似ているが、横に並ぶとルーのほうが浅黒く、かなり肉づきがいい。プリムはことあるごとにこの事実を嘆いた。〝あなたとサイズが同じだったらドレスの数が倍になるのに〟。

母の願いを尊重し、プリムはクリーム色のレースの帽子をかぶった。ドレスに合わせたラベンダー色のリボンと紫色のシルクのブーケつきだ。パーティが始まるのは日没後で、太陽はあたり一面をオレンジ色に染めてアラビア海に沈もうとしていた。厳密には帽子は必要ないが、ガーデンパーティに帽子はつきものだ。二人はしきたりを優先した。アイヴィおばのことだ。しきたりを破ろうものなら、たとえ何マイル海をへだてていても聞きつけるに違いない。

一行は歩いて出発した。ルーとプリムはパラソルがステッキがわりだ。行き先もわからぬまま歩いてゆくと、浜辺でブロードワトル中尉が待っていた。

プリムローズはいそいそと中尉が差し出す腕を取った。ルーはブロードワトルが自分に物欲しげな視線を向けたような気がしたが、気のせいだと思いなおし――若い男性がプリムを差し置いてあたしを選ぶはずがない――ケネルがそっけなく突き出した腕を取った。あとからパーシーがうなだれてついてくる。会話に加わる気ははなからなさそうだ。どうして来る気になったのかしら？

兵舎の周囲をしばらく歩くと、すぐに教会のような造りの立派な士官食堂が見え、やがて場違いにもバグパイプの音色が聞こえてきた。スコットランド高地を訪れたことはないが、ボンベイとは似ても似つかぬ場所のはずだ。バグパイプの説明はないままブロードワトル中尉は食堂を抜け、反対側の、壁に囲まれた美しい庭に一行を案内した。頭上にはアーチのように木々がそびえ、四角い池があり、いくぶん安っぽいがしゃれた椅子とテーブルがいくつも並び、ボンベイ在住のエリート階級が集っていた。

ルーはうれしそうに飛び跳ねた。何もかも美しくて色鮮やか。あたしとプリムは見まちがえられるようなドレス。しかも紅茶がらみの陰謀が進行中。おもしろくなりそうだ。

口にはしなくても、変わりばえしない海外駐在社交界は四人の新参者を興味津々で待っていた。到着する前から話題になっていたに違いない。ルーは高級料理のプディングになったような気がした。ある人からは物欲しげに、ある人からは疑わしげに見られ、すでにたっぷり堪能した人からは顔をしかめられるような。ルーはまわりを困らせるのが大好きだ。なんといっても、あたしのいちばんの得意技だもの。

ブロードワトル中尉はステップに四人を残し、ホスト役に来訪を告げに行った。

ルーは三人に向きなおり、はしゃいだ声で言った。「できるだけまわりを混乱させるのよ、いい？」

ケネルはすっかり乗り気だ。

プリムローズが茶色い目をいたずらっぽく光らせてうなずき、やる気まんまんの表情を見せると、パーシーはあきれて白目を剝いた。

大柄で気の強そうな女性がブロードワトル中尉をしたがえ、小走りでやってきた。「レディーズ。ジェントルメン。わたくしたちのささやかな集まりへようこそ。よくいらっしゃいました。光栄ですわ。それで、どちらが……」

ブロードワトル中尉が礼儀正しく紹介役を買って出た。「レディ・アケルダマ、ミス・タンステル、こちらが麗しきホスト役の大使夫人、ミセス・ゴッドウィット。ミセス・ゴッドウィット、こちらがレディ・アケルダマとミス・タンステルです」

「ごめんなさい、でも、どちらがどちら？」

ブロードワトルが説明する前にプリムローズがさっと進み出た。「まあ、ミセス・ゴッドウィット、そのうち見分けがつくようになりますわ。その前にタンステル教授とミスター・ルフォーを紹介させてください」

パーシーが形ばかりのお辞儀をした。

ケネルはすかさず進み出て愛想よく瞳を輝かせ、どちらも紫色のドレスで茶色い髪のルーとプリムから大使夫人の関心を完全にそらした。「はじめまして、ミセス・ゴッドウィット」

「ようこそ、ようこそ。ええと、ミスター・ルフォー？」

「それにしてもここの気候といったら！　インドはいまごろいつもこんなに暑いんですの？」

プリムがにこやかに世間話を始めた。

「いかにも、ディア・レディ」

「あら、お嬢さん、これはいいほうよ。しのぎやすいと言ってもいいわ、この異教国の本物の夏にくらべれば。運がいい――それとも幸先がいいと言うべき？　まさにいいときにいらっしゃったわ――ちょうど雨季が終わったばかりなの。今月はそれはもう大変な雨で、いつものぐったりするような暑さには恵みというか、慰めというか――」

ルーは話を聞くのをやめた。大使夫人はどう見ても自分の声の響きを楽しむタイプだ。こらえきれなくなったメンドリが卵を産むように飾り立てた言葉をまき散らすだけ。しかもそれがどうしようもなく鼻にかかった声で、ますます耳ざわりだ。話の陳腐さがさらに追い打ちをかけた。ミセス・ゴッドウィットは退屈な人だ。それも恐ろしく退屈な。それはつまり、安心して会話をプリムにまかせられるということだ。

ケネルは〝嘆かわしい〟と言いたげなおどけた視線をルーに送り、プリムに引っ張られていった。

パーシーはくだらないおしゃべりに耐えきれず、食べ物が並ぶテーブルにぶらぶらと近づいた。喉の渇きをいやす紅茶やコーヒー、ジンジャーワイン、氷入りのミルクが並んでいる。パーシーが小皿にバターつきスコーンとラム酒に浸したプルーンを載せるころには、くすくす笑う若いレディたちが周囲に群がっていた。士官や大使の年ごろの娘たちだ。パーシーはここでも例のごとく、トーストに塗るジャムのように若い娘を引き寄せた。

あとにはルーとブロードワトル中尉だけが残った。妻同伴の士官が数人いるが、とくにぼさぼさでもなければ狼っぽくもない。「人狼たちはあとで来るのかしら、完全に暗くなったころに？」

中尉はプリムの優雅な姿に見とれながらうなずくと、ルーに肘を出し、あとを追って歩きだした。ゴッドウィット夫人はまだ天気の話をしている。

プリムが少しまともな内容に話題を変えた。「ミセス・ゴッドウィット、ファンショー准将のお噂をいろいろと聞きました。今夜は准将ご夫妻もお見えになります？」

ゴッドウィット夫人は手もなく話に乗ってきた。「ああ、お嬢さん、お聞きになって？」夫人はパンとミルクの入ったボウルを前に歓喜するハリネズミの顔になった。この顔は間違いない――何かよからぬ事件が起こったしるしだ。

「まさか、ミセス・ゴッドウィット、准将がご病気でも？」

「それどころか！　ああ、マイ・ディア、聞いて驚くなかれ。ここは野蛮な国よ、野生と言ってもいいわ。そして危険きわまりない。問題は准将ではなく奥様よ。ミセス・ファンショー――うら若きミセス・ファンショーが誘拐されたの！　現地の反体制派に。おそらくあのいまわしきマラータ族のしわざよ。あの種族の女は……ああ、いけない、若いお嬢さんの耳には刺激が強すぎるわ」

プリムローズは先をうながした。

「マラータ族にはスカートをはかない女がいるの」

これにはルーも驚いた。

「それってまさか……」プリムは息をのみ、目を見開いた。

「いいえ。そうじゃなくて、ズボンのようなものをはくという意味よ。男たちとともに戦闘に突っこんでゆくの。考えるだに恐ろしいわ、あまりに野蛮で。それで、どこまで話したかしら？　ああ、そうそう。若きミセス・ファンショーがつい数日前にさらわれたのよ！　徴収されたばかりの税金と一緒に。もちろん、気の毒な幼な妻の苦しみにくらべればお金なんて取るに足らないことだけれど」

〝犯人たちはファンショー夫人にもスカートをはかせないの？〟とルーはききたくなったが、せっかく話を聞き出しているプリムの邪魔をするのは悪いと思ってやめた。

プリムはゴッドウィット夫人の腕をなでさすった。「まあ、なんてこと」

夫人にはあいづちも必要なかった。「当然ながら准将はひどく取り乱しているわ。気も狂わんばかりに。この数日は妻の行方を捜すことしか頭にないの。お気の毒に。そういうわけで准将は出席できないけれど、人狼団が犯人追跡の途中であなたがた賓客にご挨拶に来るはずよ。でも、夫人を連れ戻せるとはとても思えないわ」

プリムは息をのみ、ケネルは呆然とその場にふさわしい言葉をつぶやいた。

ルーはブロードワトル中尉に顔を向けた。「本当なの？」

「聞くかぎりでは。でも、わたしは一介の下級中尉で、准将と親しく話すようなあいだがらではありません」

ファンショー夫妻の悲惨な状況には同情するが、実際に会ったことのないルーはそこまで親身になれない。ぼんやりとパーティ会場を見まわし、ミス・セクメトが言った情報員を探しはじめた。

「やれやれ、どうやらみなあなたをミス・タンステルと思っているようです。なにしろさっきからずっとミス・タンステルがミセス・ゴッドウィットの相手をされています。ドレスの美しさは言うまでもなく」そこでブロードワトルははっとし、「いえ、あなたのドレスが美しくないというわけでは……」決まり悪そうに言葉をのみこんだ。「本当は逆だと話しましょうか。その、あなたがレディ・アケルダマだと」

「それにはおよびませんわ」このなりすまし作戦にだまされて、一人でいるプリムローズに伝言を渡そうと近づく人物がいるかもしれないとルーはあたりを見まわした。だが、客が輪になって談笑する様子は――たとえボンベイでも――ふつうのガーデンパーティとなんら変わらない。「身代金の要求はあったの？」

ブロードワトルはきょとんとした。

「准将の誘拐された奥様の命と引き替えに」とルー。

「それは聞いていません」

「変ね」

「そうとも言えません。ここはインドです、レディ・アケルダマ。いろいろと流儀が違います」

「そうね、でもそんなに違うかしら。そうでなくて、なんのために誘拐なんか？」

中尉はひどく困ったような顔だ。

ルーはすぐにぴんときた。「ファンショー夫人はたまたまその場にいただけで、本当の目的は税金だったってこと？」

「それ以外に現地人が英国女性をさらう理由がありますか？　詳しくは知りませんが、悪いのは人狼団です。簡単な任務のはずでした──税金を運び、丘陵地帯から准将夫人を護衛して連れ戻すだけの。でも彼らはしくじった。面目丸つぶれです。よくミセス・ゴッドウィットが招待したものですよ」

「なるほど」ルーはつぶやいた。でも、もとよりキングエア団はヘマをすることで有名だ。スコットランドの親戚についてたずねるたびに、父さんはかつての人狼団を〝困った連中〟と言っていた。あたしにも会わせたくないと思っているようだ。

「レディ・アケルダマ、しばらく二人きりで話せませんか？」

言われて初めてルーはブロードワトル中尉がさりげなくパーティから離れ、池の端の、誰もいない木立に向かっているのに気づいた。

「ブロードワトル中尉、まだ会ったばかりよ！」パーティ会場に着いたとたん独身男性と二人きりになるなんて──人生最大のスキャンダルになってもおかしくない。しかもプリムの名誉がかかっている。なにしろ誰もがプリムをあたしと思って、あたしをプリムだと思っているのだから。娘の恥ずべき振る舞いがロンドンに伝わったらアイヴィおばがどんな顔をするか、目に浮かぶようだ。

ルーはみんながいるほうへ戻ろうと身を引いた。

「待ってください、レディ・アケルダマ、お渡ししなければならない大事な情報があります。アケルダマ卿からの」

ルーは息をのんだ。まさか、ブロードワトル中尉がダマの情報員？

ルーは声をひそめた。「紅茶の件？」

「到着されてからずっとお一人になる機会をうかがっていましたが、最初はあのいまいましい税関役人――ラクシャサの手先です、もちろん――で、次はこのパーティ。ここでは誰も信用できません」ブロードワトルは小声でささやいた。「とりわけ紅茶がらみのときは」

ルーはあたりを見まわした。誰もが立派な上流階級に見える。場にふさわしい帽子。くるりと巻いた髪。暑さにもかかわらずぴしっとした軍服。「そう言われれば」

ブロードワトルはたわむれの言葉をささやくように顔を寄せた。「お許しください、でも、まわりには本気であなたを口説いていると思わせなければなりません。疑われてはならない――すでにまずい状況です」

ルーはしぶしぶ応じた。「じゃあ手早く」

「内容はこうです。〝この伝言にはハニーサックルが必要〟」

「えっ？　ああ。そういうこと」中尉はアイヴィおばの本を解読する暗号表とダマからの激励の伝言を持っているに違いない。

ブロードワトル中尉はパーティ参列者の好奇の目からルーを隠すように立ち位置を変え、一枚の紙切れを渡した。ルーはさっと目をやった。碁盤の目になにか書いてある。エーテルグラフ通信を受信した紙のようだ。残念ながら文字はひとつもない。数字がところどころすきまをはさんで並んでいるだけだ。

ひとめで暗号だとわかった。ここに伝言が隠されている。「暗号表は？」

ブロードワトルは心底、驚いた。「マイ・ディア・レディ、わたしはしがない予備情報員です。新米で、詳細は何も……」

「ええ、ええ、秘密は何も知らないのね」ルーが紙切れをドレスのボディスに差しこむのを見て、若い中尉はどぎまぎした。「これでミス・タンステルの評判はずたずたよ。パーティに戻りましょう。一晩には充分すぎるほどのゴシップを提供したわ」

「たしかに。ひょっとしたら誘拐事件より噂になっているかもしれません。少なくともこのほうが物騒でなくていい。もっともわたしの評判には大歓迎ですが」若い士官に笑いかけられてルーは首をかしげた。もしかしてブロードワトルは、実はダマの取り巻きの一人で、色男という悪い評判を上げたいの？　それともたんに兵舎で同僚たちに自慢したいだけ？

腕を組んでパーティに戻りながら、ふと思った。「前の情報員はどうなったの？」

「アケルダマ卿から名前を聞いていないのですか？」ブロードワトルは驚いた。

「残念ながら」ルーはダマにさよならも言わず、早い時間にこっそり出発したのを後悔しはじめていた。逃したのは〝涙のお別れ〟だけではなかったようだ。「あわてて出発したの——ファッションの都合で」

「最初の情報員はミセス・ファンショーです」

「あらまあ」ルーは思わず中尉の腕から手を放した。

飲み物テーブルに集まる人のなかに戻ったとたん、ケネルとプリムはゴッドウィット夫人のそばを離れ、ルーの両脇にぴたりと近寄った。

「ルー」プリムローズが鋭くささやいた。「どういうつもり？　わたしの評判はどうなるの！」

「まったくだ。しかも、士官とは名ばかりの男と恥ずかしげもなくいちゃついて」とケネル。

「やめて、二人とも。彼はダマの下っ端紅茶情報員よ」

「えっ？」二人が声をそろえた。

「声が大きいわ。その件はあとで」

「どう見ても楽しんでるようだったけど」ケネルはしつこい。

ルーはなぜかむっとした。「ミスター・ルフォー、あたしはどんなときもガーデンパーティを楽しむたちなの。あら、ちょうど連隊づきの人狼団が到着したみたい」

人狼たちが堂々と入ってきた。それ以外の入りかたはできない連中だ。団員は八人ほどで、人狼団の規模としては標準的だが、ひとりひとりの体格は標準をはるかに超えていた。全員が人間の形をしたレンガ壁のようだ。しかもむさくるしく、騒々しく、風変わりな、ズボンではなく格子柄のスカートのようなものをはいている。さいわいルーは、この正装についてはなんども話に聞いていた。

そのとたんプリムは疑問も不満もすべて忘れてルーににじり寄り、さっと開いた扇子で口もとを隠してささやいた。「まあ、あれがキルト？　歴史の本以外で見るのは初めてよ。なんて魅力的なファッションかしら」

ルーも同意せざるをえなかった。いったい上流階級において男性の膝をおがめる機会がなんどあるだろう？　「実用的ね。この暑さだもの、少しは涼しいんじゃない？」

このスタイルを心から賞賛するべきか否か、プリムはまだ迷っていた。「あれだけなの？　つまり、その、下にブルーマーをはいていると思う？」

「人狼だから、ブルーマーにはあたしと同じ不都合があると思うわ」

「しっぽ？」

「そう、しっぽ」

キルトの下には何もはいていない――無言の結論にプリムはぱたぱたと激しく扇子を動かした。「まあ、でも、あんな北国でよくこんなに大きくハンサムに育つものね」ブロードワトル中尉への関心は新たに登場した大男集団の前にすっかり消え去っていた。

父親ほどの大男に会うことは一生ないと思っていたが、こうして見ると父さんは典型的な人狼の一人にすぎなかった。自分が小さくなったような気分だ。パーティ客たちは新たな一団を努めて無視したが、この巨体を無視するのは楽ではない。たしかゴッドウィット夫人は、ファンショー夫人と税金をみすみす奪われた人狼団を面目丸つぶれだなんて言っていた。

ふとキルト男たちがさざ波のように動き、背後から思いもよらない人物が格子柄の海を無造作に押し分けた。男たちがさっと空けた場所には、みっともない服を着た年かさの女が仁王立ちになっていた。やはり背が高く、古いブーツのようにたくましい。頑固そうな表情。ただならぬ力を秘めた立ちかた。女学生のように三つ編みにした白髪まじりの長い髪が、お世辞にもきれいとは言えないいかつい顔だちを際立たせている。

女は紹介も待たずに芝生をつかつかと踏み越え、扇子で顔を隠すプリムとルーにまっすぐ近づいた。

プリムはさっと扇子を閉じ、風変わりな女から目をそらした。

ルーは遠慮なくまじまじと女を見つめた。レディ・キングエアのことは知っている。知らない人がどこにいる？　何世代もの歴史のなかで人狼になった唯一の女性。ルーの父親に嚙まれて不死者になった人物。その伝説の人が目の前に？　悪夢の主人公に会えるなんて――なんてスリリング。

伝説のレディはおしゃれをすべて実用性に捧げたような身なりだった。灼熱の気候にふさわしいモスリン地のドレスは、おびただしい数のポケットと幅広の革ベルトつきで、ベルトからは便利そうなものがあれこれぶらさがっている。拡大鏡。医療キット。固形石けん。

レディ・キングエアは二人の正面で足を止めた。似た外見に惑わされもせず、嫌というほど見覚えのある目を細めてルーを見つめた。あたしが毎朝、朝食前に姿見で見るのと同じ目。

黄色に近い淡い茶色の目。父さんの目。あたしの目だ。

「こんばんは、おばさん《アンティ》。ようやく会えた」レディ・キングエアことシドヒーグ・マコンが言った。

ルーも言葉を合わせた。「姪っ子《ニース》！」思わず抱きしめそうになり、思いとどまった。ガーデンパーティで抱擁はふさわしくない。たとえ家族どうしでも。アメリカでなら許されるかもしれないが、ここでは許されない——いくら帝国の僻地とはいえ。

ルーは瞳を輝かせた。「ようやく会えてうれしいわ、ニース」

レディ・キングエアは熱烈な反応にめんくらった。「ふうん、あんた、両親とは違うんだな」

「まあ、うれしいことを！」ルーはずっと会えずにいた親族に会えた喜びに歓声を上げ、レディ・キングエアが動揺するのを見て、ますますはしゃいでみせた。つま先で小さく飛び跳ね、あふれるエネルギーを抑えきれないスプーのように下手な手ぶりまで添えて。

レディ・キングエアは小さく首を振った。「で、じいさんはどんな様子だ？」

「ロンドンを発ったときは元気だったわ——元気すぎるほど」

「本当か？　少し……老いてきたんじゃないのか」

ルーは目をぱちくりさせた。どういう意味？　人狼はみな——変異したては別だが——年寄りだ。「見た目は別に変わらないけど」

「それはわかってる。ききたいのは見た目じゃない。精神状態《ソウル》だ」

ルーは質問の意味がわからず、答えをはぐらかした。「ロンドンを離れたときは上機嫌《グッド・スピリット》だったわ」

レディ・キングエアは肝心な質問をことごとくかわされ、〝なかなかやるな〟と言いたげに頭を傾けた。

ルーは無言の賞賛を受け取った。「あたしとしたことが、ついうっかり。旅の仲間を紹介するわ。こちらはジ・オノラブル・プリムローズ・タンステルとミスター・ルフォー。あそこにいるのがタンステル教授」

「へえ？　おもしろい仲間がいるんだな、アンティ」

「プリムローズ、ケネル、こちらはあたしの又又又又姪のシドヒーグ・マコンことレディ・キングエア。又の数は合ってるはずだけど」

プリムとケネルは礼儀正しく挨拶をつぶやいた。吸血鬼のなかで育った二人は複雑な姻戚関係に慣れている。一族に不死者がいると家系図には奇妙な現象が起こる。タンステル家の双子は生まれたときから似たような複雑な家族関係のなかで育ってきた。二人の母親が噛まれて不死者になったのは、いまの二人よりほんの二、三歳、年上のときだ。現にプリムローズとアイヴィおばは姉妹のように見える。これからプリムが歳を取るにつれて母親はプリムより若く、娘のように、やがては孫娘のようになるだろう。本来、吸血鬼と人狼にはこのような事態を避けるための掟《おきて》があるが、アイヴィ・タンステルが吸血鬼になったのはまったくの想定外だった。ルーの存在じたいも大いなる過ちの結果だ。そしてレディ・キングエアはさらに特殊な状況で人狼になった。

あたしたちはみな、ひとつ間違えば存在しないはずだった。そう思うと、ルーはこのいかめしい顔のスコットランド・レディに血のつながり以上の親しみを覚えた。

「はっきりきく、アンティ。あたしたちにロンドンに戻れと命じるために来たのか？」シドヒーグが詰め寄った。

なるほど。両親がキングエア団を歓待もせず、スコットランドを訪れようともしないのにはただならぬ理由があるようだ。あたしが生まれる前、二人とキングエア団のあいだにはまずい問題があった。よほどいまわしい何かが。

なおもルーは姪っ子をからかった。「街へ戻れ、ですって、レディ・アルファ？　どうしてあたしがそんなことを？　みなあなたたちをロンドンに近寄らせまいとしているんじゃないかしら」対立するキングエア団と人狼父《ポ》さ《ウ》んのロンドン団が同じ街にねぐらを作ったりしたら、どんな流血沙汰になることか。ルーには目に浮かぶような気がした。ロンドンは大都市だが、そこまで大きくはない。

「あんたは父親の命令でここに来たんじゃないのか」

「どっちの父親？」その気になれば太陽が昇るまでこのゲームを続けてもいい。

アルファ人狼は攻撃的態度をゆるめた。「ずっと思ってた——どっちがあんたに強い影響をあたえてるんだろうって。わかった、目的があたしたちでなけりゃ、なんでボンベイにいる、プルーデンス・マコン？」

「それを言うならプルーデンス・アケルダマ。ダマにすてきな小型飛行船をもらって、それから、これは純粋なお楽しみ旅行よ、敬愛なるニース。この時季のインドはすばらしいと聞いて、それでちょっと世界を見てみようと思ったの。」

レディ・キングエアはあきれて目をまわした。「思ってもいないことをよくもべらべらと。まるでフィニシング・スクールに戻ったみたいだ」

「どうしました、アルファ？」なめらかな声がして、キルトをはいた巨体のスコットランド人狼団のあいだから小柄な英国紳士が現れた。落ち着いた物腰。物静かで、これといった特徴のない、英国下院の官僚を思わせる風貌。あかぬけた雰囲気は妙に場違いだ――ピクルス店に並んだチーズのように。

レディ・キングエアは見るからにほっとし、いとおしげに男を見た。「ああ、こういうことはあんたのほうが得意だ、そうだろ、ベータ？」

プリムは小柄な男には目もくれず、キルト軍団のなかでいちばん大柄で見目のいい人狼に近づいてしゃべりはじめた。この場はルーにまかせてもいいと判断したらしい。ケネルはルーのかたわらに張りついているが、さいわい口をはさむ気はなさそうだ。

ひかえめな英国紳士がルーに小さくお辞儀した。薄茶色の髪。感じはいいが記憶に残らなさそうな顔だち。その上にかけた小さなメガネ。このような夜の集まりには申しぶんない正装だが、それ以上ではなく、流行《はやり》の要素はひとつもない。すべてがふつうで、正統で、場にふさわしい。会場に入ってきたときに気づかなかったのも無理はない。あたしに気づかれまいとしていたのだ。

「はじめまして、レディ・アケルダマ」男は言った。「ランドルフ・ライオール教授《プロフェッサー》と申します」

ライオール教授のことはいくらか聞いていた。父さんのベータだったが、あたしが覚えていないころにその地位を離れ、キングエア団のベータになるべくロンドンを去り、そのころ人狼になったばかりのラビファーノおじがあとを継いで父さんの副官になった。ロンドン人狼団で教授の話題はめったに出ないが、出るときは誰の口調にも敬意とせつなさがこもっていた。誰より自分大好きのチャニングおじでさえ、ライオール教授の悪口だけは言わない。

ルーは笑みを返し、レディ・キングエアのときと同じように抱きしめたい衝動にかられた。でも理由はまったく違う。さっきは抱擁で相手を動揺させたいと思った。でもライオール教授は単純にそうしてほしそうに見える。「ライオールおじさん、お会いできて光栄です。ルーと呼んでください」

ライオールはルーの気さくな態度に驚き、かすかに戸惑いを見せた。

レディ・キングエアはこれを誤解したようだ。「あたしたちを呼び戻しに来たんだ。そのときが来たに違いない、ライオール」

ベータは首を振った。「落ち着いてください、アルファ。もしそうなら知らせが届くはずです」

「へえ、インドからでも連中の気分がわかるほどあんたはいまもロンドンとつながってるのか」

ライオール教授はまっすぐにアルファを見つめ、「わたしは手紙の書きかたを知っています。そして彼らも」くるりと背を向けた。こんな強い態度に出て命《いのち》があるのは、よほど力のあるベータだけだ。

意外にもレディ・キングエアはこのひとことに黙りこみ、ルーとベータが二人だけで話せるよう、少し離れた。

ライオール教授はルーに腕を出した。「しばらく庭を歩きませんか、ミス・ルー」

「まあ、せっかくですけどプリムの評判は一晩にこれ以上の庭の散策には耐えられません」

「は？」

「プリムローズを付き添い役にしてもいいかしら？　つまり、ミス・タンステルを」

「信頼できますか」

「もちろん」

「母上ほど愚かではない？」

「まったく違います」

人狼は薄茶色の頭でうなずいた。「すばらしい」

「ミスター・ルフォー、プリムを連れてきてくれる？　キルトに夢中のようだわ」

ケネルは不満げに見返しながらも、スコットランド人狼の一団に近づいた。さっきよりもがやがやとにぎやかしく、手練れの話術でプリムローズをちやほやほめそやしている。ケネルはさりげなくプリムを引き離して戻ってきた。

「ライオール教授が庭を案内してくださるの。付き添ってくれない?」

「ああ、ようやくわたしの評判を考えてくれたのね」

ケネルもあとからついてきた。ついてきてほしくはなかったけれど。

ルーは手短に紹介した。「プリムローズ、こちらはライオール教授。おじさん、こちらがジ・オノラブル・プリムローズ・タンステルです」

「はじめまして。母がいつも教授のことをほめていますわ」とプリム。

ライオールは眉を吊り上げた。「本当ですか? 恐縮です。吸血鬼女王にほめていただくとは身にあまる光栄です」

四人は池とパーティ客から離れ、庭の奥に向かってゆっくり歩きはじめた。あたりには奇妙な形の見慣れない植物が生い茂り、動物か、そうでなければ手脚がたくさんある神を模したような蒸気駆動の塑像が立っていた。できることはひとつのダンスを繰り返し、オルゴールのバレリーナのように踊るだけだ。あちこちで猿がキーキーと罵声を交わし合い、ルーたちに物を投げつけた。

「人狼など少しも恐れていないようです」とライオール。

プリムとルーがパラソルをかざすと、ピンと張った生地に木の実や堅くて小さい果実が当たって太鼓のような音を立てた。

「それで?」ルーは話をうながした。

「わたしが申し上げたいのは、ミス・ルー、団とわたしはいつでもあなたがたの味方だということです。シドヒーグは無愛想ですが、女王と国家に対する自分の責務をわかっています。そうでなければここに配備されるはずがない。あなたがいずれかの親の公式任務のもとで活動しておられるのなら、どんな援助もする用意があります」

ルーは思いがけない申し出に息をのんだ。「まあ、それはどうもご親切に」

ライオールは頭を下げた。「そしてわたしは誰よりもあなたの僕《しもべ》です」

「あなたはあたしを信頼している——レディ・キングエアよりも強く。なぜ？」

「長年にわたり、あなたの能力をたたえる手紙を受け取ってきました」

その口調にはかすかに残念そうな響きがあった。やっぱり——ライオールとロンドン団とのあいだにはよほど根深い問題があるんだわ。

「どうしてレディ・キングエアは、あたしがキングエア団をロンドンに戻しに来たと思っているの？」

「ある契約が交わされました。果たさなければならない責務です。レディ・アルファはもう何年も召還を待っています。誰もこれほど長くかかるとは思いませんでした」

「そうなの？」

「お母上の存在によるものでしょう。驚くべき女性です、あなたの母上は。触れるものすべてを変えてしまう、そうではありませんか」

「そうかしら。すべてとは具体的にどんな？」

「運命です、言うなれば。そしてあなたも、お嬢さん、そうでしょう？　あなたにはきたいことがたくさんある。超異界族の状態には慣れましたか？　わたしはあなたの成長に立ち会えず、科学現象を学びそこねた。あなたにとって姿形変化はどのようなものです？　吸血鬼から一瞬で人狼になるのはどんな気分ですか？　両者に同時に触れたら、同時にどちらにもなれるのですか？」この学術的好奇心こそプロフェッサーの異名を持つ理由に違いない。

同時にライオールはあたしの関心をそらそうとしている。

「教えてください、教授、なぜレディ・キングエアがロンドンに必要なの？」

「そうではありません。必要なのはわたしです」

これにはルーも驚いた。「なんですって？」

地味な男は首を振り、詫びを口にした。「ご両親から聞いておられなければ、わたしは申し上げる立場にありません」

ルーはどきっとした。「ひょっとしてあなたが交渉人？　だから二人きりで話そうとしたの？　あなたはミス・セクメトとその一派の代弁者？」どうかそうではありませんように。もしそうならキングエア人狼団とダマは敵対関係になる。両異界族の利益が対立するとろくなことにならない。そのせいでいくつもの帝国が崩壊してきた。

ライオール教授は片眉を吊り上げた。「セクメト？　エジプトの女神ですか？」

首をかしげるライオールを見てルーはほっとした。紫色のドレスを着てきたものの、これまでのところ紅茶がらみで対立するミス・セクメト側の情報員はまだ接触してきていないようだ。「なんでもありません」

　ライオールは謎めいた言葉にも動じなかった。「お嬢さん、こうしてお話しするのは〝人狼が必要なときはわたしがいる〞とお伝えするためです」そう言ってさりげなく剝き出しの上腕を指さした。「必要ならばいくらでも、超異界族よ。お望みのままに。わかりますか？」

　ルーは息をのんだ。人狼から質問も制限もなく姿を盗んでいいと言われたのは初めてだ。たいていは嫌がる提供者からこっそり盗み、あとで謝るというパターンなのに。ルーはライオールの言葉に胸をうたれた。

「ありがとうございます、ライオールおじさん。光栄です。その必要がないに越したことはないけれど」

　ライオールはほほえみ、「まさしく、ミス・ルー、おっしゃるとおり」そう言ってもういちど小さくお辞儀をすると、困惑する三人を残してすべるように立ち去った。

　ルーとプリムローズとケネルは小柄な人狼が異界族の敏捷さで猿の放擲物をかわしながら木々のあいだを抜けて消えるのを見つめた。

「彼が申し出たのはあのこと？」プリムローズの問いに、ルーは目を見開いてうなずいた。

「変わった人ね」とプリム。「すてきだけど変わってる」

「かなりできるタイプね」ルーが言った。「気に入ったわ」

　ケネルはフランス人らしく感情面に心を寄せた。「なんだかさみしそうだったな」ケネルにしては妙にまじめな口調で言い、すぐにごまかした。「そして人狼にしてはクラバットの結びかたがうまかった」

遠ざかるライオールの背中を見ながら三人は社交任務をすっかり忘れ、よりによってパーシーひとりにその重責を負わせたことを思い出した。

戻ってみると、赤毛の教授は瞠目すべきやりかたで持ちこたえていた。年ごろの若いレディ――なかには年ごろとは言えない者もいたが――に囲まれ、とうとうトウガラシの生育習性を論じるという方法で。パーシーはテーブルに並ぶ食べ物を例に、香辛料のきいた物を食べるとなぜ身体が熱くなり、動悸が速くなり、ときに人間――とりわけ感受性の強い若いレディ――の脳の磁場エネルギーが不規則になるかを説明していた。

この講義に、まさに感受性の強いレディたちが真剣に聞きいっていた。

パーティ料理に香辛料のたっぷりきいた現地料理を並べた大使夫人は、すっかりうろたえている。

パーシーが近づく三人に気づき、「じゃあ実演してみましょう――これを食べてみて」赤いカレーソースに浸した平パンの切れ端を差し出した。

いつだって新しもの好きのルーが受け取り、ぽんと口に入れた。

感受性の強い若いレディたちはこぞって息をのんだ。パーシーが輪のなかでトウガラシの危険性をしゃべりだす前に、みな同じものを一度ならず食べていたのは疑いようもない。レディたちはスパイス料理が引き起こす悲惨な反応を予測し、目を丸くして見つめた。

香りは気に入ったが、正直なところ辛すぎた。「ええ」ルーはゴッドウィット夫人の顔を立て、「とってもおいしいわ。でもちょっと辛いかしら。そこのミルクとソーダ水を少しいただけます？」

ゴッドウィット夫人はルーの満足そうな反応にほっとし、給仕に飲み物を注ぐよう合図した。

ルーに続いてプリムローズもカレーをひとくちためし、軽く咳きこみつつも優雅に飲みこんだ。「おいしいわ」

二人は失神しなかった。妙な発疹も出なければ、磁場の異常も起こらない。

パーシーは咳払いし、「きっとそこまで辛くないんだな」そう言って平パンをちぎって小指を立て、おそるおそる切れ端をカレーソースに浸し、端っこをほんのちょっとかじった。

とたんに恐るべき現象が起こった。

「あがっ――水――死ぬ！」

たちまち感受性の強いレディたちが近づき、飲み物や冷たいふきんや香水つきハンカチを差し出した。

パーシーは目をぎゅっとつぶって喉をつかみ、ゼーゼー咳きこんでいる。

「空気を送ってやらなきゃ」ケネルがばか笑いしながら言った。「ほら、息が詰まってるよ」

パーシーは涙目の片方を薄く開けてケネルをにらんだ。「燃える！」

ルーは場の雰囲気を察して心配顔の取り巻きをかき分け、世話焼き姉さんのようにパーシーをつかんだ。「さあ、いらっしゃい、パーシー。そろそろ帰る時間よ」

感じやすいレディたちは不満げなつぶやきを漏らし、残念そうにため息をついた。それはプリムも同じだった。キングエア団が立ち去ったいま、残りの時間を一度は置き去りにしたブロードワトル中尉とたわむれるつもりだったようだ。

ルーは暗号メッセージを解読したくてたまらなかった。せめてためしてみるだけでも。それに、ミス・セクメトが言っていた情報員はあたしにもプリムにも近づく気配がない。ルーは唾を飛ばすパーシーをささえながらいとまの挨拶をした。

歩いて船に戻る途中、パーシーは派手に咳きこみつづけた。

「ねえプリム、あなたに話しかけようとした人はいなかった？　あたしと間違えて。何か紅茶がらみのことで」

「一人の士官に明日、付き添いなしで紅茶を飲みに来ないかと誘われたわ。断わったわよ、もちろん。あなたがわたしの評判を気にするよりはるかにわたしはあなたの評判を気づかってるんだから」

「それについては謝るわ。でも、しかたなかったの」

「あなたのいいわけはいつだってそれね」

「ダマの情報員とは接触できたけど、ミス・セクメトの紅茶交渉人はどうなったのかしら。結局、現れなかったみたいね。わざわざ紫を着てきたのに」

「すぐれた紅茶交渉人が行きつく場所に行ったんじゃない？　つまり、カップの底」

「それじゃなんの慰めにもならないわ」

そこでパーシーの呟きこみが最高潮に達し、それ以上まともな会話は続けられなくなった。タンステル家の双子を知る人の多くは、両親の芝居好きを受け継いでいるのはプリムだけと思っているが、いざとなったらパーシーもかなりの役者であることをルーはよく知っている。

トウガラシがその役者魂に火をつけたようだ。

ケネルはこのときとばかり遠慮なくパーシーの背中を——跡が残らない程度に——叩きまくった。

「あなたの弟はどうかしてるわ。そこまで辛くはなかったのに」

「彼の名誉のために言うけど、喉が焼けそうだったわ。コニャックみたいに」

ルーはぎょっとして足を止めた。「コニャックを飲んだことあるの？」

プリムはこともなげに答えた。「女王ママは夜の一杯が好きなの」

「女男爵アイヴィ・タンステル吸血鬼女王がコニャック？」

プリムはにっこり笑った。「どうやら若いころマダム・ルフォーに味を教わったみたい」

会話にいきなり母親の名が出てきてもケネルは平然としていた。もしかしてマダム・ルフォーは若いレディをコニャックで堕落させるのが趣味なの？

ルーは目をぱちくりさせた。「それでお母様はあなたにも飲ませたの？」

「まさか。パーシーとわたしはときどきママの目を盗んで飲んでたの、だめだと言われてたから」

「パーシーがコニャック？」

「ちょっと二人とも」パーシーはぜいぜいあえぎながら、「真横を歩いてるんだけど」

ルーとプリムはパーシーを無視した。

「ええ、そう」プリムが澄まして言った。「パーシーくんはかなりたしなむほうよ」

「あきれた」二十年来の友人でもまだ知らないことがあるものだ。「料理人にコニャックを貯蔵しておくように言っておいたほうがよさそうね」

プリムローズが弟をしげしげと見つめると、パーシーが涙目でにらみ返した。「やめたほうがいいわ。パーシーはおぼれるたちだから」

「だから、聞こえてるんだけど」とパーシー。

ルーとプリムは無視しつづけた。

「パーシーが酔っぱらうの？」とルー。

「そう、いまみたいに」

パーシーは背筋を伸ばし、精いっぱいの威厳をかき集めた。「酔ってなんかいない。トウガラシが苦手なだけだ」

「パーシーが酔ったところを見てみたいわ」ルーは本心から思った。

ケネルが憐れむようにパーシーを見た。「きみの前では、いつもこんなふうなの、あの二人？」

パーシーはむっつり答えた。「生まれてからずっと」

「きみがひねくれてるわけがわかったよ」

パーシーはふんと鼻を鳴らした。「そりゃどうも」

「よくコニャックをがぶ飲みせずにいられるもんだ」ケネルはにやにや笑っている。

パーシーはため息をついた。「ねえ、一晩に哀れなパーシーくんをからかって遊ぶのはこれくらいで充分じゃないか」

「こればかりはいくらやっても飽きないの」双子の姉が答えた。

いつのまにか潮が満ちて〈斑点カスタード〉号は遊歩道に近づいており、帰りは来たときより歩く距離が短くてすんだ。暑さもずいぶん収まり、これならなんとか耐えられそうだ。ルーは楽しんでいた。ダマの手先と接触し、暗号を受け取り、両親の過去のスキャンダルが少しばかり明らかになり、ずっと会えなかった親戚にも会えた。しかも誘拐事件まで起こってるなんて。インドはなかなかおもしろい場所のようだ。

ところが飛行船では大変なことが起こっていた。乗船用タラップは引き上げられ、メインデッキには恐ろしい顔をした煤っ子と甲板員とフィンカーリントン機関主任がずらりと並び、全員が投石器や放擲物で武装している。そして下の浜辺には一人の男がなにげないふうをよそおって立っていた。

「気をつけて、レディ船長」声が聞こえるほどルーたちが近づくのを待ってスプーが叫んだ。

「招かれざる吸血鬼がいます」

9 ラクシャサ

吸血鬼が振り向いた。〝見た目がインドふうなだけでほかの吸血鬼とさほど変わらないはず〟というルーの予測は、ほぼ当たっていた。ほぼ。でもそれはソラマメとインゲンを同じマメ科だから似ていると言うようなものだ。豊かな黒髪。まっすぐな鼻。高い頬骨。焦げ茶色で不死者特有のなめらかな肌。ただ、顔のひげは疑問だ。ふさふさの立派な口ひげの先が頬を囲むようにくるりと上向き、耳上の髪につながっている。どう見てもほめられたスタイルではないが、これは本人のせいではない。変異した当時はこれが最新流行だったのだ。これぞ吸血鬼の悲しき宿命だ――あれほど流行を気にする種族が、ことあるごとに〝時代遅れ〟とそしられるのだから。

〈斑点カスタード〉号のクルーの何人かはアケルダマ卿の呼びかけに応じて集まった。吸血鬼の来訪には寛容なはずなのに、この吸血鬼には敵意を剝き出している。あまりにもマメの種類が違いすぎるからだ。

それはルーがこれまでに出会ったなかでもとびきり見目の悪い生き物だった。牙は英国吸血鬼のそれより大きく、前方に寄っているせいで唇の下に上品に収まりきれずに突き出し、唇も形こそ悪くないが、赤く湿って両端が曲がり、目は頭蓋骨の奥にくぼみ、隈《くま》が濃いせいで皮膚そのものが黒ずんで見える。恐ろしげに尖った長い爪には油でもついているのか月光を受けてぎらぎら光り、全身から屍肉のにおいがした。

人狼に言わせれば、どんな吸血鬼も腐肉のにおいがする。いまは狼の姿ではないが、お粗末な人間の鼻にもそのにおいは強烈で、ルーは鼻にしわを寄せた。英国の吸血鬼は自分たちが何者で、何を主食にしているかをあからさまにしない。たとえばダマはいつもレモン・ポマードのにおいがする。口ひげもない。だが、目の前の吸血鬼はどこから見ても血を吸う者《ブラッドサッカー》で、それを隠す気もなさそうだ。ここまで露骨だと、気まずいどころか嫌悪感をかきたてる。クルーたちの反応ももっともだ。

吸血鬼がなめらかに動いた。目には敵意が満ち満ち、いまにも飛びかかって嚙みつきそうだ。自己紹介はおろか、挨拶ひとつなく。

ルーは一歩、前に出て手袋をはずした。この生き物に触れると考えただけでぞっとする。おふざけでもこんなものになりたくはない。でもいざというときのために準備は必要だ。

ケネルがルーの左側に立ち、上着を脱いでシャツの袖をまくり、手首の投げ矢発射器をかまえた。いまごろパーシーは肌身離さず身につけている長くて鋭い木製のクラバットピンを抜き取り、プリムは小物バッグから小さなクロスボウを取り出して木の矢をつがえているはずだ。四人はみな、親からわが身を守るすべを教えこまれて育った。そして親たちは——異界族であってもなくても——吸血鬼に対して取るべき防御の型を知っていた。

吸血鬼はさらに唇をめくりあげ、ネズミのようにシューッと威嚇した。

「失礼じゃない？」とルー。ただでさえこんなに醜いのに、さらに威嚇するなんて。

吸血鬼が身を躍らせると同時にルーは剝き出しの両手を突き出した。異界族に対するルーの最強の武器は超異界族であることだ。不死者の多くは——たとえほんの一瞬でも——死すべき者に戻ると考えるだけで怖じ気づく。反異界族であるルーの母親が異界族からあまねく嫌われる理由だ。それが、不死者でなくなるだけでなく、他人にその状態を乗っ取られるとなればなおさら悪い。魂なき者《ソウルレス》はただの敵だが、魂盗人《ソウル・スティーラー》は異界族を辱め、冒瀆する存在だ。だからあたしは嫌われるだけでなく、非難される。

両手を上げて防御の姿勢を取ったのはまったくの本能だった。そしてこの本能によって敵はルーが何者かを知った。

吸血鬼はルーだけに意識を振り向け、あやしげな英語で言った。「ソウル・スティーラー。国へ帰れ。ラクシャサは受け入れない」

ルーはミス・セクメトとの最初の出会いを思い出した。ひょっとしてガーデンパーティで会うはずだったのはこの吸血鬼？「残念だけど、その言葉はもう聞き飽きたわ」

「おまえはインドに招かれていない」

ルーはいらだたしげに歯のあいだから息を吸いこんだ。「あたしは招かれる必要はないの。吸血鬼じゃないんだから」

「自分の小島へ帰れ。さもないと女王との協定違反と見なす」

「あの協定に超異界族のことは書かれていない」パーシーが口をはさんだ。

さすがはパーシー、到着する前にちゃんと読みこんでいた。

「でも、この女はソウルレスの同類だ。〈議長《マージャ》〉のような。〈議長〉は入国禁止だ」

「言わせてもらえば、あたしは世の娘と同様、母親とくらべられるのが大嫌いなの」ルーがぐいと前に出ると、吸血鬼はよろよろとあとずさった。ふん、口ほどにもない。「もう少し近づいたらどう、ブラッドサッカー。あたしが母とどんなに違うか教えてあげる」

「帰れ、ソウル・スティーラー」吸血鬼は繰り返すだけだ。

パーシーが強気に出た。「はっきり言って協定違反はそっちじゃないのか。地元吸血鬼は国王から税徴収人に任じられている、だろう？ ついさっき、集めた税金がなくなったと聞いた」

またしても吸血鬼はシューッと息を吐いた。「すぐに盗人を見つけ、税金を取り戻す」

「わかった」ルーは澄まして言った。「じゃあ、あなたたちが税金を取り戻したらあたしは自国に戻る。公正な取引じゃないこと？」

吸血鬼は母語でなにやらうなると、スケート靴でもはいているかのように遊歩道をすべり去った。今日の午後、セクメトが着ていたような服だが、もっと濃い色だ。吸血鬼は異界族特有の速さでのたうつように夜の闇に消えた。

「なんておぞましい」プリムは小型クロスボウをバッグにしまった。「女王ママの吸血鬼とは似ても似つかないわ」

「文書と法にもとづく脅しにうろたえるところは同じだけど。助かったわ、パーシー」パーシーがインドの官僚組織に詳しくてよかった。

「ラクシャサは英国の吸血鬼とはまったく種類が違う」パーシーが学者くさい口調で解説した。「犬で言うならプードルとダックスフントくらいにね。インドでは忌み嫌われてる。税徴収人という地位は、彼らをより進歩的に世間にとけこませるための政策のひとつだ」

「なるほど。社会に受け入れさせるのに税徴収人に任じるより確実な方法はないわ」

「それが政治というものよ」とプリム。悟ったような口調だ。

ケネルはいつものいがみ合いも忘れ、パーシーの話に興味を示した。「ミスター・ダーウィンの説か？　吸血鬼も、ほかの生物と同じように世界のそれぞれの場所でそれぞれの進化を遂げたってこと？」

パーシーは待ってましたとばかりに話しはじめた。「それもひとつの説だね。つまるところ彼らは究極の捕食者だ。この地域の吸血鬼は人間を餌にするために大きな牙と目のまわりの隈が必要だったのかもしれない。真実は誰にもわからない」

「なんて魅力的」とプリム。

「ラクシャサは血を吸うだけでなく、生の人肉を食べるという報告もある」

「月の狂気にかられた人狼みたいに？」とルー。

プリムの嫌そうな顔を見てパーシーが続けた。「ほかにも、ラクシャサは死者を冒瀆し、屍肉を食べるという話があるけど、これはたぶん、英国民が進歩的になって真実を知る前の

〝吸血鬼怪物伝説〟のようなものだね」

ルーはラクシャサのにおいを思い出して首をかしげた。「それはどうかしら」

「いずれにしても、ルー、あなたが歓迎されていないのは確かよ」

「そのようね。しばらく居座ってみる？」

ルーとプリムがいたずらっぽく笑い合うのを見てケネルは目をまわした。「これだから異界族に慣れすぎた若くてきれいなレディは！　きみたちは鷹ににらまれた鳩も同然だ」

「またそんなたわごとを」とルー。「あたしはきれいじゃないわ」

「冗談はやめて」プリムもケネルに異議を唱えた。「鳩に天敵はいない――ルー以外」

「できればフットノートも加えたいけど。はっきり言って鳩にだけはたとえられたくないわ。憎らしくて、薄汚くて、ずんぐりむっくりの生き物になんか。あたしが憎らしくて、薄汚くて、ずんぐりむっくりとでも言いたいの？」

ケネルは笑みを浮かべた。「とんでもない。おいしそうで、ふわふわで、しじゅうわめいてるって言っただけさ。いっそぼくのかわいい小鳩《マ・ペティ・ピジョン》ちゃんとでも呼ぼうか」

ルーは答える気にもならず、船上のクルーに呼びかけた。一団は武器をかまえたまま、一連のやりとりを興味津々で見ていた。「乗船してもいい？」

「どうぞ」アギー・フィンカーリントンが自分の船とでもいうように答えた。赤毛の機関主任はクロスボウを肩にかついでいた。プリムのより大きく、威力がありそうだ。アギーがあんなものを持ってるなんて。たしかに腕がよさそうだ。これといった根拠はないが、なんとなくクロスボウが得意な、粗野なタイプに見える。アギーはそそくさと下デッキに消えた。上品な会話に加わったり、やさしく話しかけられたり、とにかくそういったむかつくことを避けたかったのだろう。煤っ子たちがあとに続いた。ラクシャサにうまく対処したことをほめようと思ったが、まにあわなかった。

「タラップを下ろしてくれる？」ルーはていねいに甲板員に呼びかけた。

「了解、レディ船長」スプーの声が答えた。

甲板員たちが声高にしゃべり、うめきながら力を合わせると、タラップが大量の蒸気を吐いて下りてきた。

四人はタラップをのぼって乗船した。ルーは、タラップが引き上げられてカチリと固定され、船体ができるだけ高い場所――最強の人狼が飛び上がっても届かない高さ――で索止めしてあるのを確かめた。プリムローズは優しい言葉と小型シュークリーム《プロフィットロール》で動揺する若い船員たちをなだめ、パーシーは居心地悪そうに背を丸め、ケネルは船の状態をすばやくチェックした。

ルーはくたくただった。とんでもなく長い夜だ。ケネル、プリム、パーシーも疲れていたが、ベッドに向かう前にルーは三人を呼びとめ、特別室で会議を開いた。

「プリム、メモを取ってくれる？ あといくつか余分にクロスボウと矢――銀製と木製の両方――があったほうがよさそうね。それから、甲板手と甲板員向けの防御訓練プログラムも必要だと思わない？」

プリムローズがうなずいた。

「なんとすばらしい。こんな事態がこれからもあるってこと？」とケネル。

「あたしは代々、厄介ごとを引き寄せてきた家系の出よ。備えあれば憂いなし、じゃない？」

「ロンドンに戻ったらいっそ民兵でも雇うか」

ケネルは冗談のつもりだったが、ルーは真剣に考えた。「プリム、これも書きとめておいて。人狼父《ポウ》さんにきいてみるわ。心当たりがあるかもしれない。さあ、ベッドに向かう前に緊急会議を開いた肝心の案件よ」ルーはドレスの胸もとを探った。

ケネルは目をそらしたが、パーシーは兄弟のように無表情で言った。

「勘弁してくれよ、ルー。今夜はもうきみの魅力はたっぷり堪能した」

ルーはお黙りと言いたげな視線を向け、ブロードワトル中尉から渡された紙切れを取り出した。「結論から言うと、あの善良なる中尉は紅茶にからむダマの情報員だったわ。あたしたちがボンベイにいる理由を忘れた？　これを渡されたの」

三人は紙切れを順繰りにまわし、最後にパーシーのところで止まった。

「暗号のようだ」

「そう。さすがね、パーシー。さあ、今回の作戦のボスはあなたよ。なんて書いてある？」

パーシーは立ち上がってそばの棚から巻紙と尖筆を取り、メモを取りながら計算を始めた。

そのあいだルーはこれまでわかったことを説明した。ブロードワトル中尉がダマの予備情報員で、正式な情報員は近ごろ誘拐された准将の妻、ミセス・ファンショーだった……ほかにも例の紅茶をねらっている一団がいて、その一人がミス・セクメトで、ラクシャサの一味かもしれない……パーティで接触するはずだった人物は現れなかった……。

ようやくパーシーが紙切れから顔を上げた。「これは基本的な暗号でもなければ、アルゴリズムにのっとったものでもない。もしかしたらぼくにも解読できないタイプの……。つまり……数字はどのアルファベットにも変換できない。アルファベットの変形でもなければ、ぼくが知っているどんな外国語でもない。どうやら何かの本に対応しているようだ。ここを見て。最初の数字はどれも一から二百くらいまで。次の数字は一から三十で、三番目の数字は一から十まで。これから考えると、最初がページ数で、次が行数、最後の数字は何番目の単語かを示すようだ。つまり、三つの数字は本のなかのある単語を指していて、それを並べると意味のある文章になる。ただし、なんの本かがわからなければ意味がない」

ルーとプリムは目を見交わした。

「心当たりがあるわ。プリム、お願い」

プリムは小走りでパーシーの図書室に向かい、すぐにハニーサックル・イシングラス著の『瑠璃色の海の砂と影――わが異国の冒険』をしっかり抱えて戻ってきた。

ケネルが本を取って数行を読み、唾を飛ばさんばかりに笑いだした。

うろたえたのはパーシーだ。「いったい誰がそんな本を暗号表に使うっていうんだ？　どういうつもりだ、プリム？　この本には二度と触れないと誓ったはずじゃ――」

「わたしの本じゃないわ。ルーのよ」

「ルー、よくもこんな真似を」パーシーは心底、裏切られた表情だ。

ルーは片手を上げて制した。「家族の秘密に触れられて怒る気持ちはわかるけど、あたしはこれをマルタ塔でダマの情報員から渡されたの。なぜ、なんのためかもわからなかったし、タンステル家と関係があることも知らなかった。いま初めてダマの伝言を読み解くための暗号表だってわかったの」

「アケルダマ卿のやりそうなことだ、一族の恥を利用するなんて」パーシーがぼやいた。

「さあ、やってみて」ルーは手を振ってうながした。「うまくいくかどうか」

パーシーはすばやくページをめくって単語を書きつけ、巻紙に文章をつづりはじめた。

ケネルがけげんそうに、「なんで一族の恥なの？」

「それほどのものじゃないわ。あの本を書いたのがアイヴィおばだってだけ」

ケネルが笑いだした。「ウィンブルドン吸血群の女王が本？　驚いた。母さん《ママン》が聞いたらなんと言うか」

「やめて」ルーがたしなめた。「これは家族の秘密よ。いまあなたは倫理の崩壊を避けるべく、これを墓場まで持ってゆくと誓ったの。暗号解読表であることは言うまでもなく」

ケネルはいぶかしげに片眉を吊り上げた。「ぼくが、かわいい人《モン・ペティ・シュ》？　誓った覚えはないけど」

ルーはにらむように目を細めた。

パーシーが尖筆を置いた。「よし、できた。伝言は完璧に意味が通る。この本が暗号解読表なのは間違いない。まったく嘆かわしいけど、人生なんてそんなものだ」

「ママの恥が詰まっていても？」

「それで、なんて書いてあった？」ルーは早く知りたくて椅子の上で身をよじった。これって本物のスパイみたい。

パーシーはルーに紙を渡しながら説明した。「要するに任務変更の連絡だ。アケルダマ卿はぼくらの移動中に情報員が誘拐されたことを知ったらしい」

ルーは紙をしげしげと見つめ、伝言の先を読んだ。「あたしにファンショー夫人を捜してほしいって。ダマは紅茶の件で夫人が裏切り、そのせいでさらわれたと思ってる。紅茶が危機にさらされてるらしいわ」

パーシーは腕を組んでルーをにらんだ。「それだけじゃないだろ」

ルーはパーシーに舌を突き出した。新たな指示の後半は知られたくなかった。ケネルはからかい、プリムローズは心配するに決まってる。

渋るルーの代わりにパーシーが言った。「ルーはサンドーナー特免状をあたえられた」

「これはまたなんと」からかうどころかケネルは真顔になり、憮然とした表情を浮かべた。

「このあたしが異界族を殺す免許をもらったわけ」ルーは陽気に言った。目の奥がきゅんとなったが、プリムの手前わざと明るく振る舞った。プリムはいまにも泣きそうだ。「すごいでしょ」

「アケルダマ卿はラクシャサを恐れたんだと思う。彼らを信用していないんだ。税金を盗んだのもやつらだと思ってる」とパーシー。

ルーは首を振った。「きっとポウが大騒ぎしたのよ。誘拐の話を聞いて、最悪の状況を想像して、それで〈陰の議会〉に迫ってあたしに異界族を殺す許可をあたえさせたんだと思う。それともあたしがうっかり異界族を殺したときのことを考えて、母さんが書類仕事を減らそうとしたか」

「いつのまにぼくたち《ウィ》の任務は紅茶から殺しになったんだ？」とケネル。

「ときにそのふたつは紙一重よ」プリムが重々しく言った。

「あたしたち《ウィ》じゃない！　これはあたしの仕事よ。あたしにあたえられた任務なの。ダマはインドにいる情報員を誰も信用していない」

「バカ言わないで」プリムがきっぱりと言った。「わたしたち《ウィ》の問題に決まってるじゃない。さあ、知恵を出し合いましょ？　誘拐事件についてパーティで何を仕入れた？」

四人が部屋に引き上げたころは夜もかなりふけていた。

ルーは船長室の部屋を開けようとして、特別室からケネルがついてきていたのに気づき、驚いた。どうかプリムとパーシーに見られていませんように。

「まさかサンドーナー役を本気で引き受けるつもりじゃないだろ、いとしの君《シェリ》？」

ルーはケネルのスミレ色の目を見つめ、黄褐色の目をきらめかせた。「崇高な任務よ」

「きみはなんに関してもこんなに冗談半分なの？」

「あなたに言われたくないわ」そのとき初めてルーはケネルがまじめなのに気づいた——少なくともそう見せようとしている。ケネルはまじめになるのが下手だ。どう見ても似合わない。いつもの陽気な顔をしかめ、目は真剣だ。

「死にかかわると人は変わる。見たくないんだ、きみがひどく変わって……」言葉がとぎれた。

何を言おうとしたの？　「あなたは死がどういうものか知ってるの？」ルーはなにげなくたずねた。

「生まれてからずっとそばにあった。小さいころ、大おばさんに育てられたのは知ってるだろ？」

「そうなの？」ルーは話をうながした。ケネルの幼いころのことはほとんど知らない。初めて会ったとき、すでにケネルは大学に行っていた。

「ゴーストだった」

「まあ。じゃあ、騒霊《ポルターガイスト》になるのを見たの？」

「見た」

「でも自分の手で誰かを殺したことはないでしょ？」

いつものチャーミングな笑みが戻った。「ぼくが知るかぎりはね。意識しているかどうかの問題だ、たぶん」

ルーは確実に守れそうなことだけ約束した。「できるかぎり使わないつもりだけど、誘拐された夫人を追うあいだにラクシャサが危害を加えようとしたら……」

「やるの？」

まじめに答えようとしたが、ルーもまじめは苦手だ。ケネルより似合わないかもしれない。

「いざとなれば少なくとも一人は殺せると思うわ。さっきのラクシャサはとんでもなく無礼だった」

「それでも彼らは吸血鬼で、きみは吸血鬼に育てられた。ふつうの人より苦しむと思う」なおも深刻な口調だ。

もうやめて。こんな会話はしたくない。「だから〈陰の議会〉はあたしにサンドーナーの地位をあたえたのよ。あたしが死をどう受けとめるべきか、倫理的にも肉体的にも悩むだろうと思って」

「よくも娘にこんな重い任務を負わせられるものだ」

ルーは身をこわばらせた。母さんとはいつもうまくいっているわけじゃないけど、悪く言われたくはない。「母は女王と国家に対する自分の責務をわかってるわ。あたしが行使に耐えられないと思えば、サンドーナーの地位を認めるはずがない」ルー自身もそう思いたかった。母さんはあたしを大人としてあつかっている、と。

「本当に？　母上もサンドーナーだったの？」

「母はたんなる公式の除霊士よ。でもポウは〈異界管理局〉の長になって以来ずっとサンドーナーの地位を保ってる」

「それで父上はその任務がもたらす影響にどう対処してる?」

ルーは考えた。正直なところ真剣に考えるのは初めてだ。大好きなポウが、いざとなれば吸血鬼と人狼を追い詰めて殺せる権利を持つ、英国のなかでも数少ない人物であるのは前から知っていた。でも、それを本人がどう感じているのか、その結果まわりの異界族たちからどんな目で見られているのかを考えたことはなかった。さぞ孤独に違いない。その気持ちならあたしにもわかる。三人の親はあたしを育てるにあたって、できるだけ甘やかすまいとしたが、あたしは世界でも類を見ない存在だ。超異界族については古い記録もない。あるのは噂と言い伝えだけ。それは不思議な孤独感をともなった。絶滅種の最後の一人になったようなな。そのうえ異界族まで殺したら、あたしはますます仲間はずれになる?

しばらくしてルーは答えた。「ポウはポウよ。たいていのことには動じない。そうでなくて、どうして母との結婚をここまで続けられると思う?」

ケネルは両手でルーの顔を包みこんだ。「サンドーナーを引き受けちゃいけない、シェリ。拒否してもいいんだ」

ルーはケネルの手を振り払うように首を振った。「三人の親はみな誠心誠意、陛下に仕えてる。その〈陰の議会〉が信任してくれたのならあたしは引き受ける。生まれ持った奇妙な権利だけど、誰のものでもないあたしのものよ。それに、どうしてあなたが気にするの?」

ケネルは手を下ろした。「まったくきみにはいらいらさせられるな。誰かに言われたことない?」

に」

「しょっちゅうよ。それがあたしの魅力のひとつだもの」

ケネルはたちまちフランスふうの態度に戻り、いつものように瞳を輝かせた。「わかった、モン・ペティ・シュ、キスしよう——きみが状況にのまれてどうしようもなく堕落する前に」

「甘ったるいセリフだこと。あたしを堕落させるのはあなたじゃないの」ルーは新しい手袋を吟味するかのように首を傾けたが、内心ぞくぞくしていた。こんなことをするべきじゃないけど、好きな人から本物のキスをされたことは一度もない。そして想像するにケネルはかなりキスがうまそうだ。

ルーは目を閉じた。「いいわ、じゃあうまくやって」

思ったとおりケネルはうまかった。あまたのかわいいレディとつきあってきただけのことはある。くらべるほどの経験はないが、ルーは心からキスを楽しんだ。ケネルの唇は温かく、迷いがなかった。かといってこわばってもいない。途中、頬に当たる頬にしわが寄り、笑っているのがわかった。ケネルくらいのものだ——キスのさなかに笑うなんて。

抱きしめる腕は優しいが、安心して身をあずけられるほどには強く、かといって息苦しくもなく、腰にまわした手は温かくて力強い。ケネルはじっくりと唇で唇を探り、やがてまわした両手をルーの身体にはわせはじめた。なんて大胆な——ルーはわくわくした。

ルーはなんであれその道の専門家を信奉する。達人を見つけ、その能力にまかせるのがつねに正しい。革靴であろうと刺繍であろうとオペラであろうと。こと誘惑に関して、ケネルは達人の名をはせている。だからルーは達人技に身をゆだねた。ケネルが女たらしと言われるゆえんだが、魅力的な女たらしだ。

　ルーはおずおずとケネルの動きを真似た。下手だと思われたくはない。上品ぶってると思われるのはもっと嫌だ。ルーは十歳のとき、プリムローズに驚きまじりに言われた言葉を信条にしていた――〝ルーは悪ふざけには決して手を抜かない〟。

　気づくとルーはケネルと唇で主導権争いをしていた。こんなやりかたでいいの？　でも、両手を背中にはわせ、背骨に並んだくぼみを探り――大胆にも――お尻のほうにまで指先を伸ばすのは快感だ。

　そこでケネルが顔を離し、ルーはがっかりした。

「これくらいで充分だ」ケネルの声は少しかすれ、いつもよりなまりが強い。

「もう？　ようやくコツをつかんだと思ったのに。やりかたがまずかった？　あまり経験がなくて」

「とんでもない、シェリ、かなりうまかった」

「そう？」

「こんな才能があったとはね」ケネルはスミレ色の目をきらめかせた。

　ルーは有頂天になった。「よかった。何かにうまくなるのはいつだってうれしいわ」

「でも、相手かまわず練習しちゃだめだ」またしてもケネルは真顔になったが、たわむれ混じりだったのでほっとした。二人はいつもの《ファミリア》関係に戻った。それともキスを交わしたばかりの親密な関係《ファミリア》？

ケネルの忠告に、ルーは練習の相手がいるかのようにわざと考えるふりをした。「いいわ、どうしてもと言うのなら」

ケネルはえくぼを見せた。「どうしてもだ」

「あなたのことは練習台というか、個人教師みたいなものと思っていい？」ルーは大胆な提案をした。「だってあなたは何歳も年上だし、経験も豊富だから」

ケネルはショックを受けたようだ。

ほら、見て。あの女たらしをたじろがせてやったわ！

「ちょっと考えさせてくれる？」ケネルは声を震わせた。

ケネルが申し出に飛びつかなかったことにルーは傷つき、つんと鼻をそらした。「もし、あたしの評判を守れそうにないというのなら……」

ケネルはいぶかしげに眉を上げた。「その提案については教師がどこまで教えるかをはっきりさせておいたほうがいいんじゃない？」

ルーは顔をしかめた。「それはつまり、求婚とか、恋愛に関するあれこれよ。そうしたことを個人的に、より安全に、科学実験的に学びたいの」

ケネルはヒーと妙な声を上げた。「安全に？　それって侮辱？」

ルーは笑い声を上げた。「まさか。あなたに保つべき評判があるのはあたしも知ってるわ」

「評判？」

ルーは無邪気に答えた。「本気にはならず、リスクは小さく、いつだって慎重派」

「うわ、モン・ペティ・シュ。ひどいな」

「言っておくけど、モン・ペティ・シュだってたまには傷つくのよ。だからこれを二人だけのゲームにしない？」ルーはもういちどキスをねだるように唇を突き出そうとして思いなおした。これじゃまるで魚みたいだ。違う？　それがわからないから教えてほしいのに！

偶然にもケネルは魚を飲みこんだような顔をした。恋愛の達人技もルーのあけすけさには通用しなかった。「そろそろ一人さみしく引き上げたほうがよさそうだ。おやすみ、シェリ」

「おやすみなさい、ケネル」ルーはケネルを退散させた自分にわれながら驚いた。

ケネルはちょっと妙な歩きかたで通路を曲がり、自室に消えた。

疲れて夜も遅いのにルーは眠れず、部屋の暗闇を見つめ、さっきのできごとをなんども思い返した。機関長とこんな関係になるべきではなかった。でも、こうする以外に恋愛に役立つ法をどうやって学べばいいの？　ケネルは顔を見るとあたしを口説くけど、おそらく本気だったことは一度もない。ケネルが結婚したがっているとも思えない、でしょ？　男をだまして結婚に持ちこむなんて、考えただけでぞっとする。でも、それ以外にケネルが拒む理由があるとすれば、もっと悪い。あたしがただのたわむれ相手で、まったく魅力がないってこと？　すべて見せかけだったの？　あたしがお高くとまりすぎた？　たしかにこれまでケネルと関係してきた大勢のレディの一人と思われたくはない。かといっていますぐルフォー夫人になりたいわけでもない。いい解決法だと思ったのに。どうしてあんなにそっけない反応なの？　あたしが自分の気持ちをはっきりさせなかったから？

生まれて初めてプルーデンス・アレッサンドラ・マコン・アケルダマは母親に相談したいと思った。でも、その母とは何千マイルも離れているし、どうせたいした助言は期待できない。母さんのことだから、ケネルの頭をパラソルでなぐれくらいしか言わないだろう。竹馬《ちくば》の友もあてにはならない。プリムローズは上品すぎるし、パーシーは無関心すぎる。

頼れるのは自分だけだ。


翌朝早く、ブロードワトル中尉が手配した案内人が陸地で待っているというスプーの声で起こされた。案内人は女性だった。白いローブをまとった、やけに長身で美しい、嫌というほど見覚えのある女。

ルーには現地の男性服と女性服の違いがわかってきた。これは男用のローブだ。ミス・セクメトは男に見られたいの？　長身で細身だから、顔を隠せば男で通るかもしれない。身のこなしはしなやかでなまめかしいが、女らしさとはちょっと違う。

ルーは襟が高くて袖がふくらんだ、クリーム色のプリーツ入りのシャツブラウスにピンクの格子柄の自分の外出ドレスを見下ろした。あのローブのほうが涼しそうだ。あたしがゆったりしたチュニックとズボンをはいたらなんと言われるだろう？　でも昨夜、メカマニアのフランス人とたわむれて破滅への一歩を踏み出したいま、恐れるものは何もない。どうしてためらうことがある？　いまは服装革命の時代よ！

ルーの革命的決意を知らないケネルとプリムローズが近づき、三人はタラップをおりた。

ケネルはミス・セクメトの美しさに言葉を失った。名うての女たらしにはめったにないことだ。

ミス・セクメトは機関長ケネルにはほとんど興味を示さなかったが、プリムローズには愛想よく応じた。

「あなたが案内人？」プリムがいつになく動揺した声でつぶやいた。

議論を巻き起こすのが好きなルーが説明した。「こちらのミス・セクメトが例の反対派の代表者よ。それはそうと、昨夜現れるはずだった交渉人はどうなったの？　紫色を着て待っていたのに」

セクメトは唇をゆがめた。「予定の案内人の代わりにわたしがここにいる理由がそれよ」ひどく疲れているようだ。「彼はラクシャサにつかまった。昨夜はうまく追い払ってくれて助かったわ」

「あまり感じのいい人たちではなさそうね」

「警告したはずよ。インドで動いているのはわたしたちだけではない」

「もちろんわかってる。でも、あれほど異界族ふうとは思わなかった」

ミス・セクメトはけげんそうに見返した。

「どうしてあなたは交渉できないの？」

またもやセクメトはいぶかしげな視線を向けた。「わたしがそんなタイプに見える？　しかもわたしは女。彼らの代弁者にはなれない」

「インドの慣習？　まあいいわ。あなたなら充分に交渉能力がありそうだけど」

「それにいまは太陽が出ている。だからまたしても待たなければならない」

「じゃあ、あなたの目的は何？」

「わたしの？　バランスかしら」達観したような口ぶりだ。「そしてあなたを守ること。あなたはわたしたちの奇跡だから」

ルーははっとした。「ポウがあなたを送りこんだの？」

「ポウとやらのことは知らない。でも、レディ・アケルダマ、あなたのような存在はこの世に二人といない」

「希少生物の収集家みたいな口ぶりね」プリムローズがやんわりと口をはさんだ。超異界族である事実だけが注目され、ルーが人間あつかいされないと、プリムはいつもこうやって友人をかばう。

ミス・セクメトはぎこちなく小さなお辞儀をした。「ごめんなさい。侮辱する気はなかった。あなたが自由を求める気持ちはわかるわ、誰よりも」どこか誓いのようにも聞こえる。

「でも、あなたの特異性は貴重よ。とはいえ、今回のわたしの役目はただの連絡係で、いまは案内役。さあ、この驚くべき街を案内しましょう」

ルーはなぜかこの飾り気のない美女を信用した。

だが用心深いプリムローズはルーの麦わら帽子を直すふりをしながらささやいた。「言葉にならないほどきれいだけど、何か裏がありそうね」

ルーはくすっと笑った。「鋭い指摘ね」プリムが人に会って動揺するなんて前代未聞だ。「やめて！」プリムは顔を赤らめた。「もう少し人格を見きわめる時間をちょうだい。そのあとでちゃんと話すわ」

ルーは笑みをこらえた。「ねえ、ケネルを助けに行ったほうがよさそうよ。口説こうとしてるけど、まったく相手にされていない」

ルーはますますセクメトが気に入った。プリムをどぎまぎさせたうえに、ケネルまでが真っ赤になって言葉に詰まっている。ケネルの魅力も、女神のようなセクメトにはなんの威力もないようだ。ミス・セクメトは害虫でも見るようにそっけなくケネルを見やり、顔を隠すように白い布を頭に巻いた。

「わたしだとわからないに越したことはないし、現地人には男と思われたほうが楽だから」

プリムローズの探るような視線にセクメトが答えた。

「あら」プリムが驚いたようにたずねた。「つまりあなたは現地人ではないの？」

「もっと西のほう」セクメトは答えた。変なの——ボンベイの西には海しかないのに。

プリムは追及したそうだったが、案内人は三人がついてくるのを見越したように男っぽい足取りですたすたと歩きはじめた。ケネルがルーとプリムに腕を出し、三人は急ぎ足であとを追った。遊歩道の半分あたりまで来たとき、後ろから呼ぶ声がした。

振り向くとパーシーが息を切らして追ってきた。

紹介がすむと、プリムは黄色のパラソルをまわし、いぶかしげに双子の弟を見つめた。

「ねえ、パーシー、これから人だらけの街に行くのよ——本だらけの場所じゃなくて」

パーシーはつんと上を向いた。「それでも何か読み物は買えるはずだ。そうでなきゃまともな街とは言えない。それに、船にひとり残ってどうしてトウガラシの繁殖習性が学べる？」

「なんて心が広いのかしら。あなたがいなければとても正しい本は選べないわ」ルーはパーシーをおだててからパラソルをかざし、小走りで案内人のあとを追った。セクメトは早くボンベイの雑踏にまぎれたいようだ。

「そのとおり」パーシーは駆け足で追いつき、紳士のたしなみとしておずおずとルーに腕を出した。

ルーはパーシーの腕を取り、プリムがケネルの腕を取った。顔には出さなかったが、ルーはちょっとくやしかった。ケネルとたわむれるのを期待していたのに。でも今朝のケネルはいつもよりおとなしい。昨夜のキスを後悔してるの？ ルーは不安になった。それともミス・セクメトの美しさに驚いてるだけ？ まあ、無理もないけど。

ミス・セクメトは迷わず一台の無蓋蒸気車に一行を案内し、最寄りの市場まで少し距離があるから調達したと説明した。車に乗りこむプリムが「こんなことなら散歩ドレスじゃなくて馬車ドレスにすればよかったわ」と悔やんだ。運転手がエンジンを始動させ、火夫が無煙炭をくべると、蒸気車は走りだした。

官公街と軍営地をあとにして北に向かい、市街地に近づくにつれ、想像よりはるかにインドらしい風景が広がりはじめた。ミス・セクメトは有能な案内人だった。このあたりがお気に入りらしく、あれこれと目立つ建物を指さした。ブラック・ベイ、エーテルグラフ管理局、スコットランド墓地……。車は右手に線路、頭上に象をかたどったケーブルカーを見ながらのんびり進んでゆく。

角を曲がってプリンセス通りに出ると、蒸気自動車は人波にはばまれ、やむなく停止した。ミス・セクメトは右手が〈布市場《ぬのいちば》〉と説明し、運転手に待つように命じて車から降りた。ルーは自分でもわかるほど目を大きく見開いた。プリムも呆気にとられてバラのつぼみのようなかわいい口を小さく開き、パーシーはすべてを頭にたたきこもうとするかのように目を見張っている。ケネルさえ呆然とした表情だ。さいわい、現地の習慣はじっと見つめても失礼ではなかった。人混みのなかでもルーたちはかなり目立ち、こっちが見つめるのと同じくらい周囲もじろじろと見返した。

〈布市場〉は色とりどりの布と大声でしゃべる人たちが渾然となっていた。大半は徒歩だが、車輪つきの大カゴを押す者もいれば、荷を積んだロバやラクダを引く者もいる。二輪車、一輪車、人力車、見たこともない奇妙な移動車がひしめくなかをときおり馬車が通り抜け、頭上ではケーブルカーが布地や木材、陶器や家具といったそのときどきに必要な品々を入れた桶をぶらさげ、轟音を立てて行ったり来たりしている。こうやって港から工場へ、軍から庁舎へえんえんと物資を運ぶのだろう。ロンドンと違って、ここのケーブルカーは陽気な象の外見のせいか、さほど目ざわりではない。ランタンと花の首輪が小粋にかしげた巨大な象の頭のまわりを飾っていた。

　プリムはすっかり魅せられ、ミス・セクメトに象の飾りについてたずねた。

「わたしが知るかぎり象はいつもあの形だけど、花やランタンの飾りはガネーシャを祝うためのものよ。信者たちはこの時季、象の神をたたえる。もうじき、それはそれは美しい祭りが開かれるわ」

「まあ、おもしろい」プリムは媚びを売るかのようにミス・セクメトに瞳をきらめかせ、はしゃいでパラソルの柄を両手で握りしめた。「インドでは、象は敬われる神なの？」

「そう。もっとも温和で慈悲深い神。苦しみや困難に突き当たったとき、人はガネーシャに祈る」

「それで、これがそのお祭り？」

　目しか見えないのではっきりとはわからないが、ルーにはセクメトが笑ったように思えた。

「とりわけおもしろいのは、象神を浜辺に運び、海に浮かべることよ」

「ガネーシャって水浴びが好きなの？」とパーシー。

　ミス・セクメトが冷ややかに見返した。「象はみな水浴びが好きよ、赤毛くん」

　一行は通りを歩きはじめた。くっつき合っていないと進めないほどの人混みだ。脇のほうでは驚くほど黒い目の踊り手たちが奇妙な音楽に合わせて身をひるがえし、腕を麺のように振りまわしてくるくるまわっている。ルーにはあれが音楽とはとても思えなかった。うなり、頭にこびりつき、突き刺さるような音だ。

見ると、日常の用事はすべて路上で行なわれていた。ターバンを巻いた男たちが歩きながら噂話に興じ、色とりどりの布をまとった裕福そうな女たちが召使の一団をしたがえて歩いている。ひだ飾りのついた色鮮やかな大型パラソルを見て、プリムは〝とても上品〟と表現した。果物と肉が交換され、陶器と布地が交渉され、生きたヘビまでやり取りされている。

「何もかも色鮮やかで楽しげね」ルーはうれしそうに小躍りした。「それに、みんな笑ってる！」

「彼女はいつもこんなにはしゃぐの？」

セクメトの問いにプリムは重々しく答えた。「残念ながら」

「ご苦労なこと」とセクメト。

「まったく」パーシーがぼやいた。

「あれが彼女の魅力のひとつだ」ケネルがかばった。

たしかに市場は色鮮やかで楽しげだった。

とりわけルーは人々が飲んでいる熱い液体に興味を惹かれた。飲んだあとは土焼きのカップを脇に投げ捨て、通りをゆく人々の足で踏まれてこなごなになり、土に戻る。誰もが同じものを飲んでいる。どこで売ってるのかしら？

そこへ、復水器《コンデンサー》つきセダーホルム型蒸気自動車が人混みを押し分けて目の前に現れ、甲殻から熱い蒸気を吐き出した。群衆はやけどをしないようあわてて道を空けた。触覚状の小さな排気筒から出る煙は、どうやって染めたのか鮮やかなピンク色で、その染みが接近を知らせる警告のようだ。誰も驚かず、迷惑がりもしない。プリムは黄色い散歩ドレスに染みがつくのを恐れて悲鳴を上げ、パラソルをかかげたが、煙は近くには来なかった。

ルーは煙のなかを踊りながら突き抜けたい衝動にかられた——うわ、おもしろそう。

ようやく〈布市場〉の中心にやってきた。その名のとおり、ほとんどが生地屋で、ところどころにほかの商品も見える。広場の角には熱気球が結びつけてあった。昔ながらの原始的な飛行技術は帝国のあちこちでいまも健在だ。ルーはかつて、つぎはぎした巨大気球でサハラ砂漠の上空に浮かぶ気球遊牧民の話を母親から聞いたことがある。アニトラ——ルーはふと思い出した。マルタ塔で会った小柄な女性は、たしか空に浮かぶとかなんとか言ってなかった？　きっとそのころの知り合いに違いない。ここの気球もつぎはぎだ。遠い親戚かもしれない。それともたんに気球にはつぎはぎがつきものなの？

早朝にもかかわらず眠そうな人はいない。現地人は夢中で歌い、叫び、笑っている。灰色と黒い毛の猿がすばしこく人混みをすり抜け、カゴや商売に手を伸ばした。ミス・セクメトは棒を拾い上げ、ルーたちになれなれしく近寄る猿や、興味津々の子どもや物乞いを巧みに追い払った。猿は政治家の生まれ変わりと考えられているというセクメトの説明にルーは笑い声を上げた。それなら棒で叩かれるのも納得できる。

ケネルは色とりどりの生地に引き寄せられるプリムローズを必死に引きとめた。「でも、あの色は女王ママがきっと気に入るわ」プリムは言いつづけ、「今日はいちばん色鮮やかなドレスを着ててよかった。黄色はお祭りの精神にぴったりだと思わない？　あ、ちょっと、あのショールを見るだけ」

「あとでよ、プリム」ルーがたしなめた。「たしかにいい選択だったわね。あたしの桃色は地味すぎたわ。だめ、ショールはだめよ！　街の地理を把握するのが目的で、買い物じゃないんだから」

やがて、いよいよ商品が雑然と並ぶ区画に入り、ルーの必死の努力もむなしくいつのまにか四人はばらばらになった。プリムローズは素通りできるはずもない、見るも美しい刺繡をほどこしたサリーの店に引き寄せられ、ケネルは頭上で停止した巨大蒸気ガネーシャをまぢかで観察しようと乗りこみ口を探しに行き、パーシーはトウガラシ売りと本屋がひとつになった店を見つけ、ルーの努力もそこまでだった。

「団体行動はもう無理ね」気がつくとルーはミス・セクメトと二人きり、ごった返す市場のどまんなかに取り残されていた。

セクメトはまんざらでもなさそうだ。「これで二人きりで話せるわ」

ルーは周囲の喧噪をぐるりと見まわした。これのどこが二人きり？

「正直に言うわ、レディ・アケルダマ。もうおわかりのように、彼らはここであなたと会う気はない――仲間のひとりが消されたいまとなっては。わたしたちは袋小路におちいった。

わたしは衝突を避けたいの。〈議長《マージャ》〉と連絡を取った？　あの人は介入についての考えを変えた？」

ルーは下唇を噛んだ。「昨夜のガーデンパーティで思いがけない指示を受け取った。とても忙しい夜だったわ。いまは別件で調べなければならないことがあるの。あなたの問題はあとまわしよ」

セクメトはがっかりした。「彼らは納得しない。せめて協定の修正だけでも」

ルーは片手を上げた。「ちょっと待って――協定って何？　あたしたちが話しているのは行方しれずの紅茶のこと？　それとも奪われた税金？　すべてが秘密で、暗号めいた言葉で話したいのはわかるけど、いまはあまりにたくさんの糸があって何がなんだかわからない。あたしの目的は紅茶よ」

「正直に話すふりをしてごまかす気？　やるわね、レディ・アケルダマ。なかなか賢いわ」

布の隙間から目しか見えないが、かなりいらだち、疲れているようだ。セクメトは物売りを手招きした。背中に湯気の立つ液体の入った水差しをくくりつけ、片腕には親指操作式のノズルつき供給管が伸び、腰からカップをぶらさげている。なるほど、こうやって売り歩いているのね。セクメトは熱い飲み物を二杯買うと、先に立って市場のはずれに移動し、少し人がまばらな低い壁に腰かけた。

飲み物はこれまで味わったことのないタイプの紅茶だった。現地人はこの聖なる飲み物にもスパイスが必要だと思ったらしく、まったく合わないジンジャーやカルダモン、シナモンの風味がした。しかもたっぷりの砂糖入りだ。ルーは顔をしかめたが、飲まないのは失礼と思って少し口に含んだ。紅茶ではなく液状プディングと思えばなんとか飲める。

ルーは深く息を吐いた。あたしはこの謎めいた女性が好きだ。この人には好かれたい。

「残念ながら、あたしたちのあいだには食い違いがあるようね。あたしは誓って、ごまかす気なんかない。あなたとのこれまでの会話は貴重な紅茶についてだと思ってた」

「紅茶？」

「そう、紅茶」

セクメトは困惑して目尻にしわを寄せた。「でもそうじゃなかった」

ルーはうなずいた。「どうやらそのようね。じゃあなんの話だったの？　あたしのことをさぞ鈍いと思ってるでしょうけど、マルタ塔の喫茶室で雌ライオンに飛びかかられてから、誰と話しても謎めいた言葉しか返ってこないの」

ルーの言葉にミス・セクメトはじっと考えこみ、やがてつぶやいた。「つまり〈議長〉はわたしたちがやっていることを知らないの？」

ルーはいらだたしげに息を吐いた。「おかげさまであたしには母の頭のなかはわからない。あの人は誰より事情通だけど、旅立つ前にインドについてはとくに何も言わなかった。あたしに答えを託すよう母に手紙でも送ったの？　あなたは地元政治団体の代表者？」

ミス・セクメトはルーが何も知らないと明かしても、ますますそのふりをしていると思いこんだようだ。「どうして英国人はいつも現地人を目の敵《かたき》にするの？」

「どういう意味？　何か失礼なことを言った？」

セクメトは変な紅茶をすすった。深いジレンマにおちいっているようだ。「あなたが味方になるのではないかと思った。せめて科学的関心を持つのではないかと。でも、ここでまたしても彼らが否定されたらどうなるの？　彼らをけしかけたわたしの立場は？　すべてがこんがらがってしまったわ」

「そのようね」ルーは最後の言葉にしみじみうなずいた。

「太陽が強すぎて頭痛がするわ」セクメトがぼやいた。

「本当につらそうよ。まだ案内役を務めるつもり？」ルーはセクメトの手をさすりたい気持ちを抑えた。「何が起こっているのかはっきり話してくれない？　これはなんの取引？　あなたの要求は具体的になんなの？　助けになれるかもしれない――母の力がなくても。あたしにしかできないこともあるわ」ルーは慎重に言葉を選んだ。

何を言っても疲労の極致にあるミス・セクメトには通じなかった。「あなたは間違った相手とかかわっている――わかるでしょう？」

ルーは謎めいたやりとりにうんざりした。こっちまで頭が痛くなりそうだ。ルーはずばりたずねた。「あなたは反体制派？　税金を盗んで准将夫人を誘拐したの？」

「世間ではそう言われているの？」

「違うの？」

セクメトは美しい目を細めた。「これだけは言っておくけど、ミセス・ファンショーは自分の意志で来たのよ」

ああ、やっと話が見えてきた。「そうなの？」やっぱりダマの手先は裏切り者だった！

じゃあ紅茶は？　夫人が持ち逃げしたの？

「じゃあ税金も自分の意志でやってきたわけ？」ルーはとぼけてたずねた。

ミス・セクメトは鋭く見返した。「お金は注目を集めるわ」

「ようやく核心に近づいてきたようね。目的は何？」

セクメトは首を振った。「わたしは答える立場にないわ。わたしは彼らに、あなたが誰とも接触しておらず、脅されてもおらず、なんの権限もないと伝えなければならない。次に何が起こるかはいずれわかる。これで振り出しに戻ったわね」

ルーはほほえんだ。「権限はあるわ――あなたが思っているのとは違うけど」

「どんな？」セクメトは興味を示した。

「あら、だめよ、そっちが話さないのならあたしも教えない」彼らが紅茶を持っていないのなら話す必要はない。彼らが誰であろうと。

話が見えないまま休憩が終わった。ミス・セクメトがいらだたしげに粗い土焼きのカップを広場の踏み固められた地面に投げ捨て、カップは粉々になった。ルーも勇気を出して真似てみた。なかなか快感だ。

十分前は想像もできなかったが、あれから市場はますます混み合い、さらに暑くなり、息が詰まりそうだ。

「そろそろみんなを探して船に戻ったほうがよさそうね。そうすればあなたもゲームの次の手をご友人たちと相談できるんじゃない？」

「そのようね」ミス・セクメトは不満そうだが、ほかにどうしようもなかった。

そのとき、古めかしい造りの蒸気機関車が左右に揺れながら目の前で停止した。後ろに花を山積みにした露店を引いている。二人は広場の片隅に追いつめられた。

「ちょっと、邪魔よ！」ルーはエンジンのてっぺんをパラソルで叩いた。

ミス・セクメトが身を乗り出して運転手と話しだした。会話はたちまち熱を帯び、現地語のどなり合いに激しい身ぶり手ぶりが加わった。

次の瞬間、花屋が爆発した。

ルーはとっさに反応した。あのような親のもとで育ったおかげで突発的な爆発には慣れっこだ。どの親かによって爆発するものは違う。美容用品か、パラソルか、それともかんしゃくか。ルーはさっとあとずさると、さっきまで座っていた低い石壁を横転して越え、驚くほど優雅に壁の反対側に着地した。そしてすばやく身をかがめ、降りそそぐ花と葉と茎から身を守るべくパラソルをかかげた。

壁ごしに、気を失ったミス・セクメトが空っぽになった花屋に積みこまれるのが見えた。あやしげな黒服の、いかにも悪そうな一団がせかせかと動きまわり、なにやら言い合っている。ルーはじっと見ていたが、いきなり男たちに指さされてびくっとした。

一人がこちらに向かってきた。

ルーは立ち上がってパラソルをかまえた。石壁の向こうにしゃがんで隠れるような臆病者ではない。

男は命令にしたがうのをためらった。あたしが男を恐れるように、男もあたしを恐れている。あたしに超異界族の能力があると知っていたとしても、それが夜中しか機能しないことは知らないようだ。そうでなければ、異国の地に一人でいる英国女性を恐れるはずがない。

ルーは身構えた。しょせん相手は一人。あたしにはパラソルがある。

壁を飛び越えんばかりの勢いで向かってきた男に、ルーはライオン使いよろしくパラソルの先を突き出した。「さがりなさい、このごろつき！　来ないで！」

意外にも男は呆気にとられ、あとずさった。

そこへ仲間の一人が駆けつけ、たちまち勇気百倍、今度は二人一組でルーに襲いかかった。そのとき、怒号とともにシュッと空を切る音が聞こえた。片方の男がつかのま驚愕の表情を浮かべ、どさっと前のめりに倒れた。首から矢が突き出ている。ルーは振り向かなかった。誰の矢かは想像がつく。片割れは仲間たちに叫び、倒れた同志をひっつかんでルーの前からあとずさった。

ルーは壁を飛び越え——正確にはよじのぼり——男に向かって脅すようにパラソルを振りまわした。

男たちは倒れた仲間をミス・セクメトの身体の上に載せ、花屋の露台をバタンと閉じると、ピンクの蒸気を吐きながら市場の雑踏のなかをガタゴトと遠ざかっていった。

蒸気が消えると、腕を突き出し、離れてゆく花屋に手首を向けて立つケネルが見えた。鈍感なルーでさえ怖くなるような憤怒の表情だ。

ケネルはフランス語で口汚くののしった。

「追いかけなきゃ！　もう少しで答えが見つかりそうだったのに」いざとなれば走って蒸気機関車を追いかけようと、ルーはスカートをたくしあげた。

ケネルは〝正気か？〟と言いたげにルーを見た。たぶん、正気ではなかった。蒸気花車はすでにいくつもの蒸気車とにぎやかな商いにまぎれ、異国の雑踏のなかに消えていた。

「しかたないわ」ルーはため息をついてしゃがみこみ、爆発現場を見まわした。散乱した花のあいだをはいずりまわらなかったのは、ひとえに上品な生まれ育ちを完全には忘れていなかったからだ。はいまわるかわりに、切断された花やちぎれた葉っぱのなかをパラソルの先でつつきまわした。何か目的があったわけではないが、この混乱状態ではどんな手がかりでもないよりましだ。

ケネルが近づき、身をかがめた。「何を探してるの？」

「手がかりよ。ミス・セクメトは誘拐事件と反体制派のことを知っていた。彼女が知ることをあたしたちに知られたくない人がいるようね。あんなに人が多いところで話すべきじゃなかったわ。ミス・セクメトはしきりに母を引きこもうとしてた。政治的に重大なことが起こっているみたい。でも、あたしたちにはほとんど情報がない。いまいましいダマ、何か教えてくれてもよかったのに」

「彼も知らなかったんじゃないか」

「ダマらしくないけど、ないとは言えないわね。紅茶で頭がいっぱいだったのかも」

ケネルは心配そうに、「ますます危険な状況になりそう？」

「そうは思わないけど、こればかりはわからないわ。ミス・セクメトの話では、ミセス・ファンショーはみずからの意志で犯人たちと姿を消したらしいの。そしてそれは協定と関係してるって」

「ラクシャサを税徴収人に任命した協定？」

「おそらく。いずれにせよ税金も盗まれたんだから。あたしたちは現地の経済対立に巻きこまれたの？　なんてバカらしい」

「あの黒服の男どもは、自分たちに不利な情報が伝わるのを阻止するために送りこまれたラクシャサのドローンかもしれない」

「それとも税金を横取りしようとした反体勢派が、ラクシャサがつかまるよう罠にはめたのかも。でもパーシーの話では、現地人は吸血鬼と聞いただけでおびえるそうよ。面と向かってラクシャサに楯突く度胸があるとは思えない。ミス・セクメトは誰の味方なの？」

散乱する花は何も答えなかったが、そのなかにルーは小さな首飾りを見つけた。石のかけらにひもが通してあり、石は猿の形に彫ってある。ルーはとりあえず小物バッグに入れた。ミス・セクメトのものか、誘拐犯のものかはわからない。それをいうなら、広場を歩きまわる何百人のうちの誰かが落としたものかもしれない。

「パーシーとプリムローズを探して。これから案内人なしに船に戻らなきゃならないわ」

二人は、布地の束と刺繡入りショールとスカーフを山と抱えたプリムローズを人混みのなかから引きずり出した。「何があったの？　美人の案内人はどこ？　花屋が爆発したの？　まあ、ルー、なんてこと」

「ミス・タンステル」ケネルが無表情で言った。「これから先どこかで爆発音が聞こえたら、われらがプルーデンス嬢が巻きこまれていないか確かめたほうがいいと思うよ」

「さっきのはあたしのせいじゃないわ。気にしないで、プリム。パーシーをつかまえたら説明する。同じ話を二度するのは意味がないわ」

そのパーシーは本とトウガラシに埋もれていた。爆発が起こったことにも、案内人がさらわれたことにも驚かず、心配するふうもない。「ボンベイの地図を手に入れた」これさえあれば知らない街でも自由に動けると言いたげだ。

ルーはふと思いついた。「パーシー、ラクシャサの生態を解説した本を探して。それから〈異界族受容決議〉に関するインド協定についての本。どんなものでもかまわないわ。地元吸血鬼を税徴収人に命じた協定は、この議会法のもとに結ばれたんでしょ？」

パーシーが興味を示した。「ラクシャサの生態？　分析学的な？　それとも神話学的な本？」

「どっちも」

パーシーは周囲の本の山に顔を突っこみ、やがて何冊もの本と綴じた議事録、いかにも古そうな巻紙数本を抱え、首に干しトウガラシをかけて現れた。「安くないよ」

「船の経費で払うわ。戻ったら調べものの宿題が山ほどあるわよ。ほかにヒンディー語が読める人はいないんだから」

パーシーは〝ぼくの知らない話をしてくれ、それから次はもっと難しい課題を出して〟と言いたげな視線を向けたが、実際は無言でうなっただけだ。

ルーは本とトウガラシの首飾りを買い求めた。ここはパーシーのご機嫌を取っておいたほうがいい。本の山とプリムの布地を抱え、四人は混み合う通りをのろのろと進んだ。

ケネルはひとつとして荷物を持ちたがらず、ルーにも〝まんいちの襲撃にそなえてパラソルを持つ手を空けておいたほうがいい〟と力説した。おかげで双子はぶうぶう文句を言いながら荷物のほとんどを二人で運んだ。黒服の男はそれきり襲ってこなかった。あれが誰にせよ、ミス・セクメトを連れ去るのが目的だったようだ。

しかし、案内人を失ったのは大きな痛手だった。おかげで蒸気自動車にたどりつくのに一時間以上かかり、パーシーの言語能力をもってしても運転手に道を指示して船に戻るまでにさらに二時間かかった。パーシーが手に入れた地図がありながら。いや、むしろ地図のせいかもしれない。一行は何度か小休止してスパイス入り紅茶を飲んだ。ルーはだんだんこの味が好きになってきた。暑さにはなにより元気が出る。途中でお腹がすき、道路脇の露店で昼食を取った。妙に赤い正体不明の肉塊を串刺しにして大きな陶器の鍋の上で焼いたもので、ルーとケネルとプリムは食欲をそそる風味に舌つづみを打ったが、パーシーはトウガラシを恐れて果物だけを食べた。

みんなを元気づけようとケネルが象型ケーブルカーのしくみを説明しはじめたが、機械に興奮する者は誰もいなかった。とはいえ、心がけはほめるべきだ。

四人は疲れ、薄汚れ、ひりひりし、暑さにぐったりしながらようやく〈斑点カスタード〉号に帰りついた。

ルーは、本を抱えてそそくさと自室に向かいかけたパーシーに声をかけた。「パーシー、ラクシャサの生態と、彼らと協定との関係に集中して。太陽が沈むころには生死にかかわる問題になるかもしれない。だから気を散らさないで」

「散らすもんか」パーシーは気色ばんだが、誰も相手にしなかった。

プリムは部屋に戻って腫れた足をバラ水に浸し、乱れた髪を直して買ったばかりの布地に見とれた。

部屋に引き上げる前にケネルがふと足を止めた。

ルーは日に焼け、不機嫌で、キスをねだる気にもなれなかった。

ケネルも同じ気分らしく、ルーをじっと見つめるだけだ。それとも、あたしの恋愛教師になるかどうかをまだ決めかねてるの？

「花屋の爆発でケガしなかった、シェリ？」

「傷ついたのはプライドだけよ。おかげさまで」

「きみが本当にサンドーナーなら、王室支給の銃はどこにある？」ケネルはなおもルーの任務に納得できないようだ。

ルーは片眉を吊り上げた。「いい質問ね。それについてはロンドンに戻りしだい、家族にきいてみるわ」

「当面、発射型の武器を考えたらどう？　ぼくの安心のために、モン・ペティ・シュ」

「問題は姿を変えたときにどうやって持つかよ」

「ルー」ケネルはうなるように名前で呼んだ。

「わかった。考えてみる」

「そう、それでいい」

ルーは歩きだしたケネルを呼び止めた。「それであたしの提案は考えてくれた？　そんなに悩むほどのものでもないわ。ちょっとした思いつきだから」

ケネルのしかめつらに、ルーは自分でも意外なほど傷ついた。いい機会を提案したつもりだったけど、どうやら重荷だったようだ。〝ルーのことは取るに足らないたわむれの相手としか思っていなかったのに、こんなことを頼まれたら機関長としての立場が気まずくなる〟

――そう感じてるに違いない。

ケネルはすぐにいつもの陽気さに戻った。「またとない贈り物だよ、モン・ペティ・シュ、そして大いに悩むべき提案だ」

ルーは言葉に詰まった。「でも、迷惑ならほかを探すわ」

ケネルの顔から表情が消えた。「好きなようにすればいい、シェリ」答えにならない答えを口にしてケネルは小さくお辞儀をし、ルーに触れようともせずに自室に消えた。

ふとパーシーの部屋の入口で何かが動いたような気がして、ルーは首をかしげた。パーシーは調査に没頭しているはずだ。ヴァージルが様子をうかがっていたの？　狭い飛行船のなかで人目を避けるのは楽ではない。これからケネルとこっそり会うときはもっと慎重にならなければ。

そこでルーははっとした。何が〝これからこっそり会うときは〟よ！　ケネルはあたしの申し出を考えてもいなかったのに。今朝も出かけるときはプリムに腕を出した。しかもミス・セクメトに見とれていた。あたしはケネルのたわむれを真に受け、自分の魅力を過大評価していただけだ。

ケネルは昨夜の抱擁を後悔しているに違いない。だとすれば、恋愛に関するかぎり、振り出しに戻ったということだ。思ったよりこたえるものね——拒否されるって。

ルーは自室に戻って天井を見つめ、浮気なフランス技術者を頭から追い出すべく、インドの吸血鬼にうらみを持つとしたら誰だろうと考えをめぐらした。こと吸血鬼に関するかぎり、これは難問だ。なにしろたいていの人は彼らにうらみを持っている。

10 ヴァナラ

　ルーは襟ぐりにビーズを刺繍した赤ワイン色のビロード地の胴着《ボディス》に、古めかしいライラック色のサテンスカートという、ちぐはぐな身なりで現れた。インドの気候には暑苦しく、どう見ても船長という地位には似つかわしくない格好だ。

「おお、いとしの君《シェリ》よ、夜の女みたいだ」ケネルは評したが、身体の線を強調したルーを見る目は輝き、少しもとがめるふうではない。

　ルーはケネルに向かって黒いビロード地の帽子をかしげた。三シーズン前のデザインで、帽子のリボンに小さな歯車が並んでいる。当時、一時的に流行った装飾の名残だ。「本当にそう見える？　よかった！」

「プルーデンス・マコン・アケルダマ！」プリムが甲高い声を上げた。「それは口紅？　唇に塗っているのは。しかもその頬！　それに、いったいその服はなんなの？」いまにも失神しそうだ。

「けっこう似合ってると思うけど」とケネル。

「たしかに窮屈ね」ルーは縫い目がはじけないよう、こわごわ息をした。

「言わせてもらえば、あやしいほど正確だね、こういう女性の格好にしては」とパーシー。

「誰もきいてないわ、パーシー。そもそもどうしてあなたがそんなことを知ってるの？」とプリム。

ルーはいよいようれしくなって、その場でくるりと回転した。今日は髪も下ろしている。すごく悪い女になった気分だ。「よからぬ病気を持ってる女って感じ？」

「よからぬどころか最悪だ」ケネルが声を立てて笑った。

「じゃあ、これで出発準備万端ね」ルーとケネルは背を向けて歩きだした。

「いい考えとはとても思えないわ」またしてもプリムが言った。

「あたしの決断には口出ししないっていってあなたが言うから、ケネルを連れてゆくのに同意したのよ」またしてもルーは答えた。

プリムがそれ以上言う前にルーは船を離れ、ケネルがくっくっと笑いながら追いかけた。

暗いなか二人は人狼団の兵舎に向かった。ルーがこんな格好をした理由はこれだ。暗くなってから兵士の住まいを訪れる女といえば一種類しかいない。ルーはそんな女がしそうな、しなを作った足取りで歩いた。こういうふりは苦手だ。細かいニュアンスがわからない。すれたふうの物腰と表情をよそおってみたが、ケネルのにやにや笑いからすると、あまりうまくはいってないようだ。

ケネルはルーのいわば紹介屋のような格好だ。肌の露出は少ないが、ズボンはすばらしくぴちぴちで、お気に入りのシルクハットは派手な格子柄のリボンのせいでいかにもうさんくさい。おまけにロウで固めた小さな口ひげまでつけている。

要塞は静まり返っていた。軍の大半はいまごろ行方不明のファンショー夫人を捜しているか、反乱分子と戦っているか、そうでなければチーズでも転がしているのだろう。人狼は昼間は動けない。捜索を行なうとすれば夜だ。どうかまだ出払っていませんように。本音を言えば、ライオールおじさんさえ残っていればいい。

通用口に衛兵が一人、眠そうに立っていた。ケネルの咳払いにびくっとして気をつけの姿勢を取ったが、商売女あっせん屋とその商品らしき二人連れにすっかり困惑している。

「どうも、こんばんは」ケネルが声をかけた。「キングエア団のご依頼で来ました。ミスター・ピンポッドとご婦人です。お取り次ぎを」

衛兵はうろたえた。「聞いていない。その――そのような名は来客名簿にはない。だんなと、その、ご婦人の名は」

「そんなはずはない」とケネル。

若い衛兵は顔をひきつらせた。持ち場を離れて上官に確かめにゆくわけにもいかないし、ここで騒ぎを起こしたくもない。

「困ったな。しばらく待ってもらえますか、マイ・レディ？　もうじき表に出ると思いますので」

これは文字どおり地上に出てくるという意味だ。人狼付属部隊は万全を期すため、たいてい地下で寝起きする。

「楽に、二等兵」穏やかな落ち着き払った声がして、背後の暗がりからライオール教授が現れ、衛兵はほっとした。「予定のお客様だ」

「まあ、サー！」ルーはまつげをぱちぱちさせ、作り笑いを浮かべた。

衛兵はすぐさまこの場をライオールにゆだね、任務に戻った。ライオールは先に立って通路を進み、弾薬庫の角を曲がった。「レディ・キングエアは機嫌が悪い。邪魔をしないほうがいいでしょう。わたしでお役に立てますか」ルーの格好にもまったく動じるふうはない。

ルーは期待をこめてほほえんだ。「実はあなたに会いにきたんです。ミセス・ファンショーのことで――思った以上に事件の重要人物かもしれません。彼女についてもっと知りたいの。何かご存じ？」

ライオールは肩をすくめた。「残念ながら親交はありませんでした。ファンショー准将は人狼部隊びいきですが、スコットランドの団はお気に召さないようで、個人的な会合に招かれたことは一度もありません。しかしミセス・ファンショーは人柄のよいかたのようです。若くて、本好きとか」

ルーは聞き耳を立てた。「どんな本を？」

「たずねる機会はありませんでした。それが何か」

「捜査を任じられたの」ルーは慎重に言葉を選んだ。人狼父さん《ポウ》の団を去ったこの人狼は信用できるの？

ライオールは気を悪くしたふうもない。「そうですか。ならばわたしの申し出はまだ有効です」

「准将の住まいは、あそこに見える二階の窓のある部屋です。お望みならばわたしの姿を盗み、その目で確かめてきてはどうです？　准将は街を出ており、衛兵は一階にしかいません」

「どういう意味？」

ルーはためらった。「見つかったらキングエア団が責められるのでは？」

ライオールは肩をそびやかした。「夫人をさらわれた時点で、すでにわれわれは責めを負っています」

ケネルはいぶかしげに、「たしかにそうだ。事件が起こったのは団全体で護衛していたときだと聞いた。そのときもミセス・ファンショーと話す機会はなかったと？　丘陵地帯からは長い道のりだったはずだけど」

ケネルの非難めいた質問にもライオールは嫌な顔ひとつしなかった。「わたしは同行しておりませんでした。団の責任者として残っていたので」この言葉は多くを物語っていた。自分が同行していたら准将夫人がさらわれることはなかった、監督不行き届きの責任は自分にある――ライオールはそう感じているようだ。

ルーはしばらく考えた。「そういうことならお言葉に甘えて。あたしは以前、あなたの姿を盗んだことがある？」皮泥棒に関して、小さいころのあたしはそれはそれは手に負えなかったらしい。

ライオールは返答を差しひかえた。

「モン・ペティ・シュ、そのすてきなドレスがどうなってもいいの？」

ルーはケネルの皮肉に鼻を鳴らした。

ケネルはやましさと決意がないまぜになったような顔で言った。「まあ、そのときは別のを買えばいい話だ」

ケネルの口調にはどんな愛のささやきとも違う、気まずさと興奮が感じられた。どうやらケネルは少しだらしない格好のあたしが好きらしい。覚えておこう。

ライオールはケネルをとがめるように見たが、そこは本物の紳士――言葉にはしなかった。でも、ケネルのたわむれぶりは記憶にとどめたに違いない。

ルーは両の手袋をはずし、振り向かせるようにライオールの手の甲に触れた。

それは痛みをともなった。変身はいつだって痛い。月のものが始まる前の日よりもさらに痛い。思い返すと、女性として成熟する前はそこまで痛くはなかった。でも、成長が止まり、骨が大人の骨格に固定してからは、骨が壊れて狼の姿になる過程はもはや不快というより苦悶だ。でもあたしはこれまでも耐えてきた。今回も耐えてみせる。

露出度の高いぴちぴちのボディスがびりびりに裂け、腰まわりが窮屈なスカートも裂けた。残念そうな顔のケネルを見て、ルーは〝これからはもっと窮屈なドレスを着るようにするから〟と慰めたくなった。それでケネルの気を惹けるのなら、ロンドンに戻ったら新たな流行をしかけてみるのも悪くない。

かろうじて帽子だけは無事だった。小さいので、耳のあいだにちょこんと載っかったままだ。このままにしておこう。せめてひとつは破れずにすんだ。

ライオールが手慣れた様子で、すばやくルーの身体に残った服を脱がすのを手伝った。

ルーはキャンと感謝の声を上げ、士官宿舎に向かって駆け出した。

「指がなくて、どうやって本をめくるつもり?」とケネル。

「人狼に触れて狼の姿になったら、自分の意志では人間に戻れないのですか」とライオール。

「そう聞いてます」ケネルはしゃべりすぎないよう、言葉を選んだ。

「実に興味深い」

異界族の聴力を持つルーは二人の会話を聞きつけ、はねるように戻ってくると、じれったそうにケネルの前にしゃがんだ。

「冗談じゃない」ケネルはトマトのように真っ赤になった。「シェリ、それは無理だ。レディの背にまたがるなんて、い、い、い、」

ライオールが口の両端をぴくっと動かした。ライオールおじさんはダマとラビファーノおじさんが好きなポマードと同じにおいがした。意外に人気のある種類らしい。きっと大枚はたいて輸入してるんだわ。さらに鼻をきかせると、かすかに白檀と洗いたてのリネン、そして息からは燻製魚のにおいがした。

ルーはケネルにうなった。ケネルはボイラーの煙と焼けた石炭とかすかにライムのにおいがする。

「彼女の言うとおり」とライオール。「あまり時間がありません。わたしは行かないほうがいいでしょう。あなたがたがまんいちつかまったとき、逃がす人間が必要です」

「でも、あなたは狼の姿を失っている」

「わたしがいつ戦うと言いました？　いいえ、それはわたしの流儀ではありません」

またもやルーはうなった。

ケネルはため息をついて片脚を振りあげ、おそるおそるルーの背にまたがった。

ルーがいきなり立ち上がると、ケネルは泣きそうな声を上げた。

ライオールが狼の乗りかた――身体を前に倒して両足を上げる――を手早く伝授した。ケネルはおっかなびっくりルーの背に身を伏せた。ケネルがわりと細身で助かった。もっと大柄だったら、異界族の力があっても重みに耐えられなかっただろう。

「父上と同じ模様がありますね、お嬢さん」とライオール。「しかし、わたしと同様、あまり大きくはない。そのぶんすばしこい、でしょう？」

ルーはうなずくかわりにだらりと舌を垂らした。

「そのうち乗りなれます。いずれはクルーたちにも狼乗りの方法を教えたほうがいいかもしれません」ライオール教授は髪の毛一本乱さず身を引いた。かなり上等なポマードだ。ライオールは死すべき者になっても平然としていた。むしろ楽しんでいるようだ。でも、はっきりとはわからない。この人狼は冷静沈着の達人だ。うらやましい。

ケネルがしがみつくのを待ってルーは駆け出した。じょじょにスピードを出し、ライオールに見せつけるようにジャンプした。准将の部屋の窓は大きく、しかも開いていた。要塞のなかの、しかも二階とあって、用心する気もないようだ。なにしろ近くには人狼部隊がいて、妻はすでに行方不明なのだから。

ルーは窓から飛びこみ、すたっと居間に着地した。

ケネルは震えながら背から下りた。「乗馬とはずいぶん違うんだね」

ルーはうなった。今度レディを馬にたとえたら承知しないから。

「失敬、ぼくとしたことが。ごめん。それで何を探すの？」

ルーは本棚に鼻を向けた。

ケネルは本の題名に目を走らせた。「ほとんどが無味乾燥な軍の歴史本だ。これは准将の蔵書だな」

本棚をケネルにまかせると、ルーはほかの手がかりを探すべく鼻をきかせ、ひげそり石けんと汗くさいシーツのにおいを追って寝室に入った。夫婦がベッドのどちら側を使っているかは明らかだ。片側は馬と革、反対側はスミレと金属片のにおいがした。さらに片側には片眼鏡《モノクル》と錫《すず》の嗅ぎタバコ入れ――ベッドのなかで？　なんて趣味の悪い――が、反対側にはコールドクリームの瓶とレースの縁なし帽が置いてあり、帽子の下にインド神話に関する本があった。

ルーが小さく吠えると、ケネルが小走りで近づいた。

ルーは本に鼻を押しつけた。

ケネルは疑わしげに本を見やった。「これ？」

ルーがうなると、ケネルは小さな本をポケットに入れた。

外の廊下から何かがぶつかる音が聞こえ、ルーはあわてて居間に駆け戻った。

「何？　どうしたの？」ケネルも追ってきた。

ルーは〝乗って〟というように身をかがめた。

「もう？　あっちにも本が何冊かあるし、さっきのショックからまだ立ちなおっていな――」そのときケネルにも物音が聞こえた。軍人というのは静かに動きまわれない人種だ。

ケネルはあわててルーの背に飛び乗り、またがったが、ライオールの助けがないと、いまにもずり落ちそうだ。ルーはもっとしっかりつかまってと言いたかったが、話せないいまはグルルとうなるしかなかった。

背後の扉がバンと開いた。「誰だ？」

どなり声とともに数人の兵士が部屋に飛びこんできた。

ルーは窓から飛び出して着地し、ケネルを揺すりあげて走りだした。

「人狼とごろつきか？」仲間にたずねる声が聞こえた。

「そのようだ。くそっ、これだからキングエア団は信用ならない」

兵士たちが窓に近づいたのは見なくてもわかった。ライフル銃の発砲音が聞こえたからだ。

ルーは通用口に向かって突っ走った。どうかライオールおじさんがキングエア団をとどめてくれますように。兵士からは逃げられても、人狼団に追われたら逃げられない。

ふたたびライフルが火を噴き、ルーは空中で身をひねって弾をよけた。

ケネルが震えるような叫びを上げた。

ルーはぎくりとした。撃たれた？

だが、そうではなかった。「帽子が。お気に入りの帽子が！」

またしても銃声が響いた。ケネルは遠慮も帽子も忘れてルーの背にがばと張りつき、たくましい腕をルーの首に巻きつけた。異界族の力がなかったら窒息していたかもしれない。もし撃たれたのなら腕の力がゆるみ、血のにおいがするはず――ルーはそう言い聞かせ、こみ上げる不安を押し殺した。それでも射程外に逃げるに越したことはない。ルーは一気にスピードを上げた。ライフルはなお鳴り響いている。通用口まではたどりつけそうもない。

ルーは右に曲がって高々とジャンプし、後ろ脚で軍の外塀を蹴り越えた。わずかによろめいただけで着地すると、自分でも驚くほどのスピードで塀から離れ、遊歩道のぬかるみで派手に横すべりして止まった。泥のなかでもがき、なんとか四本脚で立ち上がりながら思った――あとどれくらい狼でいられるだろう？　インドは乾燥しているから、ライオールとのつなぎひもはロンドンにいるときより長いはずだ。ルーは限界をためしてみた。

その結果、かなりよく伸びることがわかった。ひもがぱちっと切れたのは、飛行船にたどりつく寸前だ。

かわいそうに、ケネルは気がつくと干潟のまんなかで、完全に人間に戻った素っ裸のルーの背に座っていた。声帯を取り戻すと同時にルーは言った。「撃たれなかった？」

ケネルはそれどころではない。ルーの背中にトゲでもあるかのようにあわてて飛び降りると——無事だった証拠だ——さっと顔をそむけて数歩、離れた。そしてようやく礼儀を思い出し、立ち上がるルーに手を貸しながら、反対の手で両目を覆った。

ルーは笑いだした。ケネルはいまにもヒステリーを起こしそうだ。「やめて。ケガするわよ」

ケネルは顔をそむけたまま深く息を吸い、後ろ歩きでルーに近づいた。「モン・ペティ・シュ、きみの能力には驚いたけど、この状況に対処するにはぼくはまだ修行が足りない」

ルーは笑うのをやめ、あきれて鼻を鳴らした。「ぼんやりしてないで、コートを貸して」もどかしげにコートを脱ぐケネルを見ながらルーは思った。どうせならもっとロマンチックな状況でコートを脱がせたかった。正直、ケネルの前で裸になるなら、もっと親密な場面がよかった。できれば悪臭のする泥にまみれていない状態で。現実は厳しい。

飛行船の手すりからいくつもの顔がのぞいていた。

薄暗がりのなかでもプリムローズのしかめつらが見えた。きっとパーシーも顔をしかめているだろう。

ルーはケネルのフロックコートを巻きつけ、ありったけの威厳を集めて立ち上がった。フランスの踊り子のように脚は剥き出しだが、あたしの脚はまんざらでもない。これだけは自慢だ。たとえ泥まみれでも。ケネルの息づかいが荒くなり、横目でちらちらこっちを見ている。ルーはうれしくなったが、考えてみればあたしは素っ裸——この状況で興奮しない女たらしがどこにいる？　それでもルーは自分の魅力のせいだと思うことにした。

スプーが勢いよくタラップを駆け下りてきた。

「レディ・プリムローズがこれを」そう言ってルーのぶかぶかのローブを手に押しつけた。

「レディ船長、すごいね！　船長があんなふうに狼になれるなんて知らなかった」

「ありがとう、スプー」ルーはコートの上にローブをはおった。

「あたしにもやりかたを教えてくれる？」

「残念だけど無理よ。こんなふうに生まれついた人間じゃないと」

「ふうん、じゃあ、いつか背中に乗せてくれる？」決してめげないのがスプーのいいところだ。「あたしのほうがうまいよ。あんなふうにぐらぐらずり落ちたりしない」

ケネルがいつもの自分を取り戻した。「おい、ちょっと待て、この口悪女！」

ルーはライオールの提案を思い出した。クルーに狼の乗りかたを教える？　「そのうちね、スプー、そのうち」ルーはまだ顔面蒼白のケネルと、にやにや笑うスプーをしたがえて船に戻った。

そのころようやくライフル銃を構えた兵士たちは階段を駆け下り、中庭を突っ切って兵舎の敷地を出て遊歩道にたどりついた。そこで見たのは奇妙ないでたちの家族が、さらに奇妙な形の飛行船に乗りこむところだった。母親はローブ姿、男はシャツとベストだけ、そして子どもは船乗りのような格好だ。サーカス団に違いない——兵士たちは三人から視線をはずし、悪党を乗せた人狼を探しはじめた。

ルーは盗んだ本をパーシーに渡すようケネルに頼み、プリムの不快そうな顔を無視した。

「ドレスの残骸を回収してきてって人狼団に頼んだほうがいいかしら」

プリムはあきれたように鼻を鳴らした。「どうしてわざわざあんな服のために」

ケネルが嘆いた。「ドレスも、ぼくの帽子もあきらめるしかないの？　いったいあの本にそれだけの価値があるのか」

ルーは頭に手をやった。奇跡的に帽子だけは脱出劇を切り抜けた。不幸中のさいわいだ。帽子の無事に気をよくしたルーはローブの長い裾をたくしあげ、きれいなデッキに泥の足形をぺたぺた残しながら女王然と部屋に向かった。

「ああ、くたびれた。しばらく昼寝するわ。何かおもしろいことがあったら起こして」

「ねえ、ルー」プリムローズが言った。「まずはお風呂にしたら？」


ルーは完全に寝入ってはいなかった。ボンベイに着いてから一瞬たりとも寝ていないような気がする。うとうとしかけたとき、部屋の扉を叩く音がした。

重い身体を引きずって扉を開けると、パーシーが立っていた。うつむき、さっきルーが盗んできたばかりの本を読みふけっている。

「なあに、パーシー？」

「ああ、グッド・アフタヌーン、ルー」

「まだ夜じゃない？」

「ああそう、で、なんの用？」パーシーは本をにらんだままだ。

「部屋をノックしたのはあなたよ」

「ぼくが？　ああ、そうだ。准将夫人ことミセス・フリベルティブルーを誘拐した人物がわかったかもしれない」

「准将夫人はミセス・ファ、ハ、ハ、ハ、ショーで、誘拐されたのではない――少なくともいまはそう考えてるわ。それからパーシー、こうして二人きりであたしの部屋にいるのはまずいと思うんだけど」

パーシーは心底とまどった表情だ。「きみが誘惑に負けてぼくに襲いかかるとでも？」

「そうじゃなくて。どういうわけかあたしはあなたのあふれんばかりの魅力になびかない数少ない女性の一人なの」

「知ってる」パーシーがむっつり答えた。「まったく嘆かわしい」

「やめてよ、パーシー。うぬぼれ男はケネルだけで充分」

「ますます嘆かわしい」

ルーはため息をついた。「はいはい、勝手にやって。それで用件は？　人に見られる前にさっさと話して」背を向けて大股で部屋に戻り、ベッドカバーの上にぽんと座ると、パーシーがあとからついてきてその隣――ベッドの端っこ――におずおずと腰を下ろした。

「何がわかったの？」言ったとたんルーは後悔した。パーシーにこんなおおざっぱな質問をしたら、えんえんと話しかねない。

パーシーは大きく息を吸い、べらべらしゃべりだした。「大英帝国の〈異界族受容決議《いかいぞくじゅようけつぎ》〉――冴えない響きの通称〈い・じ・け〉――のもとでは、東インド会社と不死者間の協定は国籍にかかわらずすべて標準化されていて、ボンベイ州も例外ではない。何千年ものあいだ変わらない伝統的な法律用語にもとづいたもので、思ったとおりきわめて厳密で吸血鬼ふうだ。吸血群はみなこうした内容を把握し、地元吸血鬼の大半は大英帝国と協定を結びたがっている。なにせ英国は異界族に対する認識と融合に寛大な、きわめて進歩的立場を取る国だからね」

ルーは目をぱちくりさせた。いったいなんの話？　ああ、そうだ、パーシーには神話の本を盗む前にラクシャサについて調べるように頼んだんだった。「それでパーシー、ラクシャサについて何かわかった？」

「いや、それとは関係ない」

「パーシー！」ルーはお抱え学者の気まぐれな言葉遊びにつきあう気分でもなければ、ソクラテス問答法の信奉者でもない。話がややこしくなるだけだ。「用件だけ話して」

パーシーは不満げに、「わかった。思うに、ぼくらが相手にしているのはヴァナラであって地元の反体制派じゃない。まあ、ヴァナラが反体制派なのかもしれないけど」

初めて聞く言葉だが、質問して得意がらせるのは癪《しゃく》だ。ルーは腕を組み、パーシーをにらんだ。

パーシーはパーシーらしく、ルーのいらだちを無視してそれきり口をつぐんだ。ボンベイに到着してから起こったことは、このひとことですべて説明がつくと言わんばかりだ。ついにルーが降参した。「ヴァナラって何？　また別の種族？　物？　特定の地域に住む人種？　おお、賢者よ、お教えください」

パーシーは優越感を楽しむように肩の力を抜いた。「鍵となったのは実はこの本だ。准将夫人がページに印《しるし》をつけていた。あまりに簡単すぎた」

「お願い、パーシー、もっとわかりやすく説明して」

「しかたないな。ヴァナラとはすなわちヒンドゥー教の伝説に出てくる神話上の――具体的には例のミセス・フェステンフープが読んでいた『ラーマーヤナ叙事詩』に登場する生き物だ」パーシーはルーが盗んできた本の一節をコツコツと指で叩いた。「これによれば、ヴァナラは勇敢で好奇心旺盛、愉快で、ちょっと腹立たしく、高潔で親切……といった言葉でほめ称えられている。遠い過去にはラクシャサの支配に抵抗する現地の王や将軍に味方した時代もあったらしい」

「その伝説の生き物が現実に存在するってこと？」

「最初にインドを訪れた英国探検隊は、ただの伝説で、インド特有の空想の産物だと断定した。以来インド駐在の英国軍がヴァナラの存在を示す証拠に出会ったことはない。でも、もし実在するとしたら？　現にラクシャサだって存在してる――神話とは少し違う形でだけど。ヴァナラも身を隠しているだけだとしたら？　なにしろインドは大国だ」

ルーはうなずき、先をうながした。「続けて。ほかに彼らの存在を裏づけるような証拠があるの？　たとえばガネーシャにまつわる神話はいくつもあるけど、いくらなんでも腕が何本もある巨大な象頭の男が実際に地平線の向こうからずんずん歩いてくるとは思えない」

「この点についてはミスター・ダーウィンの説を信じるしかないね。ぼくたちはインドのラクシャサとヨーロッパの吸血鬼が違うのをこの目で見た。ヴァナラ族は変身する者《シェイプシフター》と言われている」

「つまり、そのヴァナラとやらはインド版人狼ってこと？」考えただけでルーは胸が躍った。「ありえない話じゃない。吸血鬼に違う種類がいるなら、人狼にもいるはずだ。獣に姿を変える異界族が英国にいるなら、ほかの国にそういう異界族がいても不思議はない、だろ？　ヨーロッパだけが特別だと思うのは大間違いだ。ただし……」

「ただし、何？」

「たぶん狼じゃない」

「違うの？」

「ぼくの翻訳が正しければ――もちろん正しいさ。ぼくが外国語の解釈を間違えるはずがない。そのぼくがふさわしい言葉に置き換えると、つまり……」

パーシーはひどく気まずそうに言葉をのみこんだ。新たに到達した結論が何であれ、かなり疑わしい学説であるのは間違いない。かつてヴェスヴィオ火山の噴火の原因はベーコンだという仮説を世に発表した男がこれほど動揺しているのだから、よほど突拍子もない内容だ。

「さあ、パーシー。話して」ルーはせっついた。

「最適な訳語はおそらく……人猿だ」

ルーは驚き、思わず鼻で笑った。なんだかひどく滑稽だ。「猿に変身する異界族？」

パーシーはうなずいた。「しかもかなり大きい猿だ」

「わざわざ猿になる意味がどこにあるの？　人とたいした違いはなさそうだけど」

パーシーは肩をすくめた。「猿は思った以上に腕力が強くて、俊足で木登りが得意だ」

ルーは首をかしげた。「木登りにはたしかに便利ね。それで、そのヴァナラとやらが現実にいるとして、インドのどのあたり？」

「どの叙事詩にも森に住むと書いてある。だからぼくの仮説に間違いがなければ――」

「あなたに間違いはない」

「そう、まずありえない。そのミセス・フェザーポトゥートは――」

「ファ、ファ、ファンショー」

「――森にいると思う。この近くにひとつあるようだ」

「知らないの？」

「きみの調査をぼくが全部しなきゃならないわけ？」パーシーは本を手に入れたのがルーであることを忘れ、口をとがらせた。

これまででいちばん有力な説だ。少なくとも取るべき行動が決まった。ルーのような性格の娘にはありがたい。これで計画が立てられる。「パーシー」

「なんだよ、ルー」

「いちばん近い森の場所を調べて」

「でも、ルー、まだ本を読み終わっていない」

これだからパーシーは。「いいわ、無理ならケネルに頼んで近くの森を――」

「ぼくに見つけられないとでも？　こっちには地図がある」

「そうこなくっちゃ、パーシー」

そこでルーはふと思いつき、早朝のボンベイ観光で着た桃色のドレスをごそごそ探りながらうわの空で答えた。「ありがとう、パーシー、とても助かったわ」

「まあそれほどでも」パーシーは得意げに胸を張った。

ルーは小物バッグから花屋爆発現場で拾ったひもつきの石猿を見つけ、意気揚々と戻ってきた。

「パーシー、ミス・セクメトが彼らの代弁者だったらどうする？」

「彼ら？」今度はパーシーが首をかしげた。「ヴァナラ族」

ルーは小さな石の像を見せた。

「たしかにあの人はかなり変わってた」

「あんなふうに目の前でさらわれるなんて、まったくうかつだったわ。どうしてひとこと言ってくれなかったのかしら。母さんのことをくどくどとたずねたのはそのせい？　ミス・セクメトは〈陰の議会〉が人猿のことを知っていると思ったの？」

パーシーは愕然とした。「ありえない。彼らが本当に存在するとしたら――いいか、ルー、これはひとつの仮説にすぎない――英国政府に知られないよう、ひたすら身を隠していたってことになる」

「だからミス・セクメトはあんなに謎めいているのかも。だとしたら彼女は何を交渉しようとしていたの？」

パーシーは肩をすくめた。「そんなになんでもかんでもきくなよ、ルー、とくに本に書いてないことは」

「そうね、パーシー。ごめんなさい。とはいえ――」ルーはファンショー夫人の『ラーマーヤナ叙事詩』をコツコツと叩き、「これはお手柄だったわ」

パーシーは意外にも顔を赤らめた。「全部、本に書いてある」

「じゃあそろそろいいかしら」ルーはにっこり笑った。「これからライオールおじさんに伝言を届けなきゃ。お使いを頼むならスプーね。スプーは頼りになるわ、何があってもめげないし」

「誰？」

「スプー」

「ああ、いつもぼくの従者をいじめてるチビ？」

「そう」

パーシーがうなずいた。「ああ、ぜひともお使いに出してもらいたいね。たまにはヴァージルにもまともな仕事をしてもらわないと」

「あら、パーシー、そんな言いかたないわ。ヴァージルはちゃんとあなたの世話をしてるじゃない。この旅のあいだ、あなたのクラバットがゆがんだりベストにしわが寄ったりしたところは一度も見たことないもの」

「その仕事じゃなくて、写本や目録のほこりを払う仕事だよ」

「パーシー、ヴァージルは従者よ。あなたの身なりを整えるのが仕事で、あなたの本の身なりを整えるために雇われたんじゃないわ」

「そうなの？」

「そうよ。文書係が必要なら別に雇わなきゃ」

パーシーは驚いた。「世のなかにはそんなに便利な人がいるの？」

「もちろんよ。さあ、行った行った」

ルーはパーシーを追い払うと、上デッキに出てもおかしくないようティーガウンを探した。ダマのドローンたちは狼の姿を盗んだあと裸で戻ってくるルーの習性をよく知っていて、あらゆるティーガウンをそろえていた。本来ならもっと年上の既婚女性が着るものだが、評判に無頓着なルーにこの程度のルール違反は許容範囲だ。ティーガウンは脱ぎ着がしやすく、シンプルなわりに優雅に見える。ルーはお気に入りの一枚を選んだ。淡青色の薄い生地で、胸もとが打ち合わせ式になっていて、太いベルトで締めるタイプだ。その上に、白い刺繍をほどこした紺のビロード地で前あきの短い上着をはおった。今ふうで着心地がよく、ボンベイの夜に涼しいとは言えないが、一晩にこれ以上、甲板員たちを動揺させたくはない。ルーは上デッキにあがった。

「スプー、ちょっといい？」

スプーがハンモックから飛び出して駆け寄った。二人は興味津々の仲間たちの耳を避けてデッキの奥へ歩きはじめた。

「何か相談ごと、レディ船長？」十歳のくせに、いっぱしの大人のようなまじめくさった口調だ。

「まあそんなとこよ、スプー」

「あのミスター・ルフォーは夫としてはあんまりお薦めできないな」即座にスプーが言った。気むずかしいおばさんみたいな口ぶりだ。

「そっちの相談じゃないわ、スプー。あなたの意見には大賛成だけど」

「じゃあ、何？」

「とても重要で危険な任務を頼みたいの」

スプーは背筋を伸ばし、期待に目を輝かせた。「なんなりと《アイム・ユア・マン》、レディ船長」

ルーは眉を吊り上げた。「まあ、マンでもウーマンでもいいけど、近くの兵舎に人狼がいるの。連隊と行動をともにしていて、地位はベータ。名前はライオール。聞いたことは？」

スプーは目を丸くして首を横に振った。「あなたがさっきなったみたいな人狼だね、レディ船長？」

「そう。その人に伝言を届けてもらいたいんだけど、いまは侵入者を警戒しているかもしれない。ほら、あそこの教会の尖塔の向こうに長いレンガ造りの建物が見えるでしょ？　なんとか地下室に忍びこんで、誰でもいいから出くわした人に〝今回の事件に関してレディ・アケルダマからキングエア団にとても重要な伝言がある〟と伝えて。これは人狼の問題で、軍の問題じゃないの。いまごろ人狼たちは兵舎から出払ってるかもしれないけど、ライオール教授以外の誰にも渡しちゃだめよ。レディ・キングエアにも」

スプーは小さな顔に真剣な表情を浮かべてうなずいた。「わかった、レディ船長。それで何を渡すの？」

ルーはひものついた石の猿を手渡した。ここは自分の直感を信じるしかない。どうかライオールがインドの風習に精通し、これを見てヴァナラを連想しますように。ライオール教授はこの意味に気づくだけの科学的見識がある？　それともこの世に姿を変える不死者は狼というひとつの形しかないと思いこむタイプ？　あたし自身、パーシーの理論を完全に信じてはいない。世間から隠れて生きる人猿？　ありえない！　でも、事実は小説より奇なりだ。

スプーは奇妙な首飾りに眉を寄せた。「これだけ？」

「それから、あたしのドレスと靴を返してもらえないかきいてきて。ついでにミスター・ルフォーの帽子も」

スプーはあきれた表情だ。「深くはきかないでおく」

「そうして。詳しく話すつもりもないから」

スプーは猿の首飾りをかけた。「了解、レディ船長」

タラップを下ろすのにほかの甲板員を起こそうとルーが行きかけると、スプーは心配無用と軽く手を振った。「タラップは船長たち上品な人のためのものだ」そう言って駆け出し、船の陸地側にぶらさがるロープをつかんで手すりを飛び越えた。

ルーは両手を口に当て、悲鳴を押し殺した。そして、これが甲板員のふつうのやりかただと気づいた。ロープは身軽なスプーの体重に合わせて結んであるらしく、するすると伸びてゆくが、速すぎるほどではない。スプーは振り子のように左右に揺れながら地面すれすれまで下降し、ロープから手を放して残りの距離をぴょんと飛び降りた。ロープは反動でくるくると船まで巻き戻り、干潟にはスプーだけが残った。スプーは両手をズボンに突っこみ、縁なし帽を目深にかぶると、軍の敷地めざして決然と駆け出した。

「あたしにもあのやりかたを教えてくれないかしら」

「だめよ」ルーの言葉に後ろから近づいたプリムが答えた。「さあ、お茶でもどう？　まるで除霊せずによみがえった死人みたいな顔よ」

11　来たるべき姿

みな昼寝からすっきりと目覚めた。夜もふけ、あたりはようやく涼しくなり、プリムローズがおいしい軽食を準備した。

ルーだけがいつになく元気がなかった。スプーがまだ戻らないからだ。

ルーは紅茶とおしゃべりで不安をまぎらした。双子は嫌になるほどご機嫌で、パーシーは人猿の発見という手柄に酔いしれ、プリムは市場で手に入れたばかりの戦利品を愛《め》でながらルーの粗野な振る舞いを楽しげに叱りつけた。ケネルまでがいつもの陽気なたわむれ男に戻っている。やがて三人は人猿の話題で盛り上がりはじめた。

ケネルはパーシー同様、科学的見地から興味を抱いた。「これがどんな可能性を秘めてると思う？　インドに人猿がいるなら、ほかの国に何がいても不思議はない。異界族の進化に関して、ぼくらがいかに無知だったかってことだ。吸血鬼にも違う種類がいるんじゃないか？　ラクシャサは肉体的にはさほど違わなかったけど、もっと環境に適応した種がいるかもしれない。想像するだけでわくわくするよ」ケネルは会話に誘うようにルーを見た。

だがルーは話に加わる気にもなれず、手すりから陸地を何度も見やり、暗がりのなか、わずかになった干潟をいまにも小さな人影が駆けてくるのではないかと目をこらした。いまや潮が満ち、〈斑点カスタード〉号は遊歩道の近くに浮かんでいたが、スプーの姿はどこにもない。

あの子には責任が重すぎた？

ケネルは〝あのルーが、ニッポン島のどこかに人狐がいるかもしれない、とか、血ではなく脳みそを吸う吸血鬼がいるかもしれないといった心躍る話題にまったく興味を示さないなんて信じられない〟と言いたげな表情だ。

ルーは小さく首を振り、紅茶のカップとソーサーを持ったまま立ち上がると、後部デッキの隅っこに寄り集まる甲板員に近づいた。

「レディ船長、密告する気はないけど、ちょっと心配なことがあって」一人が言った。「船じゅうどこを探してもスプーがいないんです」

「わかってる。あたしがお使いに出したの」

甲板員たちはたちまち安堵した。「なんだ、だったらいいんです」

「でも、なるべく楽に戻れるようにしておきたいの。船をできるだけ浜辺に近づけて、あの便利なロープを下ろしてくれる？　スプーがよじのぼれるように。それが無理なら縄ばしごを」

「了解、レディ船長」甲板員たちは小走りではしごに向かった。

テーブルに戻ると、パーシーがとうとうと自説を述べていた。

「質量保存の法則があるから、変身可能な動物はおのずと限定される。猿は小さすぎやしないか？　この点は考えるべきだね。いずれにせよ異界族も物理法則には逆らえない。だから齧歯類《げっしるい》とかは問題外だ。少し大型の有蹄類もしかり」

ケネルがうなずいた。「たしかに。現実的な選択肢としては哺乳類の骨格と皮膚しか考えられない。形態の同時性からして爬虫類や無脊椎動物はありえない。想像するだけなら楽しいけどね、人クラゲとか」

パーシーは思案げに両手の指を塔のように突き合わせた。未知なるシェイプシフターの話になるとパーシーとケネルは意見が合うようだ。「海生生物もありえないね。ほら、エラがあるから」

ケネルはマフィンをかじりながら、「でも、スコットランドの最北部やアイルランドのある地方には姿を変えるアザラシ伝説がある。これまでは本気にしてなかったけど――」

パーシーが物知り顔でうなずいた。「ああ、伝説の動物、シリーだね」

ケネルは疑わしげに眉を寄せた。「そんな名で呼ばれてるの？」

知られざる異界族にさほど興味のないプリムローズは――彼らがいますぐ夕べの集まりに加わるとも思えない――立ち上がってルーの隣へ行き、手すりごしに陸地を見やった。「すべて順調、ルー？」

「それほどでも」ルーは正直に答えた。

遠くに見える街が松明《たいまつ》やランタンで明るく浮かんでいた。ぽつぽつとガス灯の明かりも見える。甲板員たちが下ろした縄ばしごのまわりに集まっていた。リーダーがいなくて落ち着かないようだ。甲板係になって日は浅いものの、スプーはすでになくてはならない人物になっている。ヴァージルも小さな顔をこわばらせて見張りに加わった。ルーも並んで立ちたかったが、深刻な問題が起こっているのをほかのみんなに知られたくはない。甲板員と親しすぎると何ごとかとあやしまれる。

ふとあたりが騒然となり、甲板員のあいだから驚きの声が上がった。見ると、全員があわててよけた場所に一頭の毛深い生き物が立っていた。神話から出てきたような怪物には縄ばしごも招待状も必要ない。異界族の力を見せつけるかのように地面から飛び上がり、優雅にデッキに着地していた。

呆気にとられるプリムとパーシーとケネルをしりめにルーはそわそわとスカートをなでつけた。そして船長らしい足取りで――そうだといいけど――雌ライオンに近づいた。

「おかえりなさい、スプー。そして、こちらはミス・セクメトね？」もっと早く気づくべきだった。でも、ヴァナラもそうだが、この世に狼以外のシェイプシフターがいるなんて考えもしなかった。英国の科学者は人狼しか論じてこなかった。もちろん帝国の姿勢はあくまで現地の神話を無視することだ。でも、人猿がいるのなら人ライオンがいても不思議はない、でしょ？

それでも念のためにルーはスプーとライオンにそろそろと近づいた。「犯人から逃れられてよかったわ。〈斑点カスタード〉号へようこそ。スプー、心配したわよ」

雌ライオンに誇らしげにまたがったスプーが背中からすべり降り、一歩離れた。帰ってきた英雄はたちまち仲間に取りかこまれ、興奮したガチョウの群れよろしくぺちゃくちゃしゃべる一団に連れていかれた。

ライオンが期待の目でルーを見上げた。

「よければあたしの部屋とローブを使って、ミス・セクメト」

ライオンは頭をかしげ、頬ひげをぴくつかせた。

「ローブは少し丈が短いかもしれないけど。最初に会ったのがマルタ塔だったってことは、あなたは人狼と違って空中に浮かんでも平気のようね。まあ、その話はあとで。話したいことがたくさんあるから、悪いけど人間の姿になってもらわなきゃ」

人猫はつややかな頭でうなずいた。動物の姿のあいだも人間のときの性質を保てるのは高齢で能力がある徴《しるし》だけど、この点も人狼と同じなの？　ああ、ききたいことが山ほどある！

不意の来客に立ちつくしていたケネルとパーシーが紅茶も忘れて近づいた。

「ルー」パーシーが言った。「雌ライオンに話しかけてるの？　大丈夫？　健康に悪いんじゃない？」

ケネルはまばたきもせず、「たしかに――ミス・セクメトのようだ。だから今朝は直射日光を避けるために全身に布を巻いていたのか」

「ぐったりしていたのも当然ね」ルーは冷静さをよそおいつつも内心は興奮で震えていた。人猫。人猫を見つけた！　正確には向こうがあたしを見つけたんだけど、それでも！

「人さらいを撃退する力もなかったわけだ。それとも猫さらい？」

ライオンはケネルの冗談が気に入らなかったらしく、耳をぺたりと頭につけた。

「スプー、お客様をあたしの部屋に案内してくれる？」

「喜んで、レディ船長。こっちです、ミス」スプーは雌ライオンをしたがえ、とことことルーの部屋に向かった。

「船に滞在するの？　フットノートが嫌がるだろうな」とパーシー。それからしばらくしてつぶやいた。「ところで姉さんは？」

プリムローズは失神していた。

甲板員ががやがやと心配そうにプリムのまわりに集まった。

ルーが嗅ぎ塩を嗅がせると、プリムはすぐに気がつき、大きな茶色い目に不安の色を浮かべて上体を起こした。

「もう大丈夫。ごめんなさい。わたしとしたことが失神なんて」

「暑さのせいよ」ルーはプリムに手を貸して引き起こした。

「わたしの見間違いでなければ、いま船には人ライオンがいるのね？」プリムローズはゆっくり立ち上がった。

「そう」ケネルは気づかうように手を貸し、プリムをデッキチェアに座らせた。

「そして、その人ライオンが今朝わたしたちを市場に案内した」

「そう」とルー。

パーシーがようやく話に追いついた。「人ライオン？　そうか。それでつじつまが合う。あれがヴァナラに見える？　いや、ありえない。本に登場するヴァナラはあんなふうじゃない。ヴァナラは少しも猫っぽくない。ミス・セクメトは王立協会に報告するのを認めると思う？」

ケネルが不快そうに見返した。「きみってやつは学術研究のことしか考えられないのか。これはとてつもない大発見だ！　いまぼくたちは人狼のほかに姿を変える生き物がいるという証拠を目の当たりにしてるんだぞ」

「そのとおり！　科学界はこの事実を知るべきだ。むしろ利他的と言ってくれよ。自己本位な人間ならこの情報を秘密にするはずだ」

二人はプリムの体調もそっちのけでにらみ合い、論争の構えを見せた。

「ミス・セクメトは世間に知られないよう、ずっと身を隠してきたとしか思えない。本人の意思を尊重すべきだ！」

「へえ？　じゃあ、きみの懸念はあの人ライオンが信じられないほど美しい雌ってこととなんの関係もないと言うのか。え？」

ルーは二人の言い合いを無視して友人を気づかった。「少し紅茶を飲む、プリム？　元気が出るわ」

「そうね。ありがとう。でもあなたを許したわけじゃないわよ、ルー。あなた、彼女が来ると知りながら言わなかった。だからわたしは接待ドレスも着られずに」

「失神の原因はそれ？」

プリムはルーの突っこみにもかまわず嘆きつづけた。「あの人になんと思われることか」

ルーはあきれて目をまわした。「言っとくけど、あの人が来ることは知らなかったわ。ミス・セクメトと雌ライオンの関係にうすうす気づいてはいても、てっきり誘拐されたと思ってた。知ってたふうをよそおっただけよ。あなたをだますだなんてとんでもない。彼女が船に飛びこんでくるまで、こんなことになるとは思いもしなかった」そこでルーはいままで我慢していた笑みを満面に浮かべた。「あの頰ひげを見た？　人ライオンよ。考えてもみて。ちょっとだけ姿を盗ませてくれないかしら。あたし、猫になってみたいわ」

プリムが片手を上げた。「やめて、ルー。興奮しすぎよ。知ってたふりより悪いわ。落ち着いて。だったらどうしてミス・セクメトはここに来たの？」

ルーは肩をすくめた。「人狼団にお使いを出したんだけど、捜索に出たあとだったようね。ミス・セクメトがスプーを見つけたか、もしくはスプーが彼女を見つけたか。いずれにしても心配ないわ。ミス・セクメトはあなたを変に思ったりしない——誰だってそうよ。あなたはかわいいいわ。いつだって」

ルーはプリムのためにマフィンにバターを塗った。プリムの手はまだ震えていた。親友のバターの塗り方の好みはよく知っている。そうしてルーは紅茶のおかわりを勧めた。少し冷めていたが、プリムはルーが絶妙にバターを塗ったマフィンをかじり、ありがたそうに紅茶を飲んだ。「なんだかやけに親切ね。何をたくらんでるの？」

「まだ何も」

プリムはだまされなかった。「ティーガウンを着て、手袋をつけていない」ルーの格好を指摘し、「そして人狼団に使いを出した。一晩にまだ魂《ソウルスティール》を盗み足りないの？」

スプーがミス・セクメトをしたがえて戻ってきた。セクメトはビロードキルトのローブをまとっていた。少し小さいが、あでやかで見映えがする。髪をだらりと垂らし、装飾品ひとつなくても、息をのむほど美しい。

ルーはミス・セクメトのしどけない格好を大目に見たが、仲間たちは――プリムローズさえ――言葉を失った。

「くだけた格好でごめんなさい、みなさん。追跡に出かけた人狼のあとを追おうとしたら小さな伝言係に出くわして、あの子がこれを持っていたものだから」ミス・セクメトは猿の首飾りをルーに放った。「わたしがいないあいだ、彼らは直接あなたに接触してきたの？」

ルーは首飾りを受け取り、首からかけた。これがいちばん安全だ。大きな帽子をかぶってなくてよかった。あれだとつねにピンで頭に留めておかなければならない。ルーが手ぶりで椅子を勧めると、セクメトは優雅に腰を下ろした。

プリムローズがお茶を注ぐあいだ、ルーは質問で質問をかわした。「ミセス・ファンショーがみずから彼らのもとに行ったというのは本当？」

セクメトはうなずいた。「ミセス・ファンショーは英国の協力を保証する証人として行動し、彼らが善良で高潔だという子供じみた信念を持っている」

ルーは眉を寄せた。「それで、あなたは彼らの何？」

「もはや何ものでもない。わたしは彼らに代わって話をすると約束し、それを果たした。みな、あなたの母親が来ると思っていた。あなたではなく。わたしはあなたの母上に会いたかった。あなたを生み出したその人《オリジナル》に。わたしはオリジナルが好きなの。だからといってあなたの特異性を認めないわけじゃないわ、〈皮追い人《スキン・ストーカー》〉」

ケネルがたずねた。「じゃあ、あなたは誰に雇われているの？」

ミス・セクメトは口出しされて気を悪くしたようだ。頬ひげがあったらぴくぴく動かしていただろう。

「ミルクはいかが？」プリムがティーカップの上でミルクピッチャーをかかげた。

「多ければ多いほどいいわ、お嬢さん、多ければ多いほど」ミス・セクメトは貪欲な表情を浮かべた。

プリムは顔を赤らめてミルクを注ぎ、カップを渡した。

ルーたちは〝もしかしてピチャピチャ音を立てて飲むのではないか〟とひそかに期待したが、ミス・セクメトは完璧なマナーでミルクたっぷりの冷めた紅茶をおいしそうに飲んだ。

「彼らの事情を話すよう彼らに頼まれたの。だからそうした。でもあなたは何もしなかった。いま彼らは味方が誰なのかわからず不安になっている。彼らはわたしの目的を知りたがり、あなたの目的を知りたがっている。これまでのあなたのやりかたはまずかった、スキン・ストーカー」

ルーはむっとした。「あたしはすべて紅茶の話だと思っていたの」

ミス・セクメトはミルクを抱えた猫よろしくにんまり笑みを浮かべた。「彼らは——あなたがた英国人の言葉で言えば——切り札をすべて持っている」

ルーは困惑した。「彼らの目的はなんなの？　あなたは彼らの立場を何ひとつはっきりと明かさなかった」

　セクメトは黙りこみ、気まずい沈黙がおりた。

「何か新鮮なものでも？」プリムがそわそわとたずね、肉貯蔵庫まで走らせようと給仕に合図したが、セクメトは首を振った。

「いいえ。お気づかいはありがたいけれど、これで充分。待って。あれは燻製ニシン？　まあ、すばらしい。最後に食べたのはいつだったかしら」

　プリムは茶色いバターソースに浸した燻製ニシンとフライドエッグをたっぷり取り分けた。どれも冷めていたが、人猫は冷えて固まった食べ物でもかまわないようだ。

「誰かが送りこまれると、どうしてわかったの？」ルーは話を続けた。

「あなたのお父上からここの人狼団に手紙が届いたの。わが最大の宝物から目を離すなと。当然わたしは彼の妻のことだと思った。誰もがみな。彼女は以前にも夫の同伴なく旅をした。あなたがすっかり大人になって一人で空を飛びまわるようになっているとは思わなかった」

「不死者の時間の流れは違うから」

「そのとおり」セクメトはうなずいた。「そして英国があなたを海外に出すとは誰も思わなかった」

「超異界族だからって囚人あつかいされてるわけじゃないわ！」

「そうね、でもあなたは——お父上の言葉を借りれば——国の宝」

ルーはいまいましげに顔をしかめた。なんて過保護でおせっかい焼きのポウ！

セクメトが声を立てて笑った。「お嬢さん、自立への憧れは誰よりよく知ってるわ」

ルーは話を進めた。「腹を割って話しましょう、ミス・セクメト。あなたがさっきからほのめかしている人たちは——ミセス・ファンショーと税金をあずかっているのは——本当に人猿のような生き物なの？ それともただの国粋主義者？」

そこでルーは古いことわざを思い出した。〝猫から率直な答えを引き出そうとするのは浴槽のなかで石けんを見つけようとするようなものだ〟。

ミス・セクメトはほおばった燻製ニシンをのみこみ、つんと取りすました。

「〈異《い》界族《かいぞく》受容《じゆよう》決議《けつぎ》〉、通称〈い・じ・け〉協定。そうか！」パーシーが声を上げた。「もしヴァナラが実在すれば、政治的にややこしくなる。ラクシャサが権利を分配せざるをえなくなるってことだ」

ミス・セクメトは驚きを押し隠した。「英国政府が彼らを法的に認めるとでも？」

パーシーは背筋を伸ばした。「ちょっとそれは聞き捨てならない！ 英国は異界族に対してつねに公正な立場を取ってきた。そういう伝統だ」

セクメトは唇をゆがめた。「でも現地の異界族に対してはそうではない」

パーシーは呆気にとられた。「ぼくたちは帝国じゅうに文明をもたらし、啓蒙している」

「それがあなたたちの言いぶん？」セクメトはニシンを食べ終え、紅茶を飲みながら椅子の背にもたれた。「ミセス・ファンショーも似たような考えね。でもヴァナラたちはそうは思っていない。だからあなたに対話を拒まれて……」

「拒んでなんか！　知らなかっただけよ」

「そしていまやにっちもさっちもいかなくなった。わたしはもはや彼らの代弁者ではないし、あなたはまだ正しい質問をしていない」セクメトはカップを置いた。

ルーは顔をしかめた。「ねえ、ミス・人ライオン、あたしがサンドーナーに任じられたのを知ってる？」これにはさすがの人猫も動揺した。ミス・セクメトもすべてを知っているわけではなさそうだ。

「ルー！」ケネルがぎくりとして声を荒らげた。

セクメトは首をかしげた。「脅しているの、小鳥ちゃん？　なるほど。つまり英国はあなたを便利に使っても、宝とまでは思っていないようね。実におもしろい」

ルーは声を立てて笑った。「どうやらそのようね」

「それで？」

「あたしをヴァナラのところへ連れていってくれない？」彼らは母さんの名代であるあたしと交渉したがっていて、ダマはあたしに紅茶を見つけてほしいと思っている。そしてありかを知っているのはミセス・ファンショーだけ。となれば、いやがおうでもあたしがジャングルに行くしかない。

「大変けっこう、スキン・ストーカー。まさに正しい質問よ。そして答えはイエス、あなたを連れてゆくわ」

とたんにプリムとパーシーとケネルがいっせいにしゃべりはじめた。

プリムとケネルは〝とんでもない〟と反対し、パーシーが研究のために自分が行くべきだと主張すると、今度はケネルが、いや、行くならぼくだ、ぼくなら用心棒としても科学者としても役に立つと言い、プリムは、ルーが行くなら〈斑点カスタード〉号とクルー全員で密林に行くと言い張った。

ルーは片手を上げて制した。「政府がいままで空からミセス・ファンショーを捜索していないとでも思う？　森はかなり深そうよ。捜索は徒歩でやるしかない」

ケネルとプリムが声をそろえて反対した。「危険すぎる！」

ルーは考えた。「ライオンになれば二人は楽に運べるわ」プリムだけがルーの心の声に気づいた。〝ああ、どうか、お願い、姿を盗ませて〟。

即座に反対するかと思ったが、ミス・セクメトは意外にも考えこむ表情だ。

もう一押しだ。ルーはここぞとばかりに説明した。「体重の問題じゃない。重さだけならもっと運べるわ。一般的な異界族と同じくらいの力はあるから。たぶん。猫科は一度も経験がないけど、大きさからすると――」ルーは自分の丸みのある体型を意味ありげに指し示し、「見てのとおり、あたしは両親ほど立派な体格を受け継いではいない。あたしが乗せられるのは二人が限界よ」

「嫌な予感がするんだけど」とケネル。

「ここはあたしが変身するわ。あたしが乗ったら皮の手違いが起こる危険が大きい。ライオンでいるほうが安全だと思う。危険にさらされるのはミス・セクメトのほうよ」

セクメトはルーの計画を頭のなかでなぞり、うなずいた。「二度目の死を恐れるほどわたしは若くはない。あなたはわたしから姿を盗む初めてのスキン・ストーカー。おもしろい経験になりそうね。この歳になるとおもしろい経験に出会う機会もめったにないわ」

「猫のように好奇心旺盛ってこと、ミス・セクメト？」

プリムの大胆な言葉にセクメトは〝そのとおり〟と言いたげに小さく笑みを浮かべた。

プリムは顔を赤らめた。

ケネルがデッキチェアから立ち上がり、あたりをうろうろしはじめた。「じゃあ残りは全員、留守番か」

ルーはケネルを無視してセクメトにたずねた。「異界族協定に関する英国の政策について調べたことは？」

セクメトは首を横に振った。

「わかった、じゃあパーシーが第三者として立ち会うわ」

正式に捜索隊に加わることになったパーシーは喜びと恐怖が入り交じった表情を浮かべた。

プリムローズが青ざめた。「ルー、パーシーは冒険に慣れてないわ。森にも。それを言うなら外界にも」

「わかってる。でもパーシーは小さいころ、いくらか狼乗りの経験があるわ。少なくともまたがることはできる。それに、あのクラバットピンがあれば怖いものなしよ」

心配なくせにケネルは意味深な笑みを浮かべた。「かわいい人《モン・ペティ・シュ》、またぼくを乗せたかったら喜んで正しい乗りかたを覚えるよ」

ケネルの言葉にプリムローズが小さく悲鳴を上げた。

ルーは内心うれしかった。きっとケネルはあたしの恋愛教師を引き受ける気になったんだわ。

だが、次のひとことで喜びは吹き飛んだ。「とにかくきみは安全な場所でおとなしくしてろ」

ルーは声を荒らげた。「心配なのはわかるけど、ミスター・ルフォー、もう少し立場をわきまえたらどう？」

ケネルは引き下がらなかった。「どれほど危険かきみはわかっていない。どれくらい時間がかかるのか。どうやって森から抜け出すのか。きみは猿だらけの恐ろしい場所に飛びこもうとしてる――信用できるかどうかもわからない人間に戻った人猫と、とんでもなく無能な学者だけを連れて」

「おい、いまなんて言った！」パーシーが嚙みついた。

「ああ、家族げんかね。昔いた群れがなつかしいわ」

セクメトの言葉にルーとケネルは声をそろえた。「**家族じゃないって！**」

セクメトは肩をすくめた。「わたしの群れにも本物の家族はそう多くはなかった」

ケネルはごまかされなかった。「シェリ、頼むから行くな」

怒りで顔が熱くなった。どうしてみんなの前であたしの決断に反対するの？　ああ、恥ずかしい。これじゃあミス・セクメトに子どもだと思われてしまう。「これが最善の策よ」

「バ、バ、バカげた策だ！」ケネルは叫びたいのを必死にこらえるように歯を嚙みしめ、あごをこわばらせた。

あたしはケネルの気を惹きたかった――それは間違いない――でも、こんなふうにかまわれたかったわけじゃない。ほしかったのはたわむれと男性的な関心で、もうひとりの親じゃない。セクメトの言うとおり、ケネルの振る舞いはほとんど家族のようだ。「何がそんなに心配なの？　あなたとあなたのお仲間がいれば船はなんの問題もないでしょ」

ケネルは目の前に立ちはだかってルーを見下ろした。「バカげてるのは策じゃない。きみだ」

感情をあらわにするケネルにルーはたじろいだ。どうすればいいの？　一瞬、後部デッキのまんなかで、甲板員全員と人猫がいる目の前でまたキスされるのではないかと怖くなった。それと同じくらい、なぐられるのではないかとも思った。

だが、ケネルはただ、こう言った。「きみの身が心配なんだ。これじゃあいきなりライオンを追いかけたときと同じじゃないか」

ルーは胸を衝かれた。「あのときとはまったく違う。これは先手を打ったためよ。今度はあたしがライオンになって追いかけるの！」

ケネルは片手でぱしっと額《ひたい》を叩き、フランス人らしい大きな身ぶりを交えながら大股でうろうろしはじめた。「しかもきみがライオンになるのは初めてだ。うまく立ちまわれるかどうかもわからない。きみは狼専門だろ！　いや、問題はそこですらない、問題は――」

ルーはケネルの前に立って言葉をさえぎった。豊かな胸をそらし、思いきり背を伸ばしても身長ではかなわないが、これでも精いっぱい威厳を示したつもりだ。「もうやめて。これでもあたしは船長よ。この子たちの前であたしに楯突かないで」ルーは甲板員たちを指さした。少し離れた場所で、いつのまにかスプーに話しかけるのをやめ、かんしゃくを起こすケネルを大きなおびえた目で見つめている。

ケネルは怒りに震えたまま足を止め、感情を抑えた。「わかったよ、レディ船長」冷たく言い放つと、足早に下デッキに消えた。

ルーは止めなかった。

続く長い沈黙のあいだ、プリムとパーシーは何も聞かなかったふりをし、ミス・セクメトは無関心をよそおった。

ルーは深く息を吸って気を落ち着けた。「プリム、あたしがいないあいだはあなたが指揮をとって。本来ならミスター・ルフォーにゆだねるべきだけど、ちょっと動揺しているようだから、実務はあなたにまかせるわ。ケネルにはあとでそう伝えて」これで、指揮系統の変更を伝えるためにわざわざボイラー室に行かなくてもいいし、アギー・フィンカーリントンからまたお小言を言われずにすむ。

プリムがおずおずと提案した。「照明火薬を持っていく？　ひとつあれば何かあったときに打ち上げて助けを呼べる。きっと現地の駐在軍が気づいてくれるわ」

ルーは賢明な提案には素直にしたがう性格だ。「いい考えね」

プリムは額にしわを寄せた。「小型のものを小物バッグに入れて首にくくりつけておくといいわ。それから今朝わたしが買った長いショールも一枚、持っていって――まんいち森のまんなかで姿が戻ってしまったときのために。もしくはミス・セクメトに何か起こったときにそなえて」

ミス・セクメトは当惑した。「彼らが森のどのあたりにいるのかはわからない。話はいつも仲介者を通していた。縄張りは荒らせない」

「だったらミセス・ファンショーの臭跡を追うしかないわね」

「スキン・ストーカーは姿を盗むだけではないの？」ミス・セクメトが興味を示した。「動物の優れた追跡能力もそっくりそなわるの？」

「もちろん」ルーは嘘をついた。ライオンになれる一度きりのチャンスかもしれない。分厚い布を巻いてセクメトにまたがり、森のなかに乗りこむ気はない。あたしがライオンになる。

「わかった」セクメトが言った。「だったら善は急げ。ぐずぐずしていると夜が明けるわ」

プリムはあわてて倉庫に向かい、火打ち石と火口と花火、スイレンのような形の小物バッグとオレンジ色の大判ショールを持って戻ってきた。

パーシーは〝まだ準備ができていない〟とあわてたが、ヴァージルが厚手の上着と、さまざまな道具袋がぶらさがるベルト、本と巻紙がびっしり詰まった肩かけかばんを持ってかたわらに現れるとおとなしくなった。「古代ヒンディー派生語の文献は？」ヴァージルがうなずいた。「『ラーマーヤナ叙事詩』は？」またも従者はうなずいた。「地図は？」三度うなずくのを見てパーシーは驚いた。「ふうん、おまえにも何かしらとりえはあるようだ」

「あまり遅くならないように――フットノートが心配します」とヴァージル。

ルーは下デッキの自室についてくるようミス・セクメトを手招きし、見た目の整え役としてプリムも同行した。廊下で噂のフットノートと出くわした。雄猫は人猫をひと嗅ぎしてしっぽを大きく立てると、つま先歩きで脇によけ、図書室に戻っていった。ミス・セクメトは威嚇するような奇妙な笑い声を上げた。

部屋に入ると、ルーはついたての奥に隠れてティーガウンからゆったりしたローブに着替えた。ほかは何も身につけていない。ルーはついたてから出てセクメトに向きなおった。

ミス・セクメトは無表情だが、ルーには緊張が感じられた。「準備はいい？」

「さあ、これでいいわ」ルーはプリムを見上げた。

プリムがうなずいた。

「ミス・セクメト？」

人猫はうなずいた。ルーはセクメトの気が変わらないうちに一歩近づき、剝き出しの手に触れた。

　それはやっぱり痛かった。その点ではライオンも狼も変わらない。変形と落下と移動が同時に起こるような感じだ。

　ルーの骨格は敏捷な猫科の生き物のそれに組み変わった。髪は全身を覆う毛皮になり、背骨は伸びて長いしっぽになった。指の爪は鉤爪になり、鼻孔は広がって湿り気を帯び、歯も大きくなった。感覚が変わり、色が消え、視覚はさほど意味を持たなくなった。

　こうした点は人狼と似ているが、違う部分もある。音はより鮮明で、細かいところまで聞き分けられる。筋肉のバランスも違った。これはよじのぼり、ジャンプするのに適した姿形だ。長いしっぽが前後のバランスを取り、鉤爪はしなやかでぐんと伸びた。

　ルーは鼻をくんくんさせた。嗅覚は鋭い。狼ほどではないが、それでも人間よりはるかに上等だ。プリムからは、花の香りのパウダーと石けんに、かすかに汗が混じるにおいがした。あたしが汗のにおいを嗅いだと知ったらさぞ恥ずかしがるだろう。すぐそばに立つセクメトは異国の香辛料と乾燥した草原のにおいがした。息にはまだかすかに燻製ニシンのにおいがし、ミルクたっぷりの紅茶の香りと混じり合っている。

　セクメトが驚きの声を上げた。「驚いた。なんてすばらしい。わたしの猫の姿をいともやすやすと盗んだわ。あれほど長いあいだ身体になじんでいたものを」

　プリムが心配そうにたずねた。「見捨てられたような気分？」

「不死の状態から？　反異界族に触れられたときほどではないわ。きかれる前に言っておくけど、そう、わたしは魂なき者《ソウルレス》に会ったことがある。でも、触れつづけなくてもいいなんて。つなぎひもの長さはどれくらい？」

プリムは他人の秘密をべらべらしゃべるほうではない――とくに当人がそばで聞いているときは。「それはルーがまた話せるようになってから、あなたとルーのあいだで話すべきことではないかしら」

「そうね。詮索好きを許して――生まれ持った性《さが》よ。信じられないかもしれないけど」

「よくわかるわ。ところで、前にもライオンに乗ったことはあるんでしょう？」

セクメトはうなずいた。人間に戻ってより表情豊かになった顔がふと寂しげにかげった。

「いまとなってははるか昔だけど。あるわ」

おみごと、プリムローズ。これでセクメトの仲間がほかにもいることがわかった。少なくとも過去にはいた。

セクメトがルーにまたがった。「意思の疎通はできるの？」

プリムがうなずいた。

「完全に？」

「あなたの言うことはわかるわ。変異したばかりの人狼と違って、ルーはもともとある能力をすべて保てるの。でもライオンのときのあなたと同じように、言葉を発することはできない」

ルーが小さくミャウと声を上げると、セクメトがふさふさの首に手をからませた。準備が整った証拠だ。ルーは了解のしるしに喉を鳴らそうとしたが、つっかかったような破裂音しか出なかった。あきらめて部屋から廊下に飛び出し、階段を駆け上がって後部デッキに着地した。

あやうく行きすぎるところだった。ジャンプ力では、人ライオンは明らかに人狼より上だ。パーシーがいまかいまかと待っていた。夜の遠乗りに出かけるご主人様の上着のボタンが全部とまっているか、ブーツにほこりはついていないか、帽子はゆがんでいないかとヴァージルがせわしなく世話を焼いている。

ルーはパーシーの隣で足を止め、しっぽを振った。

パーシーは不安げにルーを見た。最後に狼ルーに乗ってからずいぶんになるし、今回はまったく姿が違う。しかもいまではルーより自分のほうが身体が大きい。

ルーは命令するようにひと鳴きした。

パーシーはルーの背にまたがって膝を引き上げ、ミス・セクメトの腰に腕をまわした――ようだ。

「お許しを、ミス、会ったばかりなのに」

「あら、さすがは英国人、礼儀正しいのね。さあ、遠慮なくしっかりつかまって！」

「了解、ミス」パーシーがしおらしく答えた。

ルーは言葉にならない声で二人にたずねた。

「準備完了」とパーシー。喉が詰まったような声だ。

「いいわよ」ミス・セクメトが答えた。

ルーは船の陸地側の手すりに向かって駆け出し、二人を背に乗せたまま大きくジャンプして手すりを越えた。

それは実にみごとな跳躍だった。背後の甲板員たちが期待どおり、いっせいに息をのんだ。思ったより高さがあったが、この程度なら異界族の身体が衝撃を吸収できる。ルーはわずかによろけただけで着地し、パーシーがずり落ちるまもなくすばやく体勢を立てなおした。ケネルが機関室の舷窓から見ていてくれなかったのは残念だが、すぐに気むずかしいフランス人のことは頭から振り払い、街をめざして走りだした。

12 象頭《ぞうあたま》を乗っ取ること

「ぼくの調査によれば、おそらくタングアシュワー森がヴァナラのすみかだ」パーシーが言った。

「さすがね、教授」とミス・セクメト。

「ルーは、見目のよさでぼくを乗船させたわけじゃない、間違っても」

「そうかしら」

パーシーは自分の――あるいはルーの――性格をどう思われようとおかまいなしに得意げに続けた。「ボンベイに近い最大の森林地帯で、中心には聖なる寺院がある」

ルーはセクメトがうなずくのを感じた。

パーシーは子どもみたいなところがあって、手に入れたばかりの知識をあたかも自分が生み出した芸術作品ででもあるかのようにひけらかしたがる。「ヴァナラは土着の宗教や迷信と密接な関係があると言われている。叙事詩に登場する彼らは神そのものではないにしろ、神々と友好関係にある」

ルーは途中で聞くのをやめた。放っておけばパーシーはえんえんとしゃべりつづける。ルーは半島を北に向かって、パーシーの言葉が風にかき消えるほど速く走った。というより、かき消えたふりができそうなほど速く。

夜のボンベイは昼間とはまったく違った。動くものはほとんどない。変ね、こんなに涼しいのに。これってラクシャサを恐れているせい？　インドに来てこれほど不安になったのは初めてだ。こんな静けさはなじみがない。ロンドンの夜は吸血鬼や人狼、ゴースト、ドローンやクラヴィジャー、その他の取り巻き連中が通りをうろつき、にわかに活気づく。軍用パブや居酒屋は人狼や同僚の兵士たちに一晩じゅう酒を出し、劇場では誰もがオペラやダンスや喜劇を楽しみ、吸血鬼と仲間たちには専用のクラブや楽団、美術館や深夜の博物館がお楽しみを提供し、通りの店々は夜どおし陰社会の住人のおしゃれな要求に応じる。そんな通りを異界管理局の捜査官が合法的に温かく見守り、その目を盗んでいかがわしい連中が違法な仕事をになうのだ。

ボンベイにそうした夜のにぎわいはいっさいなく、灼熱の日中と同じように静まりかえっていた。ときおり野良犬と野ネズミが動きまわり、薄汚い猿の群れが市場をうろついては昼間に人間が落とした食べ物をあさっている。街は完全に彼らのものだ。

ルーの猫鼻にボンベイはどこもかしこも異国のすえたにおいがした。腐りかけの植物、カビの生えた肉、排泄物といった嫌なにおいから、刈りたてのイグサやローストした羊肉、香辛料や香油といった好ましいにおいまでさまざまだ。燃える灯油とガスのにおいが、機械と蒸気工学の原動力たる煤とモーター液のにおいとともにあたりに立ちこめていた。

ルーは無人の通りをすばやく駆け抜けた。はやがけの馬より速いが、列車やエーテル層を移動する飛行船ほどではない。十五分ほどで街なかを抜け、街はずれにやってきた。背中の重みはせいぜい俊敏な動きを妨げるだけで、少しも苦にならない。

ボンベイの北端を越えると、工場地帯がスラム街に変わりはじめた。ルーは頬ひげをぴくつかせて足を止めた。ひげは意思と関係なく勝手に動く。魚となめし革と病《やまい》が強烈におった。人猫でよかった――もっと鼻のきく人狼だったら押し寄せる悪臭に耐えきれなかったかもしれない。ここにはあらゆる街から郊外に押しやられたものが集まっていた。療養所《サナトリウム》、孤児院、墓地、そうした施設で生計を立てる者たち。すさみ、よどんだにおいは人間の鼻でも嗅ぎ取れそうだ。ルーは立ちどまってしっぽを動かした。近くの墓地の上空で何かが白くちらついている。話好きのゴーストか、それとも二度目の死にのたうつ騒霊《ポルターガイスト》か。確かめる時間はない。

「現地人はゴーストを〝ブフット〟と呼ぶ」ルーの考えがわかったかのようにパーシーが言った。

「もうすぐよ」とミス・セクメト。

ルーの猫目に、闇の奥はほとんど黒一色だ。ツンと潮のにおいがして、半島が狭まっているのが見えた。道路が一本と線路が通るだけの幅しかない。頭上に伸びるケーブルも、いまは空っぽだ。この狭い海峡には〈大事業《グレート・ワークス》〉のひとつ――東インド会社が建設した陸橋がかかっていた。東インド会社はボンベイを港に選んだ際、七つの島を結んでひとつの半島にした。

ルーはライオンの大きな足で音も立てずに海峡を渡ってボンベイをあとにし、原生林が広がる郊外へひた走った。道はでこぼこのぬかるみで、鉄分を含む粘土とイグサと古い血のにおいがした。両脇の野生植物は、英国では嗅いだことのない草ばかりだ。ここにはきちんと刈りこまれたヒイラギの垣根も、カシの木も、リンゴの木も、ヒース原もない。猿と、なにやら見慣れない生き物が毛皮と肉のにおいを残してあわてて走り去った。

分かれ道にさしかかるたびミス・セクメトが指示し、さらに北に向かう。内陸に入ったらしく、海のにおいが遠ざかり、ジャングルのにおいがしはじめた。分厚い緑苔や、うっそうと茂る葉、湿った根っこのにおいが鼻をつく。小高い丘をのぼると、目の前に広大な森が広がっていた。銀色の月に照らされた森は、どこまでも広がる黒い樹木でできた巣のようだ。

パーシーが遠慮がちにつぶやいた。「これはタングアシュワー森じゃない。信じられないけど、これでも小さい森だ。幅はわずか数キロで、地図に名前もない。タングアシュワーはこの反対側だ」

ルーは小径をたどり、枝がうっそうと垂れかかる暗がりに入った。ジャングルが英国郊外にある木々に囲まれた美しい峡谷と違うことくらいは知っている。ここジャングルでは巨木やシダや下草が密生するだけでなく、あらゆるものに蔓がからみつき、その野放図で奔放なさまは大人になっても髪を垂らしたままの女を思わせた。さすがのルーもたじろいだ。世間から〝奔放〟と後ろ指さされるレディの代表であるルーでさえ。そのまま異界族の力を最大限に使って一気にスピードを上げ、生い茂る下草を猛然と突っきった。もしいま何かが飛びかかってきても、しっぽの先をくわえるのがせいぜいだっただろう。

ミス・セクメトとパーシーは両脚をきつく巻きつけ、低く身を伏せた。いつもプリムがするように、セクメトがルーの首に顔を近づけた。熱い息が片方の耳にかかり、反射的にぴくっと動いた。

「落ち着いて、子猫ちゃん」セクメトはルーだけに聞こえる声でつぶやいた。「いまこの森にあなたの敵はいない」

あたしが心配なのは背中に乗ってるあなたたちよ――ルーは説明できないのがもどかしかった。あたしは二人のかよわい人間を守らなければならない。どうしてあたしはパーシーを連れてきたの？　パーシーに何かあったらプリムに殺される。パーシーはこんな冒険向きの人間じゃない。いますぐ向きを変え、〈カスタード〉号まで連れて帰りたい。でも、もう手遅れだし、そんなことをしたら本人が大騒ぎするだろう。

三十分ほど走りつづけ、原生林を突き抜けた先は……。

断崖絶壁だった。はるか下の谷底を川が流れている。距離がありすぎて、水音が聞こえる前ににおいを嗅ぎつけられなかった。ルーは土ぼこりを巻き上げて横すべりし、前足でかろうじて崖っぷちに踏みとどまった。

と同時に背中の二人が振り落とされた。

パーシーはさいわい本の入ったかばんの重みで横からずり落ち、悲鳴を上げて茂みに落ちた。

だが、前方に思いきり身を倒していたミス・セクメトはルーの頭上を転がり、峡谷に真っ逆さまに落ちていった。

とっさにルーは思った。セクメトを不死状態に戻さなければ。セクメトがはるか下の川に——悪ければ岩に——ぶつかる前に二人のつなぎひもが切れれば助かるかもしれない。ルーはすばやく身をひるがえし、いま来た道を猛然と駆け出した。パーシーをひとり崖の上に残して。

疲れてはいたが、背中に誰もいないぶん、さっきよりは速度が出る。姿を盗んだ女性からできるだけ離れる——それしか頭になかった。どうかミス・セクメトの命まで盗んだことになりませんように。

必死に祈りながら、吸血鬼も追いつけないほどのスピードでひた走った。

そして次の一歩を踏み出したとたん、ルーはぬかるみで大の字になっていた。素っ裸で、いきなり襲ってきた変身の痛みに顔をしかめ、夜の寒さに凍えて。周囲の草木が鮮明になり、猫目では見えなかった緑色が月明かりの下で鮮やかに浮かびあがった。別々に認識できていたにおいが消え、土ぼこりとジャングルの穏やかなにおいに変わった。

まにあった？　最初にそう思った。人ライオンとのつなぎひもは切れた。でもそれが、ミス・セクメトが死んだからか、それともつなぎひもが限界を超えて本人がライオンの姿に戻り、むごたらしい落下で死なずにすんだからなのかはわからない。

いまとなっては確かめようもない。運命の断崖からはるか遠く離れてしまった。ルーは立ち上がって首からショールをはずし、無造作に身体に巻きつけると、花火の入ったスイレン型の小物バッグを首に巻いたまま向きを変え、重い足取りでいま来た道をとぼとぼ歩きはじめた。どうしてあたしはあんなにスピードを出したんだろう。どうして森の地形をミス・セクメトに確かめなかったのだろう。どうして人ライオンの感覚をもっとうまく使えなかったのだろう。

裸足で、しかも異界族の力がなくなったいま、戻るのはずいぶん時間がかかった。ライオンのときは肉球のおかげで何も感じなかった足の裏が、いまは道ばたの小石で切れて痛い。傷の痛みより、血のにおいが捕食者を引き寄せるほうが心配だ。ふだんから狼に変身していてよかった点があるとすれば——何がいいのかわからないが——一般的な良家の英国女性よりも痛みに強いことだ。ルーは足の痛みを無視して歩きつづけ、ひょっとしてパーシーが聞きつけはしないかとときおり大声で呼びかけた。でも、パーシーの行動は誰も予測できない。あたしのあとを追いはじめているかもしれないし、ミス・セクメトを助けようとしているかもしれない。一人でタングアシュワー森に向かったかもしれないし、道のまんなかで座りこみ、泳ぐハリネズミについて書かれた本を読んでいないともかぎらない。

小一時間後、疲れ、ほこりにまみれ、血を流し、不安にさいなまれながらルーはさっきの崖にたどりついた。

パーシーはどこにもいなかった。

脚を引きずりながら絶壁に近づき、峡谷を見下ろした。美しいミス・セクメトが谷底に横たわってもいなければ、地上に戻る方法を探して川沿いを歩く雌ライオンもいない。

人猫はどこかに消えてしまった。

ルーは体を起こし、孤独をひしひしと感じながらあたりをゆっくり見まわした。背後にはすでに一度通った広大な原生林が広がっている。ここを歩いて抜けるには一晩じゅうかかるだろう。目の前は深い谷。その向こうには背後の森よりさらに大きく、暗く、うっそうとしたジャングルが立ちはだかっている。

ルーは背筋をぴんと伸ばした。あたしにはまだ花火がある。いざとなれば助けを呼べる——こんなに人里離れた場所の合図に気づく人がいるとは思えないけど。もしミス・セクメトが生きて後方のどこかにいれば、あたしの足の血のにおいを追ってくるはずだ。パーシーのことは心配だけど、こうなったら一人でやるしかない。

ミス・セクメトとパーシーを落とした場所から橋が二本かかっていた。左側は鉄道橋で、谷を越えるとタングアシュワー森から離れるように曲がり、海岸に伸びている。鉄道橋の頭上ではケーブルが——かなり上空で——まっすぐ森に向かっており、峡谷の手前に例の巨大象列車が止まっていた。動いている途中でふと居眠りしたかのように谷の真上でぶらさがり、内部は暗く、首飾りのランタンも消えている。ほかの場所と同じように、暗くなったら停止する規則なのだろう。象列車は荷物と眠る乗務員をゆっくりと揺らしていた。大声でなかの人を起こし、助けを求めてみる？　でもなんと言えばいいの？　〝あたしは人猿を探しに来た、服を着ていない英国女性で、学者と人ライオンをどこかに置き忘れたみたいなんです〟とでも？　そもそも、こうした内容をどうやって身ぶりで伝えるの？　言葉も通じないのに。

もう一本は象の右側にかかる横木と縄でできた吊り橋だ。人が歩いて渡るためのもので、動物や運搬車用ではない。タングアシュワー森に入れるのは巡礼者だけだ。

最初の横木にこわごわ足を載せると、吊り橋は重みでゆらゆら揺れた。

高いのは怖くはない。高いところが怖くて、どうして飛行船の船長が務まろう？　でも、この吊り橋にくらべたら〈カスタード〉号のほうがまだいい。吊り橋はかなり長く、異界族の力がないいま、最後まで渡りきれるかどうか自信はない。

ルーは状況を考えた。あたしにはいまスイレン型小物バッグと火打ち石と花火と、小さなショール以外、何もなく、足の裏はずきずきしている。歩かずに渡れる方法があればそれに越したことはない。ルーは空中に浮かぶ象を見上げた。あたしに蒸気列車のクルーが務まるとはとても思えない。

それでもルーはためらいを捨てて吊り橋を離れ、最寄りの支柱に向かった。支柱といっても峡谷の端の地面に埋めこんだ高いはしごで、上まで金属の横木がついている。ルーは勇気を振りしぼるように息を吸い、はしごをのぼりはじめた。

なめらかな金属段は冷たかったが、荒れた道より足には優しい。ほどなくてっぺんにたどりついた。

ルーは身体を覆うショールと首にくくりつけた小物バッグの状態を確かめると、両脚をケーブルに巻きつけ、象列車めざしてケーブルをくねくねと這いはじめた。それは大いなる挑戦だった。腕力はもちろん、動きかたにもコツがいる。本気で甲板員の力仕事を手伝い、よじのぼり術を身につけたほうがいいかもしれない。たくましい体とはほど遠いルーはゆっくりとしか進めなかった。さもないと筋肉がもたない。それでも途中で腕が震えはじめた。もうだめだと思ったとき、頭が金属象の鼻にぶつかった。

象の鼻はケーブルの軌道に組みこまれたいくつもの誘導ギアを覆い隠していた。つまり、この鼻をよじのぼらなければ象の頭にはたどりつけない。でも、目的地は象の頭だ。操縦室はあのなかにあるとケネルが言っていた。

ルーはあちこち身をよじって鼻の表面に張りつくと、両手両脚を金属のうろこに巻きつけ、高速腹ばいでのぼりはじめた。残念ながらルーのお腹は冷たいざらざらした感触にはまったく慣れていなかった。そもそもお腹を剝き出しにすることすらしない。娘がお腹を象に見せつけていると知ったら、母さんはなんと言うだろう。想像するまでもない。知るかぎりの言葉であたしを未開人とののしり、いますぐドレスを着なさいと命じるに決まっている。象の鼻をくねくね這いのぼりながらルーの頭には想定問答が浮かんだ。

「まあなんてこと、わが娘がオレンジの皮をつけた野蛮人のような格好で!」

「でも、母さん、熱帯林のどまんなかで取り残されたのよ」

「弁解無用」想像上の母さんが言った。「そんなことはどうでもいいの。問題はあなたの評判よ。まわりになんと思われることか」

「誰に？　地元の浮浪児？」

「浮浪児が繊細でないとどうしてわかるの？　いますぐ服を着なさい、おちびさん」お得意の理不尽な理屈だ。

「もう、母さん！」空想のなかのルーが声を荒らげた。

変な話だ——空想のなかでもあたしはやっぱり母さんに言い負かされる。

やがて象の鼻はケーブルの下に下降しはじめ、よつんばいになれるほど広くなった。ケーブルははるか頭上に離れ、気がつくと目の前に象の片目があった。目といっても実際は操縦室の窓だ。

ルーは月光をさえぎるように両手を顔の横に当て、なかをのぞきこんだ。操縦室は無人のようだ。たしかに人気《ひとけ》のないジャングルのどまんなかで象列車が乗っ取られるとは誰も思わない。

どの時点でケーブルカー乗っ取りを決めたのか自分でもわからない。たぶん頭のなかで母さんと議論していたときだ。言葉もわからず、服も着ていない不利な状況で、乗務員にこちらの意図を伝えられるとは思えない。オレンジの皮を着た野蛮人のような格好で人前に立ち、要求するほどの度胸もない。

ルーは乗っ取り計画を立てながら這いつづけた。盗みに関してはダマにみっちりしこまれている。ダマの教えにこんなに大きいものを盗む術はなかったけれど。

どこかに乗務員がいるはずだ。エンジンを始動させたとたん誰かがあわてて駆けつけて阻止しようとするだろう。まずは象の胴体である貨物を象頭の車両からはずさなければならない。象頭はケーブルから長い鼻でぶらさがっているように見えるが、実際はふつうの列車と同じように何カ所かのポイントでケーブルに連結されているだけだ。

ルーはそのまま這いのぼって象の頭のてっぺんを越え、頭部とケーブルの連結ポイントのまわりをくねくねと移動し、ふたつの大きな革製の耳のあいだをすべりおりた。つかまるところを失ったルーは悲鳴をこらえて象の後頭部をすべり、連結ポイントの上にどさっと落ちた。

列車と貨物車両は鎖と巨大な連結器で固定してあった。いまあたしに強い腕力か、異界族の力があれば。またもや思ったが、ないものはしかたない。苦労して列車と貨物車のあいだに陣取ると、両脚をふんばって連結器を押し上げ、連結をはずして太い鎖をほどいた。

あとは、目を覚ました乗務員がふたたび連結させたり、貨物車から列車に飛び乗ったりできないよう、できるだけ象の頭を早く動かして振り切るしかない。

ルーは象の頭に向きなおり、本来の構造の名残とおぼしき、あごの小さな縁の上でバランスを取りながらじりじりと周囲を移動した。つかまるところもなく、いつ落ちても不思議はなかったが、なんとか機関室にたどりついた。

これが停車場にあれば――せめて支柱のてっぺんの、プラットホームのどこかにあれば――

―扉を開けるのは簡単だっただろうが、空中ではそうはいかない。扉はガネーシャの片耳の真下にある。ルーは片手で象の脇腹につかまりながら身を乗り出し、反対の手でおそるおそる取っ手を動かした。と、いきなり扉が開いてルーはバランスを失い、とっさに象の耳をつかんだ。さいわい革製の耳はしっかりと鋲留めしてあり、持ちこたえた。ルーは息をこらえ、象の耳からルー形イヤリングよろしくぶらさがった。そこからは完全に気力だけで――自分でもよくやれたと思う――側柱のてっぺんをつかむと、勢いをつけて機関室のなかに飛びこみ、扉をバタンと閉めた。車内に入ったとたん、心からほっとした。まだ胸がどきどきしている。

と、誘導装置の下で寝ていた男が起き上がり、驚愕の目でルーを見つめた。

驚くのも無理はない。ゆるんだオレンジ色のショールとスイレン形の小物バッグと猿をかたどった首飾りだけを身につけ、髪はほどけてくしゃくしゃで、裸足の足からは血を流し、月光の下でいっそう青白い皮膚にすり傷だらけの人間が目の前に現れたのだから。

男は叫びはしなかった。ただ驚いて口をぽかんと開け、王族を前にしたかのように――でなければどこかの聖像が生きて現れたかのように――ひれ伏した。

男は〝ガウリ〟という言葉を繰り返しては頭を下げ、ときおり〝ラクシュミ〟と口にした。その合間に自国語で長い文章や叫び、短い歌や詩の一節のようなものを口走る。見るからに敬虔深い態度だ。男は視線を地面から握り合わせた手へ、そしてルーの顔から首に巻かれた小物バッグへと動かしつづけた。

どうやらあたしを女神か何かと思っているようだ。ケーブルカーに現れたヒンドゥー教の神は、どう振る舞うべき？

ルーは至福の笑みを浮かべ、両手を泳ぐように動かした。〈布市場〉で見た踊り手たちを適当に真似た動きだ。〝さあ、腕を麺のように優雅に動かして〟——ルーは自分に言い聞かせた。

男はルーの手ぶりに息をのみ、黙りこんだ。

ルーは両腕を適当に上下にひらひらさせて立たせようとしたが、男はひざまずいて頭を下げるばかりだ。

ルーはしかたなく、さっきから男が見つめる小物バッグを首からはずし、花火を取り出した。

男は恐怖と期待のうめきを上げ、目を皿のように大きく見開いた。

ルーはもったいぶって火打ち石と火口と花火を操縦桿の上に置いた。あとあと必要になるかもしれない。そして何か意味ありげなものはないかと室内を見まわした。

片側にボイラーとおなじみの石炭の山があった。ルーは石炭のかけらをひとつ取り、そっと小物バッグに入れて口を締めた。片手にバッグを持ち、反対の手をバッグの上でさらに数回ひらひらと動かしながら——下手な奇術師みたいだ——ルーは短い歌をハミングした。頭が混乱していたせいか、とっさに浮かんだのは人狼父《ポゥ》さんの人狼団お気に入りの下品な歌『ベルサの筋肉を食らえ』だった。さいわい、目の前でひれ伏す男はなんの曲かを知らなかったようだ。ルーはその場でさらに三回くるりとまわり、物乞いのように両手を椀の形にしてひざまずく男に石炭入りのバッグを落とした。

男は頭を下げ、例の〝ガウリ〟と〝ラクシュミ〟のふたつの言葉を繰り返しては自分なりの『ベルサの筋肉を食らえ』を口ずさもうとしている。

ヒンディー語で〝出ていって〟と言えたらどんなにいいか。でも現地語はまったくわからない。ルーはじっと立ったまま、女神ふうに見えるのを祈りながら厳《おごそ》かな無表情で扉を指さした。

男に何を期待していたのかは自分でもわからない。せいぜい機関室から出ていき、さっきの自分のように象の頬をよじのぼって消えてほしいくらいのことだったと思う。

予想に反して男は戸口に向かって駆け出し、扉を押し開けるとそのまま空中に飛び出した。ルーは女神らしからぬ悲鳴が出そうになるのを必死にこらえた。殺すつもりなんかなかったのに！

あわてて扉に駆け寄ると、男がパラシュートのようなものを使うのが見えた。扉の脇に置いてあったらしく、男は大きな円錐形のパラソルもどきを開いて長い距離をゆらゆら下降し、谷の向こう側の名も知らぬ森に着地した。やがて男の上機嫌な叫びと『ベルサの筋肉を食らえ』の陽気な節《ふし》が機関室まで風に乗って聞こえてきた。男は人生と聖なる訪問者の恵みに満足したようだ。

よかった――これでせめて一人にはいい夜を提供できた。

空中ガネーシャ列車はヒンドゥー神話の生き物が荘厳な機械になったかのように見えたが、誘導室内部は昔ながらの英国工学そのものだった。それもかなり単純な、ベーコン・エンドにあるポウダンクル＝ブーフ製造会社製の古めかしい蒸気機関だ。ルーはプレートの文字を見て驚いた。十年以上も前の型！　大英帝国の果てにある装置が改良されてからかなりの時間がたっていた。〈カスタード〉号に搭載されたケネルの装置とはくらべものにならない。そこでルーは思考を断ち切った。ケネルのことは考えたくない。今夜の悲惨な状況を考えると、最初から計画に反対して止めようとしたケネルの言いぶんは正しかった。

火室は冷えきっていた。ルーは首をかしげた。たとえ夜中でもふつうは石炭に灰をかけておくだけのはずだけど。しかもボイラーの水位は半分ほどで、長距離移動ができるとはとても思えない。タングアシュワー森の反対側に給水所があるのだろうか。

ルーはめげなかった。あとは装置を加熱して蒸気を起こし、ダイヤルとレバーと目盛りを正しく設定し、ボイラーに石炭をくべつづけさえすれば象の頭は動くはずだ。まあ、かなりの大仕事だけど。でも、あたしには火打ち石と火口がある。

ボイラーに石炭をくべるのはけっこう時間がかかった。このとっぴな計画を始めてからずいぶん月が移動した。もう真夜中を過ぎている。そうこうするうちに水がボコボコと沸騰し、エンジンから蒸気が上がりはじめた。象頭は激しくがたがたと揺れながらもケーブルにしっかりしがみついている。蒸気機関を効率よく動かすには、その性質上、最低でも二人が必要だ。それをいまは一人で舵取りと火掻きをこなさなければならない。その結果、ケーブルカーは発作を起こしたかのように、ぶざまにがくんがくんと進んだ。はたから見たら象神がときおり不調に見舞われているように見えたかもしれない。不調には違いない。なにしろ動いているのは象神の頭部だけで、胴体は置き去りなのだから。

ケーブルカーの先頭車両が盗まれたことに貨物車で眠る乗務員が気づいて叫んだとしても、エンジンが立てる騒音のせいでルーには聞こえなかった。そして誰かが連結器に飛び移ろうとしたとしてもうまくいかなかったのか、あとを追ってくる者もいなかった。しばらく進んでから扉を開け、首をひねって後ろを見たが、追跡者の姿はない。

ルーはボイラーに石炭をくべ、つっかえつっかえ前進した。明確な計画はなかった。とにかくガネーシャ列車でタングアシュワー森の中心部まで行きたい。そこまで行けば何か手がかりが見つかるかもしれない。

ルーは火を掻き、目盛りをチェックし、誘導レバーを押し、ふたつある窓の外を見やるという自分なりの運転パターンを確立した。ときおり扉をわずかに開け、どこかにパーシーかミス・セクメトの痕跡が——それがどんな形にせよ——ないかと森のなかを見下ろした。でも花火を持っているのはあたしだけだ。それに、小径があったとしても木々に覆われてここからは見えない。

一時間かそこら火掻きを続けたあとルーは不安になった。あたしの腕は今夜の重労働から二度と回復しないかもしれない。しかもこれからまた象頭にしがみついて下りなければならない。いっそ途中の支柱で止まろうかとも思ったが、持ち前の根性を奮い立たせた。
だが結局、持ち前の根性は無駄だった。次に前方のケーブルをチェックしたとき、ルーは
いくつもの事実に同時に気づいた。
ひとつ、この先にケーブルはない。
ふたつ、次の支柱が最後の支柱で、あたしはそこに猛スピードで向かっている。
三つ、ボイラーが冷えきり、貯水量も少なかったのは、この蒸気機関がどこかに向かうた
めのものではなく、ケーブル設置作業の途中でケーブルの安定性を確かめるためのものだっ
たから。
四つ、だからこの蒸気機関はこんなにおんぼろだった。ケーブルをチェックするためだか
ら、安くて古い装置を使っていた。
五つ、機関室のなかにいてルーを女神と思いこんだ男は機関士ではなく、見張りだった。
六つ、乗務員が誰も追いかけてこないのは乗務員がいないから。
この一連の事実に気づくや、だめだと思うまもなくブレーキレバーをつかみ、力まかせに
思いきり引いた。いまここにボイラーを冷やし、石炭を掻き出す人がもう一人いれば。でも
自分しかいなければ機械に頼るしかない。どうかレバーがおんぼろでありませんように。ル
ーの腕は現実のブレーキと同じくらい大きな悲鳴を上げた。
ガネーシャ頭の速度が落ちた。ブレーキがかかり、ルーのわずかな腕力は必要なくなった。
エンジンがブレーキに抵抗してガタガタ揺れている。ブレーキから手を放すや、ルーは火室

に突進して火掻き棒をつかみ、わが身の危険も顧みず石炭を火室から掻き出した。でも、これでボイラーを冷ますのは無理だと心のなかではわかっていた。石炭の燃えさしが床に落ちて剝き出しの脚を焦がしたが、ルーは気づきもしなかった。

火室が空っぽになり、ブレーキは象頭の速度をゆるめたが、まだ充分ではなかった。ガネーシャは無情な正確さで最後の支柱に這うように近づいていた。支柱の先ではケーブルがヘビのようにぐにゃりと垂れ下がっている。

ルーは扉をバンと開け、パラソル形パラシュートがもうひとつないかと探した。どこにもない。いよいよお手上げだ。ルーは最後の手段で花火をつかみ、まだくすぶっている石炭をねらって導火線を火床に垂らした。火がついた。ルーは扉から外に身を乗り出し、花火を力いっぱい空中に放り投げた。

激しい爆発音とともに眼下の森が黄色い光の洪水で明るく照らされ、すべてがとつぜん鮮明に浮かび上がった。鮮やかな木々の緑が四方八方に果てしなく広がり、葉っぱの一枚一枚が痛いほどくっきり見える。前方に建設足場に囲まれた最後の支柱が容赦なく近づいてきた。建設中なのは間違いない。

そのとき、ルーは思いがけないものを見た。機関室の窓の外から上下逆さまに押しつけられた、いかにも陰険そうな猿の顔。

ルーはきゃっと悲鳴を上げてあとずさり、扉をバタンと閉めた。

猿ふうの生き物はみごとな宙返りで象頭のてっぺんを飛び越え、反対側の扉に降り立つと、扉を蝶番《ちょうつがい》から引きちぎり、無造作に下の森に投げ捨てた。

いくらなんでもそこまでしなくても――ルーは思った――あの取っ手はすばらしくいいものだったのに。

猿もどきは勢いよく開いた戸口をくぐり、ルーの目の前ですたっと着地した。

ふつうの猿よりかなり大柄で、人間のように完全に直立しているが、これまで見たどんな人間よりも筋骨隆々だ。例外はカーニヴァルの怪力男くらいだろう。やけに長い腕。しなやかなしっぽ。高級そうな青いシルクの腰巻きと金《きん》の延べ板の胸当ての上にじゃらじゃらと宝飾品をつけている。

ルーは口をぽかんと開けて見つめ、思わず感動していた。あらまあ。ヴァナラは本当にいるんだ。

自己紹介をする様子もなく、猿男は物音ひとつ立てず――あの姿でしゃべれるの？――ルーに近づいた。目は猿形の首飾りに釘づけだ。

男はルーを抱え上げそうに見えた。

ルーは男を追い払うかのように両手を突き出した。助けがほしくなかったからではない。もし相手に助ける気があるのなら喜んで助けてもらっただろう。手を突き出したのは人狼や人ライオンのときと同じように、猿の姿を盗みたいと思ったからだ。

ヴァナラはルーの拒否のしぐさをヒステリー女の反応と見なし、不快そうな声を上げてしっぽでルーを抱え上げた。しっぽはルーの剝き出しのお腹にきつく巻きついた。

次の瞬間、しっぽはあとかたもなく消えていた。

ルーの目の前には、黒いアーモンド形の目の、あきれるほどまつげが濃く、ビロードのような紅茶色の肌の見目麗しい男が立っていた。筋肉が横幅より身長に再配分されたらしく、猿の姿のときより細身だ。猿のときは金色の毛で足も手も顔も黒かったが、人間の彼はまさにインドの青年で、物腰と容貌はどこかの王子を思わせた――いきなり死すべき者になったショックに呆然としてさえいなければ。

ルーはすまなそうな表情を浮かべた。

だが、猿の顔ですまなそうな表情を浮かべるのは難しかった。

13 猿騒動

変身は突然で、人猫になるときより痛みはずっと少なかった。思うに、人から猿になるときは折れて組み変わる骨の量が少ないのだろう。骨よりもむしろ筋肉の位置が変わった感じだ。髪がちぢんで全身に広がった。毛皮はまだらの焦げ茶色で、狼のときと似ているが、もっともじゃもじゃだ。さっきまで酷使した腕の痛みは消え、力と長さが増した。なにより特筆すべきはしっぽだ。人狼のときのしっぽは、言うなればみずからの意思を持ち、ルーの気分を反映してみさかいなくあちこちに動く。人猫のしっぽはいくらか持ち主のいうことをきいた。それが人猿だと、指が一本しかない三本目の腕のように完全に意のままだ。うわ、楽しい。

だが、楽しんでいる暇はなかった。ガネーシャの頭はなおもゆっくりと着実にケーブルの突端に向かって進んでおり、機関室の床ではさっき火室から掻き出した燃えさしが繊維の切れ端のような可燃性のものを見つけて、まさに燃え上がろうとしている。

とっさにルーは数分前にヴァナラがやろうとしていた行動に出ると、姿を盗まれた犠牲者を自由自在のしっぽでつかみ、引きずるように扉に突進した。

男は恐怖の叫びを上げた。

ルーはちょっとよろけた。脚の動きが人間とは違う。大きくて器用な手で扉枠をつかんだ。ヴァナラはものすごい怪力だ。すばらしい——とびきりおいしい紅茶みたい。

柱のてっぺんが目前に迫っていた。このままいけばガネーシャは間違いなく最後の柱を行き過ぎる。考えるまもなくルーは柱のてっぺんに飛び乗り、太い腕で柱をつかんで体勢を保ったが、しっぽに巻いた男の重さを計算に入れておらず、予想外の重みに前後にぐらつき、落ちそうになった。体勢を立てなおしたのもつかのま、ルーは男もろとも柱の端から転げ落ち、なんとか下の足場に降り立った。よかった——しっぽはちゃんと男をつかんでいる。ヴァナラはしっぽのなかでじっとしていた。自分の敏捷さに慣れないなりたて人猿には逆らわないほうが身のためだと悟ったようだ。

ルーはこれまでに盗んだどの姿ともくらべものにならないスピードで足場をするするとくだり、地面に下りた。そして男が二本脚で立てるようそっとしっぽから下ろし、すまなそうに正面に立った。警告しようとは思ったんだけど。この猿顔で言葉を発し、弁明できるだろうか？　ためしてみるしかない。

出てきた声は不明瞭で、いつもよりずっと低かったが、なんとか言葉にはなった。

「ルーゥ」ルーはそう言って自分を指さした。

男はヒンディー語でなにやらわめきたてた。

ルーは首を振り、「え・い・ご」とゆっくり、できるだけはっきり発音した。

地面に足がついてほっとしたのか、男の恐怖は怒りに変わった。どなり、さかんに行ったり来たりし、ルーを指さしてから自分を指さした。姿を返せと言ってるようだ。

ルーは首を振った。それはできない。あたしにはどうしようもない。それにいまはこのままでいたい。人間でいるよりずっと暖かいし、腕も痛くない。本当にごめんなさい。あなたから盗むつもりはなかった。「あたしに、しゃわらないでと、言おうとひたんだけど」

男はわめきながら、いきなり荒々しく手を伸ばし、ルーの首から下がる猿の首飾りをぐいと引きちぎった。

頭上ではガネーシャの頭がケーブルの端に達し、同時に機関室で燃えはじめた火がエンジン歯車用の潤滑油に達したらしく、爆音とともに炎に包まれた。巨大な象頭型の火の玉がケーブルからすべり落ち、すさまじい音を立てて森のなかに落下した。

目の前の男がぎょっとして振り返った。そして事態を理解するや振り向き、ますますわめいた。あれもあたしのせいだと言っているに違いない。

ルーは肩をそびやかした。

ついに男は、この娘に何を言っても盗まれた姿はどうしようもないとわかったようだ。それとも返す気がなさそうだとあきらめたのか、姿を盗んだまま逃げなかっただけでもましだと思ったのか、男は下品な身ぶりをして背を向け、細くなった腰からずり落ちそうな腰巻きを片手で押さえながら大股でジャングルに向かって歩きだした。

ルーは大事なショールの状態を確かめた。胸は人間のときよりかなり大きくなったが、もともとそこまで大きいほうではないので、この部分はしっかり収まっている。足場を這いおりるあいだに腰の結び目がゆるんだが、横に広く、肉づきのよくなった腰にはぴったりだ。両腕両脚は茶色い毛で覆われている。全身毛むくじゃらの状況をどう受けとめるべきかわからないが、これも肌を隠す手段のひとつではある。上流階級のマダムに見られたらなじられそうだが、インドのジャングルでさまようマダムにあたしの腕の毛をとがめる余裕があるとは思えない。

高所を移動していないときのヴァナラの脚は船乗りのように曲がってるのね――などと思いながら、ルーは怒れる男のあとをとぼとぼとついていった。どうか英語が通じる人のところへ連れていってくれますように。そうでなければとんでもなく長い夜になりそうだ。猿の姿で超異界族の意味を身ぶり手ぶりで伝える方法はないかと考えたが、それはほぼ不可能に思えた。

タングアシュワー森は、上から見るのとなかにいるのとではまったく違った。下草は葉っぱの大きい肉厚の植物がほとんどで、ちらほらセージのような低木が見える。大小さまざまな木が空に向かって伸び――ヤシとバナナくらいはルーにもわかる――あらゆるものに蔓がからみついていた。まさに絵に描いたような熱帯林だ。とくに植物に詳しいわけではないが、ランもところどころで見かけた。人猿はかなり夜目がきくようだ。途中なんどか細い渓流を渡った。土手はシダに厚く覆われている。昼間だったらさぞ楽しめただろう。瑞々しく生い茂る緑の世界に、ときおり黒い幹と異国の花々の鮮やかな色がはじけるさまは息をのむほど美しいに違いない。

ふと耳がごうごうと鳴りはじめた。人猿の聴覚がとらえた音だ。ルーはこっそり頭を振った。

いつのまにか上流に向かっていたらしく、二人は渓谷に入った。聞こえていたのは大きな滝の音だ。川の蛇行部をまわると、目の前に美しい風景が現れた。白滝の上にかかる四分の三の大きさの月。周囲にうっそうと生い茂る木々。滝の両脇は砂岩の崖で、その一部が巨大寺院になっていた。砂岩にはさまざまな色があるようだが、暗がりのなかでは濃淡の差しか見えない。かなり古そうだ。尖塔やタマネギ型の塔ではなく、葉っぱをかたどったような急勾配のアーチが特徴で、自然がモチーフらしく、通路は開いた花、柱は木の幹を模してある。

ルーは感動して息をのんだ。「なんて美ひいの！」

案内人はルーの声に振り返りもせず、滝の右側の道をずんずん歩いてゆく。寺院のこちら側は正面中庭の大きなかがり火で明るく照らされ、黒い人影が火を囲んでいた。しゃがみこむ者。ちょこんと腰かける者。何人かがきちんとした格好で妙に現代ふうの大きな球体の上に座っている。黒い影はじっとしていられないのか興奮ぎみにそわそわ動いていた。みな大量の板金を身につけ、それがたき火の明かりを受けて光っている。全員が毛むくじゃらだ。

人間に戻ったばかりの男は広い通用門を進み、ルーをしたがえて黒い影の一団にまっすぐ近づいた。

一団は陶器に入ったスパイスティーを飲みながら上品に話していた。火のまわりにいるのは十数人のヴァナラとミス・セクメト、そしてパーシヴァル・タンステル。

ミス・セクメトは一団の背後、一段高い場所に置かれた美しい装飾のある銀の鳥カゴ――ふつうの鳥カゴより何倍も大きい――のなかにライオンの姿で座っていた。不機嫌そうだが、ケガはなさそうだ。銀のせいで人間に戻れないの？　それともライオンのままでいたい別の理由があるのだろうか。雌ライオンの脇と周囲にはさらに金の板が積んである。ヴァナラは金に目がないようだ。

そして庭の中央では両手両足に銀の拘束具をはめられたパーシーが座っていた。拘束具は石床の輪っかにつながっている。

ルーと男はパーシーのそばで足を止め、人猿たちの前に立った。人猿はいっせいに口をつぐみ、二人を見つめた。

よく見ると、彼らが座っているのは球体の搬送容器だ。真鍮製で、発作的にかじられたオレンジのように表面にいくつもくさび形の切れ目が入り、その隙間を通してなかに大量の土と青々とした苗木が何本も入っているのが見えた。容器の上のほうには自動給水装置とおぼしき数本の管と丸い袋がぶらさがっている。

ダマの行方不明の紅茶！

仲間が無理やり人間にさせられたと知るやヴァナラたちは立ち上がり、いっせいにしゃべりはじめた。もちろんヒンディー語だ。ルーから姿を盗まれた男は腹立たしげに猿の首飾りを仲間の足もとに放り投げた。

同時に、立ち上がれないパーシーが身を乗り出し、火明かりに目をすがめた。「きみなの、ルー？」

「あたひに決まってるでひょ。パーヒー、何があったの？」

どこかでメガネをなくしたらしく、パーシーは近視の目をしばたたいた。「たった今ガネーシャの頭が火花を噴いて燃えだし、爆発して森のなかに落ちるのを見た以外にってこと？」

「ああ、しょれね。あれもあたひのせいよ」

パーシーは少しも驚かなかった。「ぼくらの接待役はあれを神々のお告げだと思ってる」

ルーはうなずいた。「どうやら今夜はたくしゃんのことをひでかしたようだわ」

パーシーはルーの新たな毛むくじゃら姿をしげしげと見た。「夜の訪問にしては変わった服だね」

「しょうなの、プリムロージュがどうしても持っていけって。ショールもつけないのは無礼だって」

「そういう意味じゃなくて。全身毛だらけ？」

「パーヒーったら、どこに目をつけてるの。あたひは人猿よ」ルーは腰を突き出し、しっぽを振ってみせた。「このしっぽがとても役に立つの。ライオンのしっぽよりしゅごいわ。やっぱりしっぽはほしいわね。スカートでは難ひいけど」

「へえ？」

ルーはわれに返った。いまはこんなバカ話をしている場合ではない。「いまはしょれどころじゃないわ、パーヒー。何があったの？ どうやってここに？ どうひてミシュ・セクメトはライオンのままなの？ なにより彼らはなんと言ってるの？」

パーシーはメガネを押し上げようとして、そこにないのを思い出し、おずおずと手を下ろした。「いちどには答えられない。どこから始めればいい？」

「最初からよ。しょれが道理だし、わかりやすいわ」

こうしてヴァナラたちが言い合っているあいだ――人間に変えられた男がルーのことを説明し、それについて仲間があれこれ質問しているようだ――パーシーがこれまでのいきさつを話した。

ミス・セクメトが谷に転落したとき、きみが必死に走ったおかげでセクメトは谷底に落ちる前に異界族に戻り、ケガをせずにすんだ。セクメトは谷をよじのぼり、崖の上にいたぼくを見つけた。ライオンに戻ったセクメトの背にまたがってきみを探していると、いきなり上方から襲われた。ヴァナラたちが連撃攻撃で木々のあいだから飛び降り、ぼくらに銀の網を投げた……。

「ミシュ・セクメトはヴァナラの仲間じゃないの？」

「ぼくを連れてきたのを許すほど親密な関係じゃなかったようだ。首飾りをなくしたのもまずかった。ミス・セクメトは弁明できず、以来ライオンのままだ。彼らはぼくらを豚の腰肉のように縛りあげ、それから網の上に分厚い毛布をかぶせた。おそらく自分たちを銀から守るためだ。ヴァナラの一人がぼくらを森の奥へ運んだ。そのあいだじゅうミス・セクメトは暴れたけど、彼らは恐ろしく力が強い。ここに着くとミス・セクメトはカゴに入れられ、ぼくは拘束された。これは銀か、もしくは」——パーシーは自分の足を指さし——「銀メッキだ。彼らはぼくを人狼か何かだと思ってる。〝ぼくは人狼じゃない。もしそうなら自分で走れる。どうしてライオンの背に乗る必要がある？〟と訴えたけど無視された」

ときおりヴァナラが一人ずつ近づき、ルーを遠巻きにながめまわした。しっぽが届かない距離を保ってはいるが、興味津々だ。

「はじめまひて」ルーは礼儀正しく挨拶し、順に見返してからパーシーに注意を戻した。

女のヴァナラが一人もいないところを見れば、ほかの異界族と同様、人猿の世界でも女性の変異は困難なのかもしれない。それとも女ヴァナラは英国の夕食後と同じように別の場所に集まるの？　でもその関心度からすると、あたしが女なのがめずらしいのか、そうでなければ姿を盗まれたヴァナラから聞いた話がよほど好奇心を刺激したのだろう。

ルーはヴァナラたちの視線に耐えつつ、パーシーに先をうながした。

「あなたがつかまってからはどうなったの」

「ぼくがヒンディー語を話せることに気づいた。もっとも彼らが話すのは方言で、おそらくかなり古代の、実に興味深い——」

「パーヒー、こまかいことは飛ばひて」

「ぼくを座らせ、この変な紅茶を飲ませた。彼らは大の紅茶好きだ。なにより尊重してる。貢ぎ物として集めているようだ。で、どこまで話した？　ああそうだ、彼らは質問にしか答えさせてくれない。だからはっきりとはわからないし、ぼくも彼らにどこまで話していいかわからなかった。公式に、というか、その、軍事的に。なんどもぎこちない沈黙があった。オペラみたいな」

「もう、パーヒーったら」

「で、どうする？」

ルーは思案げにパタパタと足を打ちつけ、ヴァナラの一人とすばやく小さなお辞儀をかわした。「何か役に立ちそうな情報は？」

パーシーは眉を寄せた。「文化的には、ヴァナラは有益で聖なる生き物——もっといえば神と見なされてきたようだ。敬意と金《きん》と紅茶を捧げられて当然だと思ってる。そして、ぼくたち英国人が現地人を啓蒙するという考えに公然と反発している。わからないでもない。啓蒙は自分たちの役割だと考えているんだから。彼らによれば、自分たちがこの森に隠れなければならないのはぼくらのせいらしい。タングアシュワー森は好きだが、ここは彼らが祈りを捧げる寺院で、隠れ家ではあっても家ではない。英国人が来る前はもっと街の近くで生活の大半を営んでいた。彼らはここに四十年ちかくも身をひそめている」

ルーはもどかしさを覚えた。「どうひて？　大英帝国は進歩主義国家よ。つねに現地の異界族と接触し、雇い入れてきた。これまでずっと異界族との融和という理想を継承してきたわ」いらだちながらもルーは新しいあごの使いかたのコツをつかみ、はっきり発音できるようになってきた。「ヴァナラがすでにインド社会で認められた存在なら、どうして最初から堂々とあたしたちに会おうとしなかったの？　彼らの存在を知っていたらインドに対する方針も違ったかもしれない。ヴァナラがすでに進歩的な考えを持っているとわかっていたら、ヴィクトリア女王も啓蒙された種族と見なし、戦争だって避けられたかもしれない」

パーシーは首をかしげ、なぜか自分を捕らえたヴァナラを弁護した。「ねえ、ルー、インドで最初に現地人と接触したのが誰か忘れた？」

「忘れるもんですか。血まみれジョン《ブラッディ》ね」東インド会社は吸血鬼の息がかかった会社だ。ルーは猿顔をしかめ、いらだたしげにしっぽを前後に動かした。猫のように。いろんな姿になったせいで混乱してきたようだ。「つまり、あたしたちは知らないうちに異界族間抗争の片側に味方したってこと？」

「どうやらそのようだ」

そのとき一人のヴァナラが毛深い喉を指さし、母国語で何か言った。

パーシーはつっかえるようなヒンディー語で答え、ルーに説明した。「ぼくに通訳しろって」

「望むところよ」

つけている金の量から判断するに、このヴァナラがいちばん位《くらい》が高そうだ。ルーは金の腕輪の多さにたじろいだ。

ロンドンの上流社会でこんなにじゃらじゃらと飾り立てるのは下品の極みだが、ほかにえらそうな人はいない。ルーはうやうやしくお辞儀した。猿の脚で、スカートもなく正式なお辞儀をするのはなんともぎこちない。われながらよくやった。こけなかっただけ上等だ。

パーシーがヴァナラの言葉を伝えた。「〝異国の魔女よ、なぜ仲間の猿姿を盗んだ？〟」

「異国の魔女？　本当にそう言ったの？」

「思いつくかぎり最適な訳語だ。それとも〝異境の悪魔娘〟のほうがいい？」

ルーはパーシーを無視してヴァナラに言った。「ごめんなさい。ご友人には、あたしに触れないでと言おうとしたんですけど。でもこれはどうしようもないの」

「〝嘘だ、白い魔女よ〟」

「パーシー、どうしてもそこを繰り返さなきゃだめ？」ルーは嚙みつくように言い、「嘘じゃないわ」ヴァナラに答えた。交渉のためならわが身を危険にさらすのもやむをえない。

「あたしから離れれば、お仲間の猿姿は戻ります」

訳す前にパーシーが聞いた。「ルー、きみは冒さなくてもいい危険を冒してる」

「いざとなれば別のヴァナラに触るわ」

「本気？」

「あたひの言葉を伝えて、パーヒー」またしてもあごが言うことをきかなくなった。英語は猿顔に向かないのかもしれない。

パーシーがルーの言葉を伝えると、ヴァナラはルーの犠牲となった男を指さした。端正な男は無言で背を向け、とぼとぼと歩きはじめた。

「もっとうんと遠くまで」とルー。

男はそのままの速度で歩きつづけ、小川の湾曲部を曲がって森の奥へ消えた。

しばらくしてルーはまぎれもない震えを感じ、続いて骨と筋肉が組み変わりはじめた。痛みに顔をしかめ、なんとかうめきをこらえた。しっぽが消えたのは悲しかった。全身の毛がみるみる後退し、ふたたびもとのもつれた茶色の髪になった。まあ、これだけはよかった。髪はあたしの自慢だ。ルーは髪を前に寄せ集め、できるだけ胴体を隠した。猿の力が消えたとたん、激しい喪失感に襲われた。わが身がひどく頼りなく思える。これからは本気で身体を鍛えよう。女冒険家として新しい人生を踏み出すのなら鍛錬が必要だ。貴族の令嬢が鍛錬なんてとんでもないけど。腰に巻いたオレンジ色のショールがゆるみ、ルーはあわてて結びなおした。

ヴァナラたちは呆然と息をのんだ。何人かが思わず言葉を発すると、目の前にいる金の腕輪を山ほどつけたヴァナラがしわだらけの毛むくじゃらの手で黙れと身ぶりした。一団は静かになったが、なおもそわそわしている。ヴァナラというのはどうやらじっとしていられない種族らしい。

さっきの男が歩いて戻ってきた。小川の向こうから、ヴァナラの姿に戻ってうれしそうに。唇をひき結んだしかめつらが猿のうれしい顔だとすれば。

アルファとおぼしき装飾過多のヴァナラがふたたび話しはじめ、パーシーが通訳した。

「〝みごとだ、異国の魔――〟」パーシーははっと言葉をのみこみ、先を続けた。「〝しかし、おまえはどんな生き物なのか。ヴァナラでもないのにわれわれの姿を盗むとは〟」

ルーは自分の声が戻ってほっとした。これでしゃべりやすくなった。「あなたの言葉でどう言うかはわからないけど、あたしたちの言葉では〝超異界族〟――魂なき者《ソウルレス》の子。人狼は〝皮はぎ屋《フレイヤー》〟と呼び、吸血鬼は〝魂盗人《ソウル・スティーラー》〟と呼び、あそこにいるミス・セクメトは〝皮《スキ》追い人《ン・ストーカー》〟と呼ぶわ」

パーシーは最善を尽くした。訳せるところはヒンディー語で、訳せないところは英語のままで。

ヴァナラのアルファは長々と黙っていたが、やがて背を向け、仲間の一人と静かに話しはじめた。アルファより小柄で華奢な感じの、毛がほぼ真っ白な人猿だ。ふたたびアルファがルーに向きなおった。

「〝古い伝説に、さまざまに姿を変えて神につかえたヴァナラの話がある。おまえもその一人か？　失われた親類か？〟」

「それ、気に入ったわ。〝親類〟のほうが〝異国の魔女〟よりずっといい。それからあたしは紅茶に目がないの。これって一族の血じゃない？」色めきたったのはルーだけで、親類説を持ち出した当の人猿アルファは攻撃的な態度を崩さなかった。

「〝なるほどもっともな説明だ。紅茶を愛する者に悪者はいない。しかし残念ながらおまえを家族として受け入れることはできない。バイラヴァの馬の姿をしたわれわれの異国の兄弟は道に迷い、ラクシャサと、ラクシャサが貴国の女王と結んだ契約のために戦った〟」

パーシーが説明した。「〝バイラヴァの馬〟というのは彼らの言葉で人狼のことだ。でも伝説によれば、馬というのは犬の一種らしい」

「注釈をどうも、パーシー」

落ち着きのないヴァナラたちの背後で、銀の鳥カゴにとらわれたミス・セクメトがいきなり唾を吐き、苦痛ともいらだちともつかぬ声を上げた。

ヴァナラのアルファはかまわず話しつづけた。「〝ならばおまえも、親類よ、悪魔の手先かもしれぬ。ラクシャサに吹きこまれ、征服者の僕《しもべ》としてわれわれに敵対するつもりではないのか〟」

こんな侮辱を受ける筋合いはないが、彼らからすればそう思うのも無理はない。いったいどうやって英国の政策や、東インド会社の立場や、社会的発展という概念を猿の一団に説明すればいいの？

ルーは最善を尽くした。「ラクシャサは許せない。この点においてはまったく同感よ。でも、英国の吸血鬼は彼らとは違う。そしてわかってほしいんだけど、女王陛下はあなたたちの存在を知らなかった」

「〝今回のことは、おまえたちがやつらと手を組んでいる事実とは関係ない。おまえたちは悪魔に金銭、通商権、技術、そして紅茶を渡した〟」

大英帝国がそうした抗争にかかわっていたことすら知らなかったのは重大な政治的過失だ。

ルーは必死に弁明した。「英国は文明国よ。世界じゅうどこであろうと異界族とは手を組む主義なの。英国の政治家たちは人狼と吸血鬼のあいだにも、ラクシャサとヴァナラのあいだにもはっきりした線引きをしてこなかった。侮辱と思うかもしれないけど、女王の目にはすべてが特別で、すべてが重要なの」

パーシーが訳すにつれ、ルーのまわりでヴァナラが不満そうにつぶやきはじめた。あたしに怒っているの？　この初めての出会《ファースト・コンタクト》いのなりゆきに？　それともあたしが何か気にさわるようなことを言った？

ざわめきが少し収まったところでルーは疑問をぶつけた。「だから税金と英国女性と父の紅茶を盗んだの？　それをきっかけに交渉を始めるつもりだったの？　あなたたちは英国とインド異界族との協定の文言を変えたいの？　だからといってレディを誘拐するなんて。あたしたちがあなたたちの存在を正式に認めさえすれば、ヴィクトリア女王はその時点で交渉を始めていたわ。隠れる必要なんかなかったのよ」

またしても周囲のヴァナラたちがわめきはじめ、パーシーは聞き取れる言葉を懸命に訳した。「〝ラクシャサと手を組む帝国と交渉するだと？　何をやっても腐るだけだ。やつらは触れるものすべてを腐らせる。彼らにカネと技術と通信を支配させておいて、あの悪魔どもがそれをわれわれの追放に使わないとでも思うのか？　われわれの絶滅を見たいのか？　正気か？　ラクシャサどもの本性を知らずに手を組む者がどこにいる？　やつらは邪悪だ。これまでもずっとそうだった〟」

ああ、どうしよう――ますます状況は悪くなるばかりだ。

ルーは声を張り上げた。「ミセス・ファンショーはどこ？　会わせて。彼女は無事なの？」

パーシーは大声を出すのがいかにも恥ずかしそうに、ルーの言葉をヒンディー語で叫んだ。人猿アルファが聞きつけた。「〝話は終わりだ、親類よ。おまえの話には考え、相談すべき点がたくさんある。もうすぐ夜が明ける〟」

だが、ルーの言葉を聞きつけたのはアルファだけではなかった。高いアーチの奥から一人の女性が現れた。ルーより一、二歳ほど若そうだ。この気候にふさわしい灰色のキャンバス地に黒いビロードの襟飾りのついた――四シーズン前の――旅行ドレス。上着の下にはひだのあるシャツブラウスに紳士ふうのベスト。お団子にまとめた亜麻色の髪の上には黒いビロードリボンのついた麦わら帽。片手に象牙の握りのついた木製の杖を持っている。美人というには顔が長いが、親しみやすい顔だちだ。足取りはたしかで、手錠も足かせもつけられてはいない。ヴァナラは女性を拘束するのを好まないようだ。現にあたしも拘束されていない。いまのところ。

ルーは近づいてくる女性を見やった。「あなたがミセス・ファンショー？」

14　テントウムシ救出隊

　ミセス・ファンショーはアーチの脇をまわって下りてきた。杖をついているのは、痛みをかばうというより不自由さを補うためのようだ。そうでなければ苦痛を顔に出さないすべを学んだのか。ヴァナラたちは礼儀正しく迎えたが、格別の敬意を払うふうでもなければ、さほど親しげでもない。客としてあつかわれ、自由に動ける立場ではあっても、とりたてて重要人物とは見なされていないようだ。

　ルーは小さくお辞儀した。「プルーデンス・アケルダマです。はじめまして」

　夫人の顔にはなんの反応もなかった。表情を取りつくろうのがよほどうまいのか、それともダマの情報員という立場上、あえて家族のことは知らないふりをしたのか。それとも自分の雇い主が誰かを知らないの？

「はじめまして、ミス・アケルダマ」ファンショー夫人はルーの数歩手前で立ちどまった。称号なし？　あたしを侮辱するつもり？　レディ・アケルダマの名は社交欄の常連だ。スパイである夫人が知らないはずはない。

「ミセス・ファンショー、あたしたちはてっきりあなたに危険が迫っているものとばかり」

夫人はそっけなく杖をくいっと動かした。ルーの気づかいを真に受けるタイプでもないらしい。「どうもご親切に。でもあたしたちって誰のこと？」

ずばりときたわね！　そっちがその気ならこっちも遠慮はない。「あら、それはあなたが関係する悪党たちよ」

夫人はルーを上から下まで見まわした。この場に片眼鏡《モノクル》があったらレンズごしにじろじろ見たに違いない。「なるほど。そういうことならあなたを信用するわけにはいかないわ」

ルーは記憶をたどった。マルタ塔でアニトラという若い女性が口にした名前はなんだった？　そうだ。「ゴールデンロッドに送りこまれたの」

夫人は一瞬、黙りこんだ。「彼のいつものタイプとは違うわね」

アニトラと会っていなかったらうなずいていたかもしれない。「あなたも」

ファンショー夫人は認めるように小さくうなずいた。

ダマのコード名を知っている以外に示せる証拠はない。ルーは強気に出た。「ミセス・ファンショー、戦争でも始めるつもり？」

「あなたが彼らにあたえる不安はわたしとはくらべものにならない。あなたは脅威よ」

「あら、でもあたしは准将の妻ではないわ」

「あの人はわたしを捜しているの？」

「軍を総動員して。あなたがさらわれたのは人狼のせいだと思ってる」

「そう」夫人の表情は読めない。この事実に動揺してるの？　それともほっとしてる？

パーシーが口をはさんだ。「差しつかえなければ事情を説明してもらえませんか。この場所も、ここにいる生き物も……実に興味深い」いかにも学者らしい口調だ。

ファンショー夫人は初めてパーシーに気づき、未婚既婚にかかわらず世の多くの女性がそうなるように口ごもりながら言った。「まあ、はじめまして、ミスター……」

パーシーは立ち上がろうとして拘束具にはばまれ、しかたなく鎖でつながる四角い大石の上で座ったまま頭を下げた。「プロフェッサー・パーシヴァル・タンステルです。どうぞよろしく」

ファンショー夫人は深々とお辞儀した。「学識あるかたとお会いできて光栄ですわ、プロフェッサー」

「あなたがどうやってこの注目に値する生き物の発見にいたったのか、ぜひともうかがいたい」パーシーの本心は夫人がこの発見を世に知らしめるつもりなのか、それとも自分が最初の発見者になれるのかを探ることだ。

パーシーの言葉におだてられ、ファンショー夫人はうれしそうに話しはじめた。「ごらんのとおりヴァナラは現実に存在します。現地人にあれこれたずねまわっても、返ってくるのは噂ばかり。真実を突きとめるには地元の宗教家に問い合わせ、紅茶の取引にまで踏みこまなければなりませんでした。だからゴールデンロッドの紅茶の苗が必要だった。とはいえ、このジャングルに来たのはまったくの仮説によるものでした」

「実に現代的な知性をお持ちです、マダム」パーシーがあいづちを打った。

ファンショー夫人は顔を赤らめた。「まあ、うれしい。でもそれだけじゃありませんの」

「マイ・ディア・レディ、ぜひ聞かせてください」

パーシーがにこやかにほほえむと、またしても夫人は頰を染めた。

このときまでルーは、パーシーの魅力は自然とにじみ出てくるものだと思っていたが、どうやらそうでもなさそうだ。

パーシーの関心に夫人は顔を輝かせた。「彼らはわれわれ英国人の行動に憤慨しています。われわれがどちらかの肩を持ったかのような態度を取ったせいで。正確にはラクシャサと協定を結んだ東インド会社のせいよ」

パーシーがすかさず補足した。「〈異界族受容決議〉にもとづく協定ですね」

「ええ、そのとおり」

ルーは自国民を弁護した。「あれは政策よ。公民権を持たない異界族を優遇し、英国のために働いてもらう。そうやって英国は戦争に勝ってきた」

亜麻色の髪の夫人が顔を紅潮させた。「それくらい知ってるわ！　わたしは君主に忠実よ」

「現状を見るかぎりそうとは思えないけど」

夫人はルーを無視し、パーシーの知性に訴えた。たしかにルーに知性がありそうには見えない。「ラクシャサと手を組む前によく調べなかったのが間違いでした。協定にはすべての現地異界族が含まれるはずなのに。ヴァナラをないがしろにしたことで、われわれは彼らのみならず現地人の感情をも害したのです」

「それはあんまりよ。インドに変身する者《シェイプシフター》がいるなんて誰も知らなかった。誰が人猿を探そうなんて思う？　さぞ大変でしょうね――英国政府にこの考えを納得させるのは。しかも彼らが秩序ある大集団で、帝国の命令に反抗的な種族となれば。それに、異界族どうしがおおっぴらに対立することはまずないわ」

「ここにいらっしゃる教授なら、遠い昔は必ずしもそうではなかったとご存じのはずよ」

夫人の言葉にパーシーがうなずいた。

なによ、この裏切り者――ルーは心のなかで毒づいた。

吸血鬼と人狼の両方に育てられたルーは誰よりも共存を信じている。「スズメバチは狼とは戦わない。彼らはたがいを無視するわ」

ファンショー夫人はいらだちの表情を浮かべた。「これはスズメバチと狼の話じゃない。悪魔と半神半人の話よ」

「ミセス・ファンショー、世のなかに悪魔なんてものはいないわ」ここだけは絶対に譲れない。

パーシーがこらえきれずに口をはさんだ。「言っとくけど、ルー、そのふたつに厳密な違いはない。〝ラクシャサ〟の意味は〝悪魔〟。つまり同意語だ。人の血で生きる種族をぼくたちが〝吸血鬼〟と分類しているにすぎない。彼ら自身は自分たちがそんなふうに呼び分けられているなんて知らなかったはずだ。それと、スズメバチと狼の比較はいわゆる比喩で、現実の話じゃない。人狼が本物の狼でないのと同じように吸血鬼もスズメバチではない。たんなる博物学的たとえだ」

「そうね、パーシー、貴重な情報をどうも」裏切りより知識のひけらかしのほうがよっぽど癪《しゃく》にさわるわ。「いずれにせよ、どうしてヴァナラはもっと早くあたしたちの前に姿を現さなかったの？」

ファンショー夫人は顔をしかめた。「ほかの人と違って、わたしは現地の言葉を学び、ヒンドゥー教の叙事詩を深く読みこんだ。伝説が本当なら、何千年ものあいだラクシャサとヴァナラは敵対していた。ヴァナラはラクシャサと戦うために創造神ブラフマーによって造られたとする記述さえある。彼らは顔を合わせたとたんに殺し合う。ブラッディ・ジョンが地元吸血鬼と手を組んだ時点で英国はヴァナラの敵になった。この勇敢で、心優しく、高貴な種族は森に身を隠したの」夫人は空いた手を大きく動かし、慣れた口調でとうとうと語った。

インドにおける〈異界族受容決議〉をめぐり、誰かがしくじったのは間違いなさそうだ。でも、起こったことはしかたない。大事なのはどうやって修復するかじゃないの？　この人は〝わたしが助けなければ〟という思いに酔っている。ふと恐ろしい考えが浮かんだ。「ミセス・ファンショー、あなた、もしかして……現地化したの？」

ファンショー夫人は片手で胸もとをつかみ、深く息を吸ってから声を荒らげた。「ミス・アケルダマ！　ショールを巻いただけの人に言われたくないわ！」

かがり火のぬくもりにルーはその事実をすっかり忘れていた。もちろん激しい議論のせいもある。「今夜はいろいろと大変だったのよ」

議論は膠着状態におちいった。周囲に立つヴァナラは興味津々の目でそわそわと二人を見ている。内容はわからなくても、言葉の応酬に魅入られたようだ。ルーは、自分と母親の激しいやりとりを同じように遠巻きに見つめる人狼父さん《ポウ》の人狼団を思い出した。ヴァナラたちは、ひとことでも声を上げたら二人の女の怒りが自分たちに向けられるのを知っているかのようだ。


「それで税金はどうなったの？」

ファンショー夫人はそっけなく答えた。「ヴァナラにもある程度の期待はあるわ。交渉の一助になると思ったの。だいたい、あの卑しいラクシャサに資金を受け取る資格はないわ！」


「じゃあダマの紅茶は？　あなたは神聖な任務をあたえられたんじゃなかったの？」それこそ、あたしがそもそもインドに来た理由だ。

夫人は心苦しげに言った。「ヴァナラはなにより紅茶が好きなの。賄賂としては完璧だった。彼もわかってくれるわ」

ルーはダマの気持ちを想像した。「それはどうかしら」いずれにせよ、これは重要な紅茶だったわけだ。

そのときヴァナラのアルファが夫人に近づき、質問を浴びせはじめた。夫人はパーシーよりはるかに流ちょうな現地語で答えている。これにはパーシーも驚いた。

最初はファンショー夫人の大胆さに感心したルーだが、だんだん癪《しゃく》にさわってきた。夫人は母さんを亜麻色の髪にして小さくしたようなタイプだ。いい関係でいられるのは味方どうしのときだけ。いまあたしは自分のせいでもないのに、生まれる十年も前にできた政策を弁護させられている。つい最近まで存在すら知らず、ほんの一週間前まで自分の人生になんの関係もなかった政策を。ここまで激しい議論にならなかったら、このいけすかない女にあっさり同調していたかもしれない。

ルーは冷静に、ヴァナラの視点で考えた。これがナポレオンに対する戦争だったとしたらどうだろう？　もしあたしが〝一定の身長以下のフランス皇帝には無条件で味方する決まりだからフランスと同盟する〟と言ったら？　ばかばかしいと思われるに決まってる。ヴァナラにしてみたら、英国の異界族政策も同じようにばかばかしく見えるのかもしれない。ヴァナラとラクシャサが一度も自分たちを同族と思ったことがないとすれば――どちらも不死者で、異界族で、生き死人《アンデッド》であっても――おそらくたがいにまったく違うと言い張るだろう。科学的真実がどうであれ、定義は文化的慣習の問題だ。つまるところすべてはどう分類するかで決まる。

「パーシー、インドとの〈い・じ・け〉協定について何か覚えてる？　ブラッディ・ジョンとラクシャサのあいだで交わされたもともとの文書について」

「もちろん。ほとんど覚えてる」

「ひょっとしてそのかばんのなかに写しが入ってない？」

「ヴァナラに奪われた」パーシーはお菓子を取り上げられた少年のように口をとがらせた。「ねえ、よく思い出して。同盟者として、ラクシャサは称号で言及されてた？　それとも〝吸血鬼〟？　それともたんに〝現地異界族の代表者〟？」

パーシーはじっと考えこんだ。

ルーはパーシーの学者としての自負心に訴えた。「とても重要な点よ、プロフェッサー。正確に覚えていないからって〝どれでも同じ〟だなんて言わないで。弁護士がどんなに言葉に厳密か知ってるでしょ」

揺らめくかがり火のなかでパーシーは顔をしかめた。「正確な文言までは思い出せない、ルー。でも言いたいことはわかる。彼らは〈善き女王ベス〉ことエリザベス一世のときから変わらない標準的な〈い・じ・け〉協定文書を使ったはずだ。つまり〝人狼〟が先に来るか〝吸血鬼〟が先に来るかでもめないよう、〝現地の異界族たち〟といういあいまいな表現を採用した文書を。だとすると……」パーシーはわざと言葉をにごした。

ルーはファンショー夫人に向きなおった。夫人は人猿アルファとの会話をやめ、じっとパーシーを見ている。「ミセス・ファンショー、あなたは〈異界族受容決議〉にのっとって結ばれたインドとの協定の原本を調べた？　この騒動を引き起こした文書を」

「いいえ」

「そちらのご友人は？」

ファンショー夫人はヴァナラのアルファにたずねた。「いいえ」

「だったら問題は最初から解決してたのかもしれない。標準的な協定は現地異界族との協力をうたっている。ヴァナラが自分たちをラクシャサの同類と考えようと考えまいと、女王陛下は同類と考えてる。これまでも、いまも。もともとヴァナラも英国の同盟相手だったのよ。もちろん、ラクシャサと協定を交わした人物がヴァナラとも交わしたと論証する必要はあるけど」

「ヴァナラが英国との同盟を望んでいると、どうしてわかるの？」

ルーは地面に足を叩きつけたくなった。「こうするしかないの！　これでヴァナラは森から出てきて、進歩的国家と力を合わせ、税金を取り戻し、ほしい技術を取引できる。女王陛下はきっと彼らを公正にあつかうわ」

ファンショー夫人は首をかしげてルーの言葉を通訳し、人猿アルファの意見に耳を傾けた。

「彼はこう言ってる——われわれは英国人がやってくる前も幸せに暮らしていた。われわれは英国の助けも、技術も、もめごともいらない。インドはわれわれのものだ」

「なんてこと。これじゃあ本物の反乱分子じゃない」とルー。

パーシーも首を振った。「いまとなっては手遅れだ。ここにはすでに産業が根づき、インド全土をケーブルと鉄道が縦横に走っている。歴史を見れば、進歩はあともどりできないとわかるはずだ。帝国の原動力は進歩しかない。われわれは文明であり秩序だ。いまわれわれと手を組むのはいいことだと思う——もし可能ならば」岩につながれた、ひ弱な学者のくせに、言うことだけはやけにえらそうだ。

ファンショー夫人はあからさまな帝国主義的な考えに顔色を変えた。准将の妻たるもの、本来ならば平然としているべきだ。領土拡大を推し進めることこそ夫の任務なのだから。

「でも、教授、この森に住む彼らは愛らしく、汚れない生き物よ。そっとしておくわけにはいかない？　このままラクシャサとの戦いを続けさせて。そんな種族など見たこともないふりをするわけにはいかないの？」

「接触を望んだのはあなたよ。ヴァナラが不当なあつかいを受けていると、あなたが訴えたんじゃない。協定を正すべきだと」

ルーの言葉に夫人はうなだれた。「これほど影響があるとは思わなかった」

「進歩主義は英国の立場を示すだけじゃない。他者にも求めることなの」

「でも、それは正しいこと？」とファンショー夫人。初めて疑問を抱いたかのような口ぶりだ。さっきまでの傲慢さは、道徳的な葛藤の前に影をひそめた。

ルーはみずからの存在を顧みた。ヴィクトリア女王が統治する英国ではない、どこか別の国の別の時代に生まれていたら、あたしはいまごろ生きてはいない。いまでも――この文明の進んだ時代でも――ヨーロッパでは多くの人々が隙あらば異界族を狩り、殺している。それもますます効率的に。科学者はより多くの、より性能のいい対異界族武器を造るべく日夜、研究を続けている。英国はかつて恐れられた怪物たちを受け入れることで、かろうじてバランスを保ってきた。たしかに大英帝国はこの受容政策を他国にも押しつけた。でもあたしは――心の底では――その政策を支持せざるをえない。だってそれこそがあたしの世界を造り、なによりあたしの家族を造る根幹なのだから。

だからルーは英国政府の立場を取った。「あたしは女王陛下の進歩的政策のおかげで存在してる。ヴァナラがラクシャサと戦うのはヴァナラの勝手よ。彼らの抗争にうっかり足を踏み入れたことは悪かったと思ってる。でも解決方法はひとつしかない。ヴァナラも協定に加わるべきよ。英国の政策はつねに吸血鬼と人狼の両方と友好関係を結んできた。女王にとっては吸血鬼が悪魔であろうと、人狼が人猿であろうと関係ないの」

ファンショー夫人がヴァナラのアルファに伝えると、アルファは憤然と腕を組み、激しく言い返した。

夫人がルーに向きなおり、ヴァナラの言葉を伝えた。「ラクシャサと手を組む者とは手を組まない。例外はない」

パーシーがいらだちの声を上げた。「バカらしい。これはたんなる商業協定だ。署名すれば彼らも対等な立場に立てる。彼らを表舞台に引き戻せる。科学者ならヴァナラの一人と話せるだけでも大金を払うはずだ」直接ヴァナラに話しかけるような口ぶりだ。

ルーは外交の力を心から信じているが、次の一手をどう打てばいいかわからなかった。ヴァナラの自尊心に訴え、〝同盟者の特権をすべてラクシャサに持っていかれていいの？〟と食い下がってみる？　それとも何か特別な技術を提供するほうが効果的？　そもそもあたしにこんな交渉をする権限があるの？　ルーはこんな状況に自分を追いこんだ親たちをうらんだ。公的には、あたしはなんのとがもなく彼らを殺すことができる。でも、あたしには何が正しいかわからない。それこそ帝国の異国政策がはらむ問題だ。

そのとき、近くの木の上のほうから緊張したつぶやきが聞こえ、人猿たちが奇妙な動きを始めたかと思うと、いっせいに武器に手を伸ばした。湾曲した鋭い木剣で、吸血鬼には致命的な武器だ。全員が猿顔をしかめて見上げている。

ルーはパーシーににじり寄った。「なんなの？　なんて言ってるの？」

「敵が来たらしい」

ファンショー夫人も近づいた。「何をしたの、愚かなお嬢さん？」

ルーはにらみ返した。「ちょっと！　あなたに侮辱される筋合いはないわ」

「あら、あるわ。わたしはこれまでうまく交渉を進めてきた。彼らはわたしに話をするようになった。信用してはいないにしても。そこにあなたが人ライオンと学者を追ってやってきて何もかもめちゃくちゃにしたのよ」

「人ライオンと言えば、どうしてミス・セクメトはライオンのままで鳥カゴにとらわれてるの？　ヴァナラの仲間じゃなかったの？」

「わたしがカゴに入れるように言ったの。あの女は信用できない。目的がわからないわ。このあたりでは新参者で、ヴァナラの同族ではない。英国政府の代表者と交渉すると言いながら、何日もなんの連絡もなかった。そして、どう見ても政府の代表者とは思えない学者とともに現れた」

「そうじゃなくて、政府の代表者というのはあたしのことよ、おそらく」

ファンショー夫人はショールー枚のルーを疑わしげに見た。「自分でもわからないの？」

「誰が来ると思った？」

「ヴァナラを取り巻く疑念をゴールデンロッドに報告したから、てっきり別の情報員を送りこんでくるものと思っていたわ」

ルーはため息をついた。「伝言は妨害されたようね。わかっていたのは、あなたが反体勢派に誘拐されたってことだけ。あたしは紅茶を探すよう命じられた。本当にそれだけ。そこであなたが行方不明になって、あたしはあなたを捜し、あなたが紅茶をどうしたのかを探るはめになった」

「たかが紅茶じゃない！」ファンショー夫人は軍人の妻の本性をあらわにし、あきれたように白目を剝いた。ルーと議論する相手がよく見せるしぐさだ。「まあ！　あれは何？」そこで、ようやく夫人は人猿と同じように空を見上げた。

夫人の視線を追ったルーがつぶやいた。「ちょっと、嘘でしょ！」

〈斑点カスタード〉号がスピードを上げて近づいていた。スピードといっても、しょせんは通常大気を移動する飛行船だから、せいぜいがそよ風まかせののろのろ蛇行だ。銀色の月の下をふわふわと、大型の斑点テントウムシが空中のケーブルをたどり、何かを捜すようにジグザグ移動しながら森の上空をただよっている。

「きみの合図が無事に届いたらしい」パーシーがおどけた口調で言った。

「あたしがいつ助けに来てなんて合図した？　追いかけてこいなんて言った？　ずっとつけてたのね。でなきゃこんなに早く来られるはずがない。ケネル。あのフランス男、いつか殺してやるわ」

「それは無理だと思うけど」とパーシー。

ヴァナラたちはこの新たな脅威をルーとパーシーの仲間と思ったらしく、気がつくと視線と武器を二人に向けていた。

「やってくれたわね。まったくなんてことを」ファンショー夫人はヒンディー語で必死に状況を説明しはじめた。

ヴァナラたちはまったく聞く耳を持たない。

「ぼくたちが飛行船を追跡させて彼らを森から追い立てようとしたと思ってる」会話を聞いたパーシーがわかりきった説明をした。

「そうね、パーシー、同じような状況だったらあたしもそう思うわ」

ルーは頭を後ろにそらし、聞こえないと知りながら飛行船に向かって叫んだ。「この、ぼけなす！　さっさと消えて」それから全部あなたのせいとでも言うようにパーシーに噛みついた。「いったいみんな何を考えてるの？　船には民兵一人いないのに。誰にあたしを助けに来させる気？　どんな武器を使うの？」

「昨日、料理人が出したビスケットは銃弾になりそうなほど堅かったけど」パーシーが真顔で言った。

「ふざけないで。誰も弾の撃ちかたひとつ知らないのに！」

パーシーはぼくに責任はない、すべてはきみのせいだと言いたげな視線を向けた。

〈カスタード〉号が二人に気づいた。かがり火が見えたのだろう。船は決然と近づき、木々の梢に触れそうなほど高度を下げた。

手すりからあたりを見まわす甲板員たちの顔が見えた。帆のまわりを駆けずりまわったり、ガスを放出させたり、バラストを抱え上げたりしていない者はみな手すりに張りつき、満面の笑みで、ちぎれるように手を振っている。あの子たちにとってはすべてがお楽しみだ——重大な政治紛争さえも。

ルーは船に向かって〝戻って〟と激しく身ぶりした。

甲板員を押しのけてケネルが現れた。機関長はやつれていたが、ルーを見たとたん安堵の笑みを浮かべた。手を振りもせず、ルーの身ぶりも目に入らないようだ。

やがて船は呼び交わせるほど近づいた。それはつまりヴァナラの武器が届くほど近づいたということだ。人猿団が長弓、槍、吹き矢をかまえた。大半は船体にはじき返されたが——

気球はゴンドラが盾になっている——いくつかが美しい木材に穴を開けた。

「あたしの自慢の船が！」ルーはヴァナラに向かって叫んだ。「やめて！」

「シェリ、無事か！」ケネルがどなった。

「無事に決まってるじゃない」ルーはどなり返した。

「服はどうしたの？」

「最初に言う言葉がそれ？　ケネル、悪く思わないで。でも、お願いだから離れて。あなたのせいですべてがめちゃくちゃよ。もう少しでうまくいきそうだったのに」

ケネルは予想外の反応に驚いた。「きみを助けに来たのに」

ケネルの横にプリムの顔が現れた。ふくらんだ髪に、バラ園なみの大量の花を散らした麦わら帽をかぶり、ハンカチを振っている。「じゃあね、ルー」

その隣に小さい顔がひょいと現れた。「やっほー、レディ船長」

「こんばんは、プリム、スプー」

「船長を助けに来たんだよ！」スプーが叫んだ。

「ええ、ミスター・ルフォーから聞いたわ」部下の善意をむげにはねつけるほど礼儀知らずではない。「気持ちはうれしいけど、いまのところ助けは必要ないの」

「ほら、だから言ったじゃない」プリムがケネルをなじった。

「そりゃよかった」スプーは言うなり姿を消した。

プリムは別のことに気をとられ、あれこれたずねはじめた。「そこに見えるのは紅茶のドーム？　成育中の苗木を入れた容器？　まあ、驚いた。一カ所にこんなにたくさんあるとは思わなかったわ」そう言ってひょいと頭を下げたとたん、でたらめに投げられた木製の槍が帽子のてっぺんについているシルクのバラのひとつに命中した。

「あらまあ」プリムは顔をしかめた。

「プリム、あなたって人は、遠く忘れ去られた姿を変える不死者を——伝説の猿を——目の前にして紅茶の苗木に興奮するわけ?」

「これだけあれば紅茶が何杯できるかしら。それに、紅茶はわたしの帽子に復讐する気はなさそうだもの」そこでプリムはまたも頭を下げた。「同じ変身動物ならミス・セクメトのほうがすてきじゃない? ところでミス・セクメトはどこ? ああ、あそこに。こんばんは、ミス・セクメト。あら、どうしてカゴのなかに?」

ケネルは引き下がらなかった。「花火が見えた。きみが助けを求めたんだろ?」

「ああ、それね。そう、実はその前に助けに来た人がいたの。正確には、助けようとしたんだけど結局あたしがその人の姿を盗むことになって、それで二人とも助かったわけ。それからは少しばかり試練の道だったけど、ようやくヴァナラの問題に片がつきそうになったところに——ちょっと、お猿さんたち、あたしの船に物を投げるのはやめて!——あなたたちがやってきて台なしにしたの。もう二度と信用されないわ」

「あらま」とプリム。

「〝あらま〟ってどういう意味?」ルーは親友のうしろめたそうな口調を聞きとがめた。

「その、助けに向かったのはわたしたちだけじゃないの」

ルーはぎくりとした。「プリム、あなた何をしたの?」

「何も。ただ、あなたがミス・セクメトとパーシーを乗せて出ていったところを見られていたみたい。あら、ハロー、パーシー。元気? 相変わらずむくれてる? それはなにより。それで、どこまで話した? そうそう、あなたが出ていったところを見られてて、あとをつけられていたみたいなの。人ライオンを追える人に」

「誰？」

「人狼よ、たぶん。ライオールおじさんは信用できないわ。それに、ボンベイに向かって飛んでいるときも監視されてつけられていたみたい。少なくともしばらくのあいだ」

「そうなの？　いったい誰に？」

プリムとケネルは目を見交わした。

「ラクシャサ」ようやくケネルが答えた。

「まあ、すばらしい」とルー。

「実際たいした問題じゃないと思ったの」プリムが言った。「どうあがいても吸血鬼は縄張りに縛られるから街を離れられない。追ってくるのがドローンだけなら恐れるに足りないって」

「ぼくらが森に向かったと気づいても、連中が地上から追いかけるにはべらぼうな時間がかかる」ケネルも保証した。

だがルーはこの小さな情報が気になった。反目するふたつの異界族に自分がやったことを考えると、ラクシャサが何をするかは想像がつく。なにしろルーは英国の群の吸血鬼がどう反応するかを嫌というほど知っている。ファンショー夫人がダマに送ったヴァナラに関する伝言を妨害したのはラクシャサで、ミス・セクメトをさらったのはラクシャサのドローンに違いない。彼らは既得権を守るためにヴァナラの存在を隠し、英国の関心をそらそうとしたのだ。危険が迫っていることをヴァナラに警告しなきゃ。その危険をもたらすのがあたしの愛する飛行船じゃないとわからせなきゃ。

そのとき。

背後で、ひとりカゴに入れられたミス・セクメトが吠えた。しゃべり、わめき、ざわめく人猿たちのあいだを切り裂くように。

人狼の遠吠えは独特だ。それは皮膚と背骨に眠る原始的本能を呼び覚まし、毛を逆立て、不快なうずきを引き起こす。夜闇から現れた大きくて毛深い生き物が、みさかいなく喉を掻き切ろうとするような。ぞっとする響きだ。

だが、人ライオンの遠吠えはもっと恐ろしかった。

ヴァナラたちは飛行船に物を投げるのをやめた。ルーは胸をなでおろした。いましも彼らは先端に油をつけた矢をたき火に突っこみ、〈カスタード〉号に火を放とうとしていた。人ライオンの咆哮に人猿は空に浮かぶテントウムシへの攻撃をやめ、腕と顔まわりの毛を逆立て、白目を剝き、あわてふためいて周囲を見まわしている。

ルーは火の矢を放つという考えに憤慨した。〈カスタード〉号はなんの反撃もせず、あたしに向かって叫んでいるだけなのに。正直、この不利な状況でクルーたちはよくやった。

「いい加減にして！」ルーはファンショー夫人に食ってかかった。「火を放つなんて。飛行船はあたしを助けに来ただけよ。ヴァナラを攻撃する気はみじんもない。あたしの命令がなければ反撃はしない。そう伝えて」

「もう伝えた」とパーシー。

ファンショー夫人は人猿アルファに駆け寄ったが、アルファは〝話は終わり〟とばかりに夫人を乱暴に押しのけた。

「危険なのはあたしたちじゃないってことがわからないの？　危険なのは——」

またもやミス・セクメトが吠えた。長く、大きい、不安をあおるような声だ。誰もが振り返って人ライオンを見つめた。何を言いたいのかはわからない。でも、ルーだけはその意味を確信した。

「パーシー、ミセス・ファンショー、船に戻るわよ」ルーは船を見上げて呼びかけた。「ケネル、プリム、もうじき厄介な事態になるわ。防衛戦にそなえて」

「武器を持ったお猿は厄介じゃないの？」プリムが怒るのも当然だ。ヴァナラの放った矢が帽子を切り裂いていた。

「どうして？」ファンショー夫人が人猿アルファの説得を中断して近づいた。「どういうこと？」

「ラクシャサはあたしたちがここにいるのを知っている。つまり、あたしたちがヴァナラと接触したのを知ってるの。よほどのバカでないかぎり、英国の政策に新たに発見された異界族が組みこまれようとしているのに気づくわ。そして夫君はいまもあなたが誘拐されたと思っている。もしあたしがラクシャサの女王でヴァナラを憎んでいたら何をするか、言わなくてもわかるはずよ」

ファンショー夫人が青ざめた。「まさか！」

「軍はあたしたちの居所を知ってるわ」

英国軍夜間作戦の最前線をになうのはつねに人狼だ。これほど先鋒にふさわしい部隊はない。人間ばなれした強さと驚異的スピードをそなえ、獰猛で、疲れを知らず、死なない。人狼団が英国に領土をもたらし、吸血群がそれを保つ。こうしてヴィクトリア女王は陽の昇らぬ世界を礎《いしずえ》に帝国を手に入れた。有名なことわざがある。〝夜はつねにどこかにある、ゆえに人狼はつねにどこかで戦っている〟。今夜のどこかはタングアシュワーの森だ。

キングエア団がヴァナラの聖なる寺院の炎に照らされた敷地になだれこんだ。数はさほど多くはないが、見た目はかなりの迫力だ。激しく毛を逆立て、百戦錬磨の鍛えられた身体に戦意をみなぎらせている。ヴァナラたちは武器のねらいを〈カスタード〉号から新たな脅威に向けなおしたが、先に手を出そうとはしない。毛深い腕を引き、槍や弓矢をかまえ、アルファの命令をじっと待っている。

人狼も同じだ。キングエア団は歴史の古い人狼団で、過去に不安定な時期もあったが、いまはレディ・キングエアという強いアルファのもとに団結している。レディ・キングエアは精神力だけで団員をとどまらせた――全員の本能が彼らを攻撃に駆り立てていても。

両陣営の注意がそれた隙にルーは飛行船を見上げてプリムと目を見交わし、鋭くうなずいた。プリムがハンカチで合図した。

スプーが縄ばしごを投げた。はしごはするすると伸び、寺院の壁のてっぺんにこつんと当たった。

ルーはファンショー夫人に合図した。「このあたりで退散したほうがいいわ。対話の時間は終わりよ」

「そうはいかないわ。これは罠だと説得できない？　なんとかして」

「彼らを見て。もはやあたしたちの戦いじゃないわ」

ファンショー夫人は頑として動かない。

これ以上つきあってはいられない。なにより優先すべきはパーシーの安全だ。あたしにはパーシーを守る責任がある。戦いが殺し合いになったり、たき火のほうへ移ったりしてもパーシーは逃げられない。でも、どうやって拘束具を壊せばいいの？　いまほど吸血鬼の古きよき能力がほしいと思ったときはない。せめてあたしに錠前破りができたら。

ルーはじりじりと、触れられるほどパーシーに近づいた。

ヴァナラと人狼はなおもにらみ合っている。キングエア団は敵を釘づけにし、交戦しないようアルファに命令されているようだ。ヴァナラにそんな命令は出ていないが、彼らの武器は吸血鬼と戦うためのもので、先端に銀は埋めこまれていない。木剣でなぐることはできても、人狼に深い傷はあたえられない。

ルーはこっそりパーシーの拘束具を調べた。銀メッキされた鉄製。道具が必要だ。

あたりにうなり声が満ちた。人狼が首毛を逆立てて低くうなり、ときおり唇を後ろに引いて鋭い犬歯を剝き出せば、ヴァナラもまた声で応えた。こちらはキーキーと甲高く、武器は歯と同じように鋭い。

ルーはなすすべもなく、静かに、ゆっくりとパーシーから離れた。数人が振り返ったが、追う者はいない。ルーは飛行船の下で足を止めた。

「斧のようなものを落としてくれない、スプー？　火夫の道具があるはずよ」

スプーの顔が現れた。これまでのやりとりを聞いていたらしく、ルーの命令にすぐに姿を消した。

プリムとケネルは振り向き、もと煤っ子の背中を見つめた。

ファンショー夫人が興味深そうに見ている。

「ルー、何をたくらんでる？」ケネルが呼びかけた。あたしを〝ルー〟と呼んだ。動揺している証拠だ。

スプーが斧を手に戻ってきた。

ルーはあわてて脇にのき、スプーが船から斧を落とした。ルーは砂石の上にかつんと落ちた斧を拾い上げた。

この音にヴァナラの一人が人狼とのにらみ合いから視線をはずし、槍をかまえて飛びかかってきた。ルーは斧を振りかざしてヴァナラに向きなおった。

ケネルが頭上から叫び、投げ矢発射装置をかまえた。その緊迫の一瞬、一匹の人狼がみごとな跳躍でかがり火を飛び越え、ルーと槍をかまえたヴァナラのあいだに立ちはだかるようにすたっと着地した。

　それも雌狼が。

　レディ・キングエア。ほかの狼が一匹も動かないのがなによりの証拠だ。そしてルーと同じ黄褐色の目。毛皮はレディ・キングエアの髪と同じく、ところどころ灰色が混じっている。キングエア団のアルファは低くうなり、ルーから引き離すように、槍を持つヴァナラを集団のほうに押し戻した。

　人猿が言葉を交わし合った。何かが先制攻撃を押しとどめていた。レディ・キングエアに向き合うヴァナラは雌人狼の脇腹に槍を投げたくてうずうずしながらも、アルファにしきりに目をやり、合図を待っている。だが、ヴァナラのアルファは攻撃合図を出さなかった。

　ヴァナラも人狼も戦闘の引き金にはなりたくないようだ。変身する不死者どうしの絆のせい？　それともどちらも老齢だから？　戦い急ぐのは、概して若さと無知によるものだと言われている。

　ルーは誰にも邪魔されずにパーシーに近づき、拘束具の鎖に斧をがつんと振り下ろした。鎖はびくともしない。みんなが音にびくっとした。

「失礼」ルーは沈黙のなかでつぶやいた。

　注目の的になって、パーシーはひどく恥ずかしそうだ。

　ヴァナラは誰も止めようとせず、非力《ひりき》な人間の努力をおもしろそうに見ている。

　鎖ひとつ断ち切れないのに、どうやってパーシーを助ければいいの？　方法はひとつしかない――ヴァナラの姿を盗むことだ。

ルーは相手を警戒させないよう斧をパーシーのそばに置き、いちばん近くにいるヴァナラに歩み寄った。そぞろ歩きをするように背中で手を組み、左右に軽く揺れながら、無邪気そのものの顔で。口笛を吹こうかとも思ったが、わざとらしすぎると思ってやめた。ヴァナラは人狼団を見すえたまま、さりげなくルーから離れた。

レディ・キングエアはもといた森の縁に戻り、団員と一列になってかがり火の前に並んだ。ヴァナラたちは寺院を背に人狼団の正面に並んでいる。かなりの数だ。人狼と違って新たに生まれる数が多いのか、それとも大集団を作る習性があるのか。猿はもともと大きな群れを形成する種族だから、ヴァナラにも同じ習性があるのかもしれない。

ルーは次に近くにいるヴァナラににじり寄った。

またしてもすばやく逃げられた。

ルーは憤然と鼻を鳴らし、三人目の標的に近づいた。

こうしてルーの獲物探しは、人猿相手のスローなカドリーユ・ダンスの様相を呈しはじめた。ルーが腕を伸ばして触れられる距離に近づいたとたん、人猿はルーを見ないふりをしてさっと身をかわす。

ルーは小さくぼやいた。「パーシーの拘束具をはずしてくれさえすれば、こんな面倒な真似なんかしなくていいのに」

これを見て、人狼団の最後列に立つキツネのように小柄な一匹が笑いを噛み殺した。狼の姿で笑うことはできないが、ルーにはわかる。あれは狼がおもしろがっているときの顔だ。

異界族のすばやさにかなうはずもなく、ルーはヴァナラに飛びかかることも、つかむこともできなかった。でも、悪知恵ならヴァナラよりまわる。ここは彼らの好奇心旺盛な性質を利用するしかない。

ルーは突然ショールがゆるんだふりをした。はしたないことこのうえないが、ほかに名案はない。きゃあと悲鳴を上げ、身をかがめて腰の結び目を直すふりをしながらさりげなくショールをずらし、お尻をちらっと見せた。ケネルが見たらおそらく、いや、確実に失神するだろうと想像しただけでルーは顔が赤くなった。

後ろ上方からプリムの金切り声が聞こえた。

「なんとまあ」パーシーがつぶやいた。

視界の隅に、ヴァナラの一人が何ごとかと身を乗り出すのが見えた。そう、あともう少し近づいて……いまだ。

ルーは地面にぶつかる前に超異界族の能力が猿の姿を盗み、大ケガから守ってくれると信じて思いきり前に飛び出した。

だが、重力のほうが速かった。

ねらわれたヴァナラは異界族の速さで身をかわしたが、それほど大きくはよけられず、ルーの指先が相手の手首に触れた。とたんに人猿は強みを失った。ルーは筋肉が動いて骨が伸びる痛みに震え、同時に髪の毛が全身を覆う毛皮になった。

こうしてプルーデンス・アレッサンドラ・マコン・アケルダマはふたたび人猿になった。

これからどうなるのか予想もつかない。ついにヴァナラのアルファが猿戦士たちに攻撃命令を出すかと思ったが、アルファは姿を盗まれた仲間を不機嫌そうに見やり、猿顔を無念そうにくもらせて〝さっさと離れろ〟と身ぶりしただけだ。

完全に人間になったヴァナラは恥じ入り、へつらうようにぺこりと頭を下げると、くるっと背を向けて寺院のなかへ駆け出した。ルーから離れ、つなぎひもを切るつもりだ。

つまり、あたしが猿の姿でいられる時間はそう長くない。

ルーはパーシーのそばに走り寄って斧をつかみ、誰かが止めるまもなく拘束具めがけて振り下ろした。

鎖が壊れた。

ルーは抵抗するパーシーをしっぽで抱え上げると、驚くべき身軽さで寺院をよじのぼり、さらに縄ばしごを一気に駆けのぼり、そのまましっぽを使って〈カスタード〉号の手すりごしにパーシーを投げ入れた。

パーシーはメインデッキにどさっと落ちながら叫んだ。「ぼくのかばん！　ルーのバカ！　彼らが本を持ってる！　あれを残しては行けない！」

「探ひてみるわ」その瞬間、ルーが異界族の姿でも話ができることに――しかも大きな猿胸から出る声が低くて不明瞭なことに――〈カスタード〉号の全員が息をのんだ。「あなたは協定書の写しを見つけて。さあ、パーヒー」

それからルーは双子の片割れを見た。「プリムローシュ、できるだけ紅茶ポッドを取りもどひて」。

プリムは目をぱちくりさせた。「なんですって？」

「聞こえたでひょ」これ以上、説明する時間はない。

ルーは二人が命令にしたがったかどうか確かめもしなかった。みんなの期待どおりデッキに戻るつもりもない。長い猿腕を伸ばして縄ばしごをつかみ、大きく二度揺らすと、優雅な宙返りで寺院の壁に降り立った。

「よせ」ケネルが叫んだ。「やめろ！」

ルーは無視した。ミス・セクメトを助けなければ。セクメトの忠誠がどこにあるのかはわからない。でも、抗争を避けたがっているのだけはわかる。それに、あたしはセクメトが好きだ。

ルーは鳥カゴに飛びついて格子を揺すってみた。人狼のときと同じように表面の銀でヴァナラの皮膚が焼けた。手のひらは毛がなく、柔らかくて剝き出しだ。異界族の力で銀と痛みに立ち向かうまもなく、新たな苦痛が全身をつらぬいた。猿の筋肉が縮み、世界が変わり、感覚が変化し、ルーはふたたび人間に戻った。姿を盗まれたヴァナラが超異界族つなぎひもの限界に達したようだ。

ルーは頭を振って見当識を取り戻し、しゃがみこんで格子ごしにミス・セクメトの茶色い目を見つめた。格子を握っても、もう皮膚は焼けない。近づいてみると、セクメトは銀の網をかけられていた。網が首のところで締まり、全身にぐるぐるからまっている。これでは姿を変えられない。たとえ異界族を弱らせる銀網にもめげずに変身しても、今度は剝き出しの敏感な皮膚が網に押しつけられる。ライオンのままでいるわけがようやくわかった。セクメトには身を守る毛皮が必要だったのだ。

ルーはにやりと笑った。この手がある
じゃない。鳥カゴは、下にスライドして開くタイプの扉を太いひもで結んで固定してある。ルーは結び目をつかみ、できるだけたくさんほどいて両手を伸ばし、その手をミス・セクメトのすべすべした薄茶色の毛皮に深々とうずめた。

15 ガウンを着た人猿

いたっ。人猿に二度つづけて変身したあとで、ルーは人から動物への完全な変身がどんなに痛いかを忘れかけていた。骨が砕けて組み変わり、感覚が完全に変わった。嗅覚がもっとも強く、次に聴覚が鋭くなり、視界から赤色が消えた。すべてが銀色の月光と揺らめくたき火の明かりのなかで行なわれているので、色が消えてもさほど困らない。言うなれば、突然チーズがどんなにおいしいかを忘れるようなものだ。チーズをほしがらずにすむのは助かるが、チーズを食べようと思わなくなるのは寂しい。

頰ひげがぴくついた。ヴァナラは暖かい毛皮と乾いた苔と異国の果物のにおいがした。人狼のような捕食者特有の肉臭もなければ、吸血鬼特有の屍肉のにおいもしない。寺院を抜けて吹いてくるそよ風がむせかえるような紅茶葉の香りを運んできた。そうと気づく前にルーはくしゅんと大きなくしゃみをし、すぐに紅茶のことは頭から押しやった。

ミス・セクメトが鳥カゴを出るかどうかまでは確かめなかった。賢ければカゴのなかにとどまるだろう。戦闘が終わるまではそのほうが安全だ。もし戦闘になれば。いまやセクメトは完全な人間だ。人間は戦闘に弱い。

だが、これまでのところ膠着状態に変化はなく、変化しそうもなかった。そしていまのあたしはどんなに望んでも誰とも話せない。またもやチーズのジレンマだ。ルーはいらだたしげにしっぽを振った。

そのとき、森の奥から英国軍騎兵隊が現れた。見上げると、空からも数個の大きな点がこちらに向かっている。准将は予備の飛行部隊にも援軍を要請したようだ。いまや連隊のほぼ全軍が准将の愛する妻を追っていた。もしくは税金を。もしくはその両方を。紅茶のためならわからないでもないけど、税金と妻のためにそこまでするなんて。ちょっとやりすぎじゃない？

やけに大きい、独裁者ふうの帽子をかぶった准将が大きな手を上げた。背後の騎兵隊が停止し、人狼団の脇に並んだ。これで英国軍は数でヴァナラをうわまわった。もうじき歩兵隊も到着するだろう。

ルーは緊張するヴァナラ戦士と人狼団のあいだをこそこそすり抜け、准将のそばの木に飛びつくと、さりげなくしっぽを立てた。先っぽだけは言うことをきかずに垂れ下がり、毛むくじゃらの興奮した小旗のようにぴくぴく動いている。それでも期待どおり恐怖に息をのむ声が漏れ、ライフル銃の撃鉄を起こす音があちこちで聞こえた。つまり騎兵隊はあたしを本物の獰猛な雌ライオンと思っている。ルーは首をかしげた――器用に巻いたオレンジのショールを変に思わないの？

ファンショー准将はルーが頭上の木の枝からぶらさがっても気づくふうもない。大型の馬にまたがった大男は、馬と高級葉巻と夕食に食べたカレーとココナッツ菓子の混じったにおいがした。愛する妻が行方不明でも夕食を楽しむ余裕はあったようだ。ばかでかい帽子の下に髪の毛はほとんどなく、目立つ眉と立派な口ひげと妙にちっぽけなあごひげを生やしている。

准将には、ターバンを巻いて英国の軍服を着た通訳者とおぼしき若いインド人がつきしたがっていた。ヒンドゥーの神々を前にした通訳者は、軍使という自分の立場を弁明するかのように鞍の上からなんどもヴァナラに頭を下げた。

准将は通訳をにらみ、「待機せよ！」と命じ、ヴァナラたちに向きなおった。

「猿の人々よ。わが妻と女王陛下のカネを返すならば今回のことは寛大に処する」

ファンショー夫人が足を引きずりながらたき火の明かりのなかに進み出、杖をかかげて呼びかけた。「ジャミキンス！」

「スナグルバター！」准将は年齢も身体もゆうに妻の二倍はありそうだが、二人のあいだにそれなりの愛情はあるようだ——テノールの熱い呼び交わしが本物ならば。

「彼らはとても親切だったわ。ヴァナラは温厚で文明化された種族よ、人狼と同じように。帝国がたまたま彼らを不当にあつかっただけなの」

「何を言う、スナグルバター、帝国が間違うはずがないではないか。この現象についてはわたしも本で読んだ。感受性の強い若いレディはときに敵の言葉にだまされるそうだ——現地の大義に同情して」

ファンショー夫人は腹立たしげに片足で地面を強く叩いた。「ジャミキンス、わたしは現地人に感化されてなんかいないわ」

「わかっている、いとしい妻よ、それどころかもっとひどい目にあったのだ。さあ、黙ってきみのジャミキンスにすべてまかせればいい。これは女王陛下の問題だ。きみがそのかわいい頭を悩ませることはない」

夫人は木の上にいるルーをすがるように見た。正直、ルーはこの場面を楽しんでいた。プリムとケネルが〈カスタード〉号から引っかけ鉤を突き出し、空をただよいながらこっそり鉤を投げ下ろしてはせっせと紅茶の丸容器を引き上げている。苗木回収はヴァナラの背後で行なわれており、目の前の軍勢に集中する彼らはまったく気づいていない。数人の騎兵が〈カスタード〉号をいぶかしげに見たが、彼らはれっきとした兵士だ。カスタードごときで准将の邪魔をするほど愚かではない。そして人狼たちは何か言いたくてもしゃべれない。

ゴールデンロッドのスパイという身分を明かさないかぎり、ファンショー夫人はこれ以上、反論できない。ヒステリー女のたわごとと思われるだけだ。夫に反論するには、公的な権限を持つ人物が必要だ。ルーもまた――たとえ人間の姿であっても――立場は明かせない。もとより、裸同然の若い未婚女性の言うことなど即座に無視されるに決まっている。

ファンショー准将がヴァナラに呼びかけた。「誰か弁明する者はいるか」

通訳が准将の言葉を訳した。

ヴァナラは誰ひとり動かない。武器をかまえたまま押し黙り、視界の隅でアルファを見ている。

「よかろう、ほかに手はない。力ずくで妻と陛下のカネを取り戻す!」准将がサーベルを振り上げた。「中隊。攻撃準備」

ヴァナラが身をこわばらせた。

人狼たちは人狼アルファを見ている。

ルーは飛びかかるべく筋肉に力をこめた。いったい誰に、何に飛びかかるつもりか自分でもわからないけど。

そのとき沈黙のなかに声が響きわたった。「待って!」

ミス・セクメトがたき火の明かりのなかに進み出た。どこかで見つけたヴァナラの長い布を堂々と全身に巻いて。茶色い肩は剝き出しだが、豊かな長い髪と銀の網がマントのように垂れている。人間のセクメトは不死者のときより少し褐色が濃く、その姿は目に痛いほど、この世のものとは思えないほど美しい。巻きつけた布と髪と銀の網が合わさって、伝説の女神のようだ。ヴァナラたちよりずっと神々しい。ルーは木から飛び降りて駆け寄り、セクメトの左側に立った。一瞬遅れてレディ・キングエアが右側に立った。

ヴァナラ軍団と人狼と騎兵隊は目の前の光景に目を見張った。

ルーの人猫の耳に、准将の背後のジャングルからブーツの音が聞こえた。歩兵隊が近づいてくる音だ。森の上空では空からの援軍が容赦なく接近している。もうすぐ英国軍による総攻撃が始まる。ミス・セクメトに時間はない。

「准将、これはとんでもない誤解です」セクメトが言った。「ここにいるのは叙事詩に描かれたヴァナラ、すなわち人猿、あなたがたの人狼の仲間です。〈進歩法〉と〈異界族受容決議〉のもとに彼らには認可を求める権利があるわ」

「バカなことを。やつらは妻を誘拐したんだ！」

ミス・セクメトは細い肩をいからせた。「それは正確ではありません。夫人はみずからこの地にやってきて、みずから彼らに話しかけた。見上げた行為です」

「おまえは誰だ？　わたしの妻となんの関係がある？　それに税金はどうなる？」

「わたしは異界族の安全と融合を推進する集団の代表者です」ミス・セクメトは遠まわしに答えた。「ご夫人はすばらしい大使役を務められました。彼女の親身な態度に、ヴァナラたちはもう少しで提案に応じていたかもしれない。でも、いまわれわれはこの状況をなんとかしなければなりません」

ミス・セクメトは過去にも交渉の経験があるに違いない。〝われわれ〟の使いかたが抜群にうまい。

「わたしは長居をしすぎたようね、ジャミキンス」ファンショー夫人が言った。「これは誰のせいでもない。わたしはここで客として丁重にあつかわれていたわ」

准将はミス・セクメトをにらんだままだ。「ほう？　具体的には誰の代弁者だ？」

「それは申し上げる立場にありません。友好的集団とだけ申し上げておきます、サー」ミス

・セクメトはすまして答えた。
准将は妻に向かって指を曲げた。「さあ、スナグルバター、こっちへ来るんだ。ゆっくりと」

ファンショー夫人は切羽つまった表情で夫とヴァナラを交互に見やった。人猿たちはあからさまに夫人を引きとめようとはしなかったが、准将が妻の安全を確保するや攻撃をしかけてくるのはわかっていた。いまや准将の目は奪われた税金だけでなく、寺院に山と積まれた金の延べ板にも向けられている。

「愚かな子だ」准将は動かない妻に毒づき、脇を固める騎乗兵に身ぶりした。「ドウィルランプル少佐、妻を連れてこい」

准将の命令にドウィルランプル少佐は顔をしかめた。なにしろその妻は槍と弓をかまえて毛を逆立てる人猿軍団の背後に立っている。

「サー?」ドウィルランプル少佐は年配で小太りの、サーベルの腕より戦略のうまさでその地位についたような男だ。

「行け、少佐」

少佐は命令にしたがい、ゆっくりと馬を進ませた。馬も少佐もたき火の明かりのなかで汗が光っている。

ヴァナラ軍団は〝こちらも軍事訓練は受けている〟とばかりに隊列の隙間を詰めた。

その背後でプリムとケネルと甲板員たちがまたひとつ紅茶ポッドを引き上げた。

ファンショー夫人は流血沙汰を阻止したい一心で足を引きずりながらヴァナラのあいだを抜け、たき火の脇をまわって近づいた。

少佐は馬を速歩で進ませると、身を乗り出して夫人に手を差し出し、勢いよく引き上げて自分の前に置いた横鞍に座らせた。夫人は膝の上で身を固くして杖をつかんでいる。おびえきった表情だ。少佐は馬に拍車をかけて隊列に戻った。

そのあいだファンショー夫人はずっとルーを見ていた——心で何かを伝えようとするかのように。

誰もが戦闘に身構えた。

ルーは飛行船を見上げた。

プリムとクルーたちはほとんどの紅茶ポッドを回収し、丸い容器がゴンドラ型のカゴに入れた真鍮の卵のように甲板を転がっていた。船が片側に傾いたら転げ落ちそうだ。紅茶落下事故が起こらないよう船体を平衡に保ってと命令したかったが、いまは言葉を発せない。ルーは命令をあきらめてミス・セクメトを振り返り、やけどをしないように唇をめくり上げて銀の網に噛みつき、はずそうとした。

ミス・セクメトは意味を理解し、遠い昔に覚えた曲芸技を思わせるような優雅さで——昔どこかの踊り子だったのかもしれない——網を振り落とした。

ルーはミス・セクメトとレディ・キングエアに頭をくいと動かした。

ミス・セクメトは人狼アルファを見た。「いいの？」

レディ・キングエアはあたりをうかがい、うなずいた。セクメトが背にまたがると、レディ・キングエアはくるりと向きを変え、森めざして走りだした。〝女神を乗せて走る狼〟……ルーはうっとりと光景に酔いしれたが、ルー以外はみなこの展開に困惑した。

「あのいかれ女め、いったい何を考えてる？」ファンショー准将は味方の人狼アルファがいきなり森に駆け出すのを見て叫んだ。すぐさま残りの団員もいっせいに向きを変えてアルファを追った。表向きは英国軍のために戦う人狼団だが、彼らが最初に命を賭けるのは団のアルファだ。そのアルファが戦闘を前にして謎の女神を背に乗せ、気まぐれな夜のひとっ走りとばかりに森に駆けこむのなら、彼らも当然あとを追う。

おそらくミス・セクメトは人ライオンという素性を秘密にしたいのだろう。人猿の存在を英国政府に知らしめるにはやぶさかでないが、そのうえ人猫となれば衝撃が大きすぎる。ルーはうなずいた。英国の狭い政治意識を広げるのに性急すぎてはいけない。いちどにひとつの異界族。ルーは森とは反対側の木々のほうに歩きだした。

「どういうつもりだ？」准将は虚空に呼びかけた。「脱走兵どもめ！　はらわたを引きずり出してやる」だが、それ以上、軍法会議について考える時間はなかった。自分とヴァナラをへだてる人狼がいなくなったいま、もっと緊急の事態が迫っていたからだ。ヴァナラが准将と騎兵隊にじりじりと近づいていた。

人猿は思いのほか狼の同胞に敬意を抱いていた。人狼団がいなくなったいま、ヴァナラ軍はこの戦いを本拠地である密林のなかに持ちこむつもりのようだ。自分たちの木登り能力を最大限に生かせる場所に。ここにいる全員がその事実に気づいた。

馬はひらけた場所でしか足場を保てない。騎兵隊が樹冠の下に押しやられる前に准将は突撃を合図した。

「やめて!」准将の妻が絶叫した。「ミス・アケルダマ、なんとかして!」

だがルーは蔓のからまる別の木の高いところに身を隠していた。

ファンショー准将は、戦場に聞きわけのない女がそばにいることに耐えられなかった。

「少佐、妻を連れてゆけ」

「了解、サー!」少佐がくるりと馬の向きを変えた。ファンショー夫人は激しくもがいたが、少佐は夫人をしっかと押さえ、馬に駆け足を命じると、安全な場所に向かって寺院から走り去った。

あとから考えると、丈夫な枝の上という最高に見晴らしのいい場所に陣取っていたにもかかわらず、誰が最初の一撃を加えたのかルーは思い出せなかった。覚えていたのは弦がビュンとしなる音と、片方から矢が、もう片方から銃弾が宙を飛び交ったことだけだ。騎兵隊がヴァナラ軍に迫るにつれ、鋼《はがね》と木、剣と槍がぶつかり合う音が聞こえ、冷や汗のすえたにおいと新鮮な血のむせるような銅のにおいがたちこめた。

公平な戦いとは言えなかった。

人狼と彼らの異界族の力がないいま、ヴァナラ戦士が人間相手の戦闘で負けるはずがない。姿を変える不死者と相まみえるとは予想だにしなかったのか、それとも信じたくなかったのか、いずれにせよ准将ひきいる兵団は銀で武装せず、武器は鋼のサーベルと鉛の銃弾だけだった。ヴァナラにとっては脅威でもなんでもない。こんな武器では傷でひるませることすらできない。どんなに傷を受けようと、不死者の傷口は自然にふさがり、治癒する。この連隊に公認のサンドーナーはおらず、異界族を殺せる特別な銃弾もない。英国軍は平素から異界族と戦わない主義を強調している——間違っても現地では。海外で自国の政策にしたがわずして、どうして英国を文明化推進国と言えよう？

つまり、人猿が恐るべき正確さで槍を投げ、矢を放って攻撃に出た相手は、異界族を倒すのではなく、異界族とともに戦うよう訓練された軍勢だった。たしかに英国騎兵隊は優秀だったが、そこまで強くも、動きが速くもない。騎兵たちは完璧な隊形を取って銃を放ち、ナイフを投げ、しばらくは人猿軍を押し戻したかのように見えた。だが、ヴァナラは力が強く、より敏捷で、より訓練されていた。連撃攻撃で半数が木の枝から軽々と身を揺らして馬に飛び乗ると、長くて力強い腕と物をつかむのに適したしっぽで騎乗兵を鞍から身体ごと持ち上げ、投げ落とした。またたくまに馬の背に座るのは准将も含め、数えるほどになった。よく訓練された軍馬さえおびえ、空っぽの鞍のままジャングルに逃げこんだ。

ヴァナラ軍がわずかに残った騎兵に迫った。

最初の膠着状態があれほど長くなければ、これで決着がついていたかもしれない。だが、長々とにらみ合っているあいだに歩兵隊が追いついていた。速足で森をかき分け、まさに英国軍あやうしという場面に現れ、ずらりと整列した。

不死者とはいえ、いまやヴァナラの前には、相手が伝説の怪物であろうとなんだろうと戦う気満々の、いかめしい顔をした堅固な百人部隊が立ちはだかった。

ヴァナラ軍は人狼団よりも数が多い。十二人もいればかなり強力で獰猛だが、さすがに一連隊を相手にするほどの力はない。ヴァナラはかがり火の近くまで後退し、隊列を組みなおした。ヴァナラのアルファが古代ヒンディー語と猿の舌打ちで命令と指示を叫んでいる。

またもや短い間《ま》があり、倒れた騎兵のうち、立てる者は立ち上がって歩兵の横に並んだ。准将も歩兵隊の列に立った。目に勝ち誇ったような猛々しい光を浮かべて。

このときルーは気づいた。ヴァナラが慎重に、誰も殺すまいとしていることに。数人の騎兵は地面に倒れているがケガはない。気を失っているだけだ。

短い毛で覆われた猿の頭のなかでは奇妙なことが起こっていた。大英帝国との全面戦争を避けようとする何かが。ルーは准将に叫びたかった。ヴァナラの自制心に気づいて。手加減しているのに気づいて。どうか攻撃をやめて。ヴァナラはまったく敵ではないとわかって。

と、とつぜん骨が折れ、ルーは予期せぬ痛みに思わず叫んだ。うわ、みっともない。気がつくとルーは人間の姿で息をはずませ、木の枝に危なっかしげにしがみついていた。ライオンのときはさほど高いとも思わなかった枝が、人間に戻ったとたん急に高く見えた。それでも身を揺らして枝から両手でぶらさがり、よく考えもせずに手を放した。着地に失敗して片足首をひねったが、それどころではない。ルーは足を引きずりながら戦場に近づいた。

そういうわけで、歩兵隊が騎兵隊の援護に駆けつけたまさにそのとき、兵団は貴族ふうの物腰とみごとな体型の青ざめた一人の英国レディが真っ裸で火の明かりのなかに足を引きずって現れるのを見た。ルーのオレンジ色のショールは酷使され、二度も人猿に変身したあとでもう耐えられないとばかりに役目を放棄し、木の枝に残ってぶらさがっていた。気づくべきだった。でも、気づいたときは遅すぎた。

大英国軍は帝国を広げる過程でさまざまなものを見てきた。それでもこのようなものを見るのは初めてだ。正真正銘の英国女性が一糸まとわぬ姿で。これはいったい？　世のなかに歩兵一個隊の前進を押しとどめるものはそう多くはない。どうやらあたしはいまそのあまりうれしくない栄誉に浴する数少ないもののひとつになったようだ。〝必要なのは裸のレディだけ〟――いま征服されつつあるどこかの国にこのことを教えてあげたい。ルーは背筋を伸ばし、気高い威厳だけを身にまとった。そしてこれを人生における新たな胸躍る経験のひとつだと思うことにした。

准将はいよいよ驚いた。「いったい誰だ？」

ルーは答えず、できるだけ尊大な態度で身をかがめ、ミス・セクメトが脱ぎ捨てた銀の網を拾った。裸は少しも隠せないが、あとで役に立つかもしれない。

すでにルーの裸を見ていたヴァナラは〝裸の英国女性〟の出現にも簡単には目を奪われなかった。歩兵隊がとつぜん前進を止めたのを見て、いまがチャンスと槍を拾い、一個連隊を敵にまわすという圧倒的不利な状況に対抗すべくそなえはじめた。

ルーはこの状況にしては実に堂々と飛行船に向かった。ひたむきに紅茶ポッドの回収にいそしむ〈斑点カスタード〉号はいまや小川を離れ、寺院の右側に浮かんでいた。クルーたちは巻きこまれないよう、じっと戦闘を見ている。

船からは縄ばしごがぶらさがっていた。

インドのジャングルのどまんなかに現れた裸の英国女性にいかに度肝を抜かれようと、これ以上、貴重な時間を無駄にはできぬとばかりに准将は戦いに注意を戻した。歩兵隊の増援を得て新たな命令を大声で叫ぶと、歩兵たちはルーの丸い——そして遠ざかる——お尻から視線を引きはがして准将の命令にしたがった。歩兵隊は英国が誇る効率第一の隊列に組み変わり、ヴァナラ軍を寺院内の敷地へ、森の利点を使えない場所へと追い詰めた。

縄ばしごをのぼりながら、ルーは空からの援軍が接近しているのに気づいた。

このままでは十二人の人猿は全滅だ。歩兵隊に異界族の治癒力をしのぐだけの鉛の銃弾がなくても、飛行艦隊は上空から敵をなぎ倒すだけの強力な弾薬をそなえている。完全には殺せずとも、捕らえるくらいの時間は動けなくしておけるだろう。しかも東の空は不吉な薄紅色になりつつある。夜明けが近づいていた。ヴァナラの性質が人狼と同じだとすれば、太陽のもとでこんな総攻撃を受けたらよほど老齢で強靭なヴァナラでないかぎり確実に死ぬ。

デッキにおりたとたんルーはにぎやかしいクルーに取りかこまれた。プリムがガウンを身体にかけ、ケネルはルーの目を見つめて無鉄砲な振る舞いを遠慮なく叱りつけながらエンジンの状態を報告し、パーシーは長ったらしい法律用語をまくしたてて紙を振りまわし、スプーは紅茶の容器と引っかけ鉤についてしゃべっている。

これほどほっとしたときはない。裸足がデッキに触れたとたん、緊張がとけた。

ルーは片手を上げてみんなを黙らせた。「話はあとよ。プリム、紅茶ポッドはぜんぶ回収した？」

「ええ、船長」

「スプー、引っかけ鉤に大きな網をつけてくれる？　ほら、貨物を引き上げるときに使うような。それからこの銀の網を先っぽにつけて」

「了解、レディ船長」

「パーシー、協定は予想どおりだった？　表記はラクシャサだけに限定されていた？」

「イエス、船長――いや、その、答えはノーだ。つまりだね、ルー、ヴァナラは合法的に協定に含まれる。協定では〝異界族〟と言う言葉しか使われていなかった。あとは署名しさえすればいい」

ケネルは大声で報告するのをやめ、真顔になった。「何かいい案でも、いとしの君《シェリ》？」

「ええ、もちろん。それから人前であたしを〝シェリ〟と呼ばないで」

「じゃあ二人きりのときはいいの？」ケネルは顔を輝かせた。

ルーは鼻を鳴らして笑みを隠した。「みんな、よく聞いて」

集まったクルーは待ってましたとばかりにそろって背筋を伸ばした。

「さあ、これからこの戦いをそっくり取り上げるわよ。スプー、あなたと甲板員のみんなはあの銀の網で一人のヴァナラをつかまえて。宝石をいちばんたくさんつけてる人。それがヴァナラのアルファよ。彼をつかまえて。つかまえたらぶらさげたままにして、たぐり寄せないで。危険だから。無事に捕獲したら教えてちょうだい」

ルーは二人の甲板手を指さした。小柄ですばしこい甲板員たちにはできない力仕事を担当する、大柄の男だ。「あなたたち二人は縄網で准将をつかまえて。あたしの性格判断が間違ってなければ、あの二人は一対一で戦おうとするはず。だから、きっと近くにいるわ」

「どうしてもとおっしゃるのなら、レディ船長」

ルーはじろりとにらんだ。「あたしたちはいま重大な国際紛争を阻止しようとしてるの。遊びじゃないのよ。空軍が来る前に二人のリーダーをつかまえて。それで思い出した。ケネル、パーシー、エーテル層に入って飛行艦隊を追い抜きたいの。二人とも持ち場について。パーシー、適宜、報告を。近づいてくる煙を注視して、艦隊に追い越されそうになったら秒読みで知らせて」

パーシーとケネルは答えるまもなく持ち場に走った。ケネルは下デッキ、パーシーは船尾デッキの操縦席へ。

プリムとルーはメインデッキに陣取り、左右の縁に一人ずつ張りついて違う角度から手すりごしに見下ろした。

「パーシー、高度を下げて」ルーが呼びかけた。

「もう少し右」とプリム。

「あともう少しよ。スプー、どう？」

「もうちょっとです、レディ船長」

キングエア団が森から姿を現した。レディ・キングエアが先頭で、薄茶色のキツネのようなライオール教授がぴたりと脇につき、残りが隊を組んでついてくる。

地上の戦闘の音は耳を聾さんばかりだが、かまわずルーは船の縁から身を乗り出し、下にいる親戚に大声で呼びかけた。「おーい、姪っ子！」

レディ・キングエアが黄褐色の目を光らせて見上げた。

「この戦いを盗みたいの。少し時間をかせいでくれない？」

レディ・キングエアはうなずき、ジャングルの縁で優雅に座りこんだ。続いて残りの人狼も戦いを拒み、いっせいに座った。

さいわい准将はまだ気づいていなかった。このままなら戦闘放棄を非難されるだけだが、准将が気づいて人狼に参戦を命じたら、〝故意の不服従〟もしくは〝反乱〟の罪になる。人狼付属部隊はある程度の自治権を認められているが、そこまでの自由裁量はない。

甲板手の一人が叫んだ。驚く馬の背から准将を捕らえたようだ。

准将はぶらさがった網のなかでもがき、どうしようもなくからまったサーベルで必死に縄を切ろうとしていた。帽子はずり落ち、えらそうな帽子のない准将は妙に情けなく見える。

ルーは命令を変更した。「引き上げて船に乗せて。逃げられないように」

「了解、レディ船長」

「スプー、ヴァナラのほうはどう?」

「なにしろ動きが速くて。ちょっと手伝ってもらえますか?」

ルーが手を貸そうと近づいたとき、スプーが勝利の雄叫びを上げた。

「人猿をつかまえた!」

ルーの奇襲攻撃が功を奏した。いくらヴァナラが周到でも、頭上からの攻撃は予測していなかったようだ。もっともルーは攻撃したつもりはない。手すりから身を乗り出すと、ヴァナラのアルファが猿の怒りを剝き出し、金の飾りと上等なシルクを光らせて銀の網のなかでもがいていた。毛に覆われていない手のひらや足の裏が銀で焼けている。とらわれたヴァナラは網を引き裂こうとしたが、銀は皮膚を焼くだけでなく、異界族の力も弱らせる。みずからしかけた網があだになったわけだ。

そのとき二人の甲板手が准将を捕らえた網をたぐり寄せ、どさっと無造作に――魚を入れた荷かごを下ろすように――デッキに下ろした。准将は網から出ようとのたうちまわったが、誰も手を貸そうとはしなかった。船内に准将を押さえられるような軍人はいない。いまや彼は捕虜だ。船から飛び降りたくても飛び降りられないほど高く、速く移動するしかない。

問題はエーテル層に入ったヴァナラに何が起こるかだ。いまのところ異界族とエーテルは相性が悪いことしかわかっていない。人狼は激しく具合が悪くなり、吸血鬼は最低でも発狂する。エーテル旅行が始まったころにある実験が行なわれ、一人のはぐれ吸血鬼がイカロスのように飛行船から落ちた。このことには誰も触れたがらないが、ルーはその報告書を読んだ。でも、ミス・セクメトはマルタ塔ではまったく平気そうだった。

確かめる方法はひとつしかない。「パーシー、上昇して」

「了解」

命令を出したもののルーは心配だった。ヴァナラも人狼と同じように仲間とのつながりが強そうだ。不覚にもつかまったアルファに深刻なダメージをあたえたくはない。あたしはみんなが冷静になる時間がほしかっただけだ。なんなら紅茶を出してもいい。紅茶はなにより気持ちをやわらげてくれる。

パーシーが船を上昇させようとしたところでルーは制した。「やっぱり、もうしばらくいまの高度を保って」

背後の船首デッキでは准将が網から抜け出し、主謀者は誰かとあたりを見まわしていたが、ルーに気づくや目に殺気を浮かべて近づいた。

スプーが〝これ以上ヴァナラを吊しておくのは無理だ〟とかなんとか叫んでいる。

ルーは手すりから身を乗り出し、なお我慢強く並んでひかえている人狼たちに大声で呼びかけた。

「猿を狩ってみる気はない、姪っ子?」ルーの声にレディ・キングエアが鼻面を上げ、一声吠えた。「傷つけてというんじゃないの。彼らを連れて、地上からあたしたちを追ってくれない?」

レディ・キングエアは状況を検討するかのように首をかしげた。

「ルー」パーシーが警告した。「飛行艦隊、接近」

ルーは多くのものを両親から受け継いだが、彼らのような自尊心だけは持ち合わせていない。下手《したて》に出て拝みたおすのも平気だ。「お願い、姪っ子ちゃん。これこのとおり、あなたの力が必要なの」

レディ・キングエアがもういちど吠えた。

それを合図に人狼たちは決然と戦場に向かっていった。

彼らがどちら側につくかを確かめるまもなくルーは命令を出した。「パーシー、全速力で上昇よ。でもエーテル層には入らないで、下から見える高度を保ちながら飛行艦隊から離れて。歩兵隊が混乱してあたしたちが准将を捕らえたのに気づいていないといいんだけど。うまくゆけば、飛行部隊はあたしたちを追う前に連隊と連絡を取ろうとするかもしれない」

「了解、船長」〈カスタード〉号はおなじみのガス音を立ててプロペラの回転を上げた。よかった、戦いの騒音で恥ずかしい音がかき消されて。ルーは手すりに張りつき、戦闘を見つめた。

キングエア団は実にひそやかに行動した。人狼はさまざまな作戦で鍛えられている。隠密作戦は少ないが、キングエア団は忍びの専門だ。人狼たちは、アルファのいないヴァナラに囲まれて戦う歩兵たちのあいだをすり抜けた。猿軍団はアルファの不在に当惑しながらも力強く、電光石火の速さで槍と剣をひねり、襲いかかる大軍を押しとどめていた。なおも人間を殺さないようにしながら。

人狼が隊列に分け入った。ヴァナラは無関心だ。狼の仲間が自分たちを襲うとは、はなから思っていない。

最初にレディ・キングエアが飛び出した。ヴァナラの喉笛を襲いはせず、身体の下にするりともぐりこむと、次の瞬間にはヴァナラを背中に乗せていた。ヴァナラは反射的に両脚としっぽを人狼アルファの毛深い腰に巻きつけ、両手を首毛にうずめた。

ほかの人狼もレディ・キングエアに倣い、全員が人猿をひとりずつ背に乗せた。最初のショックからさめたヴァナラは狼の同胞に身をあずけることにした。どうせこの不利な状況では勝てない――ましてや相手を殺さないよう手加減しながらでは。しかも夜明けが近い。止めるアルファがいないいま、残るヴァナラも仲間の後ろにぴょんと飛び乗った。それぞれ背中に二人の人猿を乗せた人狼はいっせいに向きを変えると、歩兵のあいだを突っ切り、森へ向かって猛然と駆け出した。

あとには戦う相手を失い、追いかけるすべもない軍勢だけが残った。


飛行船はどこを飛ぼうと競争《レース》という言葉は似合わない。もともと遊覧目的で造られたものだから、最新技術を駆使してもまだ速度を出すにはいたっていなかった。プロペラの回転を最速に上げ、動きの速い気流をとらえても、〈斑点カスタード〉号はせいぜい目的を持って、、、、ただよっている程度だ。エーテル層のなかに入れば話は違うが、いまは高度を上げずに距離を保ちたい。客の一人が発作的に飛び降りようなどと考えず、なおかつもう一人の客と仲間とのつなぎひもが切れない程度の高さを保つには微妙なバランスが必要だ。たとえファンショー准将にどすどすと近寄られ、大声でわめきちらされても、かたときも目を離せない。准将はいまにもなぐりかかりそうだ。あたしが英国人で女でなかったら、そうしていただろう。

「おい、そこの女！　自分が何をやったかわかっているのか。おまえは祖国を裏切った。軍事行動を邪魔した。軍法会議にかけてやるから覚悟しろ、この愚か者めが」

ルーは准将を見くだすように見た。縦も横も二倍はありそうな大男を見くだすのは楽ではないが。「あら、准将、言葉に気をつけて。これはあたしの船よ。あたしならそんな早まった真似はしないわ。それにあたしは軍人じゃない。軍法会議にかけようったって無理よ」

「なんだと？」

ルーは准将を無視し、ジャングルに目をこらした。どうか人狼とヴァナラがついてきていますように。だが、生い茂る樹木に隠れて姿は見えない。

「話はあとよ、准将。スプー、もう一人のお客様はどう？」

「いまは収まってるけど、いつまでもつか。銀の網はぶらさげるにはあんまり向かないね、レディ船長」

ルーは唇を噛んだ。「パーシー、空き地を探して。どこかに着陸できそうな場所があるはずよ。木々に隠れて空から見えないような。どう？」

「やってみる」パーシーはルーのほうを見もせずに答えた。

「そこの娘、いますぐ船を下ろせ！　もしくは向きを変えて飛行艦隊と接触させろ」

「冗談じゃないわ。ちょっと黙って。いま考えてるんだから」

准将は魚のようにぽかんと口を開けた。

「プリム、ちょっといい？」

ルーの呼びかけにプリムが小走りで近づいた。「まあ、麗しの准将どの。わたしたちの船へようこそ。軽いお食事でもいかが？」

准将は大胆な申し出に呆気にとられたが、社交儀礼をないがしろにはできない――どんなに過酷な状況でも。ファンショー准将は骨の髄までよき英国軍人だ。「はじめまして、ミス――」

「ミス・タンステル――ジ・オノラブル・プリムローズ・タンステルと申します。以後お見知りおきを」

「まさか、あのアイヴィの娘ではあるまいな」

これには誰もが驚いた。プリムは准将をルーとの言い争いから引きはがす絶好のチャンスとばかり即答した。「まあ、ええ、まさしくそうですわ。わたしの母をご存じ？」

「ああ、ご存じもなにも」大男の険しい顔に穏やかな表情が浮かんだ。好物の牡蠣《かき》を見つけたセイウチのようにな。「遠い昔、婚約したことがあった。実にかわいい女性だった。あのがみがみ女と親しかったせいでだめになったが」

「婚約？」プリムは手袋をした手でそっと唇を押さえた。親の過去の恋愛を知るのはいつだっておもはゆいものだ。プリムは落ち着きを取り戻すと、優雅に准将の腕に腕をからめ、幾多の追跡と攻撃を奇跡的に生き延びた紅茶ワゴンと折りたたみ椅子のある船尾デッキへと優しくいざなった。「なんてロマンチックなんでしょう。さあ、こちらで話を聞かせてくださいませんこと？」

こうして准将はルーのことを忘れ、ルーはスプーが捕らえたヴァナラに全神経を集中した。船はかなり高度を上げている。人間であれば、飛び降りたら確実に死ぬ。でも異界族の状態なら網を引きちぎって抜け出しても死なない。となれば、ここはヴァナラのアルファを人間にするしかない。

ルーは手すりに駆け寄った。スプーと甲板員一同がヴァナラの入った網を必死につかんでいた。三本のロープで吊された銀の網がゴンドラの下にぶらさがっている。

ルーはキルト地のガウンの袖をまくった。「手すりまで引き上げて、ゆっくりと。落とさないように、しっかり」

甲板員たちが力を合わせて引き上げはじめた。

少しずつ、じわじわとヴァナラが上がってきた。腕を伸ばせば届くところまで近づくと、ルーは手すりごしに身体をふたつ折りにして指を伸ばし、腕を振りまわした。指先がヴァナラの頬にさっと触れる寸前、おびえたような白目と目が合った――彼は人間になりたがっていない。ヴァナラのアルファは首をねじってルーの指先に嚙みつこうとしたが遅かった。いまや銀の網で吊りさげられているのは、伝説から捕らえられた、黒い目の、流れるように美しい、人間の姿をしたインドの王子だ。そしてルーはまたもや人猿になっていた――正面にパステル色の花々を刺繍した、いかにも英国ふうの薄青色のシルクガウンを着て。ガウンの後ろはしっぽのせいで妙な角度に持ち上がっているが、服を着ているだけ上等だ。かわいい房飾りをしっぽの先に巻きつけたら、ガウンの下前についている房飾りとおそろいになって最高に笑えるかもしれない。それとも房つきのトルコ帽とか？　だが、それ以上、房飾りをめぐる妄想に遊ぶ余裕はなかった。

ルーはこのとき初めて人狼が空を飛びたがらない理由を理解した。胃は、まるで棒を突っこまれたばかりのスズメバチの巣のように荒れ狂い、新しく増大化した全身の筋肉が発熱したときのように痛い。変身の痛みとも違う。激しい吐き気と眩暈《めまい》。体液がどうかなって、いまにも失神しそうだ。もしくはヒステリーの発作を起こすか。なにより不快なのは、頭上にあるエーテル層が感じ取れるような感覚だ。言葉にするのは難しいが、ルーはそれを血のなかに感じた。皮膚と肉のあいだにトゲだらけの毛布を掛けられたかのような感覚。本能的に思った――これより高い、あの何もない灰色の層に入ったら最後、あたしは痛みとダメージで気が狂う。

ルーはすべてをのみこみ――猿顔はさぞ青ざめていたに違いない――手すりに片手をついて身をささえた。

「さあ、甲板員のみなしゃん、上まで引き上げて」ルーは低い不明瞭な声で命じた。意外にも緊張で震えてはいない。

甲板員たちは船長がいきなり猿顔に変わったのにもあっぱれなほど動じず、命令にしたがった。

気分は最悪だったが、ルーは用心棒としてその場に残った。いまのあたしには異界族の力とスピードがある。まんいち人間に戻ったヴァナラが暴れたら、力ずくで押さえられるのはあたししかいない。プリムローズもこの戦士には手を焼くだろう。いかに礼儀という最強の武器があっても。

人間になったヴァナラのアルファはおとなしく甲板員たちの手で銀の網をはずされ、完全に自由になるまで静かに立っていた。網をとかれてからも、なぐりかかったり逃げたりするようなそぶりはない。

ルーはアルファにうなずき、ついてくるよう船尾デッキを指さした。通訳役のパーシーが操縦室を離れられない以上、ヴァナラをパーシーの近くに連れてゆくしかない。ルーのあとをついてくるヴァナラの態度は誇り高く、准将よりも願いを聞き入れようという雰囲気をただよわせていた。

紅茶ワゴンの前では准将とプリムがキュウリのサンドイッチをつまんでいた。パーシーは片手にビスケット、片手で操縦桿を持って気安げに船を操っている。

ルーは疲れた声で、「パーヒー、どれくらい下降ひてもらいじょうぶ？」

パーシーが見返した。「ルー、気分悪いの？」

「最悪。異界族にこの高さは酷よ。固まったミルクになった気分。安全に降下ひながら飛行隊を回避できる？」ルーは不快なげっぷに口を覆った。

パーシーはルーを心配そうに見ながら、「これ以上下がると、良好な風を失う。でも、どうしてもっていうのなら」

「やっぱりよすわ。いまはスピードが必要よ。あたひはもう少し耐えられる。空き地は見つかりそう？」

ルーは考えた。たかがあたしの体調のために有利な条件を手放せるほどまだ離れてはいない。ひとたび飛行部隊が事態を掌握したら、夜明けまでずっと追われつづけるかもしれない。

「うん、北へあと十分ほど。ほら、あそこだ」

ルーにも見えた。「よかった。なんとかがんばる」

パーシーはルーの言葉を信じ、操縦に戻った。

ルーはデッキチェアにどさりと座りこんだ。

おそるおそるヴァナラもしたがった。

准将が二人を見つめた。

一瞬の間《ま》のあとプリムが二人に紅茶を注いだ。

「ミルク？」プリムがヴァナラにたずねた。

ヴァナラは無言だ。

「お砂糖は？　ひとつ？　ふたつ？」

「ふたつにして」とルー。現地の香辛料入り飲み物から察するに、彼らは甘い紅茶が好きだ。

ルーがまっすぐ座っているのもやっとの吐き気とだるさに耐える横で、プリムは准将としゃべっていた。ヴァナラのアルファは静かに紅茶を飲み、小さく驚きの表情を浮かべた。みんなと同じようにこの状況に困惑しているようだ。それとも、あたしがインドの香辛料たっぷりの紅茶に驚いたように英国紅茶の味に驚いただけ？

九分三十秒後、パーシーは船を降下させ、草のない空き地の上空――木の梢の少し下に浮かばせた。客がケガなく地面に飛び降りることもできなければ、もうじき空き地に集まって待機するはずのヴァナラと人狼が飛び上がることもできない高さだ。

さいわいルーのむかつきは収まり、エーテル層の嫌なちくちく毛布の感覚も消えた。すっかりふつうの状態だ――猿の姿をしたレディに可能なかぎりふ、つ、うの。パーシーは操縦をヴァージルとスプーにまかせ、通訳としてお茶の席に加わった。

ルーはこの文明的ななりゆきに満足した。飛行艦隊が接近して攻撃を始めるまで、あと十五分ある。そのあいだに対立関係に終止符を打ち、失われた和平の機会を取り戻し、新しい種族を紹介することははたして可能だろうか？

16　紅茶がすべてを解決すること

すぐにルーは気づいた。交渉なるものが十五分よりはるかに多くの時間を要し、しかも自分の性格にはあまり向いていないことに。猿の声と顔が板についた身にはなおさらだ。いまもルーの発音は不明瞭で、ヴァナラのアルファと准将は歩み寄ろうとしない。夜明け前に合意に達するとはとても思えない。それどころかこのままではあたしの愛する飛行船が自国の空軍に攻撃されてしまう。

パーシーは地面すれすれまで船の高度を下げ、うっそうと茂る木々の下に隠れたつもりだったが、飛行艦隊が接近したら見つかるのは時間の問題だ。〈斑点カスタード〉号の赤地に黒い斑点の気球は木々の梢から空高くひょこっと突き出ていた。木の上から恥ずかしそうに顔を出す大キノコのように。

周囲の空き地では猿と狼がはねまわっていた。

気をきかせたスプーがルーの予備のガウンを投げ、レディ・キングエアは人間に姿を変えた。ときおりレディ・アルファの〝いったいどうなっているんだ!〟という横柄な叫び声が聞こえ、そのたびにプリムが手すりから身を乗り出して詳しい状況をどなり返した。

終を愉快そうに見守った。ライオール教授は背景に溶けこむように座り、一部始終を愉快そうに見ている。

人狼団とヴァナラはしっぽの追いかけっことでんぐり返しと取っ組み合いをごっちゃにしたようなゲームに興じていた。両種族のあいだにはなんらかの仲間意識が見いだされたようだ。いざ飛行艦隊がやってきたら人狼は罷免され、ヴァナラは拘束されるかもしれないのに、少しも気にするふうはない。人狼にとっては、長く音信不通だった仲間の団を見つけたようなものなのだろう。これで世界には自分たちのほかにも別のシェイプシフターがいるとわかった。かたやヴァナラはようやく外界へ出て、狼の親戚に存在を示せるのがうれしそうだ。

ミス・セクメトはどこ？　ルーは首をかしげた。こうした交渉こそ彼女の出番のはずなのに。

ルーは同じ言葉をヴァナラに向かって繰り返した。もう百万回は言った気がする。「とにかく〈異界族受容決議〉に署名さえしゅれば女王陛下はわかってくれるわ。ここにいる准将も法令には逆らえない、でひょ？」

ファンショー准将は申しわけ程度のあごひげにふっと息を吐いた。「いや、この生き物たちが人狼と同じかどうか確証は持てぬ。もしそうなら……」

「あたひに言わせれば彼らは間違いなく不死者で姿を変える異界族よ」ルーはいらだたしげに猿のしっぽを振った。「なんの違ひもない」

パーシーがヴァナラの王子に伝え、王子が答えた。「〝われわれは貴国の女王にも協定に

定ならどう？」

も興味はない〟」
ルーは眉をひそめた。猿顔では難しいが。「じゃあ英国政府とは独立した別の機関との協
定ならどう？」
准将は反論したそうだったが、パーシーがルーの言葉を伝えると、ヴァナラはにわかに興
味を示した。
「〝ラクシャサとも、彼らとの同盟とも関係ない機関か？〟」
ルーは頭のなかですばやく〈陰の議会〉の状況に考えをめぐらした。母さんはどんな反応
を示すだろう？　おそらくダマは和平を望む。〈宰相〉として、できるだけ文明的かつ非暴
力な手段を支持するはずだ。でも、紅茶は取り戻したい。人狼とヴァナラはここまで仲よく
やっているから、キングエア団は〈将軍〉に好意的な報告書を出すだろう。〈将軍〉の賛成
票はこっちのものだ。母さんは？　きっと母さんも最終的には納得するはず。だったら〈陰
の議会〉を独立した存在と見なして同盟を申し出ても問題はない。〈陰の議会〉がヴィクト
リア女王と親密であることをヴァナラに告げる必要もない。准将は〈陰の議会〉の存在を知
ってるの？　准将の前では言葉に気をつけなければ。いずれにせよ、この方法がいちばんう
まくゆきそうだ。
「あたしの父はこの国のある取引にかかわっています」ルーはわざとどちらの父親かを言わ
なかった。どうか准将がマコン卿のことと思ってくれますように。あたしの養父が吸血鬼だ
とうっかり口をすべらせたら大変だ。吸血鬼嫌いのヴァナラの耳に入ったらまずい。

このとっぴな発言に誰もが呆気にとられた。

「父はあなたと同じように」――ルーはヴァナラのアルファにうなずき――「紅茶に目がないの。この新種の紅茶は」――周囲の丸容器を指さし――「タングアシュワー森周辺の気候でよく育ちそうだから、ヴァナラとの通商条約にこの新しい紅茶栽培の権利と管理を加えてはどうかひら。同盟条件のひとつとして」ダマは気に入らないだろうけど。

准将は不満げだ。ルーは准将のほうを向き、小声で言った。「ブラッディ・ジョンがラクシャサと手を組んでいるんだから、そろそろ帳尻を合わせてもいいころよ」

ルーはそれとなく東インド会社に対抗する立場をにおわせた。准将が根っからの軍人なら、東インド会社の軍事影響力をよくは思っていないはずだ。ポウの団の噂話でも、必ずと言っていいほどブラッディ・ジョンに対するぼやきが聞かれる。東インド会社と吸血鬼のかかわりを考えると政治的に難しい賭けだったが、ルーの読みは正しかったらしく、准将の険しい表情がやわらいだ。

さっきまでのけんか腰な態度は消え、思案げに息を吐いた。「つまり、この協定で東インド会社を出し抜くというのか」

「そのとおり。そしてラクシャサを」ルーはヴァナラの王子にうなずいた。

准将も王子も関心を示した。紅茶に関する個人的な投資を人猿との同盟に利用したと知ったら、ダマはさぞ怒るだろう。でもダマは話せばわかる男だし、話してだめでも、あたしには〝愛娘の泣き落とし〟という武器がある。

「〝詳しく聞かせてもらおう〟」

パーシーはヴァナラの言葉を伝えたあと、自分の言葉を発した。「うわ、まずい！」

飛行艦隊が迫っていた。


空軍機の下部に装備された大砲が〈斑点カスタード〉号に向けられていた。飛行船のクルー全員が固唾《かたず》をのんで准将を見つめた。艦隊の部下たちが望遠鏡を准将に向けているのは間違いない。〈カスタード〉号が即座に攻撃されないのは、准将が無傷で英国レディの隣に座り、紅茶を飲んでいるのが見えたからだ。どう見ても険悪な雰囲気ではない――その場にヴァナラがいようといまいと。

准将の額《ひたい》に玉の汗が浮かんだ。ここで自分がとらわれの身であることを伝え、攻撃の合図を出せば、わが身を危険にさらすだけでなく、あらゆる協定の望みが潰《つい》える。

プリムが白く震える片手を伸ばした。「どうか、心優しき准将どの、艦隊を追い返してください。わたしのために」

准将は若く美しい貴婦人を無言で見つめた。

「わたしたちのために」プリムはまつげをぱちぱちさせてもう一押しした。

次は〝わたしの母のために〟と言いだすんじゃないかしら？　なにしろ准将はアイヴィおばと婚約していた過去がある。だが、ルーの心配は、背中にファンショー夫人を乗せた雌ライオンがデッキにすたっと降り立ったとたんに消えた。

跳躍する雌ライオンに乗ったファンショー夫人はスプーほどうれしそうではなく、壊れやすい磁器のようにはかなげに背から降りた。どこかで杖をなくしたらしく、足を引きずりながらテーブルに向かって歩きだすと、なかの一人——夫——が立ち上がった。

「マイ・ディア!」准将が駆け寄った。「少佐がきみを見捨てたのか。あの男、クビにしてやる」

ファンショー夫人が人猫を見やった。「少佐にはどうしようもなかったの、ジャミキンス。ライオンがどうしてもと」

気がつくと当のライオンは下デッキに姿を消していた。またドレスを借りに行ったのだろう。今後も船上で姿を変える状況が続くなら、ミス・セクメト好みの色とりどりの布を取りそろえた衣装だんすを手配したほうがいいかもしれない。

准将がルーを見た。「きみの猫か」

ルーはしばし考え、知り合ったばかりのころにセクメトに言ったセリフで質問をかわした。「猫がどんなものか知ってるでひょ? 猫は誰のものでもないわ」

プリムローズはつつましく座ったまま声をかけた。「ミセス・ファンショー? ご一緒に紅茶をいかが?」

さすがはプリム、なんて賢い。このなにげないひとことでプリムは全員の安全を保障した。上品なレディと思われているファンショー夫人が紅茶を断われるはずもなく、准将は妻がいる船に攻撃命令を出せるはずもない。自分の命だけならまだしも、妻の命まで危険にはさらせない。二度までも。

准将は迫りくる飛行艦隊にいともそっけなく手を振ったが、そこには複雑な合図が含まれていた。艦隊が少し遠ざかった。三人のレディは――ルーはいまも猿だが――三人の男をたくみな駆け引きでもてなし、説き伏せた。理性の女が感情の男に紅茶を勧めるときはいつだってそうだ。

ルーはヴァナラのアルファに、この新種の紅茶が経済的自立をうながすと力説した。〝あたしには政界と個人的なつながりがある……〈異界族受容決議〉の教義にもとづいた同意書を作り、ヴァナラが英国女王とではなく別の権力機関と手を結ぶよう取りはからう……しかもそのなかの一人は人狼だから安心して……〟。パーシーはルーの言葉を忠実に通訳し、そのあいだ一度も笑わなかった。

「あなたが昼間、休んでいるあいだにここにいるパーシーが協定の試案を作る。それならどう？　もちろん本国に持ち帰って正式な承認をもらわなければならないけど、間違いなく委員会を通過するわ。だから当面は、准将、これ以上の軍事行動はひかえてちょうらい」

「そうよ、あなた」妻が言葉を添えた。「ぜひそうして。行動方針を本気で考え、性急に戦闘に突入しないことこそ真の男よ」

「そうか、スナグルバター？」准将はふっと息を吐いた。

「ええ、そうよ。そうよね、レディのみなさん？」

全員が重々しくうなずいた。

そこでルーはさりげなく提案した。「この新しい協定を〈ファンショー合意〉と名付けてはどうかひら」

准将夫妻はぱっと顔を輝かせた。「ふむ、いずれにせよわたしはこれからワジリスタンに赴かねばならん。ここの任務を早く切り上げられれば、作戦から戻るころにはこの件の報告など忘れているかもしれんな」

プリムは好ましい風が吹いているのを察知し、お祝いのマフィンとジャムを頼んだ。

マフィンとジャムはみんなの気持ちをなだめた。とりわけヴァナラのジャムに対する感激ぶりは、生まれて初めてブランマンジェと出会った子どものようだった。気持ちはわかる。あたしもおいしいジャムを食べたときはいつもそんな気分になる――おいしいブランマンジェを食べたときは言うまでもない。なんたって今日のはスグリのジャムだ。

夜明けが近い。もうじき人狼は狼の姿を失い、ルーを含むヴァナラは猿の姿を失う。最強の異界族を除き、全員が暗がりに引っこんで眠る時間がやってきた。これ以上の議論は次の夜までおあずけだ。必要ならば飛行船を着陸させ、全員を乗船させて寝室を提供しよう。

マフィンが食べつくされ、ジャムが賞賛され、お腹がいっぱいになったころ、プリムローズが母親のような声で呼びかけた。「さてみなさん、そろそろ寝る時間よ」

ルーが立ち上がった。「そうね、ジェントルメン、一晩寝てよく考えましょう。パーシー、船を着陸させて。それからスプー、もうタラップを下ろしても大丈夫よ。お客様をお迎えしなきゃ」

准将もヴァナラのアルファもすっかりなごんでいた。准将にいたってはご機嫌だ。ルーはレディ・キングエア以下スコットランド人狼団の好みを思い出してささやいた。「ショートブレッドはあるかしら？」

「よく気づいたわね」プリムローズは悩める顔の給仕係に指を曲げて合図した。「ショートブレッドの備蓄をありったけ」

〈カスタード〉号は苔むした空き地の地面すれすれに浮かんだ。飛行艦隊は別の任務へと去っていった。准将の出した合図にはその後の指示も含まれていたようだ。甲板員がタラップを下ろすと、ライオール教授とレディ・キングエアが駆けのぼり、ルーの正式な招きを待って残りの人狼とヴァナラ全員があとに続いた。ヴァージルはローブを探しに駆けだし、プリムは人目につかない場所で変身するよう人狼を下デッキに追い立てた。ヴァナラたちはすっかり船に心を奪われたようだ。飛行船に乗るのは初めてなのだろう。いずれにせよルーはうれしかった。自分の船をほめられてうれしくないレディはいない。

交渉の席にはミス・セクメトが戻ってくると思っていたが、きっと准将にもヴァナラにも自分の存在を思い出させたくなかったのだろう。そしてあたしが協定締結にこぎつけると思ったに違いない。その信頼がルーには誇らしかった。これまでの言動からすると、セクメトの目的は初めから〝友好〟だったのかもしれない。猫に目的や理由があるとすれば。

ほどなくショートブレッドの備蓄量は緊迫し、人狼団のみならず人猿軍団にも食べさせせなくてはならなくなった料理長がヒステリーを起こしかけた。それから十五分ほどのあいだ、料理長を除く全員が落ち着き、紅茶をがぶ飲みし、おやつを食べ、なごやかに歓談した。

人間の姿になった人狼たちは手近にあったガウンを借りた。なかにはプリムのフリルだらけのガウンもあったが、スコットランドの大男たちは気にするふうもない。まあ、ふだんからスカートをはきなれている連中だ。とはいえ毛むくじゃらの大男にピンクのフリルは似合わない。まるでクジャクの羽根の襟巻きをつけたマスチフ犬のようだ。

マフィンは食べかすしか残らず、スグリジャムの瓶は一人のヴァナラ戦士によってきれいに舐めとられた。プリムローズはとがめるようにこぶしでテーブルを叩いたが、おかげで敵対意識はすっかり消えていた。

ルーが最上の予備部屋をファンショー夫妻に勧めると、夫妻はいそいそと、露骨に急ぎ足で向かいはじめた。

「何日も離ればなれだったから」ファンショー夫人がルーだけに聞こえる声でささやいた。いまルーに眉毛があれば思いきり吊り上げていただろう。夫妻の年齢差と見た目の違いに夫人の秘密の活動を考え合わせると、本物の愛情などあるはずがないと思っていたが、どうやらそうでもなさそうだ。

ファンショー夫人はまんざらでもない忍び笑いを漏らすと、熊のような夫に手を取られ、プリムローズのあとから階段を下りていった。

その後もヴァナラと人狼のあいだでは滑稽な身ぶり手ぶりが交わされ――そのあいだじゅうパーシーは通訳としてあちこちに引っ張られ――次の晩に猿が狼をタングアシュワーの森

へ案内することで話がまとまった。ヴァナラは狼乗りにすっかり味をしめたらしい。人狼は、背中に当たって痛いからツアーのときは金の防具をはずすよう頼んでいる。結局、人狼もヴァナラも〈カスタード〉号で一眠りすることになった。明確な命令がないままいまも歩兵が森をうろついている状況を考えると、それがいちばん安全だ。二十人近い大柄な不死者——実際はもっと多く感じられる——が寝場所をさがして下デッキをうろつきはじめた。

船内の秩序を荒らされては困る。ルーは勝手に動きまわらないよう一団に頼み、倉庫を勧めた。在庫を食い荒らされる心配は大いにあるけど。

プリムが戻り、苗木の丸容器を除けば上デッキはクルーだけになった。ルー、パーシー、プリム、甲板員は木々から昇る朝日を見つめ、鳥たちの大合唱に耳を傾けた。軍勢はどうなっただろう?

「歩兵隊には飛行艦隊が知らせたんじゃない?」とルー。

「何を知らせたって?」ケネルが下デッキから上がってきた。「ぼくは何を見損ねた、モン・ペティ・シュ?」

「和平協定を締結させたかもしれないわ」ルーはケネルを見てもわざとつれないふりをした。もちろん、大役を果たした自分に満足しているところも見せなかった。

「きみが——和平?」

「ありえない、って言いたいんでしょ?」ルーはにっこり笑った。

ケネルの大きなスミレ色の目はいつもより大きく見えた。二十四時間起きっぱなしだったようだ。片頰が煤で汚れている。ルーは親指でぬぐいたい衝動を抑えた。額に落ちかかる乱れた金髪を搔き上げたい気持ちも我慢した。

「謙遜しないで」すかさずプリムローズが味方した。「よくやったわ、ルー」

「肝心な部分はぼかすしかなかったけど、きっと〈陰の議会〉はあたしの主張に賛成するわ。越権行為にいたった文化的、歴史的理由を説明すれば」

ケネルはいぶかしげに顔をしかめた。「〈陰の議会〉とヴァナラのあいだで和平協定を結んだ？　無断で？」

「〈陰の議会〉の名前は出してないわ、もちろん。でもうまくいくと思う。あたしには〈将軍〉以外の二人を説得できる強みがあるし、〈将軍〉もきっと賛同するわ」

「一人はきみの母親で、もう一人は養父だから？」

「そのとおり」

「じゃあヴィクトリア女王は？」とケネル。感心するどころか驚きの表情だ。

ほめ言葉を期待していたルーはむっとした。「女王がなんだと言うの？」

「さすがのきみも女王とはなんの関係もないだろ？　協定からはずされたと知ったら陛下はどう思う？　君主を差し置いて異界族と協定を結ぶなんて。そんな先例を作ったらどうなる？」ケネルの口調は厳しかった。これまで怒られたことはあったが、こんなふうに理路整然と意見されるのは初めてだ。ルーはいつもの無礼で軽薄なケネルに戻ってほしかった。そうでないケネルは少しも魅力的じゃない。

でも、どんなに軽薄そうに見えても、ケネルにはそう考える理由がある。ケネルは吸血群のなかで育ったけれど、彼の母親が忠誠を誓う相手は吸血鬼ではなかった。異界族の目的には疑問を持つよう教えこまれてきたのだろう。

たちまちルーは落ちこんだ。あたしは昼間族の視点を忘れていた。ヴァナラを守ることしか考えていなかった。人間の立場を完全に無視していた。ヴィクトリア女王からすれば、とんでもない迷惑娘と思われてもしかたない。「あたしったら。これじゃあサンドーナーの地位を保てそうもないわ」

「たぶんね」ケネルは目を輝かせた。

「使う機会もなかったけど」

「元気を出して、いとしの君《シェリ》、まだ使うチャンスはある。さっき通路で眠る二人の人狼につまずいた。エーテル層まで連れていってやろうか」

「まあ、ミスター・ルフォー、あなたがそんなに残忍だとは思わなかった」とプリム。

ケネルはルーとプリムに笑みを返してマフィンを探しに行ったが、もう食べかすしか残っていなかった。

太陽が完全に地平線の上に顔を出し、ルーの猿姿が消えた。ルーは人間に戻ってほっとした。一晩であんなに何度も姿を変えたら自分が誰かわからなくなりそうだ。人格形成にいいはずがない。

プリムは麦わら帽子をはずし、初めてヴァナラの矢が貫通しているのに気づいた。

「もう使えないね」ケネルが優しくプリムの肩に手を置いた。

ルーは唇をゆがめた。プリムの不幸にはあんなに同情するくせに、あたしの政治的失敗には手厳しい。

「それも悪くない」とパーシー。

「そうね」ルーもうなずいた。「ロンドンに戻ったら堂々とかぶって新しい流行にすれば?」

ケネルの指摘について、パーシーは自分も同じことを考えていたかのように言った。「ほかにこの協定を喜ばない人物がいるとしたら誰だと思う? ラクシャサだ」

「ほら、シェリ、まだサンドーナーでよかっただろ?」ケネルはルーの機嫌を取ろうとした。

ルーはパーシーに注意を向けた。「たしかにラクシャサが黙っていないわ。ボンベイに滞在中、キングエア団を護衛につけてもらえるよう准将に頼もうかしら? ラクシャサが仕返しを考えた場合、いちばん抑止力になるのは人狼よ」

「ルー、きみが本気で誰かに助けを求めるなんて」

ルーはケネルを冷ややかに見た。「あたしだって学ぶのよ、おかげさまで」

そこで上品な咳払いが聞こえ、日光が照りつけるデッキにミス・セクメトが現れた。プリムお気に入りの全身をすっぽり覆う、房べりと裳裾《もすそ》のついた紫色のガウンに、プリムのいちばん大きくていちばん飾りの多い帽子をかぶったさまは、まるで手のこんだランプシェードのようだ。

てっきりどこかで身を丸めて夜の疲れをいやしているものとばかり思っていたが、どうやらプリムの衣装だんすを荒らしていたようだ。プリムローズはとがめるより、セクメトが室内ガウンにお出かけ帽子をかぶってデッキに現れたことが恥ずかしそうだ。

「ミス・セクメト。ミセス・ファンショーを連れ戻してくれてありがとう」

「彼女の態度を見て役に立ちそうだと思ったの」

「何に？」

「和平調停よ、もちろん」

「あなたの任務は最初からそれだったの？」

ミス・セクメトは帽子をかぶった頭をかしげた。同意のしるしかどうかはわからない。ルーの頭のなかは疑問でいっぱいだった。人猫はみな太陽のもとでも平気なの？　エーテルに近い高度にも耐えられるの？　ミス・セクメトはどこから来たの？　本当の名前は？　誰に雇われてるの？　どうして最初から異界族だと明かさなかったの？

「たいしたレディね、ミセス・ファンショーは。少し頭が固いけれど」黙りこむルーにミス・セクメトが言った。

「次は誘拐されたふりなんかしないでほしいわ。ダマがどんなに怒ってることか」とルー。

「でも、〈宰相〉としてはこの協定に満足なんじゃない？」とプリムローズ。

つまりプリムはダマの本当の目的を知らない。あたしの思い違いでなければ、ダマは力関係の変化を好まない。なによりバランスを愛する男だ。それに、「結局ダマは大事な紅茶を失ったのよ」

「なんだ、シェリ、それもしくじったの？」とケネル。同情するような口調だが、ひそかに喜んでいるのは明らかだ。

あたしったら、どうしてこんな男がいいと思ったのだろう？

「ミセス・ファンショーは一刻も早くヴァナラの存在を世に知らせたがってるわ」ミス・セクメトが言葉をはさんだ。「タングアシュワー森に関する短い旅行記を書くつもりみたい」

「ハニーサックル・イシングラスに刺激されて？」ルーは眉を吊り上げた。

「あの女！」パーシーが顔を真っ赤にして唾を飛ばした。「そうはさせるか。ぼくが最初に発表する。ルー、いますぐ英国に戻ろう。科学界の品位はそれにかかってる！」

パーシーの興奮に取り合う者はいない。ルーはパーシーのかばんを取り戻していなかったのを思い出した。寺院に戻って取ってこなきゃ。パーシーはどうしてもと言い張るだろうし、それだけの貢献をした。

「あなたは太陽を浴びても平気なの、ミス・セクメト？　なんなら特別室に移動してもいいけど」

人猫は気づかいの裏にある好奇心を探るようにルーを見返した。「短いあいだなら大丈夫。昔ほどつらくはないわ」情報を少しずつ、小出しにする。なかなかうまいやりかただ。

ルーは空いたデッキチェアを手ぶりで勧めた。そのころには食べつくされた紅茶ワゴンのまわりで、みなぐったりと座りこんでいた。いつもは地球上の誰よりエネルギーにあふれているルーでさえくたびれ顔だ。

ミス・セクメトはありがたそうに座った。「実におもしろい夜だったわ」

「ひかえめな言いかたがお上手ね、ミス・セクメト」プリムは最後の紅茶を注ごうとしてふと手を止め、ミルクジャーの残りをカップに注いでミス・セクメトに渡した。

「気がきくわね、お嬢さん」人猫はミルクの入ったカップを受け取り、うやうやしく飲んだ。

変なの――ミス・セクメトのほめ言葉にプリムがあんなに顔を赤らめるなんて。

「ミス・セクメト、いったいあなたは誰に雇われてるの？　最初はヴァナラたちの仲間と思ったけど、彼らはあなたを鳥カゴに入れた。ラクシャサの一味とも思えない――彼らは花荷車にあなたを押しこめた。ダマのスパイでもないとしたら、誰？」ルーはずばりとたずねた。プリムローズの優しい口調を真似るには疲れすぎていた。

セクメトは会心の笑みを浮かべた。「かわいいお嬢さん、わたしは猫。誰にも雇われはしない」

「だったらなぜこの件にかかわったの？」

「まったく同じ理由からよ」

ケネルがあきれて鼻を鳴らした。「これだから猫ってやつは」

ミス・セクメトはそっけなく片手を振った。「そのとおり」

ルーはセクメトに初めて会ったときのことを思い出した。「知りたがり屋のあなたは世界にたった一人の超異界族を見たかった。わざとあたしに姿を盗ませようとしたんじゃないの？」

「ずいぶんうぬぼれの強いお嬢さんだこと」

ルーにはようやく人猫のやりかたがわかってきた。ミス・セクメトとその行動は——人間のときも——猫だと思えば不思議と納得がゆく。「あなたはまさしくフットノートね」ファンショー夫人に出版の先を越される心配で頭がいっぱいだったパーシーがフットノートの名前に反応した。「え、なんだって？」

ルーは笑い声を上げた。これでミス・セクメトの戦略がはっきりした。プリムローズには優しい態度で、おだて、ほめる。言葉の代わりに猫なで声で、脚をくねくねさせて。なにしろ船の食料庫を管理するのはプリムだ。仲よくしておくに越したことはない。パーシーには情報を出し惜しみしてじらし、ケネルとは気のきいた会話を交わしながら口説き文句には知らんぷり。そしてあたしには？　セクメトはどうやってあたしの気を惹こうとした？　世慣れた態度で、あたしの最大の強みである超異界族の能力にも冷静で、謎めいた態度を崩さなかった。あたしたち全員が謎に惹かれているのを知りながら。

ルーは顔を近づけた。「パーシーがフットノートという名前の猫を飼ってるの。それともヴァージルが言うようにフットノートがパーシーという人間を飼ってるのかもしれない。前から思ってたんだけど、〈斑点カスタード〉号もそろそろ猫を飼うころじゃないかしら。なにしろ全員が一匹の猫に飼われてるみたいだから」

「プルーデンス・アレッサンドラ・マコン・アケルダマ。失礼よ！」プリムがたしなめた。

ミス・セクメトは声に出して笑った。「だったらわたしの部屋はどこ？　安全策が必要かもしれないわ。満月の夜は満月の夜――たとえ人猫でも」

ルーも笑みを返した。すばらしい。セクメトの秘密をすべて聞き出せるかもしれない。

「それはちょっとずうずうしいんじゃない、ミス・セクメト？」

「タシェリトと呼んで。もういちど尊厳を取り戻すのも悪くないわ」

人猫は本当の名前かどうかをたずねてほしそうに見えた。だからルーはわざとたずねなかった。なんだかわくわくしてきた。

意外にも異議を唱えたのはプリムローズだけで、パーシーとケネルは新しいクルーが増えてうれしそうだ。ケネルは美しい女性が好きだし、パーシーは猫が好き。それに、人猫が一緒にいれば、人狼でない新たなシェイプシフターを発見した証拠になる。

「ルー」プリムが震える声で言った。「本気なの？」テーブルで、しかもタシェリトの目の前で言うなんて、よほど動揺しているようだ。

「心配ないわ、プリム。きっとうまくやってゆけるって。それに、もうタシェリトの紅茶の好みはわかってる。新しい仲間を受け入れる準備の大半は整ったようなものよ。さあ、そろそろ寝ましょうか」

デッキはがらんとしていた。みな疲れたようだ。疲れを知らない若いスプーとヴァージルだけが船尾デッキで大きな紅茶ポッドのあいだにしゃがみ、おはじき遊びに熱中している。でも上デッキには誰か大人が残らなければならない。いつ歩兵隊が現れたり、飛行艦隊が戻ってきたり、ラクシャサが仕返しにドローンを送りこんだりしないともかぎらない。

「誰が見張りに立つ?」ルーは期待をこめてたずねた。

みな無言だ。

ルーはうなずいた。船長の喜びにはこうしたつらい仕事がつきものだ。「わかった、あたしが最初にやるわ。プリム、あなたとパーシーが二番目ね。ケネル、フィンカーリントン機関主任を起こして二人で三番目をお願い。タシェリト、あなたは昼のひなかにじっと座って当番はできないでしょ。やりたいというのなら別だけど」

タシェリトは無言だ。

誰もが——ケネルさえ——文句ひとつ言わず立ち上がった。よほど疲れているようだ。

タンステル家の双子は眠さに勝てず、急ぎ足で階下へ向かった。たがいに仲よく寄りかかって歩くさまはやっぱり姉弟だ。

ケネルはタシェリトの視線にもかまわず立ち上がり、デッキチェアに座るルーに覆いかぶさるように顔を近づけた。

「無事でよかったよ、モン・ペティ・シュ」「え、ああ、ありがとう」

ルーは目をぱちくりさせた。

さすがにキスはしなかった。人猫が興味津々の目で見ている前では。でもいかにもしたそうだ。

「きみのもうひとつの提案だけど」

りそうだ。

「え？」すっとんきょうな声が出た。心臓が喉までせり上がってどくどく脈打ち、息が詰ま
「引き受けるよ」

疲れた身体に、いきなりうれしさと恐怖が加わった。

ケネルは背を伸ばして人猫に声をかけた。「下に行きますか？　いい場所を見つけて差し上げますよ」

目も覚めるような美女は穏やかに応じた。「しばらくここでかわいいプルーデンス嬢と話がしたいわ。迷惑でなければ」

「喜んで」答えながらもタシェリトのことは頭になかった。あたしのおしゃべりが今度は何を引き起こしたの？　ケネルのスミレ色の目は疲れてはいたが妙にきらめいている。

「おとなしく頼むよ、二人とも。一晩にこれ以上の騒動はごめんだ」ケネルは優しく言うと、額にかかるタンポポの綿毛のような金髪を朝の微風にそよがせ、しっかりした足取りでデッキの奥に消えた。

「すてきな青年ね——たくましくて、姿勢がよくて、頭もいい」とタシェリト。食事を評価するような口調だ。「認めているの、親御さんたちは？」

ルーはゲームにつきあう元気もなく、これから教育が進むという事態にまだ呆然としていた。「ケネルは女たらしの気《け》があるの」あたしはそんな人を恋人にした。というか恋人のようなものに。たぶん。

「いい男はたいていそうよ」

「助言のつもり、タシェリト？」

「役に立たない、プルーデンス？」

「ルー。あたしのことはルーと呼んで。それから言っておくけど、あたしには恋愛に関する知恵を授けてくれる人がいくらでもいるの」

「だったらわたしは別の知恵を授けるわ」

ケネルと寝てみたらってこと？　経験のために？　ルーは思わずたずねそうになり、どきっとして口をつぐんだ。タシェリトは好奇心から始まるものはすべて認めるタイプ？　でも、そんな話をするのはまだ早すぎる。

「ところで鳩は好き、タシェリト？」

人猫はまばたきもせずに答えた。「あの汚らしい生き物だけは許せない」

「だったら〈斑点カスタード〉号に――正式に――歓迎するわ。さあ、これが最初の命令よ。寝なさい」

猫にしては意外なことに、タシェリトは素直にしたがった。

ルーはデッキにひとり残り、美しい夜明けと心からの安らぎを味わっていたが、それもつかのま、やがておはじき遊びのルールをめぐってスプーとヴァージルの大げんかが始まった。